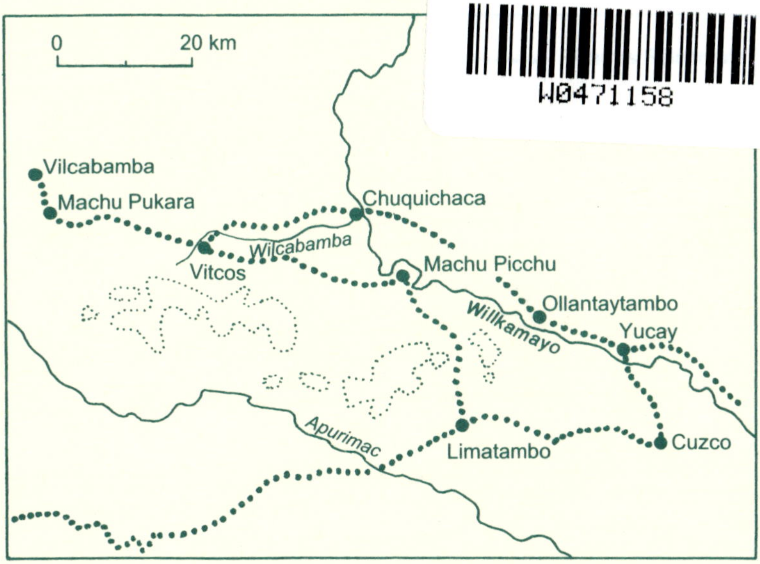
0
20 km
Vilcabamba
Machu Pukara
Chuquichaca
Vitcos
Wilcabamba
Machu Picchu
Ollantaytambo
Willkamayo
Yucay
Apurimac
Limatambo
Cuzco

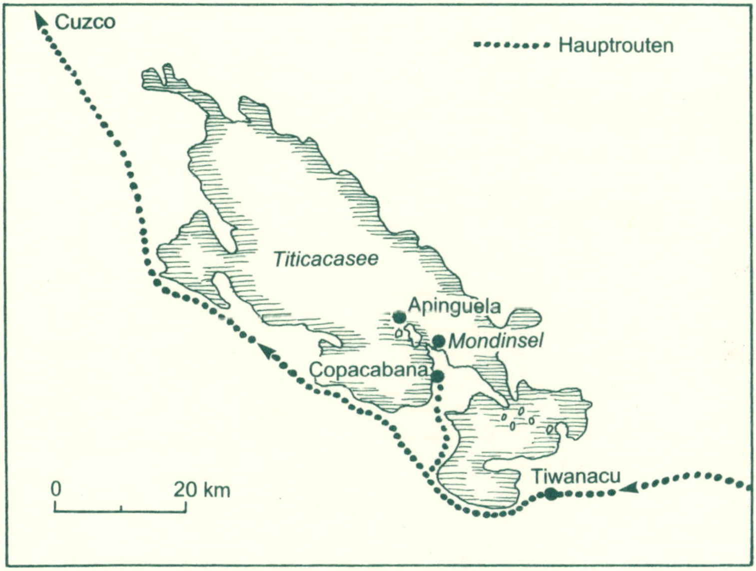
Cuzco
Hauptrouten
Titicacasee
Apinguela
Mondinsel
Copacabana
Tiwanacu
0
20 km

1781

Antoine B. Daniel

Die Inkas

Das Licht von Machu Picchu

Roman

Aus dem Französischen
von Andrea Alvermann

Hoffmann und Campe

Die Originalausgabe erschien 2001 unter dem Titel
»Inca. La lumière de Machu Picchu« bei XO Éditions, Paris.

1. Auflage 2002

International rights management for XO Éditions:
Susanna Lea Associates, Paris
www.hoffmann-und-campe.de
Schutzumschlaggestaltung: sander köhn wehrmann
Foto: G DAGLI ORTI, Paris
Satz: Utesch GmbH, Hamburg
Druck und Bindung: GGP Media, Pößneck
Printed in Germany
ISBN 3-455-01390-2

HOFFMANN
UND CAMPE

Ein Unternehmen der
GANSKE VERLAGSGRUPPE

Erster Teil

1

Cuzco,
1. Mai 1536

Niemand achtet auf Gabriel, als er sich mittags kurz vor zwölf an der Ecke von Gonzalo Pizarros *Cancha* niederhockt.
Seine seit Wochen nicht gewechselte Tunika ist so schmutzig, dass ihn niemand eines Blickes würdigt. Er hat sich die Wangen mit Lehm beschmiert, um die blonden Barthaare zu verdecken, die bereits nachwachsen. Die Spanier sehen in ihm nur einen verlumpten Indio, einen dieser armen Teufel, die jetzt die Gassen Cuzcos bevölkern. Mit seiner viereckigen, an den Ecken seltsam spitzen Mütze halten die Indios ihn für einen Bauern vom Titicacasee. Doch unter seinem *Unku*, den ein Lederriemen um die Hüften hält, hängt ein kleines Bronze-Kriegsbeil, auf das er seine ganze Hoffnung setzt.
Er hat die Stadt im ersten Morgenrot betreten. Im Schutze der Nacht ist er dem unendlichen Strom der Krieger ausgewichen, die Manco und Vila Oma um sich scharen, und ununterbrochen von Calca bis hierher gelaufen. Zwei oder drei Mal hat er sich in der Dunkelheit verirrt und seinen Weg so noch verlängert. Doch Zorn und Schmerz haben ihn angetrieben und ihm jede Verschnaufpause untersagt.
Erst jetzt, da er sich am Fuße der hohen, von der Sonne erwärmten Mauer zusammenkauert, spürt Gabriel, wie sich seine Muskeln vor Hunger und Erschöpfung verkrampfen. Dennoch denkt er nicht einmal daran, aufzustehen und sich ein wenig Essen zu besorgen. Fest ruht sein Blick auf der Tür der Cancha, die er

keine Sekunde aus den Augen lässt. *Später* wird er genügend Zeit zum Essen und Schlafen haben, sofern das dann noch Sinn macht.
Er ist hier, um Gonzalo zu töten. Die einzige Pflicht, die er noch zu erfüllen hat.

*

Zwei Stunden lang gehen nur Diener und eine Hand voll Höflinge im Haus des Gouverneursbruders ein und aus. Die meisten Gesichter sind ihm fremd, Männer, deren Kleidung und Bewegungen noch nach Spanien riechen. In ihrer Art, wie sie die Stiefelabsätze in den Staub bohren, liegt die ganze Überheblichkeit der neuen Herren.
Gabriel fallen vor Müdigkeit die Augen zu. Gelegentlich zittert er vor Hunger und Durst von Kopf bis Fuß. Doch um nichts in der Welt würde er seinen Posten aufgeben und sich ein wenig Wasser und Nahrung besorgen. Er malt sich aus, wie er auf Gonzalo einschlägt, wie er die Erde endlich von diesem Teufel befreit! Er nimmt einige Cocablätter aus dem Stoffbeutel um seinen Hals, der auf seiner nackten Haut unter der Tunika liegt, und kaut sie langsam, bis der Hunger verschwindet.
Der Gedanke an die schreckliche Erzählung des Zwerges bringt auch jetzt noch die Ader an seiner Schläfe zum Pochen: »Gonzalo ist in Anamayas Zimmer gekommen. Sie schlief. Sie ist aufgewacht, als er bereits auf ihr lag. Sie hat geschrieen und sich gewehrt. Manco wollte ihn sofort töten, aber Anamaya fürchtete, dass die Fremden sich am Unumschränkten Gebieter rächen würden. Und so sind wir noch vor dem Morgengrauen aus Cuzco geflohen.«
Tagelang hat er diese schrecklichen Worte mit sich herumgetragen, Bilder, die einen eisig feurigen Hass in ihm schüren und seine Nerven mehr reizen als Hunger und Durst. Mit jedem Atemzug dürstet es ihn nach Rache, saugt er sie in sich auf, labt

sich daran wie an Honignektar. Und so reißt er die Augen auf und umklammert mit steifen Fingern den Griff seines Kriegsbeils.

*

Die heiße Mittagssonne drückt ihn nieder, bis er ganz benommen ist, doch noch immer hat Gonzalo Pizarro sein Haus nicht verlassen. Den Mund voller Staub schläft Gabriel schließlich ein und dämmert in einen Albtraum hinüber, in dem ihm eine unnahbare Anamaya mit hartem, entschlossenem Gesicht gegenübersteht. Sie umarmt ihren Goldenen Gatten und erklärt:
»Wir müssen diesen Krieg gegen Euch, die Fremden, führen, denn die Berge und unsere Ahnen brauchen unsere Liebe und unseren Mut, wenn das Nichts sie nicht verschlingen soll. Und ich, ich werde bei meinem Goldenen Gatten sein, wenn er kämpft, denn dort ist mein Platz. Du musst mir fernbleiben …«
Gabriel will protestieren, ihr erklären, dass sie einander nicht wie Feinde bekämpfen können. Doch seine Lippen bilden nur tonlose Worte. Mit übermenschlicher Anstrengung will er sich Gehör verschaffen. Er fleht Anamaya an, bittet sie inständig, nicht so hart zu schauen. Nichts hilft. Kein Laut, nicht einmal ein Schrei entweicht seiner Kehle. Er erwacht so plötzlich, dass er sein eigenes Stöhnen vernimmt. Er hat noch immer Anamayas Bild vor Augen und so begreift er nicht sofort, was um ihn herum geschieht.
Einige Sekunden lang scheint ihn die Machtlosigkeit des Albtraums noch zu verfolgen. Doch dann, als würde er an ein Messer rühren, das in seiner Brust steckt, erinnert er sich klar und deutlich daran, was er ihr in Calca nach ihrer gemeinsamen Nacht geantwortet hat:
»Dann werden wir einander bekämpfen müssen. Wenn dein Platz bei Manco ist und nicht bei mir, dann bin ich ein ›Fremder‹ wie die anderen. Und dann ist mein Platz bei den Fremden.«

Anamayas Lippen zitterten schmerzlich. Mit den Fingerspitzen berührte sie leicht seine Wange und murmelte:

»Du bist der Puma, mein Liebster! Du bist der einzige Mann, der mich in dieser und der Anderen Welt berühren kann. Du allein bist der Einzige, der mein Herz erreicht und mich mitnehmen kann in die Glückseligkeit der Welt.«

Unbewusst lächelt Gabriel, und zwei Tränen verirren sich über seine rissigen, lehmbeschmierten Wangen.

Nein. Er zweifelt nicht daran, dass Anamaya ihn ebenso sehr liebt wie er sie.

Doch es gibt keinen Weg mehr für sie. Sie sind zu weit voneinander entfernt, und zu viele Dramen trennen jetzt die magische Gattin eines bereits vor Jahren verstorbenen Inkas und ihn, den Fremden, der nun ein Niemand ist, selbst unter seinen ehemaligen Gefährten.

Ja, ihm bleibt nur noch eines: Gonzalo zu töten.

Und es wäre eine Gnade des Schicksals, wenn auch er sterben dürfte.

*

Kurz bevor sich die abendlichen Schatten über Cuzco legen, geschieht endlich das Ersehnte.

Ein teuflischer Lärm reißt ihn aus seinen Träumereien. Höllische Flüche und Schreie erfüllen die Gasse. Gabriel erhebt sich mit knackenden Knien und steifen Waden. Ein Schwein taucht auf, das Maul weit aufgerissen. Eine riesige Sau mit Borsten so schwarz wie die Nacht! Ein wahres andalusisches »Cerrano«, das seine fünfzig Pfund wiegt und die Wildschweinfänge bleckt, mit denen es ein Pferd in Stücke reißen könnte.

Und dann plötzlich kommen noch weitere Schweine. An die dreißig Wildschweine vielleicht rennen mit gesenkten Köpfen brüllend vorbei, als wäre man bereits dabei, ihnen die Kehlen durchzuschneiden. Die Keiler rennen geradeaus, rammen mit

ihren Wildschweinköpfen die Mauern der Cancha, während die Säue mit ihren schweren Bäuchen die Zitzen durch den Staub schleifen. Zehn verschreckte Ferkel quieken hinter ihnen her, laufen den paar ungeschickten, kreischenden Indios kreuz und quer zwischen den Beinen hindurch, die mehr schlecht als recht versuchen, die streng riechende Meute zu führen.
Gerade erst in den Stand des Schweinehirten aufgestiegen, mühen sich die Bauern in ihren schmutzigen Tuniken ab. Sie wagen kaum, ihre langen Stöcke zu benutzen und den Schweinen damit auf die Hinterteile zu schlagen. Eher wären sie geneigt, die Flucht zu ergreifen, sobald eines der Ferkel sie auch nur berührte. Hinter ihnen, in sicherer Entfernung, haben sich einige schaulustige Einwohner Cuzcos versammelt. Lachend reißen Männer, Frauen und Kinder die Augen weit auf, um das seltsame Schauspiel vorbeiziehen zu sehen.
Ebenfalls brüllend springt Gabriel mitten in die Gasse. Er gibt einigen rundlichen Hinterteilen Fußtritte, packt einen jungen Keiler bei den Ohren und hält so die überstürzte Flucht auf. Den Schweinen scheint die plötzliche Reglosigkeit gut zu tun. Mit erhobenem Rüssel und aufmerksamem Ausdruck in den Augen halten sie in ihrem ohrenbetäubenden Geschrei inne.
Ebenso verwundert betrachten die Schweinehirten den Eindringling misstrauisch. Gabriel grüßt sie beruhigend in Quechua. Doch als er fragt, wo diese Tiere hin sollen, begegnet ihm erst nur Schweigen. Ihm wird bewusst, dass seine Aussprache sicher ebenso absonderlich ist wie seine Kleidung und sein Gesicht, von dem der getrocknete Schlamm langsam abbröckelt und wo ihm grüner Cocasaft aus den Mundwinkeln läuft. Endlich hebt einer der Männer die Hand und zeigt auf Gonzalos Haus.
»Zu diesem Fremden. Es sind seine Tiere. Er hat sie aus Cajamarca kommen lassen, nur um sie zu essen!«
Die Stimme des Mannes klingt ebenso verwundert wie respekt-

voll. Blitzschnell erkennt Gabriel, dass das Glück ihm endlich hold ist.
»Ich werde Euch helfen«, erklärt er. »Ich weiß, wie man mit diesen Viechern umgeht.«

*

Es wird trotzdem noch ein kleiner Kampf, bis sich die ganze Herde durch die trapezförmige Öffnung der Cancha gezwängt hat. Drinnen lebt der Aufruhr wieder richtig auf, denn die jungen Indiofrauen fliehen vor den aufgeregten Tieren, die kreuz und quer durch den Innenhof rasen, ein paar Töpfe umwerfen und zerbrechen und die Pferde scheu machen, die gerade gestriegelt werden. Gonzalos Haus hat sich in den zwei Jahren, in denen Gabriel es nicht gesehen hat, kaum verändert. Nur dass jetzt dicke Türen in schöner spanischer Schreinerarbeit die Räume abschließen und im Hof ein Geländer zum Anbinden der Pferde errichtet worden ist.
Ohne sich weiter um die Schweine zu kümmern, stellt Gabriel sich in die Mitte des Innenhofes. Er braucht nicht lange zu warten, bis er im nächsten Hof, zwischen Geschrei und Gelächter, die verhasste Stimme erkennt.
Mit einem Jabothemd, Samthosen und glänzenden Stiefeln bekleidet erscheint Gonzalo in Begleitung zweier Höflinge. Sie würdigen den Indio, der er zu sein scheint, keines Blickes. Ohne sich um Gabriel zu kümmern, amüsieren sie sich über das Durcheinander. Einer von ihnen ergreift eine junge Dienerin, hält sie gewaltsam fest und macht sich einen Spaß daraus, sie dem wildesten Ferkel vor die Nase zu halten. Doch noch bevor das Schwein angreifen kann, schwenkt Gabriel schon sein Kriegsbeil und bringt den Dummkopf mit einem kurzen Schlag ins Wanken, zwingt ihn, das junge Mädchen loszulassen.
»Verdammt!«, stöhnt der Schönling, »dieser Affe hätte mir fast die Hand gebrochen!«

Wütend wollen Gonzalo und sein Gefährte bereits auf ihn losgehen, doch als er die Mütze abnimmt und sein Gesicht entblößt, erstarren sie. Mit dem Handrücken reibt sich Gabriel die Wangen, um besser erkannt zu werden.
Gonzalo hat sich als Erster gefangen und wird sogleich wieder sarkastisch:
»Na, das ist ja eine Überraschung! Meine Freunde, ich stelle euch Don Gabriel Montelucar y Flores vor, der uns mit den Schweinen geliefert wird! Nun, mein Lieber, da habt Ihr ja endlich den Euch angemessenen Platz gefunden!«
Die beiden neben ihm haben bereits die Degen gezogen. Gabriel ignoriert sie.
»Es hieß, Ihr seid verschwunden, geflohen und vielleicht gar tot«, lacht Gonzalo weiter, »doch nein, Ihr seid ganz lebendig und ziemlich beschissen dran, wie mir scheint! Darf ich daraus folgern, dass mein lieber Bruder Francisco sich endlich dazu entschlossen hat, Euch den Arsch zu versohlen?«
Gabriels Augen sprühen vor Zorn. Gonzalo und seine Gefährten weichen zwei Schritte zurück.
»Die Hölle öffnet Euch ihre Tore, Gonzalo«, knirscht Gabriel und schwenkt sein Kriegsbeil, »es wird Zeit, dass Ihr den Platz einnehmt, der dort für Euch reserviert ist!«
»Hey, Ihr macht mir ja richtig Angst mit Eurem Ding!«, spottet Gonzalo.
»Mit diesem Ding, Gonzalo, werde ich Euch die Eier abhacken! Ihr habt wirklich Pech. Ich gehöre nicht zu denen, die auf Gott hoffen, um Schweine wie Euch zu bestrafen. Es wird mir ein Vergnügen sein, das selbst zu erledigen.«
Einen kurzen Augenblick verziehen Gonzalos Gefährten ängstlich die Lippen. Gabriel nutzt den Moment und stürzt vorwärts. Die Degen kreuzen sich, er schiebt sie mit einer heftigen Rückhand zur Seite. Die Bronze des Kriegsbeils klirrt gegen die Klingen. Gonzalo weicht mit einem kleinen Satz zurück und zieht

einen Dolch aus der Hose. Mit einem kurzen Schlag zielt er auf Gabriels Arm. Seine Klinge trifft jedoch nur auf Luft, und die heftige Bewegung raubt ihm das Gleichgewicht. Gabriel bückt sich, um den Dolchhieben der beiden anderen auszuweichen, und versetzt Gonzalo einen heftigen Schlag gegen das Bein.
Mit einem Schmerzensschrei stürzt Gonzalo in der Mitte des Hofes nieder. Gabriel will erneut angreifen, doch eine Degenspitze zerreißt seinen *Unku* und gleitet über seine Rippen. Er rollt zu Boden, während die beiden Spanier ihre Degen rechts und links durch die Luft wirbeln. Mit dem Beil hält er die Klingen auf, doch unglücklicherweise wird der Griff unter den groben Hieben immer dünner.
Sekundenlang denkt er daran, wie schrecklich machtlos die Inkakrieger so oft waren, wenn sein Degen ihre Waffen zerstörte. Wie sie wird er dem Eisen der Spanier bald nichts anderes mehr entgegenzusetzen haben als die eigene Haut. Da kommt ihm eine Idee.
Mit hasserfülltem Gebrüll wirbelt er die Axt in weiten Kreisen herum und wirft sie wie eine Schleuder in das Gesicht, das ihm am nächsten ist. Der Spanier hat nicht die Zeit zu parieren, die Bronze dringt ihm in die Wange, und während er bereits bewusstlos zusammenbricht, zerschmettert sie ihm mit trockenem Knacken die Knochen. Gabriel nutzt den Schrecken seines anderen Gegners, bückt sich, ergreift eines der vom Kampf verstörten Ferkel und schwingt es am ausgestreckten Arm wie einen seltsamen zuckenden Schild, während sein Angreifer einen Ausfallschritt macht, um ihn aufzuspießen. Der Degen dringt butterweich und so tief in das Tier ein, dass er darin stecken bleibt. Mit einer Drehung wirft Gabriel das Schweinchen heftig quer über den Hof. Im Aufprall zerreißt der Degen dem armen Tier die Eingeweide und entlockt ihm ein Todesröcheln, während Gabriel den entwaffneten Höfling mit einem Fußtritt in den Bauch zur Seite wirft.

Mit zwei Sprüngen ist er bei Gonzalo. Mit der Kraft eines Irren wirft er sich auf ihn und umklammert seine Kehle.
»Es ist aus, Gonzalo«, murmelt er, »es ist aus, die Welt hat genug von Euch!«
Vom Blick des erstickenden Gonzalo wie hypnotisiert hört Gabriel weder die Schreie noch das Geräusch von Stiefeln hinter sich. Als die eiserne Stiefelspitze in seine Rippen dringt, stockt ihm der Atem nicht nur vor Schmerz, sondern auch vor Überraschung.
Er lässt los und stolpert über Gonzalos Beine. Bevor er sich wieder aufrichten kann, betäubt ihn ein weiterer Schlag auf die Schläfe. Blind und mit brummendem Schädel gibt er jede Gegenwehr auf. Er spürt kaum, wie ihm die Hände auf den Rücken gebunden werden. Zorn und Enttäuschung geben ihm den Rest. Er nimmt alle ihm verbleibende Kraft zusammen und tut so, als wollte er sich erheben, damit sie ihn endgültig erledigen.
Und genau das scheint zu geschehen. Sein Nacken explodiert, und um ihn herum wird alles schwarz.

*

Das Dunkel rötet sich, wird erst flüssig und dumpf und verwandelt sich dann in leuchtenden Schmerz. In seinem Kopf hämmert es, als würde er mit Füßen getreten. Erstaunt bemerkt Gabriel, dass seine Hände ihm gehorchen und sich bewegen. Er fährt sich mit den Fingern über das Gesicht. Sie sind klebrig und feucht von seinem warmen Blut.
Er öffnet die Lider. Als seine Augen sich an das Licht gewöhnt haben, begreift er.
Er liegt auf der gestampften Erde eines Raumes, den er wiedererkennt: Genau hier hat er lange gewohnt, bis er Cuzco auf Don Franciscos Befehl verließ.
Immer noch benommen setzt er sich auf.
Ein Mann, so groß und rund wie eine Tonne, schließt mit vorsichtigen Hammerschlägen einen Ring um seinen Knöchel, der

mit einer Kette in der Mauer verankert ist. Trotz seines Umfangs sind die Bewegungen des Mannes erstaunlich genau. Gabriel bemerkt weder Grausamkeit noch Freude in seinen dunklen Augen, während er seine Arbeit verrichtet: eher Überdruss. Um ihn herum stehen vier Männer, die ihn mit scheelen, gleichgültigen Blicken anstarren.

»Wie heißt du?«, fragt Gabriel.

»Enrico Hermoso, Don Gabriel, doch meine Freunde nennen mich Kike.«

»Mach deine Arbeit, Kike, und kümmere dich nicht um den Rest«.

Seufzend macht Kike weiter und Gabriel beißt die Zähne zusammen. Er versucht sich in die Betrachtung der Neuankömmlinge zu vertiefen, deren Gesichter er nicht kennt. Selbst ihre dicken Lederwesten mit dem Wappen der Pizarros – Pinie und Äpfel umrahmt von zwei über Schiefer laufenden Bären – sind neu. Neu sind auch die Hellebarden mit den Sichelklingen, die sie sorglos über der Schulter tragen. Und so ist er kaum überrascht, als sie plötzlich auseinander treten und einem großen Mann mit sorgfältig gestutztem Bart und makellosem, gestärkten Spitzenkragen Platz machen: Don Hernando Pizarro.

»Ich bin gleich fertig, Euer Gnaden«, sagt der Dicke.

Der letzte Hammerschlag rutscht ein wenig ab, trifft Gabriels Knöchel und entlockt ihm ein Stöhnen. Der Kerkermeister lacht verlegen auf:

»Mit dieser Kette an den Pfoten wird er wohl kaum tanzen gehen, Don Hernando!«

»Sehr gut, Enrico«, lacht Hernando, »wir werden einen ganz besonderen Ball für Herrn Montelucar y Flores ausrichten.«

Der dicke Mann richtet sich schnaufend auf, und Gabriel beißt die Zähne zusammen, um nicht zu zeigen, wie sich ihm der Magen umdreht, während er schwindelnd aufsteht. Er kann mit dem schmerzenden Bein kaum auftreten.

Hernando schüttelt den Kopf:
»Die Zeit vergeht, ohne Euch sehr zu verändern, Don Gabriel. Als ich Euch zuletzt sah, kam Euch die Galle hoch und dreißig Monate später finde ich Euch in genau dem gleichen Zustand wieder! Obwohl, wenn man Euern Aufzug berücksichtigt, dann ist gleicher Zustand nicht ganz richtig. Ihr seid noch ein wenig tiefer gesunken und der Jauchegrube ein wenig näher!«
Gabriel spuckt rot aus.
»Sehr gut«, sagt Hernando, »das erklärt den Geruch, der seit Eurer Ankunft hier herrscht.«
Einer der Männer mit den Lederwesten schickt sich an vorzutreten, doch Hernando hält ihn mit einer Handbewegung zurück:
»Montelucar, dieses Mal könnt Ihr nicht darauf zählen, dass Don Francisco Euch aus der Klemme helfen wird. Hier bin ich nun der Herr. Mein guter Bruder, der Gouverneur, war so froh, als er mich aus Spanien zurückkehren sah, dass er mich ganz offiziell zum Leutnant-Gouverneur ernannt hat. Und glücklicherweise sind ihm, was Euch betrifft, endlich die Augen aufgegangen. Er hat erfahren, wie Ihr die Euch anvertraute Mission im Stich gelassen habt!«
»Möge es Euch wohl bekommen!«, knirscht Gabriel und lehnt sich an die Wand. »Kein Titel, mag er auch noch so wichtig sein, wird jemals die Mittelmäßigkeit dessen, der ihn trägt, überdecken können. Ihr seid ein Stück Scheiße und bleibt ein Stück Scheiße, Don Hernando.«
Hernandos behandschuhte Hand versetzt ihm eine heftige Ohrfeige, sodass Gabriels Oberlippe aufspringt und er sich auf allen Vieren wieder findet.
»Ihr könnt es Euch kaum leisten, den Klugscheißer zu spielen!«, faucht Hernando. »Ich könnte Euch jetzt gleich zu Brei schlagen, zu dem Haufen Scheiße, der Ihr seid. Ich könnte Euch Gonzalo überlassen, der nur davon träumt, Eure Eingeweide zu löffeln!

Doch das wäre zu viel der Ehre. In Toledo hat man mir sorgfältig auseinander gesetzt, dass man Prozesse liebt. Nun, ich werde Euch einen Prozess machen! In aller Form. So wird ganz Spanien wissen, warum wir die Bastardexkremente der Montelucar y Flores gehängt haben. Ganz Spanien, mein Freund, wird sich an den Namen dessen erinnern, der die Krone in den peruanischen Ländereien als Erster verraten hat!«
Ein seltsames Lachen verzerrt Gabriels blutige Lippen:
»Da werdet Ihr aber schnell machen müssen mit Eurem Prozess, Hernando! Eure lieben Brüder haben Manco und seine Leute nämlich so gut behandelt, dass die Inkas sich nun in blutrünstige Raubtiere verwandelt haben. Manco und seine Generäle haben zehntausend Männer in den Tälern nördlich von Cuzco versammelt. Ich habe sie mit eigenen Augen gesehen. Es sind mehr als zehntausend! Morgen oder übermorgen werden sie doppelt so viele sein, und sie werden hier sein …«
Seine Worte erzielen bei den Männern in Hernandos Begleitung die erhoffte Wirkung. Blicke werden getauscht, hart und ernst. Hernandos Lachen klingt übertrieben verächtlich:
»Na, das sind ja Neuigkeiten! Wenn diese Witzbolde glauben, sie können die Stadt mit ihren Kieselsteinen und ihren Holzstöcken einnehmen, dann wird es ihnen wie immer ergehen: Sie werden in Stücke gerissen. An Eurer Stelle, Don Gabriel, würde ich mir kein X für ein U vormachen lassen. Betet lieber, das wird Euch eher vor dem bewahren, was Euch erwartet, als diese Wilden!«

2

Cuzco,
3. Mai 1536

Sie waren so gnädig, ihm eine verrottete Strohmatte zu lassen. Der Kerkermeister hat ihm einen Krug Wasser und drei gegarte Maiskolben in eine Ecke gelegt. Zwei Tage lang hat er kaum etwas angerührt. Als der Dicke auf ihn zukommt, um sich zu vergewissern, dass er noch lebt, öffnet er leicht die Lider.

»Don Gabriel?«

»Ich bin da, Kike. Zumindest das, was von mir übrig ist.«

»Es tut mir Leid wegen …«

Kike ahmt den Hammerschlag nach, der auf seinem Knöchel abrutscht. Gabriel hebt gleichgültig die Hand und ein hustendes Lachen zerreißt ihm die Kehle.

»Ich hätte dich für geschickter gehalten. Du hast es also nicht absichtlich gemacht?«

»Aber nein, Don Gabriel, das schwöre ich Euch! Ich habe sogar Don Hernandos Befehl missachtet, als ich Euch Eure …«

Der Kerkermeister zeigt auf seine *Chuspa*. Sie ist sein einziges Gepäck und Gabriel hat alle Cocablätter gekaut, die darin waren, um die Schmerzen zu vergessen, die jeden einzelnen Muskel seines Körpers erfasst haben. Ja, er hat so viele davon gekaut, dass die fade Blättermasse eine große Kugel in seinem Mund gebildet hat.

»Danke, Kike«, sagt er friedlich. »Bitte lass mich jetzt allein.«

Der Dicke stützt Gabriels Kopf und gibt ihm Wasser. Gabriel riecht seinen Schweiß, doch vor lauter Schwäche erscheint ihm diese intime menschliche Gegenwart seltsamerweise so wunderbar, dass ihm Tränen in die Augen steigen.

Er ist erneut allein.

Die Müdigkeit ist vergangen, hat sich in Übelkeit aufgelöst, die er nicht mehr los wird, selbst wenn er sich in seiner Zelle auf den Boden legt. Von plötzlichem Fieber geschüttelt bleibt er zitternd und zusammengekrümmt vor der Mauer liegen, umklammert mit den Fingern seine Kette, als könnte sie verhindern, dass er im Nichts versinkt.

Er fürchtet sich vor dem Schlaf. Dennoch überkommt er ihn immer wieder bleischwer und sucht ihn mit seltsamen Wahnvorstellungen heim. Die Bilder, die ihn verfolgen, sind so erstaunlich wahr, so greifbar wie die Wirklichkeit, dass er nicht an einen Traum glauben mag.

Deutlich sieht er, wie die Beine seines Pferdes plötzlich in der Salzkruste einer Wüste einbrechen, die weißer ist als Leinen und an deren Namen er sich nicht erinnern kann. Zwischen den gebrochenen Beinen und den Hufen gurgelt Wasser. Die großen, runden Augen des Rotbraunen starren ihn flehend an. Er sieht sich selbst, wie er lange Zeit regungslos den Kopf des Tieres mit den Armen umschlungen hält, während die Sonne ihn verbrennt. Und dann plötzlich bohrt sich sein Dolch in den Hals des Pferdes.

Ströme von Blut, viel mehr als irgendein Tier nur haben kann, ergießen sich, ohne dass die Sonne es zum Gerinnen bringen könnte. Kochendes Blut, das scheinbar alles überschwemmen will.

Die Sonne ist nun riesig. So groß, dass es aussieht, als wollte sie sich am Horizont der Erde niederlassen, und nirgendwo gibt es mehr irgendwelchen Schatten. Schutz suchend vergräbt Gabriel sich in den Knochen seines Pferdes. Und noch während er dem Rotbraunen wie einer Frucht den Bauch öffnet, wird er selbst zum Tier, einer Art Raubkatze, die aufspringt und diesem Ort des Todes entkommt.

Der Wahntraum erfüllt ihn mit unbändiger Freude. Was er erlebt und sieht, hat kaum mehr etwas mit Vernunft zu tun. Die Sonne ist erneut fern und friedlich. Die Wüste ist verschwunden.

Jeder Satz, jeder seiner wunderbaren Sprünge erfüllt ihn mit kindlicher, heftiger Freude. Der Schatten seiner kräftigen, fabelhaften Raubtiergestalt gleitet über die Furchen der Felder und den Staub der Straßen. Mit dem kurzen, kräftigen Fell seiner Flanken streift er das Laub der höchsten Bäume. Sanft empfängt der Fels seine Krallen, wenn er sich abstützt. Einem Vogel gleich ist der Wind sein Freund, der ihn mit sich fortträgt.

Seine Reise führt ihn bis über das unendliche Blau des Titicacasees. Auf der Flanke liegend lauscht er dort den Lehren des Herrn der Steine. Er sieht ihn mit seinem Schleuderstein spielen, den er hoch hinauf in den Himmel wirft. Verwundert beobachtet Gabriel, wie der Stein dort federleicht hängen bleibt. Der Herr der Steine lächelt ihm zu. Ein freundliches, trauriges Lächeln, und ohne dass ein Wort gesprochen wird, spürt Gabriel den darin enthaltenen Wunsch.

Da hört er ein Lachen.

Ganz in Weiß gekleidet erscheint Anamaya, eine goldene Statue im Arm, eine Statue, so lebendig wie ein Mensch. Sie streckt die Hand nach ihm aus und ruft ihn.

»Gabriel!«

Ein sanfter, singender Ruf, dem er nicht widerstehen kann. Auch wenn er jetzt ein wildes Raubtier ist, er geht auf sie zu.

Als er sich neben sie legt, merkt er, dass der Goldmann nicht mehr da ist. Und Anamaya ist nackt, schön und zerbrechlich zugleich. Begehrenswert und zugleich einladend. Sie zeigt nicht das leiseste Anzeichen von Angst. Sie umarmt seinen Raubtierhals, küsst seine Nase und die Kiefer, die sie zermalmen könnten. Sie spürt seine Krallen nicht, als er die Pfoten auf sie legt.

Lange sind sie nur glücklich und entspannt, und dann entdeckt Gabriel über Anamayas Schulter blickend den Goldmann, der sie aus dem Schatten beobachtet. Er leuchtet wie ein Stern in der Nacht.

Ohne die Lippen zu bewegen, spricht er zu Anamaya. Sogleich verlässt sie Gabriel. Sie schaut nicht zurück, hört das raue Fauchen nicht, den Schrei des zornigen, tödlich getroffenen Raubtiers, der in den Bergen verhallt.
Der Schmerz seiner eigenen Klage zerreißt ihm die Kehle, und er öffnet die Augen.
Schweißnass kleben die Lumpen an seiner Brust. Er hat einen sauren Geschmack auf der belegten Zunge. Mit voller Wucht überrollt ihn erneut der Schmerz, der seit den Stiefeltritten in Gonzalos Hof durch seinen Kopf wirbelt. Erstarrt weiß er einen Moment später nicht mehr, ob er geträumt hat oder wahnsinnig wird. Hätte er die Kraft, er würde Gott bitten, ihm bis ans Ende aller Zeiten echten Schlaf zu schenken.

*

Mit dem heftigen Wind kommt kalte Morgenluft und macht ihn richtig wach. Frost dringt durch die enge Luke, die nach draußen führt, und kündigt den Winter an.
In dem schwachen Licht, das dem helllichten Tag vorangeht, entdeckt Gabriel, in welch schrecklichen Zustand er sich gebracht hat. Seine abstoßend schmutzige Tunika ist zerrissen. Sie bedeckt ihn kaum noch. Sein ganzer Körper schmerzt von Kopf bis Fuß. Mit den Fingerspitzen betastet er sein von den Schlägen immer noch geschwollenes Gesicht. Sein Knöchel unter dem Kettenring ist aufgeschürft. Die Übelkeit ist vergangen, doch der Schädel brummt ihm noch immer, als würde sein Herz dort trommelartig schlagen.
Vorsichtig befeuchtet er sich die geschwollenen Lippen mit dem Wasser aus dem Krug und löscht endlich seinen Durst. Die Maiskolben, die der Gefängniswärter zwei Tage zuvor gebracht hat, sind hart geworden. Doch der heftige Hunger quält ihn und so verschlingt er sie trotzdem.
Erst jetzt wird ihm klar, dass die Schläge, die er bisher gehört

hat, nicht seinem irren Hirn entspringen oder seinem verletzten Körper. Es sind echte Trommelschläge, immer heftiger und immer näher.
Allmählich wieder bei klarem Bewusstsein spitzt er die Ohren, umklammert seine Kette und erreicht die Luke genau in dem Moment, als rings um sein Gefängnis die ersten Schreie der Spanier erschallen:
»Inkas! Inkas!«
Die enge Luke behindert seine Sicht. Erst erkennt er gar nichts. Doch schon dringen von überall aus dem Halbdunkel, das die Stadt noch umfängt, erschrockene Rufe an sein Ohr.
»Inkas! Inkas!«
Da lenkt der Lärm von Trompeten, Schreien und Gebrüll seine Aufmerksamkeit zu den Bergen im Osten, oberhalb der Stadt. Was er dort erblickt, lässt ihn heftiger frieren als der eisige Wind, der ihm ins Gesicht peitscht.
Es sieht aus, als würden Windböen Hecken und Sträucher schütteln, doch aus der struppigen Masse ragen Arme, Lanzen und Banner empor. Tausend Gestalten zeichnen sich vor dem bleichen Himmel ab!
Die riesige Inkaarmee umzingelt Cuzco, bedeckt wie ein riesiger Schlangenkörper die Gipfel. Im Laufe der Nacht hat der Wind das Grün von den obersten Terrassen gefegt und dort diese bunte Menschenmenge abgesetzt, die nun aus voller Kehle brüllt.
Die Trommelwirbel und die tief tönenden Muscheltrompeten schwellen an. Panik treibt die Spanier auf die Straßen.
Erst zittert Gabriel, doch dann muss er dieses außergewöhnliche Schauspiel unwillkürlich bewundern. Anamaya und Manco haben ihren Plan ausgeführt! Die Freude über die Rache wärmt ihm das Herz. Er vergisst, welche Bedrohung das für ihn und die paar Hundert Spanier von Cuzco bedeutet.
Und was macht es schon aus, wenn er in einem so wohlverdienten Blutbad untergeht! Besser von der Hand der Krieger ster-

ben, die Anamaya anführt, als unter den perversen Schlägen eines Hernando oder Gonzalo!
Stundenlang schaut er durch die Lukarne. Er rechnet jeden Moment mit dem Angriff, der unmittelbar bevorsteht. Und er bezweifelt nicht im Geringsten, dass er heftig und ungeheuer grausam sein wird.

*

Seltsamerweise hat die Inkaarmee die Stadt bis zum Mittag immer noch nicht angegriffen.
Die Reihen der Krieger sind inzwischen so dicht, dass die lebhaften Farben ihrer Tuniken nicht mehr zu unterscheiden sind und nur noch eine dunkle, undurchdringliche Masse bilden. Der ohrenbetäubende Lärm hat aufgehört. Andererseits bemerkt Gabriel rund um sein Gefängnis keine einzige Bewegung mehr. Cuzco scheint verlassen.
Die Kette mit den Fingern umklammernd erstarrt er daher, als er hört, wie die Eisen vor seiner Tür zur Seite gezogen werden. Sein dickbäuchiger Kerkermeister taucht auf, in der einen Hand eine große Fellflasche und eine *Manta* mit Maiskuchen und gekochten Kartoffeln in der anderen.
»Kike!«
»Begrüßt mich nicht so freundlich, Don Gabriel. Ich verdiene Euren Dank nicht.«
»Ich würde den Teufel persönlich begrüßen, mein guter Kike. Nie zuvor ist mir aufgefallen, wie sehr wir erst im Blick der anderen erkennen, dass wir existieren.«
»Kommt mir nicht mit Philosophie, Don Gabriel, in Momenten wie diesen verstehe ich nichts davon. Sonst übrigens auch nicht.«
Jetzt erst bemerkt Gabriel die Angst, die ihm ins Gesicht geschrieben steht. Kike untersucht jeden Winkel des Raumes, als könnte sich dort eine ganze Indioarmee versteckt halten. Er wirft Gabriel seine Last vor die Füße.

»Ihr werdet Euch eine ganze Zeit damit begnügen müssen!«, brummt er. »Es tut mir Leid, das ist alles, was ich finden konnte.«
»He!«, protestiert Gabriel. »Ich soll gerichtet werden, nicht verhungern!«
Der Mann lacht freudlos:
»Ihr habt es genauso gehört wie wir. Die Wilden sind da. Ihr solltet froh sein, dass ich an Euch gedacht habe, bevor ich mich verziehe.«
»Ihr flieht? Die Spanier verlassen die Stadt?«
»O nein! Niemand flieht, dafür ist es schon zu spät. Aber ich kenne ein Loch, wo ich verschwinden kann, bevor die Indios mich einen Kopf kürzer machen!«
Der Mann nähert sich der Luke und wirft einen Blick auf die Berge.
»Was man von hier sieht, ist gar nichts. Sie sind überall und bedecken die ganze Ebene im Süden. Sie haben bereits zwei Reiter gefangen, die versucht haben durchzukommen. Sie haben den Pferden die Füße abgeschnitten und den Reitern die Köpfe.«
Tja, denkt Gabriel, jetzt hat sich Hernando also von seinem Hochmut und seiner Verachtung für die Inkas überrumpeln lassen.
»Das Seltsame ist,« seufzt der Dicke und dreht sich um, »dass sie noch nicht angegriffen haben. Meiner Meinung nach denken sie sich was dabei. Besser, ihnen nicht über den Weg zu laufen, wenn sie uns zeigen wollen, was das ist.«
»Mit mir geschieht etwas Seltsames, Kike.«
»Und was?«
»Ich bin nicht mehr ganz so wild darauf zu sterben.«
Der Kerkermeister betrachtet ihn mit unendlicher Verwunderung.
»Was kann ich dafür? Ich habe Euch alles gegeben, was ich hatte. Macht Euch nichts draus. Ihr habt genug, bis sie über uns herfallen! Und dann, denke ich, wird es sicher nicht der Hunger sein, der Euch am meisten quält.«

»Dann danke ich dir, Kike.«
Gabriels Ruhe und Teilnahmslosigkeit überraschen den dicken Mann erneut, und seine kleinen dunklen Augen werden rund.
»Dankt mir nicht ständig, das ist mir unangenehmer, als wenn Ihr mich anschreien würdet. Hier.«
Aus den Tiefen seines schmutzigen Wamses zieht er ein Päckchen und drückt es Gabriel in die Hand.
Es ist eine dicke, in Schweinespeck eingewickelte Scheibe Schinken. Beim Anblick seiner fettigen Hände läuft Gabriel das Wasser im Mund zusammen. Er blickt den Kerkermeister an, der bereits zur Tür geht und ihm den Rücken zuwendet.
»Jetzt werdet Ihr mir schon wieder danken«, brummt er.
»Nur beten, dass du am Leben bleibst.«
Der Rücken des Mannes rührt sich nicht.
»Man hat mir gesagt, dass Ihr nicht einmal an Gott glaubt, Don Gabriel.«
»Ich glaube genug an ihn, um für dich zu beten, mein Freund.«
Die Tür schließt sich, und Gabriel bleibt allein und steif vor Kälte zurück.
Und obwohl die Angst auch ihn beschleicht, hält er die Schinkenscheibe fest in den Händen und murmelt zwischen zusammengepressten Lippen etwas vor sich hin.
Vielleicht ist es ein Gebet.

3

Cuzco,
6. Mai 1536

Der Kerkermeister hat sich geirrt.
Die Inkakrieger greifen nicht an. Weder an diesem noch am nächsten Tag und auch nicht am darauf folgenden.
Sie warten auf den Hängen und Gipfeln der Berge. Von morgens bis abends. Immer und immer mehr bedecken sie die Ebene im Süden der Stadt über ihre ganze Breite. Nachts leuchten tausend Feuer und bilden ein atemberaubendes Lichterband rund um Cuzco, ganz so, als wäre die Stadt von einem glühenden Diadem umgeben. Allerdings sind die Schreie, das Gebrüll und die Trommelwirbel verstummt. Die Spanier leiden sehr unter dieser Stille, diesem Warten, und von Zeit zu Zeit hört Gabriel das irre Gebrüll derer, die die Bedrohung nicht länger ertragen können.
Auch er spürt, wie er nach diesen zwei Tagen ungeduldig den Kampf herbeisehnt. Zumindest gestatten ihm das Warten und die erzwungene Untätigkeit wieder zu Kräften zu kommen und die Schmerzen zu lindern, obwohl er sich jeden Tag nur wenig Nahrung zugesteht.
Da er fürchtet, dass Gonzalos Schergen diese seltsamen Stunden nutzen könnten, um ihm heimlich den Garaus zu machen, zwingt er sich, immer nur kurz zu schlafen. Er nutzt die Muße, um sich eine Notbehelfswaffe zu basteln. Sorgfältig zerbricht er den vom Kerkermeister hinterlassenen Wasserkrug, sodass er in der Verlängerung des Henkels eine lange dicke Scherbe erhält. Stundenlang schärft er die Schneide mechanisch an den Mauersteinen. Doch die gleichförmige Bewegung macht seinen Kopf leer und unwillkürlich muss er an Anamaya denken.
Die quälenden, irren Träume haben ihn verlassen, nicht aber das Gesicht und der besondere Geruch der Haut seiner Geliebten.

Wie ein Lied tanzt der glockenhelle Ton von Anamayas Lachen, ihrer Ekstase durch seinen Kopf. Er betastet die immer feiner geschliffene Tonscheibe und schließt gelegentlich die Augen. Er stellt sich vor, wie seine Fingerkuppen leicht den Nacken, die Hüften seiner unerreichbaren Liebe berühren.
Oh, wie könnten sie in diesem Moment glücklich sein, wäre sie ihm zum Titicacasee gefolgt, wären sie diesem Chaos gemeinsam entflohen!
Doch nein, er muss nur die Augen öffnen, um zu begreifen, wie blind seine Hoffnung war, und die Wirklichkeit zu sehen, die Kette, die sein Bein zerquetscht, die verrottete Strohmatte und diesen kalten, nackten Lichtstrahl, der die dicke Mauer seines Gefängnisses wie ein Dolch durchdringt.
Anamaya ist weit fort in den Bergen. Sie ist die lebendige Hoffnung der Menschen, zu denen er, Gabriel Montelucar y Flores, der Fremde, der von so weit her gekommen ist, ihnen ihren Frieden und ihr Schicksal zu rauben, niemals gehören wird. Ihr Überleben hängt allein davon ab: Sie müssen Cuzco erobern, erneut die Mächtigen dieser Stadt werden und ausnahmslos alle Spanier vernichten! Ihn ebenso wie die anderen. Bald wird er für Anamaya nur noch eine Erinnerung sein, und Manco und der mächtige Priester Vila Oma werden versuchen, ihn aus ihren Gedanken zu löschen.
Wie konnte er auch nur einen Augenblick lang glauben, dass es anders kommen könnte, dass es möglich wäre, ihre Hand zu halten, als wäre sie eine gewöhnliche Frau, und Arm in Arm mit ihr ins Glück zu schreiten?
Wenn es einen Gott gibt, dann ist das die Strafe für Gabriels Blindheit. Und wenn es Gott nicht gibt, dann ist das der Preis für seine Naivität.
Phh! Er kratzt sich blutig, um nicht in einem sinnlosen Fragenwirbel unterzugehen.
Die Tonscherbe, die er seit zwei Tagen sorgfältig poliert, er-

scheint ihm plötzlich wie das Absurdeste, was er jemals vollbracht hat. Dass man ihn so völlig in der Versenkung verschwinden lässt, ist schlimmer, als erwürgt zu werden! Was braucht er eine Waffe? Die Pizarros werden sich nicht einmal die Mühe machen, ihm eine Klinge in den Leib zu stoßen. Sie müssen ihn nur vergessen, Hunger und Durst ihr Werk tun lassen, ihn dem Zorn der Indiokrieger ausliefern, mehr nicht.
Erbost wirft er die Tonscherbe an die Wand, wo sie zerspringt und wieder zu Staub wird.
Einen kurzen Moment wundert Gabriel sich über seine eigene Tat, dann rollt er sich zusammen, wickelt sich in seine Kette wie in einen Halfter und sucht Schlaf, wie, um dort ein Tor ins Nichts zu finden.

*

Ein leises Geräusch weckt ihn auf. Ein vertrautes Knirschen. Jemand hebt vorsichtig das schwere Rundholz, das seine Zellentür versperrt.
Instinktiv stützt er sich auf. Leise ergreift er die Kettenglieder und umklammert sie wie einen Flegel. Der Schlaf hat seine Hoffnungslosigkeit verschlungen. Die Sehnsucht nach Kampf durchzuckt seine Schenkel. Sein Stolz verlangt, dass er sich hasserfüllt verteidigt und seine Angreifer niederringt.
In der undurchdringlichen Dunkelheit kann er nicht sehen, wie sich die Tür öffnet, doch er spürt einen leisen Luftzug. Ebenso unmöglich ist es, ihre Anzahl zu erkennen. So vorsichtig es geht, drückt er sich an die Wand und kauert sich zusammen. Er zwingt sich, leise zu atmen und versucht nicht daran zu denken, dass sein letztes Stündlein geschlagen hat.
Plötzlich knirscht die Klappe einer Laterne. Das gelbe Licht einer Kerze gleitet über die Mauern und fällt dann auf ihn. Kaum hat es ihn erreicht, geht ein Zittern durch die Laterne.
»Gabriel!«

Obwohl die Stimme leise und gedämpft ist, erkennt er sie, noch bevor er die lange Kutte aus grobem Tuch erblickt.
»Gabriel, keine Angst, ich bin es nur.«
»Bartholomäus! Bruder Bartholomäus!«
»Ja, mein Freund«, flüstert Bartholomäus lächelnd.
Als wollte er jeden Zweifel ausräumen, hält der Mönch seine Hand, deren Mittel- und Ringfinger seltsam miteinander verwachsen sind, in das funzelige Licht.
»Himmelherrgott noch mal!«, ruft Gabriel. »Ihr seid wirklich der Letzte, den ich hier diese Nacht zu sehen erwartet hätte!«
»Genau deshalb war ich so darauf bedacht, mich ins rechte Licht zu rücken, bevor du dich auf mich stürzen würdest.«
Gabriel lacht und lässt seine Kette los.
»Gut erkannt!«
Doch als der Mönch näher tritt und ihn brüderlich umarmen will, stößt Gabriel in sanft zurück.
»Ich würde Euch gerne an mich drücken, doch ich glaube, es ist besser, wir lassen das!«
Langsam hebt Bartholomäus seine Lampe und betrachtet ihn von Kopf bis Fuß:
»Mein armer Freund! In was für einem Zustand du bist!«
»Wahrscheinlich stinke ich zwanzig Meilen weit gegen den Wind.«
»Nimm diese Lampe und gib mir Licht«, flüstert Bartholomäus. »Ich habe draußen etwas, das wieder einen Menschen aus dir machen wird.«
Einen Augenblick später kehrt er mit einem großen Korb unter dem Arm zurück.
»Genug, um dich satt zu essen«, verkündet er und legt Gabriel seine Last zu Füßen. »Jede Menge Wasser, genug, dass du dich waschen und trinken kannst, und ein paar Salben für die Wunden und Beulen.«
»Das reicht ja, um eine ganze Belagerung zu überstehen.«

»Du weißt gar nicht, wie Recht du hast! Doch darüber sprechen wir gleich. Iss dich erst einmal satt.«
Gabriel schüttelt gerührt den Kopf:
»Gestern Abend hatte ich mich damit abgefunden, einsam und allein zu krepieren wie ein Hund, ohne dass es irgendjemanden kümmert, wenn die Würmer meine Knochen abknabbern. Ich dachte, das letzte menschliche Gesicht, das ich in dieser Welt gesehen hätte, wäre das eines fetten Kerkermeisters – übrigens nicht der schlimmste aller Menschen, doch trotz allem recht weit entfernt von Erasmus und Sokrates. Doch jetzt seid Ihr da, und ich fühle mich, als könnte ich diese Kette mit meinen eigenen zwei Händen aus der Mauer reißen!«
»Gott zeigt uns seine Gnade auf seine Weise, Gabriel, selbst wenn du vorziehst, es nicht zu bemerken«, sagt Bartholomäus belustigt und reicht ihm eine gefüllte Wasserblase. »Mir scheint, es wäre für uns beide gut, wenn du dich zuerst einmal ein wenig waschen würdest. Leider achte ich so wenig auf Kleidung, dass ich nicht einmal daran gedacht habe, dir etwas mitzubringen, um dich von diesen Lumpen zu erlösen!«

*

»Don Hernando ist zu mir gekommen und hat mir von deiner Rückkehr und deiner Verhaftung berichtet«, erklärt Bartholomäus, während Gabriel gierig in das gegrillte Fleisch einer Lamakeule beißt. »›Bruder‹ hat er mit seiner sanftesten Stimme gesagt, ›dieser Mann verdient nur den Tod. Ich zweifele nicht daran, dass er ihn bekommt. Doch wir wissen, dass die christliche Liebe an vorschnellen Urteilen Anstoß nimmt. Und so werden wir diesem Bastard einen Prozess gewähren. Unter den gegebenen Umständen sehe ich niemanden anderen hier als Euch, der fähig wäre, diese Aufgabe anständig zu erfüllen.‹ Und so hat er mich zu deinem Richter ernannt.«
Leise in sich hineinlachend verstummt Bartholomäus und gibt

Gabriel Gelegenheit, sich ein wenig zu erfrischen, bevor er hinzufügt:
»Don Hernando ist heimtückischer denn je aus Spanien zurückgekehrt. In Toledo befand er sich in einer ziemlich misslichen Lage. Die Methoden der Pizarros haben viele Leute am Hofe schockiert. Bis in die Kreise der Königin war man über Atahuallpas Ende betrübt.«
»Wenigstens das!«
»Oh, das hat nicht sehr weit gereicht! Sie haben ihn in ein Pilgergewand gesteckt und auf den Jakobsweg geschickt, obwohl man es lieber gesehen hätte, wenn er in dem Gefängnis verfault wäre, wo wir beide, du und ich, uns kennen gelernt haben.«
Lächelnd denken sie gemeinsam daran zurück.
»Ich wollte dich sofort befragen«, fährt Bartholomäus fort. »Sie haben mich davon unter dem Vorwand abgebracht, du bräuchtest etwas Zeit, um allein zu sein und ein wenig Reue zu zeigen. Ich habe daraus geschlossen, dass sie dich ziemlich schlimm zugerichtet haben.«
»Wessen bin ich denn genau angeklagt?«
»Des versuchten Mordes an Gonzalo ... Doch zuvor noch des Verrates, weil du den Auftrag, mit dem der Gouverneur dich betraut hatte, nicht ausgeführt hast: Don Almagro auf seiner Expedition in den Süden zu folgen.«
»Toller Auftrag! Er bestand vor allem darin, Zeuge der Gräuel zu sein, die Almagro den Weg entlang um sich herum verbreitete. Ihr könnt Euch nicht vorstellen, was ich dort mitangesehen habe, Bartholomäus. Der spanische Hof war von Atahuallpas Ende betroffen? Sie würden sich wie die Reiher übergeben, wenn ich ihnen zeigen könnte, was meine Augen wochenlang gesehen haben! Die Galgenvögel, die Almagro begleiten, vergewaltigen und töten die Indios wie Ratten. Kinder, Alte, Frauen, Kranke. In ihren Augen verdient keiner von ihnen Leben und Respekt. Ich habe sogar gesehen, wie sie die Toten enthauptet

haben! In mehr als hundert Meilen Umkreis gab es kein Dorf mehr, das nicht verbrannt, geplündert oder ausgeraubt worden wäre!«

»Ich habe davon gehört.«

»Ich war dabei, Bartholomäus! Und ich war vollkommen machtlos. Als ich mich dagegen auflehnen wollte, hat Almagro nur die Armbrust auf mich gerichtet. Könnt Ihr Euch vorstellen, was es heißt, sich inmitten dieses Elends zu befinden, Tag für Tag, ohne etwas dagegen tun oder es auch nur lindern zu können? Könnt Ihr Euch vorstellen, wie beschämend es ist, ein Mörder zu sein wie dieser Abschaum der Menschheit, der dort vor Goldgier geifernd einfällt?«

»Warum sagst du das? Du selbst hast nichts getan.«

»Ich habe niemanden gequält, aber ich habe es auch nicht verhindert, das läuft aufs Gleiche hinaus. Für die Menschen dieses Landes sind von nun an alle Spanier gleich.«

Heftig deutet Gabriel auf die Luke, wo rot die Inkafeuer leuchten:

»Für Tausende von Kriegern, die uns dort oben umzingeln und brüllen, gibt es keine guten und schlechten ›Fremden‹ mehr. In ihren Augen verdient jeder von uns den Tod. Das ist das Ergebnis von Hernandos und Almagros Politik und das Werk von diesen Handlangern der Hölle wie Gonzalo, denen sie alles gestatten!«

»Zumindest den Gouverneur nimmst du von deiner Liste«, stellt Bartholomäus besänftigend fest.

Mit einem bitteren Grunzen erhebt sich Gabriel und zieht an seiner Kette, um an der Luke ein wenig frische Luft zu schöpfen.

»Don Francisco ist nicht brutal«, gibt er zu, »doch wenn es ihm in den Kram passt, ist er sehr gut darin, die Augen zu schließen. Und es passt ihm oft in den Kram.«

Das Morgenrot am östlichen Himmel ist kaum zu erkennen, so hell erleuchten die Inkafeuer das Firmament. Wie jede Nacht tauchen tausend Feuerstellen die Hügel in rote Glut, deren Widerschein bis zu den Mauern Cuzcos reicht. Hier und da sieht man Schatten, die sich bewegen.

»Ich glaube, dein Prozess wird in Vergessenheit geraten«, bemerkt Bartholomäus, der zu ihm getreten ist. »Ich werde dafür sorgen, dass du hier raus kommst, Gabriel. Ich werde ein Werkzeug finden, mit dem wir deine Ketten sprengen können. In all dem Durcheinander, das hier in der Stadt herrscht, wird das gar nicht auffallen.«

»Danke, Bruder Bartholomäus. Doch macht Euch nicht zu große Illusionen. Hier drinnen oder dort draußen, jetzt sind wir alle gleich. Die Stunde unseres Gerichts scheint tatsächlich gekommen.«

Einen Augenblick verharren sie beide schweigend, fasziniert von dem Feuerfluss, der die Berge miteinander verbindet.

»Sie sind vielleicht zweihunderttausend«, murmelt Bartholomäus plötzlich. »Ich frage mich, worauf sie warten, bevor sie sich auf uns stürzen.«

»Sie warten nur darauf, dass wir nicht die kleinste Chance mehr haben, uns ihnen zu widersetzen.«

»Oder dass wir verhungern! Es gibt immer weniger Nahrung. Was ich dir heute Abend gebracht habe, musste ich stehlen, und du wirst nicht so schnell wieder einen ebenso vollen Korb sehen. Heute wollte ein Reiter namens Mejia sich unbedingt einen Weg in die Ebene bahnen. In null Komma nichts war er entwaffnet. Sie haben ihn enthauptet und dann seinem Pferd die Sprunggelenke durchschnitten!«

»Wie sehen Hernandos Verteidigungsmaßnahmen aus?«

»Er will die Reiter zusammentrommeln und einen Ausfall anführen, der eine Bresche in diese menschliche Mauer schlagen und Verstärkung holen soll.«

»Das heißt wie viele Pferde?«

»Es gibt höchstens sechzig in der ganzen Stadt.«

»Was für ein Blödsinn!«

Bartholomäus wirft ihm einen durchdringenden Blick zu. Als Gabriel nichts weiter sagt, fragt er:
»Warum?«
»Oh, man muss nur ein wenig nachdenken! Aber dafür ist Herr Hernando Pizarro viel zu sehr davon überzeugt, dass ihm nur ein paar Wilde gegenüberstehen. Ich kenne ihre Anführer ein wenig. Sie wissen sehr gut, wie wir kämpfen und wo unsere Schwächen liegen. Darauf warten sie doch nur, auf einen gemeinsamen Ausfall. Das ist bis heute unsere einzige militärische Taktik!«
»Weil sie immer erfolgreich war.«
»Dieses Mal wird sie es nicht sein. Die Inkas werden die Reiter durchlassen und gar nicht erst richtig versuchen sie aufzuhalten. Oder sie verwickeln sie in eine Art Scheinkampf. Und was wird in dieser Zeit geschehen? In Cuzco stehen weiterhin zwei- oder dreihundert Spanier hunderttausend Indios gegenüber, die keine andere Verteidigung haben als ein paar Beine und einen Degen! Der Kampf wird keinen Tag dauern, Bartholomäus. Im Kampf Mann gegen Mann sind Mancos Soldaten äußerst gefährlich. Ihre Steinschleudern durchdringen die besten Rüstungen und zerschlagen unsere Degenklingen. Ich sage Euch: Es wird kein zweites Wunder von Cajamarca geben!«
»Was gibt es sonst für einen Ausweg?«
»Frieden! Manco seine königlichen Würden zurückgeben, ihm das gestohlene Gold wiedergeben ... Doch das wird nicht geschehen, und es ist sowieso viel zu spät: Die Inkas würden es nicht mehr wollen: Warum Frieden schließen, wenn sie uns wie die Fliegen zerquetschen können?«
Bartholomäus nickt zustimmend. Doch seine Stimme klingt ein wenig anders, als er bemerkt:
»Don Hernando scheint zu glauben, dass du nunmehr einer von Mancos Spionen geworden bist, dass du an seiner Flucht beteiligt warst, an der Organisation dieser Belagerung ...«

»... und dass ich eine große Goldstatue verstecke sowie eine gewisse Inkaprinzessin, von der man uns erzählt, sie sei die Gattin dieses Goldenen Mannes!«, beendet Gabriel den Satz mit bitterem Lachen.

»Die dich betreffenden Gerüchte werden immer seltsamer, das stimmt«, seufzt Bartholomäus, »nicht ganz verwunderlich, wenn man bedenkt, wie du als Indiobauer verkleidet hierher zurückgekommen bist. Von deinen gewalttätigen Angriffen einmal ganz abgesehen. Gonzalo stolpert im falschen Moment, und du hast tatsächlich einem seiner besten Freunde den Schädel zertrümmert. Was soll diese Bestialität?«

Plötzlich ist Bartholomäus wieder distanziert und aus seiner Stimme klingt jene kühle Neugier, hinter der Gabriel in der Vergangenheit so oft irgendwelche dunklen Absichten vermutet hat.

»Beginnt jetzt das richterliche Verhör?«

»Gabriel!«

»Wie die Dinge stehen, kann ich es Euch auch ohne Umschweife gestehen, Bartholomäus: Am meisten bedaure ich, dass ich gescheitert bin. Mein Kriegsbeil hätte in Gonzalos Hirn stecken bleiben sollen und nicht in dem seines Gefährten. Dafür, ja, dafür will ich gerne bestraft werden!«

»Ich fürchte, dass ich die Gründe dieses unglaublichen Hasses immer noch nicht verstehe, mein Freund.«

Gabriel zögert kurz. Der Himmel über den Bergen wird immer blasser. Anscheinend herrscht bei den Inkakriegern mehr Geschäftigkeit als sonst.

»Vor über einem Jahr, als ich weit weg war, hat Gonzalo versucht Anamaya Gewalt anzutun«, sagt er mit tonloser Stimme. »Diese Schandtat hat dazu geführt, dass Manco geflohen ist. Weder sie noch er waren in Cuzco mehr sicher. Selbstverständlich hat Gonzalo sich nicht mit dieser Heldentat gebrüstet, und so könnt Ihr es auch nicht wissen.«

»Gütiger Jesus!«
»Unglücklicherweise wurde Manco von Gonzalo geschnappt und eingesperrt. Anamaya selbst konnte mit ihrem Freund, dem Zwerg, fliehen. Sie hat sich in den Bergen versteckt, wo sie den Aufstand organisiert hat. Sie wollte zuerst Manco befreien, der hier die schlimmsten Demütigungen erlitt. Ich selbst wusste nichts davon. Ich habe nur erfahren, dass Gonzalo, dieser Irre, Manco gefangen hielt, und mir vorgestellt, dass er auch Anamaya in seinen Klauen hätte. Allein der Gedanke daran war mir unerträglich. Deshalb habe ich Almagros Expedition umgehend den Rücken gekehrt, denn ich hatte sowieso mehr als genug von diesen Gräueln.«
»Ich verstehe, ich verstehe.«
Bartholomäus legt Gabriel die Hand auf die Schulter. Seine Stimme ist wieder warm und freundschaftlich.
Gabriel tritt von der Luke zurück und erzählt in wenigen Sätzen, wie er die seltsame Salzwüste durchqueren wollte, um so schnell wie möglich nach Cuzco zu kommen, wie er sein Pferd in den Tod trieb und seine eigene Rettung nur Katari, dem »Herrn der Steine« zu verdanken hatte.
»Ich war so gut wie tot, und er hat mich im wahrsten Sinne des Wortes wieder zum Leben erweckt.«
»Katari …«, murmelt Bartholomäus gerührt, »ich habe immer geglaubt, dass dieser Mann bei uns so etwas wie ein Heiliger wäre. Er hat eine Art Gespür für unsere Mysterien. Er war es, der mir meine ersten Quechuaworte beibrachte, und ich lehrte ihn seine ersten Worte Spanisch. Doch ich musste ihn nur ansehen, um zu wissen, dass seine Seele rein und selten war. So Gott will, würde ich mich sehr freuen, ihn eines Tages wiederzusehen.«
»Ach!«, ruft Gabriel, der dem Mönch nur mit einem halben Ohr zugehört hat, begeistert aus, »ich erwachte am schönsten Ort der Welt! Einem riesigen See, fast einem Meer, den die Menschen dort Titicaca nennen. Die Berge ringsum sind höher, als

man es sich vorstellen kann, der Schnee bleibt dort immer liegen und an manchen Tagen spiegeln sich die Gipfel im See. Und doch scheint das Klima dort ebenso mild zu sein wie in Cadiz. Die Menschen dort sind friedlich, freundlich. Ich habe davon geträumt, mit Anamaya dorthin zurückzukehren und dort zu leben. Mit ihr dorthin zu fliehen …«

Er unterbricht sich. Plötzlich erinnert er sich an die wirren Albträume der vergangenen Tage. Gerne würde er mit Bartholomäus darüber sprechen können, doch etwas hält ihn zurück. Vielleicht die Scham zuzugeben, dass er sich im Traum für ein Tier hält. Und so berichtet er ihm nur von seiner Ankunft in Calca, während Mancos Krieger bereits aus allen Richtungen des Reiches der Vier Gegenden zusammenströmten.

»Dort hat sie mir einerseits erklärt, dass sie mich liebt, und andererseits, dass wir unmöglich zusammenbleiben können, weil es Krieg geben wird! Eigentlich hat sie mir damit, mit ihren sanften Worten und ihren Küssen, gestanden, dass ich für sie nur noch ein Fremder bin wie die anderen und dass …«

»Gabriel! Bei Gott, Gabriel, schau – allmächtiger Gott!«

Bartholomäus' Schrei lässt Gabriel das Blut in den Adern gefrieren. Mit klirrenden Ketten springt er zur Luke. Und unwillkürlich entweicht ihm ein erstaunter Ausruf.

Im Zwielicht des aufgehenden Tages scheinen die Feuer von den Hügeln herabgekommen zu sein, ganz so, als sei der von den Indiokriegern unterhaltene Feuerfluss über die Ufer getreten. Plötzlich erzittert die Luft im gequälten Ruf der Trompeten, der sogleich von schrecklichen Flüchen übertönt wird, die überall um sie herum erschallen.

»Sie greifen an«, murmelt Bartholomäus mit belegter Stimme.

»Seht nur!«, ruft Gabriel. »Seht nur den Himmel!«

Ein Schwarm von Pfeilen erhebt sich in die Luft, so dicht, so gedrängt, dass es aussieht wie ein Vorhang, der vom Boden emporgehoben wird. Sie steigen sicher und merkwürdig langsam empor. In den Gassen ganz in der Nähe erklingen spanische Rufe und plötzlich fallen tausende Pfeile rasend schnell herab und schlagen in den Boden ein. Instinktiv ist Bartholomäus zurückgewichen. Doch die Schüsse reichen noch nicht weit genug, um die Cancha zu treffen, in der sich das Gefängnis befindet. Gabriel hört die Schreie nicht mehr. Er betrachtet den fallenden Todesvorhang, hinter dem die Dächer verschwinden. Trotz des Lärms klingt der Aufprall wie ein lang gezogenes dumpfes Zerreißen. In diesem Moment wird der Trommelwirbel von Trompeten abgelöst.

»Ich muss fort zu Hernando«, verkündet Bartholomäus.

Gabriel hält ihn am Arm zurück:

»Wartet einen Moment, es ist zu gefährlich, das ist sicher noch nicht alles.«

Kaum hat er seinen Satz beendet, da spüren sie ein seltsames Brummen, das sich anhört, als wollte es sich einen Weg durch die Rufe und Schmerzensschreie bahnen. Doch noch ist nichts zu sehen.

»Die Schleudersteine.«

Ja, dem Pfeilregen folgt ein Steinhagel. Und dieser kommt nicht aus den Hügeln, sondern von der großen Festung Sacsayhuaman, die über Cuzco aufragt, ganz in der Nähe der Wohnhäuser und Gassen. Die Steine haben eine sehr viel größere Reichweite als die Pfeile. Gabriel und Bartholomäus hören, wie sie überall dumpf auf die Dächer und gegen die Mauern prasseln. Es werden immer mehr, sie pfeifen und klappern, prallen gelegentlich in der Luft aufeinander, so schnell werden sie hintereinander abgeschossen. Es dauert ewig. Die erschrockenen Rufe der Spanier werden lauter, aus den Bergen antworten ihnen Flüche. Eine erneute Pfeilsalve erhebt sich und bedeckt die Stadt, vermischt sich in tödlicher Sintflut mit den Steinen. Der Himmel scheint im wahrsten Sinne des Wortes auf Cuzco niederzugehen und dort alles Leben auszulöschen, die Stadt zu verschlingen, in sei-

nem Hunger nach Rache, den erst ein Berg von Leichen wird stillen können.
»Ich muss fort!«, ruft Bartholomäus.
»Dann stülpt dies über!«, schreit Gabriel und leert den Korb, den er dem Mönch umgedreht auf den Kopf setzt. »Das wird Euch ein wenig schützen!«
Doch als Bartholomäus die Tür öffnet, bleibt er wie angewurzelt stehen.
»O Gott«, murmelt er und bekreuzigt sich flüchtig.
Die Strohdächer Cuzcos rauchen bereits an zehn verschiedenen Stellen. Hier und da züngeln Flammen auf, als würden sie von unten angefacht.
»Die Schleudersteine«, erklärt Gabriel. »Das war es also! Mit den Schleudersteinen legen sie Feuer an die Strohdächer.«
»Sie werden die ganze Stadt verbrennen«, stöhnt Bartholomäus.
Gabriel zerrt wütend an seiner Kette.
»Wenn Ihr könnt, dann findet jemanden, der mich von dieser verdammten Kette befreit!«
»Ich werde dich hier nicht schmoren lassen.«
Der Mönch umarmt ihn kurz.
»Versprecht Ihr mir das?«
Obwohl Bartholomäus genickt hat, bevor er in die rauchgeschwängerte Welt entschwindet, bezweifelt Gabriel stark, ihn wiederzusehen.

*

Bis tief in die Nacht entfacht der Wind die Flammen immer wieder neu. Die ganze Stadt ist ein einziger Scheiterhaufen. Nur ein paar Häuser rings um den großen Platz sind verschont geblieben, außer Reichweite der Steine oder von den mutigen Indioverbündeten gerettet, den treuen Helfern der Spanier, die die Dächer unter Einsatz ihres Lebens mit Wasser löschen.
Im Abendrot ist der Rauch so dicht geworden, dass man gele-

gentlich nicht einmal mehr die Mauern der Gassen vor sich sehen kann. Beißend dringt er in die Lungen wie ein Gift, das die Kehlen zerreißt. Die Männer gehen stöhnend in die Knie, weil sie keine Luft mehr bekommen. Die Pferde sind verschreckt. Sie schnauben, ihre Flanken flattern, sie rollen mit den blutunterlaufenen, brennenden Augen, die Nüstern beben, die Lippen zittern. Mit klagendem Grunzen beißen einige nach ihren Herren. Ununterbrochen dringen Pfeile und Steine pfeifend durch den Rauch. Gleichgültig zerschellen sie an den Mauern oder dringen ins Fleisch der zurückgelassenen Verletzten. Doch diese leiden nicht mehr lange.

Im Schutze des undurchdringlichen Rauches, die Münder mit Baumwollmasken bedeckt, stürzen die Inkakrieger durch die engen Gassen am äußersten Rand der Stadt. Sie errichten Barrikaden, werfen Stämme nieder, richten vorbereitete Palisaden auf. Nach und nach versperren sie alle Ausgänge, sodass kein Pferd sie überqueren kann.

Vila Omas Befehl gehorchend dringen sie unmerklich gruppenweise weiter ins Innere von Cuzco vor. Mit langen Streitäxten aus Stein oder Bronze ausgestattet töten sie die zurückgebliebenen Verletzten und springen dann auf die Mauern der ersten verkohlten Canchas. Einige Canarifrauen und Kinder flehen um Gnade, die erschrockenen Augen leuchten weiß in den geschwärzten, von Brandblasen übersäten Gesichtern. Doch kein Flehen hält Mancos Krieger auf.

Zum ersten Mal kämpfen sie mit dem Geschmack des Sieges auf der Zunge.

*

»Das zu sehen, darauf habe ich lange gewartet«, frohlockt Vila Oma und wirft Anamaya und Manco ein sehr seltenes und sehr selbstzufriedenes Lächeln zu. »Unumschränkter Gebieter, es ist mir wirklich eine sehr große Freude, dir endlich diesen Kampf zu

bieten. Ich hoffe, dass dein Sonnenvater und all deine Ahnen sich ebenso freuen wie wir!«
Sie befinden sich auf dem höchsten Turm der Sonnenfestung Sacsayhuaman. Im aufgehenden Licht des Tages ist Cuzco nur noch ein riesiger Gluthaufen. Unermüdlich haben die Krieger ihre Schleudern gespannt und verschießen damit die Steine, die seit dem Vortag im Feuer liegen und nun in Baumwolle gewickelt werden. Während sie durch die Luft schwirren, kann sich der Stoff entzünden, und sobald die Geschosse auf die Dächer auftreffen, braucht es nur einen Augenblick, bis das durchgetrocknete *Ichu*, das sie bedeckt, ebenfalls in Flammen aufgeht.
Heute unterstützen die Ehrwürdigen der Anderswelt den Unumschränkten Gebieter Manco. Vor Ende der Nacht erhob sich der Wind erneut und entfachte schnell die ersten Flammen. Sie wurden größer, länger, drehten und wendeten sich, glitten von Dach zu Dach. Alle Canchas in der Oberstadt von Cuzco gingen gleichzeitig in Flammen auf, als hätte das Feuer sich verflüssigt. Erneut warfen die Krieger tausendfach Steine. Die Schleudern pfiffen, und nun sind es die Dächer in der Unterstadt Cuzcos, die auflodern wie Maisfelder am Ende des Sommers. Das Feuer springt quer über die Gassen, hüpft durch Gärten und Innenhöfe.
Manco hat die Hände auf eine Steinmauer gelegt, die ebenso breit ist wie ein Weg, und lacht fröhlich:
»Schau, Anamaya! Schau, wie sie rennen, unsere mächtigen Fremden! Sehen sie nicht wie Ameisen aus, die spüren, dass der Tod ihnen die Beine verbrennt?«
Anamaya nickt. Mancos Vergleich ist sehr treffend. Die Spanier und einige hundert Indios, Canaris, Huancas und noch andere Stämme, die stur zu ihnen stehen, rennen hin und her ohne irgendein anderes Ziel als das, den brennenden Dächern und Dachstühlen auszuweichen. Sobald sie im Freien außer Reichweite der Flammen sind, ergießt sich stattdessen ein Stein- und

Pfeilhagel über sie. Sie sehen bereits die ersten Toten und Dutzende von Verletzte, denen niemand wagt zu Hilfe zu kommen. Seit einem Augenblick haben sich die spanischen Reiter auf den großen Platz zurückgezogen, der einzige, den die Flammen und Geschosse verschont haben, da die Entfernung bis zu den Türmen von Sacsayhuaman zu groß ist. Anamaya versucht zwischen den nervösen, aufgeregten Gestalten Gabriels blonde Haare zu entdecken. Doch die Fremden stehen zu dicht gedrängt und *Morions* bedecken ihre Gesichter. Andere erreichen brüllend den Platz, schützen sich so gut sie können mit ihren Schilden.

»Was denkst du, *Coya Camaquen?*«, fragt Manco, der sie belustigt beobachtet und ihre Gefühle ahnt.

»Ich denke, dass es ein schöner Kampf ist und dass er schrecklich ist, wie jeder Kampf.«

»Wir werden siegen«, entrüstet sich Vila Oma, »und das scheint dich nicht zu erfreuen.«

»Wir haben noch nicht gesiegt«, antwortet Anamaya sanft. »Im Moment ist nur unser Cuzco zerstört, aber nicht die Fremden!«

Die Bemerkung trifft Vila Oma zutiefst. Heftig zeigt er auf die zahlreichen Truppen rings um Cuzco.

»Schau in die Ebene, Coya Camaquen. Sieh dir unsere Krieger an, sie bedecken die Berge, sie bedecken die Ebene. Nicht eine Ameise kann ihnen entkommen. Kannst du dir vorstellen, dass sie besiegt werden könnten?«

»Zur Zeit stehen unsere Krieger vor der Stadt und die Fremden sind drinnen.«

»Das wird nicht so bleiben. Ich werde gleich meine Befehle geben. Alle Truppen werden in die Straßen von Cuzco strömen. Schau dir die Fremden dort auf dem Platz genau an! Heute Abend wird keiner von ihnen mehr am Leben sein!«

Vila Oma hat fast geschrieen. Anamaya antwortet nicht, sie weiß, woran der alte Gelehrte denkt, der sich an der Grausam-

keit des Krieges berauscht. Sie beißt sich auf die Zunge, will die Frage unterdrücken, die sie nicht mehr loslässt, seit sie sich in Calca von Gabriel getrennt hat. Wenn Gabriel der Puma ist, was geschieht, wenn er stirbt?
»Anamaya hat Recht«, erklärt Manco trocken und reißt sie aus ihren Gedanken. »Mir gefällt, was du uns zeigst, Vila Oma, aber es ist zu früh, um sich darüber zu freuen.«
»Dann warte bis heute Abend!«, grunzt Vila Oma ein wenig verächtlich. »Schau dort unten!«
Mit dem Finger zeigt er ihr die ersten Krieger, die auf die Straße stürmen und Palisaden errichten, die verhindern sollen, dass die Fremden auf ihren Pferden entkommen.
»Nein«, befiehlt Manco fest. »Wir werden die Stadt heute nicht betreten. Es ist zu früh. Bald kommen Krieger aus Quito, dann werden wir angreifen und sie besiegen.«
»Unumschränkter Gebieter! Wir sind bereits mehr als einhunderttausend und sie zweihundert!«
»Ich sage nein, Vila Oma. Wir müssen sie noch mehr schwächen. Wir müssen die Wasserleitungen zerstören, die Wasser zum Großen Platz bringen. Wir müssen sie aushungern, ihnen jeden Moment unerträglich machen, bis sie nur noch den einen Wunsch haben, in der Ebene Schutz zu suchen, die du überflutet hast: Ihre Pferde werden ihnen nicht helfen. Sie werden uns in die Hände fallen, und wir werden ihre Reiter Inti opfern. Angst, Vila Oma! Sie sollen sterben vor Angst!«
Vila Omas Gesicht ist zornverzerrt. Doch er schweigt. Er begnügt sich damit, die brennende Stadt zu betrachten, die Männer, die schreiend davonlaufen. Anamaya sieht seine zitternden Lippen und die krampfartig geballten Fäuste. Er muss sich beherrschen, sonst würde er den Arm ausstrecken und nach Manco schlagen.
»Vila Oma«, setzt sie beruhigend an.
»Du solltest nicht hier sein, Coya Camaquen!«, knirscht der Ge-

lehrte mit böser Ironie. »Wenn die Fremden so gefährlich sind, wie Manco behauptet, dann setzt du dich auf diesem Turm einer großen Gefahr aus. Du musst sofort nach Calca zurückkehren.« Er dreht ihr den Rücken zu und überlässt es ihren blauen Augen, sich im Himmel zu verlieren, wo Rauch und Flammen aufsteigen; endlich kann Anamaya ihrem Herzen folgen und sich ihrer Sorge überlassen.

Ja, sie zittert um Gabriel!

Ja, mit all ihrer Kraft und von ganzem Herzen hofft sie, dass zumindest er überlebt. Und nicht nur, weil er der von Huayna Capac angekündigte Puma ist: weil er der Mann ist, den sie liebt, und weil ein Leben ohne ihn kein Leben ist.

4

Cuzco,
Mai 1536

Hilflos wie ein angeketteter Hund hört Gabriel die Sterbenden stöhnen und schaut zu, wie die Stadt in Flammen aufgeht. Der Rauch dringt bis zu seiner Luke und lässt ihn zurückweichen. Von Hustenanfällen geschüttelt zerreißt er die Überreste seiner vor Dreck starrenden Tunika und bindet sie sich vor das Gesicht. Er hat es seit langem aufgegeben, auf die Rückkehr des Kerkermeisters, auf Bartholomäus' Rückkehr zu hoffen.

Seit langem hat ihn jede Hoffnung verlassen, und er denkt nur noch an den nächsten Atemzug, ans Überleben.

Halb Cuzco steht bereits in Flammen, als er das befürchtete Prasseln hört: Die Steine haben das Dach seines Gefängnisses erreicht. Vielleicht zehnmal wiederholt sich das dumpfe Ge-

räusch. Dann durchschlägt der erste Stein das Ichustroh und fällt ganz dicht neben ihm nieder.
Fast sofort bilden sich lebhaft braune Qualmkringel rings um die Rundhölzer des Dachstuhls. Eine kleine Flamme knistert, zuckt. Sie malt eine goldene Schlange in die Luft, erreicht den Dachfirst, windet sich, zögert, klettert unter die gegenüberliegende Dachschräge und läuft die Mauer entlang. Dann, kaum eine Minute später, bilden sich weitere Flammen und verschmelzen ineinander.
Plötzlich steht das ganze Stroh in Flammen.
Bevor Gabriel noch reagieren kann, tanzt das Feuer schon so dicht über ihm, als wollte es den Boden streicheln, und zwingt ihn in die Knie. In wenigen Sekunden wird die Hitze unerträglich.
Gabriel verflucht seine Kette, verflucht Hernando und alle Pizarros. Er legt sich flach auf den Bauch, versucht sein Gesicht zu schützen. Doch in seinem Rücken wird es unerträglich heiß.
Leise, mit raubtierhaftem Fauchen brechen ganze Ichustücke herab, Funken zerstieben in alle Richtungen. Die Flammen brausen immer stärker, doch sie werden nach draußen gesogen und ziehen den Rauch hinter sich her. Da erst denkt Gabriel an die Wasserbeutel, die Bartholomäus ihm gebracht hat.
Der Hitze trotzend, die ihm die Haare auf den Händen verkohlt, kriecht er vorwärts, um sie zu erreichen. Mit den Zähnen zerreißt er das Lederband, das die Holzzapfen festhält, und besprüht sich Gesicht und Schultern, leert alles bis zum letzten Tropfen über seinen ganzen verbrannten Körper. Der Kälteschock ist so kurz und heftig, dass er zittert und mit den Zähnen klappert. Er ist gerade noch wach genug, um zu sehen, wie das Stroh über ihm zusammensackt. Von seiner Kette gefangen, in seinen Bewegungen eingeschränkt, weicht er, so gut er kann, den glühenden Ballen aus und kauert sich unten an der Mauer zusammen.

Und dann verlöscht das Feuer ebenso plötzlich, wie es sich ausgebreitet hat.
An den Balken des Dachstuhls züngeln nur noch vereinzelte Flammen, angestoßen vom Wind, der den Rauch in dichten wirbelnden Wolken vertreibt. Frische, gar kalte Luft drängt durch die glühend heißen Mauern.
Mit schmerzenden Armen und Händen ergreift Gabriel den letzten Wasserbeutel, den er noch hat, und kann dem Verlangen zu trinken und sich nochmals zu besprühen nicht widerstehen. Er wird bald kein Wasser mehr haben, doch was soll's?
Vor Angst erschöpft streckt er sich auf dem Boden aus, dankbar für die Abkühlung, die der Wind ihm gewährt.
Der Rauch gleitet nun über die Mauern von Cuzco, verdeckt den Himmel wie ein abendliches Gewitter. Er scheint alle Klagen, alle Rufe, den ganzen Lärm von Tod und Zerstörung zu enthalten, der in der Stadt verhallt.
Gabriel schließt die schmerzenden Lider und fährt sich mit der Zunge, die sich anfühlt wie altes Leder, über die aufgesprungenen Lippen.
Es fragt sich, wie viele Spanier wohl noch am Leben sind.
Was ihn betrifft, so kommt es ihm vor, als stünde er bereits an der Pforte ins Totenreich.

*

In dieser wie in den vorherigen Nächten lassen die Klagen der Trompeten und Gesänge, die Rufe, die Flüche der einhunderttausend Inkakrieger nicht nach. Der schreckliche Lärm zittert im weiß glühenden Himmel, wälzt Rauch vor sich her, der ebenso dicht ist wie Gewitterwolken, als hätte der Teufel selbst den Baldachin der Hölle über Cuzco gebreitet.
Erschöpft, von den Zehenspitzen bis zu den Lidern schmerzerfüllt, döst Gabriel lange vor sich hin, sucht in dumpfer Schwäche Frieden.

Ein Schrei, anders als die anderen, zwingt ihn die Augen zu öffnen.
Er ist sich dessen, was er sieht, nicht sicher. Auf der Mauer über ihm stehen drei reglose Gestalten. Gesichtslose Schatten, von denen er nur Leib und Glieder sieht. Und Waffen: Lanzen und Kriegsbeile.
Erst rührt sich nichts und er meint, immer noch schlecht zu träumen. Dann hallt erneut der Schrei durch die Dunkelheit. Ein Arm hebt sich und wirft etwas. Einen Stein, einen dicken, an ein Seil geknoteten Stein! Er prallt vier Zoll neben Gabriels Bein auf, während dieser bereits aufspringt und ohne nachzudenken brüllt:
»Ich bin auf eurer Seite!«
Als sie ihre Sprache hören, zögern die drei Männer.
»Ich bin auf eurer Seite, ich bin auf der Seite der Coya Camaquen!«, schreit Gabriel erneut.
Schon spürt er, wie die Inkakrieger zögern. Einer von ihnen sagt etwas, das er nicht versteht, und deutet dann mit der Hand auf ihn. Gabriel wiederholt:
»Ich bin nicht gegen euch!«
Er zerrt an seiner Kette, um zu zeigen, was ihn behindert, einer der Männer fuchtelt mit den Händen und murmelt etwas, was Gabriel wieder nicht versteht. Der andere Indio rüttelt nervös an dem Seil, und der Stein an seinem anderen Ende rollt dem Gefangenen zwischen die Füße, lässt ihn fast das Gleichgewicht verlieren.
Instinktiv ergreift Gabriel Stein und Seil, zieht sie zu sich heran. Im gleichen Moment stöhnt einer der Angreifer auf, und die anderen beiden treten zur Seite. Das Seil in Gabriels Hand gibt nach. Einer der Krieger bricht auf der Mauer zusammen, seine Gefährten kreischen auf und spannen bereits die Steinschleudern. Der Mann fällt wie ein nasser Sack auf den Boden des Gefängnisses.

Als Gabriel den Kopf hebt, fliehen die beiden Krieger schon und verschwinden in der ockergelben Nacht. Der Mann, der ganz dicht neben ihm herabgestürzt ist, ist bereits tot, ein Armbrustbolzen steckt so tief in seiner Brust, dass er fast darin verschwindet.
Gabriel hat keine Zeit sich zu wundern. Die Tür seines Kerkers knirscht und wie ein schwarzes Gespenst gleitet ein dunkler Schatten geschmeidig in den dachlosen Raum. Eine kleine Gewindearmbrust hängt in seiner Hand.
Gabriel weicht zurück, die Kette klirrt zwischen seinen Beinen. Er hört ein belustigtes Lachen.
»Na, mein Freund, erkennst du mich nicht?«, flüstert eine wohl bekannte Stimme.
Gabriel ist so überrascht, dass er erst keinen Ton hervorbringt. Da tritt die Gestalt vorsichtig zwei Schritte vor.
»He, Gabriel! Haben sie dir bereits die Zunge herausgerissen?«
»Sebastian! Sebastian!«
»Stets zu Diensten, Ihro Gnaden.«
Der große, stolze schwarze Gefährte und ehemalige Sklave tritt näher, legt vorsichtig die Armbrust zu Boden und umarmt Gabriel spontan. In der Tat muss er ebenso wenig wie Gabriel fürchten, sich zu beschmutzen. Sein einziges Kleidungsstück ist eine Art Lederrock, in dem sein Bolzenvorrat und ein langer Dolch stecken. Ansonsten ist er nackt, seine schwarze Haut ist von grauem Ruß bedeckt.
»Sebastian als Teufel verkleidet!«, ruft Gabriel erleichtert.
Ein weißes Lächeln glitzert in der Dunkelheit.
»Gegenwärtig kenne ich keinen besseren Aufzug. Jetzt, wo Schwarz ausnahmsweise einmal vorteilhaft ist, werde ich keinesfalls darauf verzichten!«
Gelächter sprudelt wie frisches Wasser durch Gabriels Kehle. Mit der Fußspitze stupst Sebastian den Inkakrieger an:
»Mausetot, wie mir scheint. Man könnte meinen, ich sei gerade recht gekommen, nicht wahr?«

»Woher wusstest du, dass ich hier bin?«
»Von Bruder Bartholomäus natürlich. Er hat mir erzählt, in welch misslicher Lage du dich befindest. Ich habe ein wenig gebraucht, weil ich erst mal das hier bekommen musste …«
Sebastian zieht einen Stahlstift und einen kleinen Hammer aus seinem Lederrock:
»Dein dicker Freund, der Kerkermeister, war etwas schwer aufzutreiben. Sympathisch, der Kerl, und ein Temperament, wie ich es liebe: In redseliger Stimmung hat er mir erzählt, dass er sechs verschiedenen Indiofrauen sechs Kinder machen musste, um sicher zu sein, dass ein Junge dabei ist. Nun ja. Er hatte diesen verdammten Stift, der deine Eisen öffnet. Sonst müssten wir die Kette aus der Mauer reißen, damit du sie dann mit dir herumschleppst!«
Während er spricht, macht Sebastian sich an die Arbeit, sticht mit seinem Stift auf den Docht, der die beiden Kettenringe schließt, und versetzt ihm ein paar wohl gezielte Schläge.
»Beweg dich nicht, ich bin gleich so weit! Beobachte die Mauern, sonst kitzeln uns unsere Inkafreunde noch hinterrücks die Rippen!«
In Gabriels Ohren klingt das Klirren der sich öffnenden Eisen wertvoller als das des Goldes. Er meint, sogleich besser atmen zu können.
»Du bist frei«, sagt Sebastian und ergreift freundlich Gabriels Hand.
»Gütiger Jesus, ich habe wirklich geglaubt, sie würden mich wie ein Huhn zwischen diesen Mauern grillen«, schimpft Gabriel und massiert sich die Waden, in denen plötzlich tausend Nadeln stecken. »Ich bin dir zu großem Dank verpflichtet, Sebastian!«
Gabriel verzieht drollig das Gesicht:
»Du stinkst tatsächlich ziemlich abgebrannt. Wir müssen jetzt hier weg, aber zuerst …«
Er zieht seinen Dolch, kniet sich neben den gefallenen Krieger und bohrt ihn dem Toten in die Brust.

»... hole ich mir den Bolzen wieder«, erklärt er. »Der ist zu wertvoll, und wir haben zu wenig Munition, um sie zu verschwenden.«
»Wo sind Hernando und die anderen?«, fragt Gabriel und bemüht sich, nicht auf Sebastians Hände zu schauen.
»In der Cancha oben am Großen Platz. Sie ist nicht abgebrannt: Don Hernando hat Sklaven auf dem Dach postiert, die jedes Feuer im Keim erstickt haben. Ein Dutzend von ihnen ist tot, aber jetzt sind wir alle, Männer wie Pferde, dort in Sicherheit ... so, das wäre geschafft!«
Ungerührt wischt Sebastian den kurzen Bolzen an der Tunika des Toten ab.
»Ich führe dich hin«, fährt er glucksend fort. »Ich glaube, das wird eine kleine Überraschung für sie sein, dich so lebendig wiederzusehen!«
»In diesem Aufzug?«
Sebastians Lachen übertönt den Lärm, der noch immer auf der Stadt lastet.
»Aber nein, mein Herr! Ich habe etwas viel Besseres!«

*

Zu Gabriels Verwunderung nimmt Sebastian nicht den kürzesten Weg zum Großen Platz. Im Gegenteil, wendig und leise wie eine Katze schlägt er einen Bogen gen Osten, wo noch ein paar Dächer rauchen. Mit einem kurzen Blick bemerkt Gabriel, dass sie genau in der Straße sind, wo sich der Palast Hatun Cancha befindet. Plötzlich stößt Sebastian eine Tür aus frischer *Guanako*haut auf, die der Feuersbrunst widerstanden hat.
»Einen Moment«, flüstert er, nachdem er die Tür vorsichtig wieder geschlossen hat, »rühr dich nicht, ich komme gleich wieder.«
Gabriel verliert den im Dunkeln fast unsichtbaren Freund aus den Augen, als dieser mit wenigen Sätzen davoneilt. Die Cancha, in der sie sich befinden, kann er nicht wiedererkennen. Das

Dach ist fort, wie überall in der Stadt, doch die Gemäuer scheinen in gutem, gar luxuriös »spanischem« Zustand. Neue, hell gekalkte Gebäudeteile verbinden die langen Inkaräume, bilden ein einziges Haus rings um den Innenhof. Richtige Türen und Fenster verleihen ihm einen vertrauten Anblick.
»Alles in Ordnung!«, flüstert der zurückkehrende Sebastian. »Ich wollte nur sichergehen, dass wir keine unerwünschten Gäste haben.«
»Wo sind wir?«, fragt Gabriel.
Sebastian lacht glockenhell wie ein Kind:
»He! Was meinst du wohl, wo wir sind? Bei mir natürlich!«
»Bei dir?«
»Hast du etwa vergessen, dass ich reich bin? Ein wahrer Krösus!«
Kopfschüttelnd lächelt Gabriel ein wenig schelmisch. Wenn man ihn so sieht, halb nackt und mit der Armbrust in der Hand, fällt es einem ziemlich schwer, ihn sich als Hausbesitzer vorzustellen.
»Tatsächlich! Ich hatte es vergessen. Und sogar vergessen, wie reich du bist! Was für ein Haus!«
»Mit Dach und Möbeln war es noch hübscher«, brummt Sebastian und schiebt ihn vor sich her. »Komm, lass uns nicht hier bleiben!«
Sie betreten einen Raum, der nach kaltem Rauch, Ruß und Asche riecht. Von den Holzmöbeln ist nur das gebrochene Leder der Sessel übrig, die Metallwinkel eines Tisches und der verbeulte Fuß eines Kerzenleuchters.
»Was für eine Verschwendung!«, flucht Sebastian weiter.
Er fegt die Überreste eines Bettes und eines aus zusammengenähten Mantas gefertigten Teppichs beiseite. Den breiten Steinplatten darunter ist nichts Ungewöhnliches anzumerken. Doch noch bevor Gabriel seinem Erstaunen Ausdruck verleihen kann, drückt Sebastian eine der Fliesen mit einem Eisenstab auseinan-

der und hebt zwei andere an. Im schwachen Licht der Sterne und einer Mondsichel, die endlich zwischen den Rauchbänken hervorlugt, taucht eine solide Holzklappe auf.
»Hilf mir!«, bittet Sebastian. »Sie wiegt so viel wie drei Esel.«
Unter der Klappe scheint sich nur ein dunkler Schacht zu befinden. Sebastian tritt näher und ertastet die Streben einer Leitertreppe. Seine Hand verschwindet, sucht und findet einen Kerzenstumpf und einen Feuerstahl.
»Wir beeilen uns besser. Wir müssen nicht unbedingt gesehen werden!«
Kurz darauf mag Gabriel kaum seinen Augen trauen, und Sebastian freut sich über die stumme Verwunderung seines Freundes. Sie befinden sich in einem Keller, der ebenso gut einem gemütlichen Zimmer wie einem Waffen- und Kleiderlager ähnelt.
»Ich bin wohl reich«, freut sich Sebastian, »aber in einer Stadt wie Cuzco ist das ein etwas unsicherer Zustand. Die Indios oder eine Laune der Pizarros oder Almagros können mich schon morgen arm machen. Wenn ich etwas im Leben gelernt habe, dann, dass ich schwarz bin und immer sein werde. Oder anders ausgedrückt, dass ich immer ein wenig Sklave sein werde! Meine gesunde Vorsicht hat mir geraten, nicht all meine Schätze offen zu zeigen. Du bist der Erste, der hier hineinkommt, und vor dir siehst du meine, sagen wir, eiserne Reserve. Dieser Keller mitsamt seinem Inhalt ist sozusagen nur eine Fata Morgana!«
Während Sebastian die Leiter wieder hinaufklettert und nachprüft, ob die Klappe richtig verschlossen ist, betrachtet Gabriel staunend die Schätze, die sich rings um ihn herum auftürmen. In mehreren Truhen stapeln sich neue Kleider: feine Hemden, Wämser, Schlitzhosen und sogar einige Rollen Samt, Batist oder Leinen, die hier auf den Schneider warten. An seltsamen Säulen hängen mit Leder oder Baumwolle gepolsterte Kettenhemden. In den Körben liegen Morions. Vier reich mit Silber beschlagene Pferdesättel liegen auf Böcken, eine große Kiste

enthält Degen, Dolche und zwei Armbrüste mit Spannbolzen. Nirgends ist Gold zu sehen, doch Gabriel ist überzeugt, dass sich in einem noch unauffälligeren Versteck auch ein paar Goldbarren stapeln!

»Ich traue meinen Augen nicht«, gibt er ungläubig zu.

»Komm, ich zeig dir noch etwas«, erwidert Sebastian.

Er nimmt die Kerze in die Hand und sie gehen bis ans Ende des Kellers. Ein enger Gang führt in einen kühlen Raum. Noch bevor er es sieht, hört Gabriel das Geräusch fließenden Wassers.

»Schau«, Sebastian hebt die schwache Funzel hoch und zeigt auf eine Art natürliches Felsbecken, »es ist eiskalt, aber dort können wir uns waschen und uns dann bis morgen früh ausruhen. Wenigstens hört man hier den Inkalärm nicht. Morgen suchst du dir schöne Kleider aus und einen Degen, der deiner würdig ist. Du sollst einfach fantastisch aussehen!«

»Sebastian, …«

»Schschsch! Keine Widerrede, Gabriel! Ich freue mich wahnsinnig, dir diese Kleinigkeiten geben zu können, und am meisten freue ich mich über die Verblüffung einiger deiner Freunde morgen, wenn sie feststellen, dass du quicklebendig bist!«

*

Als Gabriel im Morgengrauen Sebastians Haus verlässt, trägt er neue Stiefel an den Füßen und ist sauber mit einem festen Lederumhang und einem mit Eisenringen bedeckten Hemd bekleidet, ein mit einer in Silber eingelegten Muschel verzierter Degen aus Toledo schlägt gegen den lila Samt seiner Beinkleider. Die Stadt raucht immer noch. Gut zur Hälfte befindet sie sich in den Händen von Mancos Kriegern.

Zwei Mal müssen sie, von einem Steinhagel verfolgt, zurücklaufen, bis sie zu den Spaniern stoßen, die sich hinter den Mauern der einzigen unversehrt gebliebenen Cancha am großen Platz verschanzt haben. Riesigen Segeln gleich sind dicke Stoffbahnen mit zahlreichen Seilen über die Innenhöfe gespannt worden, um sie vor den Stein- und Pfeilwürfen zu schützen. Männer, die sich hinter Türen oder ausgehängten Fensterläden verschanzt haben, bewachen die Ausgänge, doch man lässt sie, ohne zu zögern, eintreten. Gabriel sind all diese Gesichter fremd und in den überfüllten Innenhöfen beachtet ihn niemand.

Er läuft einen Moment zwischen den ängstlich blickenden Soldaten herum, bis er plötzlich Hernandos Stimme hört. Juan und Gonzalo an seiner Seite, steht Hernando einer kleinen Gruppe von zehn Reitern gegenüber und tippt mit dem Zeigefinger auf eine rasch gezeichnete Karte, die auf einem großen Tisch ausgebreitet vor ihm liegt:

»Nach Auskunft der Canaris sind alle Gassen im Norden der Stadt nun von Holzbarrikaden versperrt, die vier, fünf oder gar sechs Klafter hoch sind. Zu hoch jedenfalls für die Pferde. Und dasselbe hier, im östlichen Teil, und dort im Süden. Sie haben keine Zeit verloren.«

»Die Falle ist zugeschnappt, ich sag's euch! Sie werden uns wie Kaninchen rösten!«, stöhnt ein Mann, durch dessen verkohlten Wamsrücken das Hemd zu sehen ist.

»Nur weil das Feuer uns ein wenig den Arsch geleckt hat, sind wir noch lange keine Kaninchen, Diego!«, protestiert Hernando.

»Am ärgerlichsten sind die Barrikaden im Norden«, mischt sich Juan Pizarro ein, »sie machen jeden Angriff auf die Festung Sacsayhuaman unmöglich. Und leider halten uns die Inkas von dort oben Tag und Nacht mit ihren Steinen und Pfeilen unter Beschuss. Ich hasse dieses Gefühl! Man könnte meinen, wir wären Ameisen, die von ein Paar Riesen beobachtet werden!«

Von Juans mutlosem Tonfall verärgert unterbricht Hernando ihn mit einer Handbewegung:

»Bruderherz, dies ist nicht der Moment für schöne Worte! Von nun an müssen wir mit jeder Bewegung vorsichtig sein: Es kommt nicht mehr in Frage, diese Cancha in kleinen Gruppen zu verlassen. Sie werden eh nur unter einem Steinhagel zusammenbrechen und gefährden die Pferde. Besser, wir bewahren ruhig Blut und wagen dann in zwei oder drei Tagen einen massiven Ausfall in die Ebene. Mit ein wenig List stellen wir ihre Geduld auf die Probe. Wir sollten sie in dem Glauben lassen, dass wir schwach und verängstigt sind, und dann ihre Umzingelung wie einen Glasring durchbrechen.«

»Schwach und verängstigt! Man muss nur das Geschrei und Gestöhne hören, das seit Tagen aus der Stadt aufsteigt, und ich versichere euch, dass sie an gar nichts glauben müssen: Wir sind schwach und das wissen sie. Und seid Ihr Euch Eurer Taktik so sicher, Don Hernando? Sie sind zweihunderttausend und wir nur zweihundert mit kaum fünfzig oder sechzig gesunden Pferden!«

»Das sind fünfzig mehr, als wir in Cajamarca mit meinem Bruder, dem Gouverneur, waren, Herr del Barco! Wir haben Atahuallpas hunderttausend Krieger in wenigen Stunden besiegt. Es war Gottes Wille und er hat uns die Kraft gegeben. Vergesst niemals, dass Euer mit einem Degen bewaffneter Arm zehn Indios mit einem Schlag in Stücke schneiden kann, wo sie fünfzig Pfeile brauchen, um unsere ledernen und baumwollnen Brustschilde zu durchschlagen! Im Gegensatz zu dem, was mein guter Bruder Juan vorhin meinte, sind wir keine Ameisen, meine Herren. Wir haben Angst? Sehr gut: Sie treibt uns an!«

Gabriel tritt ein wenig weiter in die Mitte des ruß- und angstverpesteten Raumes und begegnet Bruder Bartholomäus erstauntem, aufmerksamen Blick. Belustigt lächelnd legt Gabriel einen Finger an die Lippen und bittet ihn zu schweigen, während ein junger Mann, dessen Augen vor Schlaflosigkeit bereits tief in den Höhlen liegen, heftig widerspricht:

»Don Hernando, ich verstehe Euch nicht! Warum sollen wir bis morgen oder übermorgen warten, um diesen Ausfall zu wagen, warum versuchen wir nicht sofort, aus diesem Wespennest zu entkommen?«

»Weil wir es auf Anhieb schaffen müssen, Rojas. Zahlenmäßig haben wir keine Chance. Die letzten Stunden waren hart für uns. Schaut Euch um: Ob Reiter oder Infanteristen, wir alle brauchen ein wenig Schlaf. Und Ihr ganz besonders, mein lieber Rodrigo. Ihr haltet Euch ja kaum mehr auf den Beinen.«

»Wenn wir uns hier eingraben, Don Hernando, dann überlassen wir ihnen die Stadt! Wenn wir ihnen die Stadt überlassen, dann sterben wir wie die Ratten, und das Einzige, was Ihr vorschlagt, ist, dass wir unsere Zeit mit schlafen vergeuden sollen!«

»Nein, Rojas, diese Zeit ist nicht vergeudet. Unsere Reglosigkeit wird die Indios ärgern. Sie werden es von selbst Leid werden, uns mit ihren Steinen zu bewerfen!«

»Und wer sollte sie daran hindern, uns schon in der nächsten Nacht an Ort und Stelle zu rösten? Sie sind zweihunderttausend, Don Hernando. Sie müssen es nur wollen, und sie können in diesen Hof springen wie Flöhe in die Kutte des Pfarrers!«

»Aber sie wollen nicht, Herr del Barco!«, kläfft Hernando bleich vor Zorn. »Seht Ihr nicht, dass sie sich damit begnügen, uns von der anderen Seite des Platzes mit Steinen zu bewerfen? Wenn sie keine Angst vor uns hätten, vor unseren Degen und unseren Pferden, dann wären wir bereits tot. Sie haben Angst vor uns, del Barco! Mag sein, dass es Tausende sind, aber Tausende, die *Angst* haben! Ich sage Euch: Ein Ausfall, ein einziger Ausfall mit vereinten Kräften und unter ihnen bricht Panik aus.«

»Macht Euch keine Illusionen, Don Hernando«, wirft Gabriel ruhig ein. »Wir sind nicht in Cajamarca. Ihr wart dort und ich auch. Ich komme von draußen und kann Euch versichern, dass die Angst, die die Inkakrieger angeblich niederdrückt, sie ganz im Gegenteil erst richtig anstachelt. Wenn ich mir Eure Gesichter so anschaue, meine Herren, dann scheint mir, ohne Euch zu nahe treten zu wollen, ganz im Gegenteil, dass die Panik wohl eher in diesem Lager herrscht!«

Erhobenen Hauptes hält er den ihm zugewandten, verblüfften Blicken stand.

»Gottverdammt!«, zischt Gonzalo als Erster. »Wer hat denn den befreit?«

Er macht zwei Schritte auf Gabriel zu. Er hat sich noch nicht von ihrem Zweikampf erholt und humpelt. Juan ergreift ihn beim Ellenbogen – nicht nur, um ihn zu stützen, sondern auch, um ihn zurückzuhalten.

»Ich begnüge mich damit, noch am Leben zu sein, da Ihr es ebenfalls seid!«, Gabriel starrt ihn belustigt an und macht eine tiefe, ebenso ironische wie feierliche Verbeugung.

»Don Hernando, da ich meine Freiheit aus eigener Kraft zurückerlangt habe, vergebe ich Euch, dass Ihr sie mir genommen habt, und stelle mich für den großen Kampf, der uns erwartet, in Eure Dienste!«

Gonzalo stößt Juan zurück und schließt die Faust um seinen Degen. Doch Gabriel hat den seinen bereits gezogen.

»Euer Bruder und ich können uns gegenseitig aufspießen, Don Hernando. Ich bezweifle jedoch, dass der Moment gut gewählt ist. Ihr braucht kräftige Arme und die nächsten Tage werden uns sicherlich genug Gelegenheit zum Sterben bieten. Don Gonzalo wird dann nach Belieben üben können!«

»Bruder!«, protestiert Gonzalo mit belegter Stimme. »Ihr könnt keinen verdammten Spion, Lügner und Mörder unter uns dulden! Er wird Euch gleich morgen verraten!«

»Haltet endlich Eure dumme Klappe, Gonzalo!«, erwidert Gabriel. »Das Einzige, was es hier zu verraten gibt, ist unsere Ehre. Falls Ihr noch genug davon im Leib habt, um das überhaupt zu bemerken!«

»Genug!«, unterbricht Hernando kühl. »Wir werden unsere Rechnungen später begleichen. Glaubt nur nicht, Ihr könntet der Gerechtigkeit entgehen, Montelucar!«

»Es ist nicht meine Art, der Gerechtigkeit aus dem Weg zu ge-

hen, wenn ich auf sie treffe, Don Hernando, was allerdings in dieser Gegend eher selten der Fall ist. Mir scheint, das habe ich Euch bereits bei einigen Gelegenheiten bewiesen.«
»Meine Herren! Don Hernando! Don Gonzalo!«, Bartholomäus hebt seine seltsame Hand. »Wir haben keine Zeit mehr für Plaudereien. Was auch immer Ihr Gabriel vorzuwerfen habt, er hat die Indios ebenso bekämpft wie jeder andere von Euch hier, wenn nicht sogar mehr. Sein Rat kann uns von Nutzen sein. Warum sollten wir ihn nicht anhören?«
»Das ist richtig«, stimmt Juan Pizarro an Gonzalo gewandt zu. »Fray Bartholomäus spricht klug. Lasst uns unsere Streitigkeiten vergessen und unsere Kräfte einen! Sobald dieser Kampf gewonnen ist, falls dies jemals der Fall sein sollte, ist es immer noch Zeit, sich an Don Gabriels Vergehen zu erinnern.«
Seufzend erstickt Hernando Gonzalos Antwort mit einer Handbewegung und fragt:
»Da Ihr so gelehrt seid, erleuchtet uns doch mit Eurem Wissen: Wie wollen Eure Indiofreunde Eurer Meinung nach vorgehen?«
»Sie beobachten uns seit Jahren«, Gabriel übergeht den Spott und fährt, an alle gewandt, fort: »Sie kennen nun unsere Schwächen und wissen, wie sie unsere Pferde aufhalten können. Die Zeiten, in denen unsere Ausfälle sie in Angst und Schrecken versetzten und sie sich wie Kleiderpuppen in Stücke schneiden ließen, sind vorbei. Sie wissen, wie sie ihre Schleudern einsetzen müssen, um uns die Arme oder unseren Pferden die Beine zu zerschlagen. Und was den Kampf Mann gegen Mann angeht, so ist er seit langem ihre Stärke: Sie sind wendiger und effizienter als wir.«
»Welch großartige Neuigkeit!«, stößt Gonzalo hervor, »ich sehe darin nichts, was wir nicht schon wüssten!«
»Sie zählen auf unsere Ungeduld und unsere Überheblichkeit«, fährt Gabriel fort, als hätte er nichts gehört. »Sie hoffen, dass Hunger und Durst uns trotz ihrer Übermacht in die Ebene trei-

ben. Sie hoffen, dass wir wieder einmal, wie Ihr es vorgeschlagen habt, Don Hernando, alle unsere Reiter gegen ihre Reihen einsetzen, um zu versuchen, den Ring, mit dem sie uns ersticken, aufzubrechen und zu fliehen. Nur diesmal sind sie darauf vorbereitet, meine Herren! Ich verspreche Euch, dass auf allen Wegen, die wir halbwegs gut benutzen könnten, bereits Gräben, Pfähle, Fußangeln, eine ganze Menge Hindernisse gut versteckt sind. Macht diesen Ausfall, Don Hernando, und unsere Pferde werden sich die Beine brechen, bevor unsere Degenspitzen auch nur einem einzigen unserer Feinde den Nacken kitzeln können!«

Gabriels Rede zeigt mühelos Wirkung, denn er sagt laut, was einige von ihnen bereits seit einiger Zeit denken. Das folgende Schweigen ist ebenso drückend wie die Mutlosigkeit.

»Was schlagt Ihr vor, Don Gabriel?«, fragt Juan Pizarro endlich.

»Die Festung einzunehmen!«

»Ihr seid verrückt!«, schreit Gonzalo verächtlich lachend. »Das ist ja wohl das Allerunmöglichste!«

»Es ist das einzig Hilfreiche und Notwendige. Ihr wisst sehr wohl«, sagt er an Hernando gewandt, als gäbe es Gonzalo gar nicht, »ohne Festung keine Belagerung mehr.«

»Ach ja! Und wie wollt Ihr das erreichen?«, spottet Gonzalo, »mit einem kleinen Sprung nehme ich an! Der Turm und die Mauer sind ja höchstens fünfzehn oder zwanzig Klafter hoch. Ganz zu schweigen von den Palisaden, die uns hindern, dort hinzugelangen.«

»Wir können sie noch in dieser Nacht zerstören.«

Ein Murmeln geht durch die Reihen der Männer. Gabriel sieht, wie sie die Blicke abwenden, die Köpfe senken. Selbst Bartholomäus verzieht skeptisch das Gesicht. Gabriel hebt die Hand und legt sie sich pathetisch aufs Herz.

»Meine Herren, ich habe nicht den Verstand verloren und will Euch auch nicht in den Wahnsinn treiben. Ich verstehe Eure Befürchtungen. Doch die Wahrheit liegt ungeschminkter denn je vor Euren Augen. Entweder sterbt Ihr vorsichtig oder Ihr sterbt im Kampf. Es geht nicht nur darum, dass Vorsicht schmachvoll ist und zu kämpfen ehrenhaft, …«

»Nun spricht er schon wie mein Bruder Francisco«, spottet Gonzalo vor sich hin.

»… sondern dass die Vorsicht«, fährt Gabriel fort und würdigt Gonzalo weiterhin keines Blickes, »mit Sicherheit Euer aller Tod bedeutet, während der Kampf uns den Sieg geben könnte. Und in diesem Fall werden einige vielleicht entkommen.«

Das Schweigen und die erneut gefesselte Aufmerksamkeit nutzend mustert Gabriel Gonzalo von Kopf bis Fuß.

»Was mich angeht, so ist es mir dank Don Gonzalo heute gleichgültig, ob ich lebe oder sterbe. Deshalb schlage ich Euch Folgendes vor: In der nächsten Nacht werde ich die Barrikaden in Brand setzen, wenn nötig, allein. Und wir werden ja sehen, was dann geschieht.«

»Bruderherz!«, faucht Gonzalo sogleich. »Das ist ein Trick! Er will ganz einfach fliehen und zu den Wilden entkommen.«

»Don Gonzalo«, kontert Bartholomäus belustigt, »beweist doch ein wenig Urteilsfähigkeit! Wenn Don Gabriel die Absicht gehabt hätte, zu fliehen, wäre es wirklich nicht nötig gewesen, persönlich vorbeizuschauen, um uns davon zu unterrichten, dass er aus Eurem Gefängnis entkommen ist!«

Noch bevor Bartholomäus seinen Verweis beendet hat, erscheint ein seltsames Lächeln auf Hernandos Lippen, und er legt Gabriel die Hand auf den Arm.

»Das ist mir absolut Recht, Don Gabriel! Wenn jemand hier Euch ein Pferd geben kann, bin ich auf Euren Erfolg gespannt. Und wenn jemand von diesen Herren wünschen sollte, Euch zu begleiten, so werden wir die Anzahl auf fünf beschränken, um eine allzu große Katastrophe zu verhindern.«

»Ich bin froh, Don Hernando, dass die Klugheit ein wenig Licht

in Euren wilden Entschluss, mich diese Erde verlassen zu sehen, gebracht hat«, antwortet Gabriel liebenswürdig.
»Lieber Don Gabriel, wenn Ihr Euch Eurem König endlich nützlich erweisen und die Ehre, unsere Herrin, rühmen wollt, wer wäre ich, Euch daran zu hindern?«

*

»Ich komme mit dir«, versichert Sebastian kurz darauf.
»Nein«, lächelt Gabriel, »es hat mir Spaß gemacht, die schlechte Laune der Pizarros noch zu steigern, aber ich bin weit davon entfernt, mir meines Plans so sicher zu sein, wie es den Anschein hat.«
»Im Gegensatz dazu sind sie sich ihres Planes sehr sicher – allen voran dieser schreckliche Hernando. Wenn er dich anschaut, sieht er aus, als hätte er bereits deine Leiche in den Händen.«
»Lass ihn träumen!«
»Ich komme mit dir«, wiederholt Sebastian und blickt ihn streng an. »Sonst hast du kein Pferd, und wer außer mir wird wohl wagen, dir eins anzubieten?«
Und als Gabriel sich erneut weigern will, fügt Sebastian hinzu:
»Du bist nicht der Einzige, der diesen Herren zeigen möchte, was die Worte Mut und Loyalität bedeuten!«
Die beiden Freunde sehen einander eine Zeit lang an, dann ergreift Gabriel gerührt Sebastians Hände.
»Ich werde dir einiges schulden!«
»Deine Schuld ist im Voraus bezahlt, und das bereits seit langer Zeit, Gabriel, mein Freund. Soweit ich weiß, habe ich mich nie besser amüsiert, als wenn ich mit dir gemeinsam dem Teufel den Hintern kitzeln konnte! Komm jetzt, ich zeige dir meine Pferde.«
Der zweite Innenhof der Cancha, der sorgfältig mit Leinenbahnen überdacht ist, wurde in eine Art Stall umfunktioniert. Der Geruch von Urin und Kot beißt ihnen in der Nase, Fliegen

schwirren in Schwärmen umher. Sobald Sebastian und Gabriel den Hof betreten, weichen einige Pferde furchtsam zurück, alle beginnen sofort zu schnauben, stampfen auf den Boden, verdrehen die weit aufgerissenen, verängstigten Augen und stoßen sich gegenseitig heftig zur Seite. So eingepfercht, ohne wirklich Platz zu haben, noch verstört von der brennenden Stadt und dem Geschrei aus den Bergen, scheint es, als säße ihnen die Angst immer noch im zitternden, schlecht gestriegelten Nacken. Auf Sebastians leisen Pfiff kommt eine wunderschöne, schneeweiße Stute ein wenig zögerlich mit gesenktem Hals und vorgestrecktem Kopf näher, als wäre sie auf der Suche nach einer tröstenden Hand.

»Darf ich vorstellen, das ist Itza«, sagt Sebastian und tätschelt ihr die Wange. »Du siehst, ich bin nicht wie du, ich gebe meinen Pferden einen Namen.«

»Und was bedeutet Itza?«

»Das weiß ich gar nicht. Aber zu Zeiten, als ich nur ein Sklave war, der kaum wagte, die Weißen anzuschauen, habe ich in Panama einen alten Konquistadoren kennen gelernt, der mit mir wie mit einem Menschen, nicht wie mit einem Tier sprach. Er sagte immer wieder diesen Namen: Itza, Itza. Wie eine Zauberformel. Ich denke, er passt wunderbar zu dieser Dame: lebhaft, klar wie ein Blitz und dennoch sanft. Ach, und der Wallach dort heißt Pongo.«

»Ich frage dich nicht, warum.«

Ein Apfelschimmel hat sich, wenn auch in sicherer Entfernung, vor die anderen Tiere gestellt und beobachtet misstrauisch, wie Sebastian die Stute streichelt.

»Der Herr hat seine Eier verloren, aber seinen schlechten Charakter behalten. Trotzdem verstehen wir uns gut. Du nimmst Itza, ich bin sicher, du wirst ihr gefallen.«

Und das scheint zu stimmen, denn ohne Vorwarnung wendet sich die Stute von Sebastians streichelnder Hand ab und stupst Gabriel mit der Nase vor die Brust.

»Was habe ich dir gesagt?«, meint Sebastian belustigt.
»Glaubst du, es werden noch andere Reiter mit uns kommen?«, fragt Gabriel ernsthaft, nachdem er Itzas Schmeicheleien beantwortet hat.
»Das Wichtigste ist nicht, dass wir Reiter haben, sondern ein paar verbündete Indios. Sie werden uns am meisten helfen.«
»Das ist nicht das Wichtigste«, sagt Gabriel lächelnd.
»Dann frage ich mich, was es sonst ist, mein Herr?«
»Einen Neger wie dich zum Freund zu haben!«

*

Nach unendlichem Palaver haben sich bei Anbruch der Nacht knapp fünfzig Canari-Indios und drei Reiter freiwillig gemeldet, um Gabriel und Sebastian zu begleiten. Als sich die Tür der Cancha öffnet, stehen sämtliche Spanier schweigend Spalier. Nur das Klappern der Hufe und Bartholomäus' gemurmeltes Gebet sind noch zu hören, während draußen in den Bergen der Lärm immer noch nicht abschwillt.
Don Hernando steht dicht bei der Tür. Leicht lächelnd nickt er: »Gute Nacht, Don Gabriel.«
»Macht Euch keine Sorgen«, erwidert Gabriel im gleichen Tonfall. »Sie wird gut sein. Und falls Ihr nicht zu müde seid, dann empfehle ich Euch, einen Blick über die Mauern zu werfen. Das Schauspiel dürfte Euch gefallen.«
Im Schutze der Dunkelheit und den Überraschungseffekt ihres Aufbruchs nutzend erreichen sie ohne größere Schwierigkeiten die erste Palisade. Sie verschließt die breiteste der zur Festung Sacsayhuaman führenden Gassen. Dornige Reisigbündel, die auf eine Wand aus Rundhölzern gebunden sind, bilden eine Barriere, an der Männer und Pferde sich leicht die Leiber aufreißen können.
Das Kriegsgeschrei aus den Bergen übertönt das Klappern der Waffen und Harnische. Hals und Kopf der Pferde sind zum

Schutz vor den Steinen sorgfältig mit Tüchern umwickelt, während Lederbänder ihnen Brust, Sprunggelenke und Mittelfuß schützen. Die Rüstung ist schwer und behindert die Tiere.
Als sie ganz dicht herangekommen sind, erklingt plötzlich der finstere Ruf eines *Pututu*. Ein Wächter hat ihr Vordringen entdeckt und gibt Alarm. Sogleich erscheinen Inkakrieger auf den verkohlten Mauern der angrenzenden Canchas. Gabriel hat gerade noch Zeit, seinen Schild zu heben, um sich vor der ersten Steinsalve zu schützen. Ebenfalls brüllend, den Kopf zwischen die Schultern gezogen, treibt er seine Stute in unregelmäßigen Trab, bleibt dicht im Schutz der Mauern und schwingt im hohen Bogen den Degen, um die Beine und Füße der Inkakrieger zu erreichen.
Hinter ihm springen die Canaris erschreckend gewandt auf die Mauern, Kriegsbeil oder Bronzeaxt hoch erhoben. Sogleich wird der Steinhagel unterbrochen und auf den Mauern beginnt unter kreischenden Schreien und schmerzerfüllten Klagen ein heftiges Gemenge.
»Das Öl! Das Öl!«, brüllt Gabriel Sebastian zu.
Während er Itza dicht bei der Palisade wendet und mit dem Degen wie mit einer Sense durch die Luft drischt, schmettern Sebastian und zwei der Spanier einen großen Ölkrug gegen das Palisadenholz. Ein Feuerstahlfunke genügt, es zu entzünden. Gelbes Licht zuckt grell auf und zugleich erklingt ein Freudenschrei:
»Santiago! Santiago!«
Im Licht der Feuersbrunst ähnelt das gnadenlose Handgemenge auf den Mauern plötzlich einem Teufelstanz. Mit irrem Freudengeschrei und weit ausholenden Axthieben zerhacken die Canarikrieger den Inkasoldaten die Leiber, als wären es Strohpuppen, die sie zerfetzen. Blut und Eingeweide kleben an den geschwärzten Steinen, Tote fallen übereinander.
Gabriel wendet die Augen von dem schaurigen Schauspiel ab und gibt den Befehl zum Rückzug.

»Eine weitere Barrikade!«, brüllt er. »Wir müssen sofort eine weitere verbrennen, bevor sie uns dort erwarten!«
Mit einem Schenkeldruck treibt er die schöne Itza in den Galopp und zieht Canaris und Reiter hinter sich her.
So geht es die ganze Nacht. Die Barrikaden lodern in der ersten Gasse, dann in der nächsten. Vier, fünf Mal das gleiche ermüdende Gemetzel. Von Palisade zu Palisade wird ihre Aufgabe schwieriger. Doch sie haben sich der Festung weit genug genähert, um die hohen dunklen Mauern über sich zu erkennen. Obwohl die Männer müde sind und die Canaritruppe auf weniger als die Hälfte zusammengeschmolzen ist, will Gabriel eine letzte Barrikade zerstören. Wenn sie diese vernichten, ist der direkte Weg zur Festung am nächsten Tag frei!
Doch dort ist jetzt alles anders. Die Inkakrieger haben einander gewarnt und erwarten den Angriff. Der Hagel aus Steinen und Pfeilen ist dichter, schwieriger abzuwehren. Die erschöpften Canaris, die langsamer geworden sind und keinen Überraschungseffekt mehr auf ihrer Seite haben, erklimmen die Mauern nur mühsam. Steine prallen ihnen ins Gesicht und auf die Beine, zerschmettern ihnen Knochen und Mut.
Gabriel treibt seine Stute an und springt wie durch ein Wunder über eine unter Ästen und Erde verborgene Grube direkt vor der Palisade. Doch die beiden Reiter, die ihm folgen, haben nicht so viel Glück. Ihre Pferde brechen sich darin die Beine. Gabriel hört ihre Schreie und wendet Itza gerade rechtzeitig, um noch zu sehen, wie seine Gefährten fast gesteinigt werden.
»Sebastian!«, brüllt er.
»Ich bin hier!«, schreit der riesige Schwarze, um sich schlagend, um eine Horde Inkakrieger zurückzudrängen. »Es sind zu viele, Gabriel, wir müssen zurück!«
Doch es ist bereits zu spät. Zu Dutzenden strömen die Inkas brüllend herbei. Gabriel gibt den Gedanken auf, sich der Barrikade so weit zu nähern, dass er dort Feuer legen könnte, und

greift an, um die beiden verletzten Reiter zu befreien, die nicht mehr von den Canaris geschützt werden. Das Blut färbt seine Klinge rot und erneut überrascht ihn Sebastians Schrei:
»Achtung! Achtung! Pass auf das Feuer von oben auf, Gabriel!«
Sternengleich fallen Brandpfeile von der Festung auf sie nieder und zerbersten am Boden. Wie versteinert halten die Canaris inne, und schon erklingen die ersten Schmerzensschreie. Die Brust in Flammen fuchteln die Männer wild mit den Armen. Aus dem Augenwinkel sieht Gabriel, wie die Inkas zurückweichen, während auf der Festung eine neue Salve vorbereitet wird.
»Der Teufel soll mich holen, sie haben uns eine Falle gestellt!«, brüllt Sebastian. »Wir sitzen fest zwischen der Barrikade und …«
Er beendet seinen Satz nicht, denn ein Feuerpfeil dringt in seinen baumwollnen Brustschild, der sofort in Flammen aufgeht. Von seinem Rundschild behindert, versucht Sebastian mit der flachen Hand die Flammen zu ersticken. Sein erschrockenes Pferd bricht in wildem Galopp aus, lässt die Flammen auf dem Brustschild noch höher lodern, während weitere Pfeile von seinen Flanken abprallen. Endlich gelingt es Gabriel, ihn zu erreichen. Mit seinem Stilett zerschneidet er den Brustschild und wirft die brennenden Teile fort.
In diesem Moment geschieht das Unglaubliche. Alle sehen es, Spanier, Canaris, Inkas.
Eine weitere Brandpfeilsalve ergießt sich auf die Erde. Doch keiner der Pfeile trifft Gabriel oder Sebastian. Sie müssen nicht einmal die Schilde heben, um sich zu schützen. Wie von einer unsichtbaren Kraft zurückgedrängt, fallen die Pfeile einige Schritte neben ihnen nieder, prallen von den Pflastersteinen ab oder zerbrechen an den Mauern.
Seine weiße Stute, ebenso unermüdlich wie er, zu neuem Galopp antreibend, stürmt Gabriel auf die Reihen der feindlichen Krieger zu. Viele weichen zurück, die mutigsten spannen ihre Schleudern. Doch wie die Pfeile, verirren sich auch die Steine in

der Nacht, ohne Gabriel oder Itza zu treffen. Canaris und Spanier haben sich zurückgezogen und sehen, wie Gabriel in ihrer Mitte umhergaloppiert und seine Klinge auf die Inkalinien richtet, ohne auch nur einen Krieger zu berühren. Getragen von der reinen Kraft seiner Stute öffnet er ihnen wie ein rettender Engel eine Bresche, ohne auch nur einen Tropfen Blut zu vergießen. Vor Erstaunen oder Furcht wie versteinert stellt sich ihm niemand entgegen, und bald ist der Weg zur Gasse frei.

»Folgt mir!«, ruft er seinen Gefährten zu. »Folgt mir, Euch wird nichts geschehen!«

Und tatsächlich, sobald sie sich von ihrer Verblüffung erholt haben, rennen sie hinter ihm her, schreien »Santiago! Santiago!«, und nicht ein Inka versucht sie zurückzuhalten, nicht ein Pfeil, ein Stein kann sie treffen.

Doch unterdessen und während der ganzen folgenden Nacht bewegt weder Angst noch Hass oder Gewalt Gabriels Herz sondern der seltsame, irre und unwiderstehliche Drang zu lachen.

*

Der nächste Tag löscht den Heldenmut dieser verzweifelten Nacht aus.

Erschöpft und trotz des unaufhörlichen Trommellärms, trotz des quälenden Hungers halb eingeschlafen, wird Gabriel gegen Mittag vom Geschrei eines heftigen Aufruhrs geweckt. Fluchend will er gerade die schattige Ecke bei den Pferden verlassen, in der er Unterschlupf gefunden hat, als er Sebastian mit verbundenem Arm und Schulter und einem ernst blickenden Bartholomäus gegenübersteht.

»Wie fühlst du dich?«, fragt Gabriel sogleich besorgt.

»Wie eine junge Braut am Morgen nach der Hochzeit!«, knurrt Sebastian.

»Sind seine Verbrennungen schlimm?«, fragt Gabriel Bartholomäus weiter.

»Schlimm genug, um ihm lange zu schaffen zu machen«, seufzt Bartholomäus resigniert. »Ich fürchte vor allem, dass seine Wunden sich entzünden könnten. Ich bräuchte Olivenölsalbe, aber hier …«

»Ich bin kein kleines Mädchen, und meine Wunde wird wie ich auf bessere Zeiten warten«, wehrt sich Sebastian belustigt und schiebt Gabriel in seine schattige Ecke zurück, »aber du, mein Freund, du solltest dich besser nicht sehen lassen.«

»Und wieso? Was ist los?«

»Wir haben kein Wasser mehr«, erklärt Bartholomäus, »nur noch ein paar Vorratsfässer. Die Inkas haben heute Morgen die Steinrinnen zerstört, die die Becken am Großen Platz versorgten.«

»Und inwieweit hindert mich das daran, mich sehen zu lassen?«, wundert sich Gabriel.

Sebastian sucht Bartholomäus' Blick. Auch ihre Gesichter sind von Hunger und Angst zerfurcht. Das Fieber umschattet Sebastians sonst so lebhaften Blick. Sein verletzter Arm zuckt nervös. Und was Bartholomäus angeht, so ist sein Gesicht ebenso grau wie seine ausgewaschene grobe Kutte. Unter der gespannten Haut seiner Schläfen und Hände meint man die unregelmäßigen Knochen zu erkennen! Und beide sehen so verlegen aus, dass Gabriel weiter bohrt:

»Also, was nun?«

»Einige meinen, unser Ausflug letzte Nacht zu den Barrikaden hätte die Inkas erzürnt«, murmelt Sebastian, »und sie hätten nur deshalb die Rinnen zerstört.«

»Wer kann so was glauben?«, brummt Gabriel.

»All die, die Gonzalo davon überzeugt. Zumal die Canaris vorhin mit einer wichtigen Neuigkeit zurückkamen: Die Barrikaden sind bereits wieder errichtet. Alle Anstrengungen der vergangenen Nacht waren umsonst: Es ist heute ebenso unmöglich wie gestern, die Festung zu erreichen.«

»Na und? Natürlich bauen sie die Barrikaden wieder auf«, unterbricht Gabriel ihn grob, »aber wir werden sie immer und immer wieder abbrennen! Oder aber Frieden mit den Inkas schließen. Ich bin der Letzte, der darüber unglücklich wäre!«
»Es geht nicht nur um die Barrikaden!«
»Ach?«
»Da ist auch noch das – was passiert ist.«
»Und was ist passiert?«
Tiefes Schweigen antwortet ihm. Endlich bemerkt Gabriel die Verlegenheit seiner Freunde.
»Gottverdammt! Werdet Ihr nun endlich reden?«
»Du weißt es ganz gut«, brummelt Sebastian und dreht sich zu den Pferden um.
»Ich weiß gar nichts.«
»Man erzählt sich viele seltsame Dinge über diese Nacht«, sagt Bartholomäus sanft.
»Was ich gesehen habe, habe ich gesehen«, fügt Sebastian hinzu.
»Und das wäre?«
»Dich auf Itza, ohne dass die Pfeile oder Steine dich treffen konnten, während sie uns niederschmetterten!«
»Ich hatte großes Glück, das ist alles!«
»Nein, da war etwas anderes!«
»Sebastian, du warst verletzt! Du hattest Angst und hast fantasiert. Das ist ganz normal.«
»Leugne so viel du willst, lieber Gabriel, ich weiß, was ich gesehen habe. Das war ganz und gar nicht normal. Man hätte meinen können, irgendetwas beschützte dich. Itza ist ohne den kleinsten Kratzer zurückgekommen, während ich eine Stunde lang Pongos Wunden versorgt habe!«
»Willst du die Gerüchte hören, die heute Morgen kursieren?«, mischt Bartholomäus sich ein, »Gonzalo erzählt, dass der Teufel und die Inkas auf deiner Seite sind. Die, die euch diese Nacht begleitet haben, schwören, dass sie gesehen haben, wie der Heilige

Jakobus persönlich in dir auferstanden ist! Einige gehen sogar so weit zu behaupten, die Jungfrau Maria sei vor dir hergegangen.«
»Ich habe jedenfalls niemanden gesehen«, sagt Gabriel belustigt. »Und jetzt erzählt Ihr mir diesen Blödsinn. Es hat einen Kampf und zu viele Tote geben – mehr nicht.«
»Nein. Selbst die Inkakrieger haben es gesehen«, widerspricht Sebastian. »Deshalb haben sie uns ziehen lassen. Übrigens weißt du ganz genau, dass du sie mit deinem Degen zurückgedrängt hast, ohne sie auch nur zu berühren.«
»Sebastian ist nicht der Einzige, der es gesehen hat, Gabriel«, beharrt Bartholomäus. »Ich habe mit den Reitern gesprochen, die du gerettet hast, und mit den Canaris. Alle sagen das Gleiche: Die brennenden Pfeile und Steine haben dich wie durch ein Wunder verschont! Ist es Gott, der dich schützt? Sind es deine Freunde bei den Inkas?«
»Bruder Bartholomäus, bei allem Respekt, den ich Euch schuldig bin, Ihr fantasiert! Ich weiß, wie empfänglich die Inkakrieger im Kampf für Magie sind. Das habe ich ausgenutzt, mehr nicht! Ich habe so getan, als würde ich ihre Steine und Flammen nicht fürchten. Und das hat sie beeindruckt. Und außerdem …«
Gabriels Tonfall ist gezwungen. Er liest ebenso viel Zweifel wie Unverständnis in den Augen seiner Freunde.
»Und außerdem hatte ich Glück. Einfach Glück!«
Dabei ist er sich selbst nicht sicher, ob er daran glaubt. Sebastian hat Recht: Er hat gespürt, dass während des Kampfes etwas Seltsames mit ihm geschah. Als wäre seine Kraft plötzlich grenzenlos. Doch wie kann man etwas Derartiges zugeben, ohne verrückt zu sein?
»Ihr müsst mir glauben«, wiederholt er tonlos. »Außerdem stimmt es auch, dass es mir gleich war, ob ich sterben würde. Aber das hat nichts mit Wundern oder Magie zu tun.«
»Für dich vielleicht, aber für die, die hier sind und leiden, weil sie sich vor dem Sterben fürchten, ist das nicht so einfach abge-

tan«, erwidert Bartholomäus. »Sie sind nicht so überheblich zu glauben, dass eine Verabredung mit dem Tod ein so großartiger Moment sein soll, Gabriel Montelucar.«

»Was soll ich tun, um Euch zu überzeugen, Bruder Bartholomäus? Soll ich unbewaffnet durch die Straßen laufen, um Euch zu zeigen, dass die Inkas mir ebenso leicht den Garaus machen können wie jedem anderen auch?«

Kaum hat er seinen Satz beendet, da hebt Bartholomäus ihm die rechte Hand mit den verwachsenen Fingern vors Gesicht. Herausfordernd zeichnet er vor seinen Augen das Kreuz in die Luft und knurrt:

»Das wäre zu viel verlangt. Lass Gott entscheiden, welchen Weg er dir bestimmt hat! Bis dahin, sei bescheiden und lebe wie jeder andere von uns auch, vor allem verhalte dich ruhig. Don Hernando hat alle neuerlichen Ausritte verboten, und das gilt auch für dich.«

Niedergeschlagen bleibt Gabriel sich selbst überlassen. Sein Blick schweift über die massiven Steine der uneinnehmbaren Festung bis hinauf in die Berge. Ihm ist es gleichgültig, ob er Glück hat oder die Götter ihn schützen. »Wo ist sie?«, murmelt er unermüdlich. »Wo ist sie?«

Doch die Götter haben ihm das Leben geschenkt, sie weigern sich, ihm die Antwort zu geben, die ihn dem Leben zurückgeben würde.

*

Während der folgenden fünf Tage und Nächte herrschen nur noch Lärm, Tod und Qual in Cuzco.

Von den Angriffen der ersten Nacht klüger geworden, haben die Inkakrieger nicht nur die Palisaden erneuert, die jeden Reiterangriff verhindern, sondern diese auch noch mit unsichtbaren Gräben umgeben. Wachen melden Tag und Nacht jeden, der sich ihnen nähert. Die Spanier sollen noch mehr Angst bekommen

und keine ruhige Minute mehr haben, und so folgt Stunde um Stunde Kriegsgeschrei auf Trommelwirbel und die düsteren Klagen der Trompeten. Tag und Nacht wechseln sich die Bogenschützen und Steinwerfer auf den hohen Mauern der Festung von Sacsayhuaman ab, halten den Großen Platz und die letzten Canchas, in der sich die Belagerten vergraben haben, ununterbrochen unter Beschuss.
Hunger und Durst, die fehlende Ruhe, der immer wieder durch den Heidenlärm unterbrochene Schlaf bringen die Männer um ihren Verstand. Die einen brüllen und halten die Augen geschlossen, andere weinen wie Kinder. Einige beten pausenlos und so heftig, dass Bartholomäus es nicht wagt, sie in ihrer Inbrunst zu begleiten. Einige erinnern sich an die Feldzüge mit dem Gouverneur Don Francisco Pizarro vor langer Zeit und grillen Regenwürmer, trinken ihren Urin oder bitten gar um den der anderen!
Aus Furcht, seine zur Kampflosigkeit verdammten Männer nicht länger vor dem Wahnsinn bewahren zu können, gestattet Don Hernando Pizarro am vierten Tag seinen Brüdern Juan und Gonzalo, mit knapp zwanzig Infanteristen einen Ausfall zu wagen, um Gonzalos Haus auf der anderen Seite des Großen Platzes in der Hoffnung zurückzuerobern, dort noch ein paar von den Schweinen aus Cajamarca, Bohnen und vielleicht sogar ein wenig Maismehl zu finden. Da Gonzalo sich Gabriels Begleitung verbittet, gibt dieser den Kämpfern mit einigen anderen gruppenweise Rückendeckung und verhindert, dass sie umzingelt werden.
Sie kämpfen vier Stunden lang, bis Juans und Gonzalos Pferde, die Leichen der Inkakrieger niedertrampelnd, endlich in die Umfriedung eindringen können. Von den Schweinen sind nur noch die faulenden, wurmzerfressenen Kadaver übrig. In den Kellern finden sie ein einziges Mehlfass, das die Belagerer vergessen haben. Doch die Entdeckung eines von einer unsichtbaren Quelle

bis an den Rand gefüllten Frischwasserbeckens, gleich dem in Sebastians Keller, entlockt ihnen Freudenschreie.
Der winzige Erfolg gibt den Spaniern abends ein wenig Hoffnung zurück. Nun ist der Große Platz Aucaypata nicht mehr vollkommen den Bombardierungen der Inkasteine ausgeliefert. Es wurde befohlen, sämtliche Stoffe, Laken, Decken und Teppiche aus Gonzalos Haus herbeizuschaffen. Dort gibt es so viel davon wie in einem Geschäft in Cadiz.
Die ganze Nacht über lässt ihr fieberhaftes Treiben sie den Lärm aus den Bergen, den Hunger, die Angst vergessen. Während die Reiter sich abwechseln, um den Großen Platz gegen Mancos Truppen zu verteidigen, nähen die Infanteristen mit ihren dicken Fingern, die besser mit Degen oder Lanze umgehen können, die verschiedenen Stoffe zusammen, während andere Seile flechten, Pfähle errichten und aus den verbrannten Dächern die noch tauglichen Balken herausholen.
Im Morgengrauen bedeckt eine riesige, kunterbunte Plane den großen Platz von Hernandos bis zu Gonzalos Haus und schützt die Belagerten endlich vor den Steinen, die von Sacsayhuaman auf sie niederprasseln.
Von diesem Erfolg ermutigt versucht Hernando den Würgegriff zu lockern, der sie erstickt. Er schickt seine Reiter in immer fernere Scharmützel rings um den Platz. Doch sehr schnell erweisen sich diese Kämpfe als eher gefährlich denn effektiv und drohen gar, ihnen ihre letzten noch verbliebenen Kräfte zu rauben. Es ist in jedem Gefecht das Gleiche. Die Pferde stürzen und verletzen sich in den Gräben, die bis zu den Terrassen westlich des Platzes gegraben wurden. Die Reiter werden abgeworfen und sogleich von zehn Inkakriegern überwältigt oder unter einer Sintflut von Steinen buchstäblich begraben.
Und dann, am Abend des fünften Tages, legen sie Juan Pizarro auf eine der Pritschen, die Bartholomäus aufgestellt hat, um die Verletzten mehr schlecht als recht versorgen zu können. Ein

Stein hat ihm den Kiefer zerschmettert und aller Tapferkeit zum Trotz stöhnt er vor Schmerz, während sie ihn verbinden.
Bartholomäus hat Gabriel gebeten, den Verletzten festzuhalten, während er an seinem Kinn zieht, damit die gebrochenen Knochen sich nicht verschieben. Schnell werden Schienen und Verbände gebastelt. Als Don Hernando und Gonzalo herbeigelaufen kommen, ist Juan bewusstlos. Erstaunt sieht Gabriel, wie Gonzalo neben dem Verletzten niederkniet und ihm wie einem Kind die Stirn streichelt. Tränen glitzern in seinen Augen und die tröstenden, gestammelten Worte ersterben ihm auf den zitternden Lippen.
»Macht Euch nicht zu große Sorgen, Don Gonzalo!«, murmelt Bartholomäus. »Die Wunde ist schmerzhaft, aber nicht tödlich. Euer Bruder ist ebenso stark wie tapfer. Morgen wird er vielleicht ein wenig Fieber haben, aber er wird aufstehen.«
»Aufstehen? Wozu? Gottverflucht!«, ruft Hernando mit geballten Fäusten.
Sein Blick kreuzt den von Gabriel. Ausnahmsweise scheint er um Hilfe zu bitten.
Gemeinsam blicken sie auf den Zwischenraum, den die Plane über der Mauer der Cancha bildet. Die Festung von Sacsayhuaman hat sich bereits auf die Nacht eingestellt und wird von Hunderten von Fackeln erhellt. Im ungewissen Licht des Abendrotes zeichnen ihre Türme einen feuerhäutigen Drachenkopf in den Himmel.
»Dort oben müssen wir hin«, murmelt Gabriel.
»Dort oben! Ihr wisst, dass das unmöglich ist.«
»Wir müssen die Festung angreifen und einnehmen«, wiederholt Gabriel. »Alles andere bringt nichts.«
»Da habt Ihr Euch was vorgenommen! Nichts ist so gut geschützt wie diese Türme. Die Wege dahin sind so steil, dass die Pferde entweder ausgleiten oder nur langsam vorwärts kommen. Wir werden keine hundert Schritt machen, bis sie uns nie-

dermetzeln! Die Turmmauern sind so hoch, dass eine Leiterlänge nicht ausreichen wird. Man müsste die Festung von hinten nehmen, doch dazu müsste man erst einmal heil aus dieser Stadt herauskommen!«

»Don Hernando, Ihr wisst genauso gut wie ich, dass es keine andere Lösung gibt. Wir müssen die Herren von Sacsayhuaman werden, koste es, was es wolle.«

»Das ist mal wieder eine Eurer verrückten Ideen, wie die Palisaden zu zerstören!«

»Wenn wir dort oben hingelangen«, fährt Gabriel fort, ohne ihm zuzuhören, »drehen wir den Spieß um, den sie uns auf die Brust gesetzt haben! Schaut Euren Bruder an, Don Hernando: Was haben wir davon, dass er verletzt wurde? Wir haben nur noch fünfzig Reiter. Es ist unsere letzte Chance.«

Hernando wirft ihm einen scharfen Blick zu. Zweifel und Argwohn kämpfen darin mit Hoffnung.

»Lasst uns zuerst meinen Bruder pflegen«, brummt er, »dann denken wir darüber nach.«

»Pflegt Euren Bruder«, sagt Gabriel. »Wir brauchen jeden tapferen Mann.«

Und zum ersten Mal erkennt Gabriel in Hernandos Blick etwas anderes als Hass und Misstrauen: eine Art beginnenden Respekt.

Dann sieht er Gonzalos rote, verweinte Augen, und auch das überrascht ihn, bis der jüngere Bruder mit dem Engelsgesicht ihm ins Gesicht brüllt:

»Du bist es, der krepieren sollte, du allein!«

Doch Gabriel spürt die unermessliche Qual des jüngsten Pizarros und hält den Mund.

5

Ollantaytambo,
Mai 1536

Die Scheibe des Sonnengottes ist riesig.
Er ruht über der Luft, die ihn noch von den Bergen im Westen trennt, wie ein wunderbarer goldener Ballon, der, würde er sich öffnen, die ganze Hiesige Welt in sich aufnehmen könnte, gleich einem Vater, der sein heimkehrendes Kind umarmt.
Anamaya steht ihrem Sonnenvater auf den steilen Stufen der königlichen Stadt Ollantaytambo mit weit aufgerissenen Augen gegenüber. Sie spürt seine Wärme auf ihrem Gesicht, ihrer Brust und ihrem Bauch zittern. Sie spürt, wie seine Seele bis zu ihr vordringt.
»O Inti! Inti, erhelle unsere Nacht.«
Je näher der Sonnenvater den Bergen auf der anderen Seite des Tales kommt, umso größer wird er. Hinter sich hört Anamaya die Priester, die aufrecht auf den engen, steilen, gleichsam senkrecht übereinander liegenden Terrassen stehen. Zwischen den großen, noch grünen Stängeln, des mit goldenen Spitzen besprenkelten Ritualmaises, stehen sie dem Sonnenvater gegenüber und singen:

O Inti,
O Ehrwürdiger Vater,
Du hast das Universum durchquert und den Tag verbrannt,
O Inti,
O milder Vater,
Du wirst rot, du wirst blutig,
O Inti,
Möge Quilla (die Mondmutter) dein Blut erneuern,
Möge sie dich in der Dunkelheit der Anderswelt umarmen
und deine Erschöpfung lindern!

Und wir, die wir unsere Augen schließen,
Wir zittern gleich Sternen bis zum Morgen,
O Inti,
Wir zittern und seufzen in der Dunkelheit,
Auf dass dein Schlaf enden möge,
Und der Morgen im Feuer deines Goldes zurückkehre.
O Inti!

Wie sie wiederholt Anamaya das Gebet, während die Sonne sich immer schwerer auf die Berge stützt und karminrot wie ein von einem *Tumi* durchbohrtes Herz hinter der sichtbaren Welt untergeht.
Plötzlich verlöscht die Hitze, die in Anamayas Brust zitterte. Ein schwacher, jedoch kalter Wind steigt von den Bergen herab. Auch die Steine der Häuser färben sich nun rot, wirken einen Moment lang ebenso geschmeidig und sanft wie Kinderhaut.
Und dann bohrt sich ein riesiger Schatten tief in das große Heilige Tal. Der Fluss glitzert nicht mehr zwischen den zartgrünen Terrassen. Er wird schwarz wie der Körper einer Schlange. Er wird kalt und dunkel wie der Himmel im Osten, zwischen den hohen Bergspitzen. Das schmale, zickzackförmige Tal, das von dort kommt, öffnet seinen Mund den dumpfen Schatten, die sich bis zu den regelmäßigen Straßen der Stadt ziehen und deren Anordnung ebenso streng ist, wie die Muster einer *Manta*.
Die Dächer der Canchas sind bereits grau. Aus den Innenhöfen klettert der ebenfalls graue Rauch ruhiger nach oben. Die Stille in den Gassen ist grau, die Terrassen, die zu den Flüssen hinabfallen, die Berghänge verschwinden im Grau. Nur die senkrechte Heilige Umfriedungsmauer trägt noch einen letzten goldenen Strahl und Intis rotes Licht auf den glatt polierten Steinen.
Einige Sekunden lang fühlt Anamaya sich wie von Flügeln emporgehoben und über alle hinweggetragen. Vogelgleich sehen

ihre Augen das dunkle Tal, die Hänge der bleichen, kleiner gewordenen Berge, die Häuser von Ollantaytambo, wie aus Holz geschnitztes Kinderspielzeug.
Und plötzlich ist die Sonne verschwunden und sogar der Himmel wird grau und flach.
»O Inti«, murmelt sie, »verlass uns nicht.«
Die Stille hält noch kurze Zeit an, als würde jedes Ding der Welt sich der abendlichen Trauer anschließen. Endlich erklingt von der Treppe unten das Geräusch von Stimmen und zieht ihre Aufmerksamkeit auf sich. Mit einem Blick erkennt sie den Mann, der mit den Wachen am Eingang verhandelt, um durchgelassen zu werden. Ihr Herz klopft zum Zerspringen.
Fast wäre sie ihm die steilen Stufen hinab entgegengegangen, doch sie beherrscht sich. Steif richtet sie sich auf, unterdrückt ein Schaudern, zieht ein wenig zu fest an der Manta, die ihre Schultern bedeckt, und wartet, bis der Mann zu ihr kommt. Es ist der junge Offizier, der sie bereits früher zu Manco nach Rimac Tambo begleitet und ihr nach der Schlacht von Vilcaconga bei Gabriels Rettung geholfen hatte.
Er ist selbstsicherer geworden, zahlreiche Kämpfe haben seine Züge und auch seinen Körper schwerer gemacht. Doch allein an der Art, wie er mit hängenden Schultern und leicht geöffneten Lippen die Stufen hinaufklettert, die steil sind wie ein Klippenpfad, erkennt sie, noch bevor er vor ihr steht, dass er schlechte Neuigkeiten bringt.
Als er bis auf fünf Schritte herangekommen ist, beugt er auf einer Stufe die Knie und senkt den Kopf.
»Coya Camaquen, zu deinen Diensten«, flüstert er.
»Erhebe dich, Titu Cuyuchi«, antwortet sie ein wenig nervös.
Was sie in seinem Gesicht liest, bestätigt ihre Befürchtungen.
»Nun?«, fragt sie.
»Vergib mir diesen Misserfolg, Coya Camaquen, doch wir haben es nicht geschafft.«

Sie zwingt sich, tief durchzuatmen, um ihren Herzschlag zu beruhigen, und fragt weiter:
»Weißt du wenigstens, ob er am Leben ist?«
»Er war es, als wir ihn gesehen haben. Doch das ist fünf Tage her.«
»Warum hast du keinen Erfolg gehabt, Titu Cuyuchi?«
Der Offizier macht eine niedergeschlagene Handbewegung.
»Ich hatte zwei Männer bei mir. Sobald die Dächer Cuzcos aufhörten zu brennen, habe ich gewartet, bis es ganz dunkel war, und bin mit ihnen über die Mauern bis zu der Cancha gerannt, die du mir gezeigt hattest. Du hattest Recht. Der Fremde war dort. Wir haben ihn an der Tunika der Bauern vom Titicacasee erkannt. Er war an die Mauer gekettet …«
»Angekettet?«
»Ja. Deshalb sind wir gescheitert. Wir haben uns einen Moment gefragt, wie wir ihn befreien sollten. Einer meiner Soldaten wurde von einem Pfeil getroffen und starb. Wir haben nur einen schwarzen Schatten gesehen. Es herrschte großes Durcheinander.«
»Hat er irgendetwas gesagt?«
»Er hat gesagt, dass er dein Freund sei, Coya Camaquen, dass wir ihn nicht töten bräuchten. Er hat nicht begriffen, dass wir ihn befreien wollten!«
Anamaya schweigt und blickt zum Horizont, der leicht rötlich im Westen glüht.
»Wir mussten fliehen«, fährt Titu Cuyuchi fort. »Wir konnten nicht einmal erkennen, wer uns dort angriff.«
»Hast du es nicht noch einmal versucht?«
»Nein, Coya Camaquen.«
Titu Cuyuchis Stimme klingt widerstrebend. Anamaya beobachtet ihn aufmerksam.
»Sprich, sprich ohne Furcht«, befiehlt sie tonlos.
»Gleich in der nächsten Nacht haben die Fremden die Barrikaden mit Hilfe der Canaris in Brand gesteckt. Sie haben viele von

uns getötet. Ich habe auf der letzten gekämpft, wo wir ihren Angriff zurückdrängen konnten. Ich habe ihn erkannt. Er saß wie die Fremden gekleidet auf einem Pferd und ...«

»Und?«

Doch Titu Cuyuchi zögert noch mit der Antwort. Sein Blick gleitet über Anamayas Schulter und schweift ein wenig höher. Im gleichen Moment, als sie sich umdreht, hört sie auch schon den leichten Schritt des Herrn der Steine, der sich neben sie stellt. Fast ist sie erleichtert, dass er da ist. Hart und mit erhobener Stimme, damit Katari sie hören kann, wiederholt sie:

»Sprich, Titu Cuyuchi.«

»Er kämpfte auf einem weißen Tier wie ein Ehrwürdiger der Unteren Welt! Er zerstückelte unsere Soldaten, als wäre ihm alles gleich, die Toten auf seiner Seite ebenso wie sein eigenes Leben. Und dann ist etwas Seltsames geschehen: Wir haben die Fremden vor der Barrikade umzingelt, während sie ihnen vom großen Turm von Sacsayhuaman herab brennende Pfeile entgegenschleuderten. Die Pfeile wichen ihm aus und auch die Steine. Ich habe es mit eigenen Augen gesehen, Coya Camaquen. Es war so beeindruckend, dass unsere Soldaten den Kampf aufgaben und sie gehen ließen.«

Anamaya schaudert und schließt die Augen.

»Bist du sicher, dass er es war?«

»Ja, Coya Camaquen. Ich habe ihn gesehen, wie ich dich sehe, und er hat versucht, mir sein Eisen in den Bauch zu bohren! Er war frei, und er lebte!«

Der Offizier zögert, dann erhellt ein Lächeln sein strenges Gesicht. Er schaut Anamaya gerade in die Augen und fügt hinzu:

»Doch er hat unsere Palisaden umsonst verbrannt, Coya Camaquen. Wir haben sie wieder aufgerichtet. Die Fremden wagen nicht mehr, ihre Umfriedung zu verlassen. Sie werden besiegt werden, und der Unumschränkte Gebieter wird wieder nach Cuzco zurück können.«

»Ich danke dir, Titu Cuyuchi. Ich weiß, dass du dein Möglichstes getan hast. Gehe dich ausruhen und etwas essen.«
Der Offizier steigt die Stufen hinab und die Nacht scheint bereits die Gassen von Ollantaytambo erreicht zu haben. Anamaya friert. Sie wagt nicht, Katari anzuschauen, denn er soll die Tränen in ihren Augen nicht sehen. Er ist es, der ganz dicht an sie herantritt und sanft sagt:
»Dein Puma ist frei, Coya Camaquen.«
»Frei oder tot, wer weiß? Hatte ich Unrecht, Katari? Als ich erfuhr, dass die Fremden ihn eingesperrt haben, wollte ich, dass Titu Cuyuchi ihn befreit.«
»Doch der Puma befreit sich ganz von selbst«, erwidert Katari lächelnd.
»Glaubst du wie ich, dass er der Puma ist, den der Unumschränkte Gebieter Huayna Capac mir angekündigt hat?«
»Als ich ihn am Ufer des Titicaca gepflegt habe, sah ich das Zeichen auf seiner Schulter. Ich habe meine Hand darauf gelegt, Coya Camaquen, und ich habe es genau wie du gespürt.«
Erneut erschaudert Anamaya. Über den Bergen ist die Nacht bereits dunkler geworden.
»Ich habe mich geirrt, Katari. Ich kann keine richtige Entscheidung mehr treffen, weil mein Herz mir den Geist verwirrt. Ich leide darunter, von ihm getrennt zu sein, und ich fürchte mich davor, ihm zu nah zu sein! Ich habe eingewilligt, mich von Gabriel zu trennen, weil Vila Oma es mir befohlen hat: Er hasst ihn. Doch mit jedem Tag, der vergeht, wächst meine Angst, ihn zu verlieren. Oh, Katari, habe ich Angst, weil er der Puma ist, oder nur, weil ich einen Fremden liebe?«
»Ich kann dir keine Antwort geben, Coya Camaquen.«
»Du denkst das Gleiche wie Vila Oma, nicht?«
»Nein. Vila Oma ist nicht mehr der Gelehrte, der dich ausgebildet hat, er ist nur noch verrückt nach Krieg. Er sieht nur noch die Gewalt, die vor ihm liegt.«

»Hilf mir, Katari. Wie kann ich wissen, was richtig ist und was falsch?«
»Du musst auf die Ahnen der Anderswelt hören.«
»Ich höre nur Schweigen.«
Das letzte Licht verschwindet hinter dem höchsten Gebäude der Heiligen Umfriedung und den felsigen Spitzen, die darüber aufragen. Die ersten Sterne glitzern, während Fackeln die Gassen von Ollantaytambo erhellen. Anamaya spürt, wie Kataris warme Hand sich auf ihre Schulter legt:
»Wenn du mir vertraust, weiß ich vielleicht einen Weg, wie dein Gatte, der Doppelbruder, dir die Reise zum Unumschränkten Gebieter Huayna Capac ermöglichen kann«, flüstert er.
In der ringsum herrschenden Dunkelheit kann Anamaya nicht mehr erkennen, was tief in den Augen des Herrn der Steine glitzert. Doch das Echo seiner Stimme hallt noch lange in ihr wider (selbst später, als der Schlaf sie überkommt und sie in eine von Träumen aufgewühlte Nacht eintaucht), und zum ersten Mal seit vielen Monden erfasst sie eine Hoffnung, die keine Furcht zerstört.
»Ich warte auf dich«, sagt sie der Nacht.
Und hat das Gefühl, erhört zu werden.

6

Cuzco,
Mai 1536

Im ersten Moment erkennt Gabriel nicht, wer am Abend des zehnten Belagerungstages auf ihn zukommt.
Im Halbdunkel, das durch die über den Innenhof gespannten

Schutzplanen noch verstärkt wird, sieht er nur eine Gestalt mit unnatürlich großem Kopf. Sie tastet sich bedächtig voran, macht einen Bogen um die Sklaven aus Panama, die auf dem mit Trümmern übersäten nackten Boden schlafen. Alles hier ist dreckig und stinkt, selbst der Atem der Hungernden, der bereits den muffigen Geruch des Todes verströmt. Gabriel verflucht wie die anderen das stechende Brennen seiner Eingeweide, eine ständige Erinnerung daran, dass die einzige Nahrung, die er seit fünf Tagen zu sich genommen hat, das Stück Fleisch von einem verendeten Pferd gewesen ist.

Als der Mann näher kommt, erkennt Gabriel die scharlachrote Feder seines Morions, den er unter dem Arm trägt, und die großen Blutflecken auf seinem Wams. Was die seltsame Größe seines Kopfes angeht, so verdankt er sie seinen Bandagen, die von dem ganzen Gesicht nur die fiebrigen Augen, eine gebogene Nase und sich mühsam bewegende Lippen freilassen:

»Don Gabriel!«

Die undeutlichen, mit leiser Stimme hervorgebrachten Worte sind kaum zu verstehen. Ohne von dem leeren Fass herabzusteigen, das ihm als Sessel dient, nickt Gabriel ihm einen fast unhöflichen Gruß zu:

»Don Juan! Na, da seid Ihr ja wieder auf den Beinen! Bruder Bartholomäus hat Euch den Kopf ja gut gepolstert, da könnt Ihr noch ein paar Steinwürfe vertragen.«

Angesichts des Spottes erstarrt Juan Pizarro und in seinen Augen lodert es. Einen Moment messen sie sich mit Blicken, Gabriel zuckt mit keiner Wimper. Begütigend hebt Juan die rechte Hand.

»Don Gabriel, ich bin gekommen, um Frieden mit Euch zu schließen«, murmelt er mit seiner seltsam kehligen Stimme.

Als Gabriel ihn schweigend betrachtet, fügt er bei jedem Satz tief Luft holend hinzu:

»Ich weiß, was Euch dazu getrieben hat, Gonzalo anzugreifen.

Ich kann Euch dafür nicht rügen. Die Liebe einer Frau ist mir nicht fremd, Don Gabriel. Ihr wisst, auf welch seltsame Weise ich zu meiner Gattin gekommen bin. Dennoch liebe ich sie, als hätte Gott persönlich sie für mich bestimmt. Meine sanfte Inguill hat mir oft von ihrer Freundin erzählt, Eurer …, der …, die mein Bruder angegriffen hat … Gonzalo benimmt sich oft sehr unüberlegt.«
Gabriel unterbricht Juans Verlegenheit mit einer Handbewegung:
»Macht Euch keine Illusionen, mein Herr«, sagt er fast traurig. »Ich bin mit Eurem Bruder noch nicht fertig. Ich fürchte, mein Herz und meine Ehre werden mir, sollte sich mir erneut die Gelegenheit bieten, einen weiteren Versuch diktieren.«
»In diesem Falle werde ich mich aus den gleichen Gründen dazwischenstellen, denn ich glaube, auch ich habe Ehre im Leib. Was auch immer seine Fehler sein mögen, Gonzalo ist mein Bruder, und ich liebe ihn. Selbst wenn Euch das vielleicht überrascht, auch er liebt mich mit einer hingebungsvollen, alles verschlingenden Liebe, die mir manchmal Angst macht – als wäre ich der Einzige, der ihn daran hindert, gänzlich seinen Dämonen zu verfallen.«
»Wie gut, dass ihn momentan die Engelein leiten!«
Juan will gerade antworten, doch plötzlich verzerrt er vor Schmerz das Gesicht, und so stößt er bitter und ironisch hervor:
»Nun gut, mag sein, Don Gabriel: Ihr tötet ihn, und ich werde ihn verteidigen. Können wir in der Zwischenzeit noch etwas Nützlicheres tun?«
Gabriel begnügt sich mit einer gleichgültigen Handbewegung. Und diesmal scheint die Grimasse, die sich auf Juans zusammengedrücktem Mund abzeichnet, tatsächlich ein Lächeln zu sein:
»Lasst uns ein wenig an die Gegenwart denken«, fährt er fort und tritt näher, damit Gabriel seine schlechte Aussprache besser verstehen kann. »Ich bin gekommen, Frieden mit Euch zu

schließen, damit wir gemeinsam kämpfen … Don Hernando hat uns zusammengerufen, es wurde beschlossen, die Festung anzugreifen. Das war Eure Idee. Und obwohl ich verletzt bin, hat Hernando mich zum General aller Hauptleute ernannt. Ich bin es, der diesen Kampf anführen wird!«

»Sehr gut«, stimmt Gabriel ernsthaft zu. »Doch begeht nicht den gleichen Fehler wie unser Gouverneursleutnant: Er unterschätzt die Inkas. Ich kenne ihren Anführer, er heißt Vila Oma. Er ist intelligent und hartnäckig. Vor allem aber träumt er nur davon, uns bis auf den letzten Mann auszumerzen, das macht ihn ungeheuer stark. Zählt nicht auf irgendeine Schwäche bei ihm, Don Juan. Hackt ihm den Arm ab, und er wird mit seinen Stümpfen weiterkämpfen!«

Juan nickt, soweit es ihm sein Kiefer und seine Verbände erlauben. Gabriel bemerkt trotz der abendlichen Frische die Schweißperlen, die auf seiner Stirn glitzern.

»Das weiß ich, Don Gabriel. Deshalb möchte ich Euch bei mir haben. Ihr werdet die Kraft haben, die mir fehlt. Wenn ich schwach werden sollte, werdet Ihr meinen Platz einnehmen.«

Wie um seinen Worten Nachdruck zu verleihen, drückt er Gabriel heftig seinen Morion in die Hand.

»Ich will, dass er auf Eurem Kopf sitzt. Ich kann ihn wegen meiner Verletzung nicht tragen. Mit Euch unter dieser Feder wird jeder wissen, wohin er zu gehen hat.«

»Das ist eine große Ehre, die Ihr mir da erweist, Don Juan! Das bin ich gar nicht gewöhnt. Sind Eure Brüder der gleichen Meinung wie Ihr?«

Juan hebt den schmerzenden Kopf und hält Gabriels spöttischem Blick stand. Sein Mund formt Worte, die kaum zu hören sind:

»Ich habe es Euch bereits gesagt, ich bin gekommen, um Frieden zu schließen. Ich allein ernenne meine Hauptleute.«

Er macht eine kurze Pause und fügt hinzu:

»Unsere Gefährten wollen Euch bei sich haben, Don Gabriel! Einige versichern, dass Gott Euch auserwählt habe und dass die Jungfrau Maria Euch begleite. Andere sagen, Gott habe nichts damit zu tun, aber es sei Magie, die Ihr durch Eure Beziehungen zu den Indios erhalten hättet. Eure Taten vor einigen Nächten haben in den Köpfen der Männer ihre Spuren hinterlassen.«

»Bei allen Heiligen, wie könnt Ihr auf diesen Aberglauben hören?«

»Ich selbst habe gewisse Dinge mit eigenen Augen gesehen. Und nicht erst jetzt wie die Männer hier. Es hat schon am Strand von Tumbez angefangen, gleich bei unserer Ankunft … An jenem Tag hättet Ihr sterben müssen.«

Gabriels Gelächter klingt kläglich:

»Ich bin Gott viel zu gleichgültig, als dass Er auch nur einen Wimpernschlag an mich vergeuden würde. Und was diejenige angeht, an die Ihr denkt, sie hat mir nichts Besonderes beigebracht, außer dass die Inkas Menschen sind wie Ihr und ich, groß und klein, die körperlich und seelisch unter uns leiden.«

»Was kümmert es uns, ob es Gott ist oder der Teufel, der Euch beisteht?«, meint Juan verärgert und sein Atem wird schnell und heftig. »In Wahrheit fürchten unsere Gefährten Euch und betrachten Euch zugleich als eine Art Talisman. Sie glauben jetzt, dass wir ohne Euch keinerlei Chancen haben!«

»Gestern dachten sie noch, dass meinetwegen alles verloren sei!«

»Nehmt Ihr meinen Vorschlag an, Don Gabriel?«

»Wenn ich mich weigere, erwartet mich wieder der Kerker, nicht wahr?«

»Ich bin gekommen, Frieden zu schließen, nicht, Euch zu drohen.«

Gabriel stellt den Morion vorsichtig auf das Fass. Er fährt nachlässig über den scharlachroten Federbusch und fragt:

»Wie wollt Ihr es anstellen, in die Festung zu gelangen?«

Ein seltsames Grunzen entweicht Juans Kehle und er kneift die

Augen zusammen. Mit etwas Verzögerung erkennt Gabriel, dass er lacht.
»So, wie es Euch am besten erscheint!«
Gabriel lächelt fast entgegenkommend und zeichnet mit der Stiefelspitze eine grobe Skizze in den Staub.
»Ich denke, wir müssen eine List anwenden. Vila Oma und seine Hauptleute glauben lassen, dass wir fliehen ...«
Sein Stiefel zeichnet einen Kreis rings um die Form, die die Festung darstellen soll:
»Dies ist der Pass von Carmenga. Er führt nach Nordwesten aus der Stadt und von der Festung weg. Es wird schwer werden, ihn zu erreichen und zu erklimmen, denn er führt fast senkrecht bergauf. Die Inkas werden den Tod auf uns herabregnen lassen. Doch wenn es uns gelingt, können wir über einen Umweg von hinten zur Festung zurückkehren und sind außer Sichtweite. Dort hinten gibt es mehrere Tore und vielleicht kommen wir an sie heran.«
»So machen wir es.«
»Don Juan, keine Illusionen! Meine Hände vollbringen keinerlei Wunder. Unsere Erfolgschancen sind ebenso mager wie unsere Bäuche!«
»Nun, für heute Nacht ist kein Bankett vorgesehen – wir haben also Zeit genug zu beten!«
Juan Pizarro entfernt sich, seine Schritte unsicher und schwer. Gabriel schaut ihm nach. Seine Gefühle sind gemischt, denn er hat gerade ohne wirklichen Protest (im Grunde seines Herzens erschreckt ihn seine Unverletzbarkeit im Kampf ebenso wie die anderen) akzeptiert, seinen schlimmsten Feinden treu zu dienen.
Er bedauert es nicht.
Ja, er ist sogar recht froh gestimmt.

*

Während der Nacht haben die Inkas wie in den vorangegangenen ihr schreckliches Tohuwabohu nicht einmal unterbrochen, und bei Tagesanbruch knien fünfzig Reiter vor den Augen der hundert beeindruckten Chachapoya und Canarikrieger nieder. Bartholomäus geht durch ihre dichten Reihen und segnet jede Stirn mit seinen zusammengewachsenen Fingern.
Den Kopf in saubere Verbände gewickelt, herausgeputzt mit einem echten Harnisch um Brust und Schenkel, nimmt Juan den Segen inbrünstig entgegen. Don Gonzalo neben ihm, dessen Haarpracht ihm auf die von feinen Goldverzierungen hervorgehobenen, stählernen Schulterstücke herabfällt, blickt verschlossen. Seine Lippen bewegen sich kaum, während er das Gebet spricht.
Etwas weiter hinten steht Hernando vor den Infanteristen, die bald die einzigen Belagerten sein werden, und beobachtet mechanisch murmelnd die Feierlichkeiten. Er entdeckt als Erster Gabriel am Eingang zum Innenhof, seine weiße Stute am Zügel hinter sich herführend. Gabriels linker Arm steckt bereits in dem Rundschild, der andere hält den Helm mit dem scharlachroten Federbusch an das lange, lederverstärkte Kettenhemd gedrückt.
Hernando zuckt mit keiner Wimper, doch Gonzalo unterbricht sogleich sein Gebet und erbleicht. Mit geweiteten Pupillen presst er die Lippen, die gerade noch das Vaterunser sprachen, zusammen. Gabriel hat das Gefühl, Gonzalo wolle sich erheben. Doch Hernandos gebieterischer Blick zwingt den jüngeren Bruder nieder. Die Gebete sind beendet, und die Pferde werden gebracht. Die Reiter blicken in Gabriels Richtung. Köpfe grüßen ihn, andere bekreuzigen sich erneut, doch niemand wagt, sich ihm zu nähern, und schon ergreifen sie die Zügel ihrer Tiere und steigen auf.
Gonzalo wird mitgerissen und geht in der Menge unter, während Hernando Juan hilft, seinen Wallach zu besteigen.

Nun setzt auch Gabriel den Morion auf und zurrt den Gurt unter dem Kinn fest.
»Ich habe dich in mein Gebet eingeschlossen, mein Freund! Und ich selbst habe gesehen, wie du vorhin gebetet hast, als du dich unbeobachtet glaubtest«, sagt Bartholomäus zu Gabriel.
»Ich hoffe, Ihr werdet mich nicht verraten. Das würde meinem Ruf schaden! Nun, Bruder Bartholomäus, Ihr solltet stolz auf mich sein. Habt Ihr mir nicht erklärt, man müsse nicht glauben, um sich vor Gott zu verneigen?«
»Du glaubst mehr, als du glaubst.«
Bartholomäus legt Gabriel sein Holzkreuz auf die Brust. Mit den tief in ihren Höhlen liegenden Augen wirkt sein hageres Gesicht vor Erschöpfung um zehn Jahre gealtert.
»Gib auf dich Acht, vor dir und hinter dir«, fügt er leiser hinzu. »Gonzalo ist rasend vor Wut, weil Juan ihm deine Gegenwart aufzwingt. Provozier ihn nicht.«
»Seid unbesorgt, es ist ja jetzt amtlich, dass Gott persönlich mich vor allem Schlimmen bewahrt.«
»Keine Blasphemie! Das ist unnötig.«
»Bruder Bartholomäus, wenn Gott existiert«, sagt Gabriel sehr ernsthaft und schaut starr geradeaus, »dann kann Er mich heute von seiner Anwesenheit überzeugen. Nicht, indem Er mich am Leben lässt, das ist mir egal, und Ihr wisst, warum, …«
»… sondern indem Er die Erde mit einem Schlag von allem Bösen befreit und dabei vorzugsweise mit Gonzalo Pizarro beginnt, nicht wahr?«
»Meine Güte, Bruder, manchmal frage ich mich, ob es nicht Gott persönlich ist, der Euch Eure Worte eingibt.«
»Mein Gott«, sagt Bartholomäus ernsthaft, »ist nicht der mit dem Schwert strafende Gott der Rache sondern der Gott der Liebe und Barmherzigkeit. Und wenn du mir glauben willst, dann tätest auch du gut daran, Ihn zu erhören. Ohne zu vergessen, wenn nötig, deinen Degen zu benutzen!«

Gabriel öffnet bereits den Mund zu einer sarkastischen Antwort, doch Juan Pizarro kommt auf sie zu. Gabriel liest ihm die Worte mehr von den trockenen Lippen ab, als dass er sie hört:

»Es wird Zeit, Don Gabriel. Ich habe unsere Reiter in zwei Gruppen aufgeteilt. Mein Bruder Gonzalo führt die zweite Gruppe an.«

Seine Augen suchen Zustimmung und Gabriel gewährt sie ihm nickend.

»Dann also, Gott schütze uns!«

In merkwürdigem Schweigen, wie, um den Lärm aus den Bergen und das Heulen der Trompeten aus der Festung besser zu hören, nähern sie sich der mit Balken versperrten Tür der Cancha. Selbst die sonst so lauten Canaris schweigen.

Gabriel lächelt Sebastian zu, der gemeinsam mit anderen Männern geschäftig herbeieilt, um ihnen den Weg frei zu machen, und dessen Schulter und Arm noch immer verbunden sind. Ausnahmsweise lächelt der große Schwarze nicht zurück. In seinem ernsten Gesicht liegt die Trauer eines echten Abschieds. Er tritt herbei und streichelt der Stute den Hals, die ihm mit einem kleinen Stups antwortet.

»Pass ebenso gut auf sie auf wie auf dich, mein Freund.«

»Ich bringe dir Salbe mit, damit du nächstes Mal mitkommen kannst«, spaßt Gabriel.

Sebastian verzieht die Lippen zu einem winzigen Lächeln:

»Gute Idee.«

Da stellt Gabriel sich in seinen Steigbügeln auf und brüllt aus voller Kehle:

»Beim heiligen Jakobus, heute Abend werden wir in der Festung speisen!«

Und hinter ihm stimmen fünfzig Kehlen ihrerseits ein:

»Santiago! Santiago!«

Als ihre Pferde über den Großen Platz stürmen, schreien sie immer noch und wirbeln eine Staubwolke auf, in der die Canaris wie eine Raubierherde brüllend hinter ihnen herrennen.

*

Kaum haben sie die ersten Mauern der Canchas und die ersten Terrassen, die sich am Fuße des Passes abzeichnen, hinter sich gelassen, als eine Pfeilsalve auf sie herabpfeift. Doch die Entfernung ist zu groß und der Angriff verfehlt seine Wirkung. Mit einem trockenen Geräusch prallen die Pfeile von den Rundschilden und gepolsterten Seitenstücken der Pferde ab, ohne darin stecken zu bleiben.

Der Weg durch die Terrassen westlich der Stadt wird ihnen jedoch bereits durch eine drei- oder vierfache Verteidigungslinie Inkakrieger versperrt. Juan dreht sich zu Gabriel um. Seine Augen sagen deutlich, was sein Mund nicht befehlen kann.

Mit erhobenem Degen treibt Gabriel die Männer zum Galopp. Itza springt in langen Sätzen vor, als hätte sie nur darauf gewartet. Mit wehender Mähne scheint sie auf das Hindernis zuzufliegen, hinter sich einen Schweif aus Körpern und Eisen der Reiter, und weiter hinten folgen die Canaris, die mit erhobenen Schilden, gezückten Beilen und aus voller Kehle brüllend mit erstaunlichem Tempo vorwärts drängen.

Eine, vielleicht zwei Sekunden lang drängen sich die Inkakrieger mit vorgestreckten Lanzen, die Kriegsbeile in den Fäusten haltend, aneinander.

Doch es geht alles zu schnell. Schneller als die Steine fliegen können, die von den Kettenhemden und Rüstungen abprallen. Fast fallen ihnen die Augen aus dem Kopf, als sie sehen, wie die Pferde sich auf sie stürzen. Der Boden zittert, das Hämmern der Hufe dringt in ihre Brust wie beißende Angst. Die zuckenden Degenklingen scheinen die Sonne in harte Splitter zu schneiden. Sie reißen die Münder auf vor Schmerz, Eisen sausen nieder und dringen ins Fleisch, Hufe zermalmen Leiber, zerdrücken Körper, Gesichter haben weder Form noch Schrei, die Tiere drehen sich um sich selbst und trampeln über einen Teppich aus Fleisch und Knochen. Und dann werfen sich die Canaris in die Schlacht, vergrößern das Chaos noch. Die Brutalität wächst, Tote pflastern ihren Weg und die Degen metzeln weiter.

Die Reihen der Inkas geben nach, die Kämpfer werfen ihre Streitäxte auf die Reiter und machen sich aus dem Staub, andere opfern sich selbst, indem sie versuchen, den Pferden die Bäuche und den Spaniern die Beine zu durchbohren. Doch es hilft alles nichts.

Brust und Beine blutbefleckt entsteigen die Pferde diesem Todesschlamm und galoppieren zur ersten Kehre des Passes, außer Reichweite der Steinschleudern.

Das Gesicht schweiß- und blutüberströmt, die Glieder von Schlägen schmerzend, mit jedem Atemzug ein brüllendes Feuer in der Brust treibt Gabriel die Kämpfer unermüdlich an, ihm zu folgen.

Erregt und jenseits aller Gleichgültigkeit des Lebens überdrüssig, wird Gabriel von einem Gefühl unendlicher Macht durchflutet.

»Santiago!«, schreit er erneut mit seiner heiseren Stimme.

Und ihm scheint, als gäben ihm sämtliche Berghänge, die Steine, ja, die Erde selbst mit den Schreien der ihm antwortenden Spanier, mit dem Pfeifen und Prasseln, dem Todes- und Siegesstöhnen, dem Brechen und Trampeln, ihr Einverständnis, dass er den Degen des Sieges davontragen darf.

*

Doch das Schwerste liegt noch vor ihnen. Wie Gabriel befürchtet hat, ist der Steilhang von Carmenga eine Prüfung, die einen großen Teil ihrer Kraft verbraucht.

Zwei Stunden lang klettern sie Kehre für Kehre bergan. Zwanzig Mal besteht der bröckelige Weg, der kaum breit genug ist für ein Pferd, nur noch aus Geröll oder Gräben.
Unter ihre kleinen, eckigen Schilde geduckt, sodass sie aussehen wie eine Schar seltsamer Ameisen, füllen die Canaris die Gräben auf oder schaufeln den Weg frei, während die Spanier unter dem vom Gipfel auf sie niederprasselnden Steinhagel warten.
Gabriel riecht erneut den Geruch der Angst, der von den Spaniern ausgeht. Vom Hungergefühl verstärkt, rauben Ungeduld und Furcht selbst den Härtesten unter ihnen den Mut. Eines der Pferde, von einem Stein verletzt, der es auf die Nüstern getroffen hat, bäumt sich auf vor Schmerz. Die Hufe treffen den Vordermann. Seinen Reiter wirft es nach hinten ab, und er hat es nur zwei Canarikriegern zu verdanken, dass er nicht in die Tiefe stürzt. Panik ergreift die umstehenden Tiere, und in dem folgenden Gedränge wird ein Dutzend Reiter fast von seinen Pferden in den Abgrund gestürzt.
»Absitzen!«, brüllt Gabriel. »Sitzt ab und haltet Eure Pferde im Zaum. Zwingt sie, die Köpfe zu senken!«
Doch als Proteste laut werden, ändert er den Tonfall und behauptet selbstsicher:
»Wir kommen durch, wir kommen durch, weil wir müssen!«
Trotzdem bleibt selbst Juans Blick voller Zweifel. Ein und derselbe Gedanke bedrängt sie alle: dass es ihnen am Pass von Carmenga genauso ergehen könnte wie in Vilcaconga, wo die Spanier Jahre zuvor zum ersten Mal in einer so misslichen Lage waren, dass der schwer verletzte Gabriel sein Leben nur Anamayas Beharrlichkeit und Liebe zu verdanken hatte.
»Es ist ganz genau dasselbe!«, murmelt Juan und schließt die Augen wie in einem Albtraum. »Sie dort oben und wir – von unseren Tieren behindert – hier unten.«
»Nein«, sagt Gabriel halblaut, sodass nur Juan ihn hören kann,

»dort oben ist niemand. Der größte Teil von Vila Omas Truppen ist hinter uns.«

»Möge Gott Euch erhören.«

»Ich erinnere mich an eine Felsplatte vor dem Gipfel. Dort können wir wieder aufsteigen und den Terrassen nach Nordwesten folgen. Es wird aussehen, als würden wir uns von der Festung entfernen. Sie werden glauben, wir wollten nur fliehen.«

Als einzige Antwort bekreuzigt Juan sich vor der verbundenen Stirn.

»Achtung, die Steine!«, brüllt eine Stimme. »Achtung, die Steine!«

Instinktiv hebt Gabriel seinen Schild über Juan, der keinen schützenden Helm hat und den eigenen Schild mit seiner Verletzung nur schlecht handhaben kann.

»Schützt Euch selbst, Don Gabriel!«, murmelt Juan.

Dieses Mal ist der Steinhagel so dicht und heftig, dass man meinen könnte, der ganze Berg würde in einer einzigen Lawine über sie hinwegrollen. Die Arme knicken ihnen unter den berstenden Schilden ein, Männer schreien, Pferde schnauben kläglich. Doch inmitten des Schreckens sehen alle, selbst Gonzalo, das Gleiche: Gabriel und seine weiße Stute werden von dieser Steinflut verschont, während es allen anderen trotz der schützenden Rundschilde und den gepolsterten Hemden die Schenkel, Rücken und Schultern zerschlägt! Und Juan ist unter Gabriels Schild so gut geschützt wie unter einem Dach.

Doch niemand wagt, etwas zu sagen, alle beißen die Zähne zusammen und beten aus tiefstem Herzen.

Endlich hört der Steinregen auf und sie erreichen, wie Gabriel versprochen hat, die Felsplatte. Die Inkakrieger, die sie so heftig bedrängt haben, zählen kaum fünfzig Mann! Sie wagen sich gerade einmal bis auf einen Steinwurf heran und ein kurzer Galopp der erschöpften Pferde genügt, sie zurückzudrängen.

Gabriel hört die Schreie, die ihre Flucht begleiten.

»Sie glauben, dass wir nach Kastilien zurückkehren«, verkündet er lachend.
War es kurz zuvor noch Panik, die ihre Herzen schwellen ließ, so ist es nun Erleichterung, und unter lautem Gelächter vergessen sie einen Moment lang alle Müdigkeit.
»Santiago! Santiago!«, schreien die Reiter und bekreuzigen sich mit gesenkten Blicken, als wollten sie lieber nicht wissen, wem sie diesen Erfolg zu verdanken haben.
Gabriel wird es kalt ums Herz.
Er denkt an das, was danach kommt, und die Bilder überfluten ihn, als hätte er es bereits erlebt.

*

Nach vielen Umwegen erreichen sie erst am späten Nachmittag endlich eine Art unregelmäßiges Plateau, das mit riesigen schwarzen Felsen übersät ist und sanft zur Rückseite der Festung Sacsayhuaman abfällt. Gigantisch erheben sich dort die riesigen und doch sorgfältig ineinander gepassten Mauerblöcke, und man möchte bezweifeln, dass es Menschen waren, die sie aufeinander geschichtet haben. Doch seltsamerweise scheint nicht ein einziger Krieger sie zu bewachen.
Neben einer sprudelnden Quelle befiehlt Juan eine Rast. Zu ihrer allergrößten Freude haben sich einige Canarikrieger unterwegs die Zeit genommen, Wildratten und sogar zwei Lamas zu jagen, die durch die Kämpfe von ihrer Herde getrennt worden sind. Da jedes Feuer verboten ist, werden die Tiere zerlegt und roh gegessen.
Lange Zeit herrscht eine seltsame Stille in dem Behelfslager. Doch einige Bissen Fleisch und ein paar Schlucke fades Blut bringen schnell auch den Erschöpftesten Kampfeslust und Energie zurück. Gonzalo ist der Erste, der angreifen will:
»Es ist Zeit, Bruderherz, wir dürfen nicht warten, bis es Nacht ist. Die Canarikundschafter haben festgestellt, dass der Durch-

gang zwischen den Verteidigungsmauern der Festung versperrt ist, doch wie wir es uns gedacht haben, rechnen die Inkas so wenig mit unserem Angriff, dass niemand diesen Teil der Festung bewacht. Ich schlage vor, dass unser Freund Don Gabriel seine ungewöhnlichen Fähigkeiten nutzt und uns gemeinsam mit unseren Canarifreunden den Weg bereitet. Er wird uns ein Zeichen geben, wenn wir den Angriff wagen können. Und da Euer Zustand es Euch nicht erlaubt, selbst einen Angriff zu führen, Bruderherz, schlage ich Euch vor, dass Ihr mit knapp zehn Reitern hier bleibt, um uns im Notfall zu Hilfe zu kommen.«
Gonzalos Ironie entlockt Gabriel nur ein Lächeln. Sein Blick kreuzt sich mit Juans und nickend setzt er sich den Morion mit der roten Feder wieder auf:
»Das ist keine schlechte Idee.«
Dann erhascht er einen Blick in Gonzalos Augen: Was er dort sieht, erfüllt ihn mit einer Genugtuung, die so gut ist wie Rache: Der schöne, der grausame Gonzalo hat Angst vor ihm.

*

Von Canarisoldaten umringt nähert Gabriel sich zu Fuß der ersten Barrikade. Sie brauchen nicht lange, um eine Bresche hineinzuschlagen, denn niemand erwartet sie dort.
Als die Canaris geräuschlos und schweigend die letzten Steine von der Mauer nehmen, schwingt Gabriel sich in den Sattel. Immer noch schweigend, treibt er Itza in das Labyrinth aus Naturstein und riesigem Mauerwerk, das die dicken Mauern und Türme der Festung schützt.
Er rechnet jeden Moment mit den Warnschreien der Inkas.
Doch nein.
Niemand sieht ihn oder hört den Schritt seiner Stute. Er reitet an einer kleinen Erhebung vorbei, die ihm die Sicht auf die wunderbaren Mauern versperrt. Schon erkennt er den weiten Vorplatz und erreicht den Rand der kurz geweideten Grasfläche, die

sich am Fuße der Festung ausbreitet. Dort liegen die zyklopischen Steinbrocken.
Gabriels Herz macht einen Sprung. Nicht ein Krieger hat ihn bemerkt. Kein Stein, kein Pfeil bedroht ihn. Ein wenig weiter links, in einer Art Vorsprung der Hauptmauer, erkennt er eine große trapezförmige Tür, die mit Steinen und Rundhölzern grob verschlossen ist. Sie zu erreichen heißt ins Herz von Sacsayhuaman vorzudringen!
Siegessicher zieht er, ohne länger zu warten, am Zügel seiner Stute und reitet zu seinen Gefährten zurück.
»Alle aufgesessen!«, befiehlt er, als er in Gonzalos Rufweite ist. »Der Weg ist frei! Don Hernando beschäftigt sie auf der Stadtseite, und sie haben nichts von uns bemerkt!«
Wie vereinbart bleibt nur Juan Pizarro mit einer Hand voll Reiter für den Notfall zurück. Im Galopp und so leise wie möglich folgen Gonzalo und seine Reiter Gabriels weißer Stute. Sie springen über die Barrikade, vorbei an den Canarikriegern und greifen die große trapezförmige Tür an. Da wendet sich das Blatt.
Von dem hohen Rundturm erschallt der Ruf einer Muscheltrompete. Oben auf der Mauer erklingt zorniges Geschrei. Kurz bevor sie die Terrassen erreichen, die noch einen Augenblick zuvor menschenleer waren, sieht Gabriel plötzlich verwundert hundert, zweihundert, vielleicht tausend Inkasoldaten vor sich auftauchen.
Noch bevor er Itzas luftigen Galopp bremsen kann, zittern die Steinschleudern zischend mit der Kraft einer Kanone durch die Luft. Brausend zerreißt ein Steinregen den Himmel über ihm. Getroffen brüllen die noch ungedeckten Reiter hinter ihm vor Schmerz auf. Die Pferde stolpern mit den Hufen über die aufspritzenden Steine, werfen ihre Reiter vornüber ab, während die Inkakrieger bereits herbeieilen und sie ergreifen.
Zornig brüllend und mit gezücktem Degen eilt Gabriel ihnen

auf seiner Stute zur Hilfe. Erschrocken treten die Verteidiger von Sacsayhuaman bei seinem Erscheinen zur Seite, während die abgeworfenen Reiter versuchen, ihren Pferden aufzuhelfen oder hinter einem ihrer Gefährten aufspringen, die bereits ihre Tiere wenden und fliehen.

Doch es herrscht weiterhin völliges Durcheinander. Verwirrt durch das plötzliche Auftauchen der Inkas verteidigen sich die Canaris nur schlecht und ihr Handgemenge behindert den Rückzug der Reiter. Der Boden ist so dicht mit Steinen übersät, dass die Pferde nur vorsichtig weiterkommen. Bald ist Gabriels Stute die einzige, die weiterhin erfolglos angreift.

Niemand weiß, wie lange dieser Irrsinn dauert.

Erbärmlich ziehen sich die Spanier mit vor Enttäuschung knurrendem Magen hinter die erste Barrikade zurück, wo Gabriel sie fünf, sechs Mal auffordert, einen neuen Angriff zu wagen.

Doch der Steinhagel zerschlägt jedes Mal ihren Elan, noch bevor sie die monströse Mauer erreichen. Unfähig, der weißen Stute zu folgen, halten sie die eigenen Pferde immer wieder zurück, bevor diese sich die Beine brechen.

Mehr als eine Stunde ist vergangen, hat ihnen den letzten Mut geraubt und der Himmel wird bereits dunkel, als Gabriel sie zu einer letzten Anstrengung anspornt. Doch kaum hält er inne, dringt schallend spöttisches Gelächter an sein Ohr. Schützend hebt er seinen Schild, als Gonzalo versucht, ihm den Degen in den Leib zu rammen.

»Verräter! Stinkende Ratte!«, kreischt Gonzalo mit irre flackernden Augen. »Endlich sehen wir dein wahres Gesicht! Du sollst verdammt sein, dass du uns in diese Falle gelockt hast!«

»Don Gonzalo!«

»Schweig, du Ziegenscheiße! Ich habe es, wir alle haben es gesehen: Die Inkas verschonen dich! Du hast gelernt, ihren Steinen auszuweichen, und nun willst du uns nah genug an sie heranbringen, damit sie uns nach Belieben niedermetzeln können!«

Bevor Gabriel noch antworten kann, steht Gonzalo bereits in den Steigbügeln und brüllt, immer noch den Degen schwenkend: »Gefährten! Gefährten! Dieser Mann ist nicht unser heiliger Jakobus, sondern ein Verräter und Teufel! Folgt ihm nicht mehr! Hört nicht mehr auf ihn, er führt euch in den Tod!«
Erschöpft und nach all der Anstrengung, all den Enttäuschungen verstört, betrachten die Reiter die beiden Männer ohne Wahrheit von Irrsinn unterscheiden zu können. Einige bekreuzigen sich, andere verbinden sich die von Steinen zerrissenen Waden, wieder andere zupfen sich gegenseitig die in ihren Kettenhemden oder auf den Brustschilden ihrer Pferde stecken gebliebenen Pfeile aus. In diesem Augenblick hören sie überrascht das Getrappel herbeigaloppierender Pferde, das sie einer Entscheidung enthebt. Mit hängenden Zügeln stoßen Juan und seine Reservereiter zu ihnen.
»Juan!«, ruft Gonzalo ihm in ungezügeltem Zorn zu. »Bruderherz, du hast deine Hand einer Schlange gereicht und nun beißt sie dich! Montelucar bringt uns um. Er ist der Teufel persönlich! Die Inkas haben uns erwartet, vielleicht hat er sie gar benachrichtigt. Wir werden niemals ins Herz der Festung vordringen können. Es ist besser, wir kehren nach Cuzco zurück, bevor es völlig dunkel wird!«
»Don Juan«, schreit Gabriel, »glaubt diesen Unsinn nicht! Wir haben noch eine Chance: Die Inkakrieger sind es ebenso Leid, uns mit Steinen zu bewerfen, wie wir, sie abzukriegen, und bald werden sie keine mehr haben! Und wenn ich allein gehen muss, gestattet mir einen letzten Angriff!«
Juan zögert keine Sekunde. Mit der Degenspitze deutet er auf die Festung und klatscht dann mit den Zügeln. Trotz Gonzalos Protesten folgt ihm wenig später der ganze Trupp nach.
Kaum haben sie die Barrikade passiert, treibt Gabriel Itza diesmal in Richtung Berge, wo er einige Felsstufen entdeckt hat, die seine Stute geschickt überspringt. Von hinten erreicht er die ers-

te Reihe der Inkas, und noch bevor sie ihre Schleudern spannen können, drängt er sie zurück. Dieser winzige Erfolg entlockt den Reitern unter ihm Freudenschreie und sie schöpfen erneut Hoffnung.

Eine Zeit lang scheinen die weiße Itza und Gabriels roter Federbusch überall gleichzeitig im Gewühl aufzutauchen, und es ist eine Freude zu sehen, wie sie der Mauer immer näher kommen. Die Spanier brechen erneut in Siegesgeheul aus.

Doch von der Mauerbrüstung geht eine schreckliche Stein- und Pfeilsalve auf sie alle nieder. Gabriel hebt wie die anderen seinen Schild zum Schutz und hört das qualvolle Geprassel, das schmerzhaft auf Rüstungen und gepolsterte Hemden niedergeht. Die folgende Stille ist kurz und seltsam. Dann zerreißt ein schrecklicher Schrei die Luft:

»Juan! Oh, Juan! Oh, Bruderherz!«

Hundert Schritt von Gabriel entfernt ist Juan Pizarro aus dem Sattel gekippt und auf dem von Steinen übersäten Gras zusammengebrochen. Sein breiter Verband ist abgerissen und sein ganzer Schädel besteht nur noch aus einem Gemisch von Blut, Knochen und Hirn. Im Eifer des Gefechts hatte er den Schild gesenkt und sein unbedeckter, verletzter Kopf war den brutalen Steinen ausgeliefert.

Gonzalo kniet bereits neben ihm, ein gellendes Heulen entweicht seinem Mund. Er zieht ihn an sein Herz und wiegt ihn sinnlos in den Armen.

Gabriel spürt, wie eine eisige Klinge ihm in die Brust fährt und den Atem raubt. Mechanisch treibt er Itza näher, während die Reiter sich schützend um die Pizarrobrüder scharen. Schnell tragen sie Juans Leichnam fort, und so steht er Gonzalo gegenüber, dessen schönes Gesicht vor Schmerz und Hass verzerrt ist.

»Du hast ihn umgebracht, Gabriel Montelucar, du hast meinen geliebten Bruder umgebracht!«

Gabriel schweigt, jeglicher Hass, aller Sarkasmus sind von ihm gewichen. Doch schon wendet Gonzalo seinem Feind schmerzerfüllt den Rücken zu und schluchzt wie ein Kind.

*

»Ich habe den Stein, der Eurem Bruder den Schädel zerschmettert hat, nicht geworfen, Don Hernando, aber ich bin derjenige, der darauf gedrängt hat, einen weiteren Angriff zu reiten, der ebenso nutzlos war, wie die vorangegangenen. Don Gonzalo hat das Recht, mir den Tod seines Bruders vorzuwerfen.«

Hernando antwortet nicht. Die kleine Funzel erhellt kaum sein ausgemergeltes, hartes Gesicht. Aus dem Nebenzimmer dringen Schluchzer und Klagen, die nur von Gonzalos Stimme und Bartholomäus' murmelndem Gebet unterbrochen werden.

Von den Inkas bedrängt und Juans Leichnam mit sich führend, haben sie vier Stunden gebraucht, um von dem Vorplatz der Festung hinabzusteigen und den schützenden großen Platz, den Aucaypata, zu erreichen. Vor Müdigkeit spürt Gabriel seine Arme und Beine nicht mehr. Er hat nicht einmal mehr Hunger. Viel zu lange hat er den Degen umklammert, und seine Finger sind steif, die Hände geschwollen. Seine Augen erkennen nur schlecht, was ihn umgibt.

»Aber es stimmt nicht, dass ich unseren Misserfolg gewollt und herbeigeführt habe«, fügt er hinzu.

Hernando antwortet immer noch nicht. Er scheint dem Schluchzen zu lauschen, den Totenklagen der Frauen, die die Gebete begleiten. Plötzlich bemerkt er ganz leise:

»Juan war der einzige Mensch auf der Welt, den Gonzalo geliebt hat. Seit jeher und leidenschaftlich. Seltsam, nicht?«

Nun ist es Gabriel, der nicht antwortet. Doch er erinnert sich an Juans Worte von diesem Morgen.

»Außer Juan hat Gonzalo nie irgendjemanden geliebt oder respektiert«, wiederholt Hernando. »Weder Frau noch Mann. Er

erträgt kaum meine Autorität. Und jetzt wird Juans Tod ihn noch verrückter machen, als er es zuvor schon war.«
»Die Dämonen sind los«, murmelt Gabriel.
Hernando betrachtet ihn einen Moment verwundert und murmelt dann seinerseits:
»Die Dämonen, ja …« Nebenan sind die Totengebete verstummt, nicht aber der Gesang. Hernando macht eine müde Handbewegung, als wollte er die Gedanken fortwischen, die ihn beschäftigen. Ein winziges Lächeln umspielt seine Lippen:
»In Kämpfen gibt es Tote, Don Gabriel«, fährt er ironischer fort. »Dafür sind sie sogar da. Vor allem, wenn man sie verliert. Ich bin ein guter Christ und der Tod meines Bruders schmerzt mich. Doch was mich noch mehr schmerzt, ist, dass wir immer noch nicht in dieser verdammten Festung sind! Es scheint, als hätten die Steine und Pfeile Euch erneut verschont, doch noch nie ist mir ein Wunder so sinnlos erschienen!«
»Wir werden ja sehen, ob es Magie ist oder nicht!«, grummelt Gabriel und fährt sich mit der Hand über das Gesicht.
»Ach ja?«
»Unser Angriff hat zumindest ein Gutes gehabt, Don Hernando. Während wir die Inkatruppen auf der Rückseite der Festung beschäftigt haben, konntet Ihr auf dieser Seite endlich die Mauer erreichen. Ich habe vorhin gesehen, dass unsere Gefährten dort zelten.«
»Morgen werden die Inkas alles tun, um uns von dort wegzujagen. Und sie werden es schaffen, denn wir sind zu müde, um ihnen lange Widerstand zu leisten.«
»Nein. Im Morgengrauen werde ich allein bis zur Spitze des Turmes steigen und Euch den Weg frei machen.«
»Das ist Wahnsinn, Gabriel!«
Hernando und Gabriel drehen sich um, um zu sehen, woher dieser Ausruf kommt. Bartholomäus betritt das Zimmer und ruft erneut:

»Das wirst du niemals schaffen!«

»Auf halber Höhe der ersten Mauer befindet sich ein Fenster. Es ist mit einer langen Leiter erreichbar. Danach, das weiß ich, führt eine Treppe bis unten in den Turm. Die Inkas haben sicher einen Weg, dort hinaufzukommen. Ich werde ihn finden!«

»Du spinnst! Bei allen Heiligen, dieser Tag hat dir den Verstand geraubt!«

»Don Hernando, lasst diese Leiter bauen. Ich brauche ein wenig Schlaf. Doch sie soll bei Tagesanbruch fertig sein.«

»Don Gabriel, Ihr werdet unter einer Steinlawine sterben, bevor Ihr noch in der Mitte der Leiter anlangt«, bemerkt Hernando mit kühler Besonnenheit.

»Mein Tod wird Euch kaum stören, und falls ich es schaffe, werdet Ihr nicht unzufrieden sein. Ich kenne weniger vorteilhafte Geschäfte, Don Hernando.«

Hernando zuckt leicht überrascht zusammen, dann umspielt ein seltsames Lächeln seine trockenen Lippen.

»Was seid Ihr für ein seltsamer Mensch, Don Gabriel. Ständig sterben und auferstehen zu wollen! Ständig besser sein zu wollen als wir anderen. Da ist man am Ende fast geneigt, die Meinung meines Bruders, des Gouverneurs, zu teilen und Euch gewisse Tugenden zuzugestehen.«

Gabriel kümmert sich nicht um seine Bemerkung und den spöttischen Blick. Er nimmt Bartholomäus' unförmige Hand und drückt sie fest.

»Die Zeit ist gekommen, es herauszufinden, Freund Bartholomäus. Ich muss es wissen! Und diesmal muss mir niemand folgen!«

In dieser Nacht macht Gabriel kaum ein Auge zu. Und wenn er gelegentlich einschläft, so nur gegen seinen Willen und wie im Wachtraum.

Und die Bilder, die sich in seinem Kopf eingenistet haben, verfolgen ihn ständig, pausenlos und rauben ihm jeglichen Frieden. Er sieht ein Seil sanft im Wind schaukeln, das an den mit Schießscharten versehenen Zinnen des runden und imposantesten Turms befestigt ist. Und als seine abgeschürften Hände sich darum schließen, kann ihn nichts mehr daran hindern, nach oben zu gelangen.

*

Der Morgen ist kühl. Der Boden fast gefroren, der Himmel weiß wie ein Leintuch. Gabriel hat sich mit nacktem Oberkörper in eine schmutzige Decke gewickelt.

Eine Hand berührt ihn sanft an Stirn und Schulter und weckt ihn auf. Eine glatte Handfläche, zarte Finger. Die vergessene Sanftheit einer Frauenhand.

Mit schmerzenden Gliedern aus seinem bodenlosen Schlaf erwachend, öffnet er die Lider und schaut, ohne es zu erkennen, in das Gesicht einer jungen Frau. In ihren Augen glitzern Tränen und ihre Wangen sind staubverschmiert.

»Du erinnerst dich nicht an mich«, flüstert sie mit dem Anflug eines Lächelns. »Ich heiße Inguill. Wir haben uns vor langer Zeit einmal gesehen, vor dem Tod des Unumschränkten Gebieters Atahuallpa. Ich war noch ein ganz junges Mädchen in den Diensten der Coya Camaquen. Sie hat mir oft von dir erzählt.«

Nun völlig wach stützt Gabriel sich auf seinen Arm.

»Ist sie es, die dich schickt?«, fragt er. »Anamaya schickt dich?«

Sie schüttelt fast lächelnd den Kopf:

»Nein. Ich bin die Frau des Fürsten Don Juan.«

Die Stimme versagt ihr, und sie verbessert sich:

»Ich war es noch gestern.«

»Ich weiß. Es tut mir Leid. Er hat mir von dir erzählt.«

Schmerz und Stolz mischen sich in Inguills Blick:

»Er hat mich als Sklavin gewählt und doch wie seine Gattin geliebt. Auch ich habe ihn geliebt. Er war sanft zu mir. Seine Ahnen der Anderswelt wollten nicht, dass er zu sehr leidet. Es ist gut.«

Hastig zieht sie einen kleinen Topf aus ihrem Unku und hält ihn Gabriel entgegen.

»Wir haben von Euren Ziegen ein wenig Milch für unsere Kinder, und ich habe dir etwas gebracht. Du musst trinken, bevor du den Turm erklimmst. Du brauchst Kraft.«

Gabriel ergreift ihr Handgelenk.

»Warum tust du das?«

Inguill betrachtet ihn einen Moment. Mit der freien Hand fährt sie zart über Gabriels Schulter. Ihre Finger gleiten über seine Schulterblätter und berühren sanft den dunklen Fleck, der sich darauf abzeichnet.

»Die Coya Camaquen schützt dich, die Ehrwürdigen Ahnen auch«, flüstert sie. »Du wirst uns retten, wir alle wissen das.«

Gabriels Finger umklammern fester Inguills Arm.

»Was weißt du? Warum hilfst du mir gegen dein Volk? Das ergibt keinen Sinn!«

Inguill befreit sich und erhebt sich abrupt.

»Trink die Milch, sie wird dir gut tun«, sagt sie einfach und läuft fort.

Erst jetzt fällt sein Blick auf Sebastian, der ihn ein paar Schritte weiter hart von Kopf bis Fuß mustert.

»Diese Frau redet Blödsinn!«, knurrt er. »Ihre verdammte Leiter und ihren verdammten Turm hochzuklettern ist die schlechteste Idee, die du jemals gehabt hast, Gabriel.«

Gabriel erhebt sich lächelnd.

»Du glaubst also selbst nicht mehr, dass du den heiligen Jakobus in mir gesehen hast?«

»O doch! Genug, um zu wissen, dass einer von euch beiden ein Hochstapler ist! Und weißt du, ich wette, es ist der heilige Jakobus!«

»Gotteslästerer!«

Laut lachend umarmt Gabriel seinen Freund.
»Kümmere dich gut um Itza. Es ist eine schöne Stute, und ich würde mich freuen, wenn du sie mir später, wenn dieser Krieg vorbei ist, endgültig schenken würdest.«
»Ich schenke dir die Stute und noch mehr, Ihro Gnaden, aber du musst mir etwas versprechen, beim heiligen Jakobus und der Jungfrau, bei der Sonne und dem Mond und meinen Zähnen und meinem Bart und deinem ...«
»Was denn?«
»Lebe, Idiot.«

*

Die Leiter ist mindestens vier Klafter lang, doch sie reicht gerade an den äußersten Rand des engen in die Mauer gebrochenen Fensterchens heran. Zwanzig Mann sind nötig, um sie aufzurichten und an der richtigen Stelle aufzustellen. Sie besteht aus Dachbalken und Rundhölzern von den Barrikaden, die so gut wie möglich zusammengefügt wurden. Es fehlte an Seilen für die Sprossen, die manchmal nur aus zerbrochenen Lanzenschäften bestehen und daher weit auseinander liegen, sodass Gabriel sich an den Armen hochziehen muss, um sie zu erreichen.
Sobald er das erste Klafter hinter sich hat, gerät die Leiter ins Schwanken und Gabriel versucht, sich weniger heftig zu bewegen. Er klettert zwei weitere Sprossen hoch, als er Schreie hört. Er schaut hinab und sieht, wie Sebastian, Bartholomäus, Hernando und alle anderen, die die Seitenstreben festhalten, hektisch zurückweichen. Noch bevor er aufschaut, hat Gabriel bereits begriffen. Er zieht den Kopf ein, drückt sich mit den Füßen gegen die Seitenstreben und hebt den Schild über sich.
Fast erfreut hört er, wie die Steine ganz normal auf das Leder seines Rundschildes schlagen. Einige schwerere treffen auch die Leiter, die unter ihm zu schwanken beginnt. Er muss sich beeilen.

Brüllend wie ein Stier ergreift er die über ihm liegenden Sprossen, ohne sich um die Geschosse zu kümmern. Die Leiter biegt sich und knarzt erschreckend. Sie schwankt wie ein heftig atmender Bauch. Gabriel hält den Blick fest auf die Mauer geheftet. Er vergisst oben und unten, die Steine, die um ihn herumpfeifen und ihn streifen, gelegentlich auf seine Hüfte prallen, auf das Holz dicht neben seinen Fingern und sie zu zerquetschen drohen. Mit Füßen und Knien klettert er aufwärts. Schreie und Rufe rings um ihn herum, doch er hört sie nicht mehr.

Er ist über die Mitte der Leiter hinaus. Nun schwankt sie so stark, dass er spürt, wie sie sich trotz seines Gewichts bewegt und rutscht. Er denkt an die Männer, die dort oben nach ihm greifen und ihn zurückstoßen könnten, doch dann vergisst er sie.

Seine Gefährten haben daran gedacht, dass die Kletterei ihn ermüden wird, denn die letzten Sprossen liegen enger beieinander und sind leichter zu erklimmen. Ihm scheint, er könnte über sie hinwegrennen, und ohne zuvor ins Innere zu schauen, schwingt er sich über die breite Brüstung der Fensteröffnung.

Das noch bleiche Morgenlicht erhellt den Raum kaum, doch er sieht die schemenhaften Umrisse einer Treppe und die Gesichter, die, statt wie sonst undurchdringlich, nun vor Erstaunen verzerrt sind.

Das Geräusch seines Degens, den er aus der Scheide zieht, lässt die zehn Krieger zurückweichen, die ihm mit Steinschleudern und Keulen in den Händen gegenüberstehen. Sie verharren wie angewurzelt, schauen einander verwirrt in einer Mischung aus Verwunderung und Neugier an. Da schreit Gabriel in Quechua:

»Zurück, zurück! Ich will Euch nichts!«

Er zückt den Degen, als wäre er aus Holz, und nimmt drei Stufen auf einmal, während die anderen ebenso weit zurückweichen. Er nimmt drei weitere Stufen. Da sagt einer der Inkas:

»Das ist der Fremde mit dem weißen Tier!«

Erneut betrachten sie ihn ungläubig und sind ebenso unentschlossen wie Gabriel. Endlich wenden sie sich wortlos ab und stürmen erstaunlich flink die Treppe hinunter.
Keuchend folgt Gabriel ihnen vorsichtig mit vorgestrecktem Degen. Als er endlich nach draußen tritt, sieht er, dass die Befestigungsmauer unterhalb des Turmes leer ist. Die Krieger sind geflohen und warnen ihre Offiziere.
Von den angrenzenden Türmen her wird er beobachtet. Schreie durchzucken die Luft und auch Steine. Doch keiner davon ist auf ihn gerichtet, sondern auf die Spanier, die sich am Fuße der Mauer befinden.
Von seinem leichten Spiel erregt, umrundet Gabriel den Turm.
Er schaut nach oben und erkennt schaudernd, dass Inguill Recht hatte. Dass alle Recht hatten.
Weder Tür noch Fenster führen ins Innere des Turms, sodass man seine Spitze erreichen könnte, stattdessen hängt, einer wunderbaren Einladung gleich, eines jener männerarmdicken Seile aus Agavenfasern und Ichu, wie sie für den Brückenbau verwendet werden, außen am Turm herab.
Er *sieht* mit erstaunlicher Klarheit, was er im Traum gesehen hatte.
Vorbei die Müdigkeit, die verkrampften Muskeln und die Vorsicht. Gabriel kann nicht mehr an sich halten, er tritt an die Brüstung, schwenkt Schild und Degen und brüllt:
»Santiago! Santiago!«
Seine Gefährten unten, die sich unter ihren Schilden dicht aneinander drängen, wirken wie kleine Tierchen in schmutzigen Panzern. Gabriel lacht wie ein Wahnsinniger und kreischt erneut:
»Santiago!«
Dann wirft er seinen Rundschild schwungvoll von sich, hängt den Degen wieder an seinen Gürtel und zieht sein schweres Kettenhemd aus. Ohne sich darum zu kümmern, dass dieses Seil,

das ebenso wunderbar ist wie die Jakobs-Leiter, von oben durchtrennt werden könnte, ergreift er es mit beiden Händen und beginnt seinen Aufstieg.

Allerdings ist er kaum zwei Klafter weit gekommen – Beine und Oberkörper im rechten Winkel zur Wand, schleifen seine Stiefelsohlen über die Steine, während er mit schmerzenden Armen versucht, sich über dem Abgrund zu halten – da hat sich seine Besessenheit auch schon gelegt.

Seine Beine werden schwer und zwei Mal gleitet sein Fuß ab, weil er ihn ungünstig aufgesetzt hat. Sogleich wird er mit seinem ganzen Gewicht gegen die Mauer geschleudert. Er stößt sich heftig Knie und Brust, lässt vor Schmerz fast das Seil los. Erneut um Atem ringend und mit verkrampften Muskeln klettert er weiter. Ein Klafter, zwei Klafter. Bleiben sechs, vielleicht mehr. Er denkt an Sebastians Worte: »Du wirst in Kürze vom Himmel zur Erde fliegen – wie ein steinschwerer Engel«. Ein böses Lachen lässt ihn innehalten, doch sein eigenes Gewicht wird ihm so schwer, dass er seine anstrengende Kletterei sogleich wieder aufnimmt.

Kaum hat er die Hälfte hinter sich, als ein Schlag ihn den Kopf heben lässt. Direkt über ihm prallt ein hockergroßer Stein mit dumpfem Schlag von der Mauer ab. Ihm bleibt keine Zeit mehr, sich zu schützen, er kann nur noch die Augen schließen.

Nichts geschieht. Nur ein Stein zischt ganz dicht an seiner Schulter vorbei.

Er öffnet die Augen genau in dem Moment, als der Fels auf das Pflaster der Befestigungsmauer aufprallt und in tausend Stücke zerbirst.

»Ich bin geschützt«, murmelt er mit brennender Brust. »Anamaya schützt mich! Sie liebt und beschützt mich!«

Und erneut ergreift ihn der seltsame Wahn. Er sieht nicht mehr die Turmmauer vor sich, sondern nur noch Anamayas blauen Blick. Er spürt seine brennenden Lungen nicht mehr, seine Arme,

die am Ende ihrer Kräfte sind, seine Schenkel, die sich nicht mehr beugen wollen. Er klettert, als würde er getragen. Er klettert wie ein Teufel oder ein Affe. Und alle sehen von unten, wie er die letzten Meter hinaufklettert, und schreien, als er sich an die niedrige Mauerbrüstung klammert, die oben um den Turm führt:
»Santiago! Er hat es geschafft, Santiago!«
Einen Moment lang bleibt er mühsam nach Luft ringend flach liegen. Er hat nicht die Kraft, sich zu erheben. Er horcht auf die Inkasoldaten, die ihn gleich ergreifen werden.
Doch die Geräusche sind fern.
Er richtet sich auf und entdeckt, dass er allein ist. Der obere Teil des Turmes ist leer. In seiner Mitte erhebt sich eine Art Türmchen und gibt den Blick auf eine mehrläufige Wendeltreppe frei, deren Stufen so schmal sind, dass man sie nur seitlich laufend benutzen kann. Es ist niemand da, doch von unten hört Gabriel Stimmen und Rufe. Er kehrt zur Brüstung zurück. Er schreit hinab, brüllt »Sieg!«, ruft, dass der erste Turm erobert ist und alle hinaufkommen können!

*

Nach endlosen Kämpfen ist gegen Mittag ein zweiter Turm eingenommen. Gabriel hat den seinen nicht verlassen und niemand ist zu ihm gestoßen. Unermüdlich hat er angewidert dem großen Kriegsschauspiel beigewohnt. Leichen übersäen nun die Befestigungsmauern der Festung Sacsayhuaman. Tausend, vielleicht zweitausend Tote.
Gabriel hat die schmerzenden Hände auf die Steinbrüstung gelegt und sieht, wie sie zittern. Er spürt nichts mehr. Er fragt sich, welcher Wahnsinn ihn ergriffen hat, er fühlt sich wie ein Betrunkener, der langsam zu sich kommt.
Er wagt nicht einmal mehr, an Anamaya zu denken, und die Idee, sie könnte ihn vielleicht beschützt haben, damit er ein solches Blutbad anrichtet, scheint ihm nun völlig ungehörig.

Der widerliche Gestank des Todes zerfrisst seine Nase.
Sebastians liebevolle Worte scheinen einem anderen als ihm gegolten zu haben.
Erneut hofft er, der Tod möge ihn ereilen, ohne dass er vom Turm springen muss, nur um zu vergessen, mit welcher Freude er sich zu seinem Werkzeug gemacht hat.
»Ich habe mich für einen Herrn gehalten«, lacht er spöttisch vor sich hin, »und war nur ein armseliger Sklave!«
Doch nicht eine Sekunde wendet er den Blick von den unaufhaltsam sterbenden Männern ab.

*

Am Abend lässt Hernando Pizarro den letzten Turm der Festung angreifen, den stärksten, der allerdings sehr hastig erbaut wurde. Kaum haben die Männer die Leitern zur Hälfte erklommen, stellt sich der Inkageneral, der die Verteidigung von Sacsayhuaman bis dahin angeführt hat, allein oben auf die Mauer. Große goldene Pflöcke glitzern in seinen Ohren und zeugen von seiner Macht.
Verwundert sieht Gabriel, wie er sich die Wangen heftig mit Erde einreibt, bis die Haut aufplatzt. Dann sammelt der Inka erneut Erde zwischen den Steinen des Turmes auf und reibt seine Wunden, bis sein Gesicht völlig unkenntlich ist.
Keiner der Spanier rührt sich, alle starren ihn an.
Auch die Inkasoldaten schweigen, und ein eisiger Wind scheint alle frösteln zu machen.
Da stopft sich der General die Erde in den Mund, wickelt sich bis zum Kopf in seinen langen Umhang und stürzt sich in den Abgrund.
Kein Geräusch ist zu hören, bis sein Körper auf einem Haufen Steine zerschellt.
Erst in diesem Moment hört Gabriel den Ausruf hinter sich. Als er sich umdreht, stehen ihm zehn Inkakrieger gegenüber. Er

liest das Zögern in ihren Augen und sieht die Seile in ihren Händen. Bereit zuzuschlagen, hebt einer von ihnen eine lange Bronzekeule.
Gabriel schüttelt den Kopf.
»Nein«, sagt er auf Quechua. »Das ist nicht mehr nötig.«
Langsam zieht er seinen Degen aus der Scheide und wirft ihn über die Brüstung.
»Ich werde nicht mehr kämpfen«, sagt er. »Das ist vorbei.«
Und während die Krieger ihn gefesselt in die Nacht tragen, hört er, wie der Wind das trunkene Siegesgeheul seiner spanischen Gefährten mit sich fortträgt.
Er wollte sterben.
Er wollte leben.
Er will nichts mehr.

Zweiter Teil

7

Ollantaytambo,
Juni 1536

Hunderte von Feuern brennen in den Canchas der Ebene, zwischen den beiden Flussläufen und auf den Hängen, wo die Terrassen und Tempel übereinander liegen. Doch weder Gesang noch Trommeln oder Trompeten, weder freudiges noch trunkenes Geschrei ist zu hören. Nur das Grollen des Wassers. Anamaya füllt ihre Ohren damit: Es ist der quälende Lärm von Tränen der Trauer.

Niedergeschlagen überqueren die Kämpfer langsam die Brücke. Sie gehen schweigend im Gänsemarsch, mit unbeweglichen Gesichtern und gesenkten Häuptern. Das weiße Licht des Vollmondes verleiht ihrer Haut die Farbe angelaufenen Silbers. Müde Furchen überziehen wie Wunden ihre Stirnen und Wangen. Ihre Unkus sind zerrissen, blut- und schlammbespritzt. Müdigkeit und Überdruss lähmen ihre Glieder, und die Waffen hängen in ihren Händen wie nutzloses Kinderspielzeug. Selbst diejenigen, die von den Spaniern erbeutete Degen tragen, selbst diejenigen, die die seltenen Pferde führen, sind von Scham gezeichnet. Sie haben verloren.

Als sie Manco und Vila Oma auf der anderen Seite der Brücke erblicken, beugen sie die Schultern noch ein wenig mehr, als würde das Gewicht unerträglich. Doch als sie an Manco vorbeigehen, richtet er sie mit einer Handbewegung oder einem stolzen Wort wieder auf. Sie verschwinden in der Nacht. Die Erschöpfung wird ihnen trotz Schlaf keine Erholung bringen.

Anamaya beobachtet Vila Oma. Der stechende Blick dessen, den sie den Gelehrten nannte, verliert sich in der Ferne, das Heilige Tal entlang, flieht zu den Bergen über Cuzco und folgt dem Weg dieses Kampfes, der gewonnen werden sollte und doch verloren wurde. Verhaltener Zorn verzerrt sein Gesicht.
Nicht einmal Manco schaut zu ihm hin. Sein stolzes Profil blickt seine Krieger nur freundlich und ermutigend an. Anamaya wundert sich und ist gerührt von dieser Sanftheit, die sich – seit den Demütigungen, die er ertragen hat, vielleicht gar seit jeher – unter all der Härte versteckt, die ihn ansonsten zerfrisst.
Seit dem Tag, als Titu Cuyuchi mit der Nachricht von Gabriels Verschwinden zurückgekehrt ist, findet Anamaya keinen Schlaf mehr. Kaum glaubt sie zu schlafen, da streift der Puma über ihr Gesicht, jeden Augenblick des Tages meint sie seinen Schatten zu sehen. Nach außen hin und wenn sie spricht, spielt sie weiterhin die Rolle der Coya Camaquen, die immer Rat weiß, die zu achten selbst die Seher und Priester gelernt haben, doch tief in ihrem Herzen ist sie eine Frau, gequält von der Sorge um den Geliebten.
Angesichts der Niederlage – einer umso grausameren Niederlage, als der Sieg so nahe schien – siegt dieses Gefühl über alle anderen und fast schämt sie sich dafür.
»Komm.«
Kataris Stimme ist fast nur ein Flüstern, der Flügelschlag einer Fledermaus in der Nacht, und sie ist sich nicht einmal sicher, es gehört zu haben. Sie dreht sich zu ihm um. Der junge Mann macht eine unmerkliche Kopfbewegung, die seine langen, bis auf die Schultern reichenden Haare aufwirbelt.
Schweigend bedeutet er ihr, ihm zu folgen. Sie kümmert sich nicht weiter um Manco oder Vila Oma.
Die beiden jungen Menschen laufen am Fluss entlang, der unterhalb einer kleinen Mauer grollt und brodelt: Die sorgfältig aufeinander gepassten Steine weisen sie als Heiligtum aus. Das

Mondlicht beleuchtet den Weg, der nun zur Stadt hinaufführt. Die Lichter der Häuser und Tempel glänzen wie ferne Sterne aus einer anderen Welt.
Ihr Herz schlägt ruhiger.
Wie eine Melodie, deren Töne ein wenig heller sind als das trommelnde Brodeln des Willkamayo, vernimmt sie das Plätschern von Wasser, das über Rinnen in die künstlichen Brunnen strömt. Plötzlich bleibt Katari stehen. Sie starrt einen Augenblick auf seine breiten Schultern und wendet den Blick dann wie er den Bergen im Westen zu, wo Quilla ihre vollkommen runde Scheibe niedergelegt hat.
Der schwarze Schatten eines Kondors zeichnet sich vor der Nacht ab.
Es ist ein riesiger Vogel, ein wachsamer Bergvogel. Sein Schnabel und der Kopf mit dem geöffneten Auge sind aus dem Fels gemeißelt, die Halskrause zwischen den mächtigen Flügeln eingezogen. Unbeweglich und schützend scheint er sich dem Heiligen Tal zuzuwenden und jeden zu bedrohen, der versuchen sollte, dort einzudringen.
Endlich dreht Katari sich zu Anamaya um.
»Es ist so weit«, sagt er einfach.
Anamaya bewundert erneut die Ruhe des jungen Mannes und die leuchtende Weisheit, die von ihm ausgeht – von seinem breiten, muskulösen Körper, seinen Schlitzaugen, die aussehen wie die unendlichen Falten einer *Huaca*.
Sie hat es nicht gleich bemerkt, doch der Felsen ist von einer Seite zur anderen bearbeitet: Rinnen bahnen dem Wasser seinen Weg, Kerben unterteilen seinen Rumpf, Zeichen, dass die Menschen seit Tausenden von Monden dort die Anwesenheit der Götter spüren.
Sie betreten den Schatten des Kondors und der Mond zieht sich zurück. Trotz der Dunkelheit folgt Anamaya Katari vertrauensvoll und setzt die Füße sicher in seine Spuren.

Sie haben einen riesigen viereckigen, flachen, im Boden steckenden Stein umrundet, dessen Form ihr vertraut vorkommt. Dort gibt es eine kleine Mulde, in deren Mitte noch rötlich ein Feuer glüht, und Katari kann es mühelos wieder entfachen. Erneut hat sie, als sie nach oben schaut und die vier kleinen in den Fels gehauenen Nischen betrachtet, den Eindruck, einen anderen Ort wieder zu erkennen.

Langsam kommt Anamaya zu Atem, und ein seltsames Gefühl erfasst sie. Mit geschlossenen Lippen sagt Katari ihr, was er will. Sie ist fast erschrocken über die Selbstaufgabe, die sie instinktiv überkommt.

»Du hast nichts zu befürchten«, sagt er sanft.

»Hast du mich gehört?«

Kataris flüchtiges Lachen hallt durch die Nacht.

»Du solltest wissen, dass ich dich selbst dann höre, wenn ich nicht bei dir bin.«

Die Erinnerung an Gabriel, wie er sich in der Salzwüste verirrt hatte, durchzuckt sie. Ihr Unwohlsein verschwindet, und sie lächelt ebenfalls.

»Du hast gesagt, dass du mir helfen könntest …«

»Das ist richtig. Doch dazu darfst du keine Angst mehr haben. Und außerdem …«

Katari hat bereits seine Manta vor sich ausgebreitet.

»Und außerdem?«

»Auf der Reise, die wir machen werden, müssen wir eins sein.«

»Und doch brauche ich dich, um zu gehen. Was bedeutet das, Katari? Ich verstehe nicht.«

»Dort ist Wasser und Stein«, sagt Katari. »Diese Welt und die Untere Welt, der Willkamayo und die Sternenstraße, Inti und Quilla, Gold und Silber. Alles in unserem Universum ist zweifach. Doch im Herzen der Dinge verbirgt sich das Eine, wenn wir es zu finden wissen.«

Bei seinen Worten hat Anamayas Herz einen Sprung gemacht.

Schweigend spinnt sie seinen Satz weiter: Da sind die Inkas und die Fremden. Doch sie wagt es nicht.
»Ich verstehe immer noch nicht«, murmelt sie.
Katari wirft ihr einen kurzen Blick zu.
»Du verstehst besser, als du zugibst. Ich kann es dir jetzt nicht erklären. Aber du musst wissen, dass nichts, was du entdecken wirst, mir verborgen bleibt. Hast du dafür genügend Vertrauen zu mir?«
Sie schaut zu, wie er einen Blätterzweig aus seiner Manta zieht. Es ist eine Waldpflanze, die nicht in den Bergen wächst. Ohne zu zögern, wirft er sie in die Glut. Fast sofort entströmt ihr ein beißender, duftender Rauch.
»Du hast genug Vertrauen in mich, um mich mitzunehmen«, sagt Anamaya. »Lass mich dir geben, was ich habe.«
»Ich werde dich führen, Anamaya, doch du bist es, die mich mitnimmt.«
Sie starrt den außergewöhnlichen Zuschnitt des Felsens an und die vier Nischen, die sich darin befinden. Sie lächelt: Sie kennt die Reise, von der er spricht.
Katari schaut sie schon nicht mehr an. Er wiegt den Kopf hin und her und benutzt seine langen Haare als Fächer, mit dem er Anamaya den Rauch ins Gesicht wedelt. Gleichzeitig singt er mit geschlossenen Augen eine monotone Melodie in einer Sprache, die Anamaya nicht kennt. Der Geruch des Rauches steigt ihr in die Nase, erfasst ihren Kopf und ihren ganzen Körper, die Musik wirkt. Sie fühlt sich gleichzeitig schwer vor Müdigkeit und hellwach, fast unfähig, sich zu bewegen, und vollkommen leicht. Sie sieht, wie er sich erhebt.
Als er sich wieder neben sie setzt, hält er einen prächtigen *Kero* in Händen, ein Holzgefäß mit tausend geometrischen Intarsien, deren unglaubliche Genauigkeit sie mit übernatürlicher Klarheit erkennt. Auf seinem Boden befindet sich eine dunkelgrüne Flüssigkeit.

Dann holt Katari zwei weitere kleinere und völlig unverzierte Keros hervor. Sie sind aus unbearbeitetem Holz, das noch die Form eines Astes hat. Nur die Aushöhlung verrät, dass Menschenhand sie bearbeitet hat.
Er füllt die beiden Holzbecher und reicht Anamaya einen davon. Sie trinken langsam, lassen sich den sanften Geschmack nach jungem Mais auf der Zunge zergehen und die Kehle hinablaufen.
Kataris Gesang, der wie das ferne Murmeln eines Gebirgsbaches begonnen hat, ist nun angeschwollen und überdeckt fast das Geräusch des Brunnenwassers. Das Summen in den Ohren, das dumpfe Schlagen ihres Herzens – Anamayas ganzer Körper begleitet den Rhythmus dieses Gesanges, der nicht mehr aus Kataris Kehle zu kommen scheint, sondern aus den Steinen, dem Wasser, dem ganzen Berg.
Eine hellere Stimme legt sich über die gequälte Melodie. Sie bemerkt kaum, dass dieses Pfeifen, dieses Stöhnen über ihre eigenen Lippen kommt. Ihr Kopf wiegt sich im gleichen Rhythmus wie Kataris Kopf, und langsam lässt sie los.
Ihr Zeitgefühl verschwindet, ihr Raumgefühl …
Plötzlich geht ein Zittern durch ihren ganzen Körper. Es ist eine heftige Entladung, wie ein Blitz, der in ihrem Nacken zu entstehen scheint, in Wellen ihren Rücken hinunterläuft und ihre Glieder durchflutet. So wird sie mehrere Male geschüttelt und erschüttert: Jedes Mal gibt sie sich hin, spürt das Gefühl, das einer liebevollen Umarmung gleicht. Das Vergnügen ist eine köstliche Explosion, und brodelnd durchströmen sie die Empfindungen. Ihr Bauch ist warm, brennend. Es ist vollkommenes Glück, so heftig, dass sie nicht einmal Gelegenheit hat, seine Vergänglichkeit zu ermessen.
Die Stille kehrt zurück.
Kräftige, leuchtende, glitzernde Farbflecken tanzen vor ihren geschlossenen Lidern.

Der Gesang ist verstummt. Nur das Geräusch des Wassers bleibt: des Brunnens, der Rinne entlang der *Huaca* des Kondors, des Flusses, der weiter unten vorbeirauscht. Doch in diesem Bruchteil Stille, da die Natur innehält, wird ihre Wahrnehmung plötzlich scharf und so klar, dass sie trotz frühester Nacht fähig ist, alles zu sehen und zu hören, zu spüren und zu schmecken. Sie ahnt die Wogen des Windes, dessen leiseste Veränderung an ihre Ohren dringt; sie spürt, wie er sanft über ihre Haut streicht, und öffnet weit Nase und Mund, um sich daran zu laben. Plötzlich erfüllt der Schrei eines Vogels den Horizont – ein Vogelschrei, den sie seit jener Zeit nicht mehr vernommen hat, als sie als kleines Mädchen mitten im Wald lebte. Sie atmet die verborgenen Düfte der Erde ein, den Humus, das schwere, von nächtlicher Feuchtigkeit erfüllte Laubwerk.

Das scheuernde Geräusch eines Steines lässt sie die Augen öffnen und ihr Blick fällt auf Katari. Er betrachtet die vier Nischen vor ihnen, deren Inneres sie nicht erkennen kann. Er nimmt ihre Hand und sie überlässt sie ihm ohne Furcht.

Als sie sich der Wand nähern, scheint eine der Nischen zu einem schwachen milchigen Leuchten zu erwachen, das vom Stein selbst ausgeht. Ihre auf Knien begonnene Reise geht unmerklich in ein Kriechen über. Eng schmiegen sie sich an den Felskörper und verschmelzen mit dem Stein. Am Rand der Nische angekommen, hüllt das weiße Licht sie vollständig ein, und im darauf folgenden Zittern des gesamten Felsens kann Anamaya unmöglich erkennen, ob es die Nische ist, die sich geweitet hat, um sie zu empfangen, oder ob sie selbst plötzlich kleiner geworden sind. Und es ist auch nicht wichtig.

Nach einer Zeit, die ihr unendlich lang vorkommt, wird aus der Berührung mit dem Reibstein ein sanftes Streicheln, jedes Reiben der Haut, jede Furcht und alle Schwerkraft enden in einer Art sanften Umhüllung, als wären Materie und Haut eins geworden. Eine Stimme ist in ihr erklungen und undeutliche Wor-

te haben ihr gesagt, dass die Menschen früher so geboren wurden. Doch sie hat keine Zeit, den Worten zu lauschen, sie ist zu gefangen: Glied für Glied wird ihr Körper vom Berg aufgesogen und ihr letztes menschliches Empfinden ist das von Kataris Handfläche, in die ihre Hand gebettet war. In weiter Ferne sieht sie ihre Furcht, eine Feuerkugel in der Nacht, eine Schmerzeskugel in ihrem Kopf, während ihr schwerer Körper immer leichter wird wie eine Masse, aufgehalten von einer noch größeren Masse, die sie sich Stück für Stück, Fiber für Fiber einverleibt.
Sie ist Stein. Sie ist der Berg selbst.
Das Seltsamste ist, dass sie sich weiterhin ihrer selbst vollkommen bewusst ist. Sie ist Anamaya, doch eine Anamaya, die plötzlich um ein ganzes Universum an Empfindungen reicher ist, wo alle Formen, alle Stoffe, alle Aspekte der Natur sich miteinander vermischen. Sie hat keine Zeit, dies erneut zu genießen, als schon alles in ihr anfängt zu schwellen, tausend Trommeln, tausend Flüssen und tausend Sternen gleich bis zur Explosion. Inmitten dieses aus einem Übermaß aller Empfindungen bestehenden Gefühls, zieht sich ihr ganzes Sein zu einer winzigen Kugel zusammen, dessen einzige, intensive Anstrengung darin besteht, sich aus dem Stein herauszuziehen – als wollte sie in ihrer völligen Reglosigkeit mit aller Kraft verhindern, sich aufzulösen und zu verlieren.
Inmitten des Chaos erkennt sie, wie aus ihrem Inneren ganz leise und doch ganz deutlich Kataris Stimme aufsteigt: »Komm Anamaya, es ist so weit.«
Sie ist auf der anderen Seite.

*

Luft.
Da ist nur noch das Zittern, das sie durchläuft und festhält, das Gleiten, die Leichtigkeit.
Sie fliegt.

In diesem Moment gibt es nur noch diese Köstlichkeit, die sich mit dem Gefühl der Macht vermischt, mit vollkommener, unendlicher Freiheit. Sie meint, keine Augen mehr zu haben, um zu sehen, keine Ohren, um zu hören, und ihr Körper ist ein zerbrechliches Gebilde wie eine *Balsa*, die im Windstrom abdriftet.
Du bist der Kondor.
Ein Schauder durchläuft sie kurz angesichts dieses befremdlichen Gedankens. Dann begreift sie, dass Katari nicht mehr ihre Hand hält, sondern dass er im Flug bei ihr ist – dass er mit ihr gemeinsam und für sie zum Kondor geworden ist.
Rückhaltlos und ohne Furcht gibt sie sich der Verwandlung hin. Dann bemerkt sie, dass sie durch die Nacht geflogen ist, und sieht, wie die Sonne aufgeht. Sogleich tragen Luftströme sie höher in den Himmel. Alle Schönheit breitet sich unter ihren Flügeln aus: Das Band des Flusses am Grunde des Tales hat die silbernen Schuppen der Schlange Amaru – Symbol der Weisheit –, die so oft in ihrer Nähe weilte. Er umschließt den Ort, schlängelt sich drumherum, schenkt ihm ein Stück Smaragd des Waldes.
Ihr Blick streift über die fernen Bergketten, die in gleicher Höhe mit ihr sind. Der verschneite Gipfel des Salcantay, die ganze Majestät der *Andenapus* liegt in den ersten Strahlen des Sonnengestirns vor ihr. In ihr hallt Kataris Stimme wider und singt fröhliche Beschwörungen: »*Hamp'u! Hamp'u!*«, und ihr ist, als würden die Berge ihr einer nach dem anderen glitzernd antworten.
Und dann erkennt sie sie natürlich: den Jungen Gipfel und den Alten, die über der Stadt-deren-Name-nicht-genannt-wird wachen, der Stadt, in der das junge Mädchen, das sie einmal war, viele Jahre zuvor Einlass fand. Sie schwebt über den Terrassenstufen, wo der Mais Früchte trägt, schwebt über den Häusern, sieht die winzigen Gestalten der Priester und Sternenkundigen, der Seher und Architekten hinaustreten, um Intis Ankunft zu begrüßen.

Sie spürt, wie sich die Blicke der Männer dem Kondor zuwenden, der oben am Himmel schwebt. Ihre Furcht und ihre Achtung beflügelt sie.
»Hier ist es«, sagt sie zu Katari, »hier verbirgt sich das geheimste Geheimnis des Reiches – hier ist der Ort, der über alle Zeiten hinweg bestehen muss.«
Katari schweigt, doch sie spürt die Freude, die ihn erfüllt, und nimmt ihn mit kräftigen Flügelschlägen immer weiter mit hinauf in den Himmel.
»Vila Oma hat mich dort hingeführt, als man ihn noch den Gelehrten nannte und er mit den Göttern sprach. Doch er hat den Weg dorthin verloren und wird ihn niemals wieder finden.«
»Schau, wie die Sonne triumphiert.«
Sie überfliegen einen Stein im Herzen der geheimen Stadt, der die Sonnenstrahlen anzieht und von wo sie ausgehen, die Welt zu erhellen, die Zeit zu unterteilen. Es ist ein Stein, der – dem ewigen Drang des Jungen Gipfels, Huayna Picchu, gehorchend – zu Vorzeiten behauen wurde.
Ergriffen von der Harmonie, die er ausstrahlt, schweben sie lange darüber hin. Sie sind bewegt von der Einheit, die hier zwischen menschlicher Weisheit und natürlicher Ordnung herrscht. Der Stein scheint geschnitten, um das Licht zu empfangen: Die Art, wie er es sich mit dem Schatten teilt, ist wie ein Gebet, das schweigend durch die Berge hallt. Seine Zerbrechlichkeit ist unerreichbar. Seine Schönheit das eigentliche Denkmal.
Anamaya spürt, wie Katari alle Empfindungen gleichzeitig in sich aufnimmt, er betrinkt sich daran, wie an einer berauschenden Flüssigkeit – jeder Tempel, jede Terrasse, jeder Stein lässt in ihm eine Legende erzittern, die bis zum Ursprung der Welt, des Wassers, des Steins und der Menschen reicht.
Die feuchtigkeitsschwangere Luft lädt sich nach und nach mit der Wärme der Sonne auf. Die vollkommenen Geräusche des Lebens, die Stößel tief in den Mörsern, das Knistern der Feuer-

stellen, die von den Frauen wieder entfacht werden, das Flitzen der Eichhörnchen, die blutigen Orchideenblüten, alles trägt bei zu dieser Vollkommenheit.

Anamaya steigt über den Terrassen auf und spürt die unsichtbare Ader, die den Alten Gipfel durchzieht: den Weg, den sie viele Jahre zuvor entlanggelaufen ist, als ein Kondor das Ritual der Priester unterbrach, die ein kleines Mädchen opfern wollten. Unendliches Mitgefühl lässt sie von Kopf bis Fuß erschaudern. Sie erinnert sich an den Blick, die kleine Hand, die voller Vertrauen und mit der absoluten Hingabe der Kindheit ihre Hand genommen hatte.

Je näher sie dem Gipfel kommen, umso langsamer, schwerer wird ihr Flug. Wie von plötzlicher Müdigkeit ergriffen, tragen ihre Flügel sie plötzlich weniger gut.

Sie lässt sich direkt über der Huaca nieder.

Sie hört nichts als Atem: ihren Atem, Kataris, den des Windes.

»Schau«, sagt Katari, »schau mit deinem ganzen Herzen.«

Ohne nachzudenken, wendet sie sich zum Huayna Picchu, dessen lange Gestalt sich genau ihr gegenüber erhebt. Ihr Blick taucht ins Leere, und sie findet sich, wie in der Luft schwebend, dem Berg gegenüber wieder, von dem sie jede Unebenheit, jeden Vorsprung spürt. Und aus dem Berg löst sich eine schreckliche und vertraute Gestalt: der Puma.

Der Berg ist Puma geworden oder der Puma Berg, so wie sie und Katari Kondor geworden sind. Die Magie des Schauspiels lässt sie fiebern, und ein ganzer Strom von menschlichen Gefühlen und Empfindungen durchläuft sie: »Gabriel«, denkt sie erst schüchtern, dann mit wachsender Kraft: »Gabriel!«.

»Er ist es, er steht dir gegenüber, und er erwartet dich«, sagt Kataris ruhige Stimme.

Ohne sich die Zeit zu nehmen, zu verstehen und nachzudenken, übermannt sie die Freude: Er ist hier, vor ihr, und all ihre Ängste versinken im Morgengrauen!

Lange verharrt sie vor dem Berg-Puma, fühlt sich von seiner

Macht geschützt. Sie versteht nun den tiefen Sinn von Kataris Intuition: Gabriel kann nichts zustoßen, die *Apus* schützen ihn. Als die Sonne den Zenith erreicht, nimmt sie ihren Flug wieder auf.

*

Ein einziger Flügelschlag, und sie gleiten hinab zum Tempelvorplatz, bleiben über dem Abgrund stehen und erkennen, welcher Schwindel die Menschen ergreift, die zwischen dem Bett des Willkamayo, der unter ihnen grollt, und dem Schnee der Kordilleren von Vilcabamba in der Ferne verloren sind.
In einer Ecke des Vorplatzes erhebt sich ein kleiner einzelner Felsen. Er ist sorgfältig behauen und zeigt in die Vier Gegenden. Und dieser Felsen spricht.

*

Der Vorplatz ist vollkommen leer, und wer immer sich ihm näherte, würde das seltsame Schauspiel eines Kondors beobachten können, der dem Fels gegenübersitzt und sich in der Sonne wärmt. Das sähen die, die nicht sehen können.
Nur Katari weiß, dass Anamaya wieder das junge unschuldige Mädchen ist, das rein und verlassen neben dem großen König Huayna Capac sitzt, während die Nacht sein Leben umfängt. Er sieht sie mit einem weißen *Añaco* bekleidet, der nur von einem einfachen roten Gürtel gehalten wird, wie sie neben dem alten Felsen-König kniet, dessen graue Haut ein Zittern durchläuft, das Bergprofil dem Schnee, der Unteren Welt zugewandt. Er sieht, wie sie sich über ihn beugt und vollkommen still seinen Worten lauscht.
Auch er hört sie.
Du bist bei mir, Mädchen mit den Augen des Sees.
Und ich werde dich nicht verlassen, solange du meinen Doppelbruder beschützt.

Dann wird alles entschwinden und auch er wird entschwinden.
Es ist der Puma, den du über den Ozean springen sehen wirst.
Und wenn er geht, wird er zu dir zurückkommen.
Wenngleich getrennt, seid ihr vereint.
Und wenn alle gegangen sind, wirst du übrig sein und der Puma wird an deiner Seite bleiben.
Gemeinsam, wie Eure Ahnen Manco Capac und Mama Ocllo,
Werdet Ihr dieser Erde neues Leben schenken.
Es wird Kriege geben, wie es Kriege gab,
Trennungen, wie es Trennungen gab,
In ihrem Triumph werden die Fremden das Elend finden,
und wir, die Inkas, wir müssen gedemütigt werden, Sklaven der Schmach, um den langen Weg zu begreifen, der hinter uns liegt und den unsere Panacas, allein vom Geist des Krieges getrieben und nicht von Inti geleitet, im Wahnsinn ihrer Zerstörung vergessen haben.
Doch wir werden nicht sterben.

Anamaya ist in der Seele des alten Königs. Sie hört erneut, wie er von den alten Zeiten erzählt, von der Erschaffung der Welt, dem Vertrauen der Inkas, die in der Bergwiege von Cuzco geboren sind. Sie hört, wie er seine Eroberungen rühmt und den Krieg zwischen seinen Söhnen beweint. Er spricht von der Feuerkugel, die Atahuallpa bestimmt, und sie erinnert sich. Er erwähnt Manco, *den ersten Knoten der künftigen Zeiten,* und sie erinnert sich.

Ich wollte Stein werden, wie die Ahnen meiner Rasse, ins weiche, zarte Gras der Berge Cuzcos gelegt.
Der Krieg hat mich vertrieben und ich habe in der Heiligen Stadt Zuflucht gefunden.
Mein Stein zeigt in die vier Himmelsrichtungen, wie ich das Reich der Vier Gegenden verstanden habe. Und doch ist es nur

ein einfacher Stein, denn das ist es, was am Ende vom Reich übrig bleibt: ein Stein, an den sich die Sonne heftet.
Die Vier Gegenden werden im Herzen eines reinen Mannes sein.
Heute wissen sie es nicht, doch es herrscht bereits Bruderkrieg.
Und es wird erneut Krieg geben.
Krieg bei den Söhnen der Sonne und Krieg bei den Fremden: Das ist das Zeichen.
Das Blut des Bruders, das Blut des Freundes wird großzügiger vergossen als das des Feindes: Das ist das Zeichen.
Stein und Wasser verschwinden im Wald: Das ist das Zeichen.
Der Fremde, der eine Frau und nicht seine Ehrwürdigen Ahnen anbetet, wird getötet: Das ist das Zeichen.
Kein Seher sieht es, die Priester sind erschüttert, die Sonne verdunkelt sich für die Sterndeuter, Verrat ist der Freund des Volkes, der Ozean spuckt immer mehr Fremde aus, bald ist es Zeit für dich, zu fliehen, um das zu retten, was war und immer sein wird.
Doch du wirst auf die Zeichen warten und du wirst an der Seite unseres Volkes bleiben, bis Inti den Hass zwischen uns verbrannt hat und nur noch die Frauen übrig sind, die das vergossene Blut beweinen.
Du wirst keinen Fehler machen.
Du wirst den treffen, dessen Stein die Zeit anhält, und er wird mir gegenüberstehen wie du, doch er wird an den Ort des Ursprungs gehen, während du den Weg in die Stadt-deren-Namen-man-nicht-nennt nehmen wirst.
Ihr werdet wissen, was zu verschweigen ist, und ihr werdet schweigen.
Du wirst nur sagen, was sein muss, und es wird sein, und wenn es war, werden euch zwei Finger einer Hand, zwei Finger einer Hand werden euch vereinen.
Du wirst frei sein.

Du wirst meinen Doppelbruder ans Ende seines Weges bringen, und auch er wird frei sein.
Und nur ein Geheimnis wird dir verborgen bleiben, und du wirst damit leben müssen.
Und in all dieser Zeit zweifle nicht an mir. Bleibe in meiner Seele und vertraue dem Puma.

Die Stille kehrt zurück, kaum gestört vom ewigen Gespräch zwischen Wind und Fluss. Die Sonne ist verhangen, und die Luft füllt sich mit schwarzen, feuchten Wolken.
Anamayas Gestalt ist ebenso unbeweglich wie die von Huayna Capac. Nur ihre Hand liegt auf dem Körper des alten, sterbenden Herrschers. Der alte Schmerz ist wieder neu, die ausgemerzte Einsamkeit kehrt zurück und umklammert ihr Herz. Sie hält die Augen geschlossen. Sie zittert. Ohne sich zu rühren, spürt sie die Gegenwart, die entflieht wie an ein anderes Ufer, und sie leidet, weil sie nicht zu ihr und mit ihr leben kann.
Katari legt ihr die Hand auf die Schulter und hält ihren Schmerz zurück.
Das ganze Tal ist von Nebel erfüllt, und die Gipfel vor ihnen verschwinden, das Maisgold auf den Terrassen erlischt, die blühenden *Quinoa* werden grau, und die Tempel scheinen aus Wassersteinen erbaut. Wolkenfetzen umschweben sie wie in einem Tanz.
Anamaya nimmt ihre Hand von Huayna Capacs Körper.
Sie sieht nur den Stein, doch sie wundert sich nicht darüber.
Immer noch liegt Kataris breite Hand schwer auf ihrer Schulter.
Sie ist weiterhin traurig, doch sie spürt, dass ihr Freund sie gehindert hat, auf eine gefährliche Reise zu gehen.
Gemeinsam schauen sie nach Westen, dorthin, wo am immer noch schwarzen Horizont ein letzter schwacher Lichtschein durch die Wolken dringt.
Sie spüren den Regen nicht, der sie bis auf die Knochen durch-

dringt, sind ungerührt von der Kälte, die von der Erde aufsteigt. Und dann, ebenso plötzlich, wie er sich verhangen hat, reißt der Himmel auf. Dort oben, in der mittleren Öffnung des Tempels mit den drei Nischen, hat ein Regenbogen Fuß gefasst.
»Komm«, sagt Katari.
Und gemeinsam erheben sie sich in die Lüfte.

*

Es ist Nacht über Ollantaytambo.
Anamaya und Katari liegen ausgestreckt auf der kleinen Mauer am Willkamayo und wagen nicht zu sprechen.
Der Himmel ist klar, und im Vollmond zeichnet sich der Fels des Kondors immer noch so deutlich ab wie zuvor.
»Ich hatte einen Traum, in dem auch du warst«, sagt Anamaya endlich und erhebt sich.
Katari rührt sich nicht, mit weit aufgerissenen Augen blickt er in die Unendlichkeit des Himmels und der Sterne.
»Ich hatte den gleichen Traum«, sagt er, ohne sie anzuschauen.
»Woher weißt du das?«
Katari antwortet nicht, doch Anamaya hört das Echo seiner Stimme in ihrem Inneren, und blitzartig spürt sie, wie wirklich diese Reise war, die sie gemeinsam gemacht haben. Katari hat Recht. Sie möchte ihn gerne fragen, ob sie wieder zu ihrem Ausgangspunkt zurückgekehrt sind, oder ob sie einen ganzen Tag durchquert haben. Der Blick auf den fast vollen Mond gibt ihr keine Antwort.
»Ihr werdet wissen, was zu verschweigen ist, und ihr werdet schweigen.«
Anamaya lässt die Worte in sich zerplatzen, und plötzlich überkommt sie die ganze Kraft von Huayna Capacs Sätzen. Nein, sie ist tatsächlich nicht mehr das kleine, verschreckte Mädchen, das die Vergangenheit vergessen hat, die Gegenwart und die Zukunft. Sie ist nicht mehr die Coya Camaquen, die ständig darum

kämpfen muss, das Geheimnis zu verstehen. Die Welt ist in Ordnung: Was enthüllt ist, bleibt, was geheim ist, ebenfalls.
Ein dumpfes Grollen lässt sich von Norden her vernehmen.
Katari erhebt sich.
Erst fragen sie sich, ob nicht die Erde beben und den Fluss emporheben wird, sodass er über seine Ufer tritt. Doch das Grollen wird stärker, und sie erkennen gleichzeitig seinen Ursprung: Es kommt von dem ihnen gegenüberliegenden Berg, der sich über den beiden Flüssen erhebt, der Berg, der das Heilige Tal bewacht.
Er grollt wie ein Mensch in den Klauen eines heftigen Schmerzes. Sie spüren, wie er bebt, vor Anstrengung zum Bersten gespannt, und dann löst sich unter Krachen ein riesiger Fels und hinterlässt ein gähnendes Loch in der Schlucht.
Nach und nach hebt sich eine dicke schwarze Staubwolke und hüllt die Nacht ein, während noch immer ein sporadisches Beben den Berg durchläuft. Hinter dem dichten Staub erkennen sie, wie ein ganzes Stück herabbricht. Noch zwei Mal seufzt der Berg unter den Wunden auf, die er sich selbst zufügt.
Alle Furcht vergessend, betrachten sie fasziniert das Schauspiel. Die Natur bäumt sich auf, doch ihr Zorn gilt nicht den Menschen. Er kommt von weiter her. Allein Zeuge zu sein, ist Teil des Geheimnisses.
Der Staub steigt ihnen in die Augen und nimmt ihnen fast die Sicht. Sie müssen zum Brunnen laufen und das schmerzhafte Brennen löschen. Sie warten. Als der Lärm völlig verklungen ist, drehen sie sich um. Die Wolke senkt sich langsam nieder, und erneut erkennen sie die vertraute Form des Berges.
Anamaya schreit auf.
Was sie sieht, was sich klar im Mondlicht abzeichnet, ist das Gesicht Huayna Capacs, sein Profil, wie es ihr in der Stunde seines Todes gegenüberlag, vor so vielen Jahren und auch gerade noch in ihrem Traum – während ihrer Reise – als Kondor.

Es ist geradewegs in die Seite des Berges gemeißelt, als hätte ein wunderbarer Steinmetz es mit großen Hammerschlägen geschlagen: Er ist Stein-Mensch, hundert, tausend Mal größer als Menschen aus Fleisch und Blut.
Seine Augen liegen tief in den Höhlen, und seine kräftige Nase verlängert in gerader Linie die Stirn, Zeichen seiner Willenskraft. Eine Spalte öffnet seinen Mund und sein Kinn ist mit einem langen Bart aus Felsen bedeckt. Er wendet sich nach Norden, zum Herzen des Tals, das über dem Berg liegt, zur Geheimen Stadt.
Da weiß Anamaya, dass das Wissen in ihr ist.

8

Ollantaytambo, Riegel von Chocana,
16. Juni 1536

Die Hände auf den Rücken gefesselt, die Füße von dicken Agavenseilen behindert, die ihn zu winzigen Schritten zwingen, von zehn Kriegern umringt, die ihn Tag und Nacht abwechselnd bewachen, geht Gabriel seit drei Tagen zu Fuß.
Nach seiner Gefangennahme wurde er mitten in die unwirtlichen Berge gebracht, in eine kleine Ansammlung weniger, armseliger Adobehäuser, wo man ihn einen Monat gefangen hielt. Eine alte Frau brachte ihm Nahrung, doch weder sie noch seine Wächter antworteten auf seine Fragen. Mit der Zeit wurden seine Anstrengungen seltener, und er verfiel, nach der irren Exaltation der Schlacht, in eine Art Apathie. Sein Leben lag ebenso wenig in seiner Hand wie zuvor, und ohne ihm weiter zu zürnen, überließ er sich einem Schicksal, das zweifellos nur der Tod sein konnte. Mehrfach streifte ihn der Gedanke, sie hätten ihn

sofort töten sollen, doch er fand ihn unangebracht und so verscheuchte er ihn.
Vor drei Tagen im Morgengrauen kamen sie ihn holen und bedeuteten ihm, dass es Zeit sei, sich auf den Weg zu machen. Er hatte nichts gesagt und seither kaum drei Worte mit den Wachen gewechselt, die ihn mit jener zur Schau gestellten Gleichgültigkeit behandeln, hinter der sich, wie er inzwischen weiß, Neugier verbirgt und zweifellos Furcht. Als es Abend wird, hört er sie tuscheln, doch zu erschöpft, versucht er gar nicht erst, sie zu verstehen.
Er erwacht wie aus einem Traum.
All diese Wochen lebte er wie ein Besessener: Er wollte Gonzalos Rache überleben, dann das Feuer in seinem Kerker, den Pfeilen und Steinen entkommen, den Turm einnehmen. Er sieht sich erneut Dinge tun, die ihm die Bewunderung seiner Gefährten eintragen, doch er selber hat eher das Gefühl, einem Theaterstück beizuwohnen, in dem ein maskierter Schauspieler seine Rolle spielt. Er, Gabriel, scheint die ganze Zeit wie nicht vorhanden, abwesend zu sein. Sich gefesselt und hilflos wiederzufinden und dieses von Bergen eingeschlossene Tal zu durchwandern bringt ihn wieder in die Wirklichkeit mit all ihren unangenehmen Erfahrungen zurück.
Sähe er nicht ihre nackten Beine mit den muskulösen, knorrigen Waden wie aus Holz, er würde nicht einmal die Gestalten der Träger vor sich erkennen, die unter dem schweren Gewicht der riesigen Quinoakolben verschwinden. Man könnte meinen, der Königsweg hätte sich in ein Feld verwandelt, das ein unberechenbarer Wind aufwühlt. Gabriel pustet die Luft aus seinen Lungen. Die Ähren heben und senken sich. Ein weiterer Atemzug, sie wiegen sich noch immer. Ebenso plötzlich wie unerwartet überkommt ihn ein Lachanfall.
»Ich bin der Herr des Quinoa!«, schreit er auf Kastilisch. »Der Herr des Maises!«

Und er pustet vor sich hin, pustet, als wären seine Lungen der Blasebalg des Windes. Die Indiosoldaten schauen ihn an, umklammern ihre Lanzen, ergreifen die Steinschleudern: Ist der Gefangene wahnsinnig geworden? Gabriel lacht, bis er husten muss, und hält dann plötzlich inne.
Das Tal, in das der Fluss sein Bett gegraben hat, ist nach und nach immer enger geworden. Rechts und links ragen Felswände auf, zu deren Füßen sich Befestigungsanlagen erheben. In Mäandern führt der Fluss von einer Felswand, einer Anlage zur nächsten. Hunderte, vielleicht Tausende von Männern, nur mit ihren *Huaras* bekleidet, sind damit beschäftigt, die Festungen noch zu verstärken, reihenweise schleppen sie erstaunliche Steinquader herbei, während andere Gruppen sichtlich gut durchorganisiert Mauern und Balkenwerk errichten.
Doch erst, als die Soldaten ihn in den Fluss stoßen, damit er die Furt durchquert, entdeckt Gabriel die sich majestätisch ausbreitenden Terrassen und das Gebäude, das machtvoll darüber aufragt und, wenngleich unfertig, so doch nicht weniger faszinierend ist. Tempel oder Festung, er könnte es nicht sagen – er weiß jetzt, dass die Inkas diesen Unterschied nicht kennen.
Ihm stockt der Atem.
Und im gleichen Moment überkommt ihn von irgendwoher die aufregende und schmerzhafte Gewissheit, dass er *sie* wiedersehen wird.

*

Als es dunkel wird, erhebt sich ein Wind und die Luft wird frischer. Gabriel läuft durch die geradlinigen, sorgfältig gepflasterten Straßen, in denen sich die hohen, engen Eingangstüren zu den Canchas mit ihren steilen Strohdächern öffnen, und ist von dem regen Treiben beeindruckt.
Die Stadt wird gerade erbaut, überall herrscht pausenlose, wimmelnde Geschäftigkeit. Quechua ist zu hören, das er bereits be-

herrscht, doch auch *Jaki aru* und *Pukina,* die Sprachen Kollasuyus, die er gerade einmal auseinander halten kann. Viele der Menschen hier haben noch niemals einen Fremden gesehen, und sie können ihre Verwunderung nur schlecht verbergen, als sie ihn entdecken, mit seinen wirren blonden Haaren und dem Bart, der nach der Schlacht und wochenlanger Gefangenschaft sein Gesicht überwuchert. Sobald sie die Stadt betreten haben, umringen die Soldaten ihn dichter denn je, als hätte er irgendeine Chance, inmitten der Menschenmenge zu entkommen.

Die Cancha, vor der sie anhalten, wird von zwei *Orejones* bewacht – so nennen die Spanier gewöhnlich die adeligen Inkas, deren Ohren jene Scheiben schmücken, die früher aus Gold waren und seit der Eroberung meist aus Holz sind.

Er wird unsanft ins Innere des Gebäudes mit der schon vertrauten Form gestoßen. Im Hof wimmelt es von Soldaten, und weiter hinten stehen Frauen, von denen einige damit beschäftigt sind, Essen zu kochen. Andere drängen sich verschüchtert an der hinteren Hofmauer zusammen bis hin zu der Treppe, die in die erste Etage der angrenzenden Cancha führt. Er erkennt Manco sofort, der mitten im Hof auf seiner königlichen *Tiana* sitzt, und auch Vila Omas lange, hagere Gestalt mit den schmalen Lippen neben ihm, der auf einer ein wenig niedrigeren Bank sitzt. Trotz des sehr viel bescheideneren Rahmens geht eine Majestät und Würde von dem jungen Herrscher aus, die in keinem Vergleich zu seiner Krönung auf dem Aucaypata in Cuzco steht. Gabriel ist unwillkürlich von der düsteren, unbeugsamen Willenskraft beeindruckt, die er jetzt ausstrahlt. Den Marionettenkönig, den Francisco ernannt hatte, gibt es nicht mehr. Ihm steht der Krieger gegenüber, der sie um ein Haar in Sacsayhuaman besiegt hätte und dessen Truppen weiterhin Cuzco belagern. Anamaya kann er nicht entdecken.

Drückende Stille senkt sich über sie.

Gabriels Blick wandert vom Gelehrten zum Inka und vom Inka

zum Gelehrten. Auch er hat gelernt, nicht zu schnell zu sprechen und in den gemeißelten Gesichtern zu lesen, bevor er vorprescht. Vila Oma bricht als Erster das Schweigen.
»Der Fremde muss sterben!«, stößt er hervor und erhebt sich langsam von seiner Tiana.
Er hat die Worte ruhig, aber zornig ausgespuckt. Die Zuhörer erstarren.
»Er ist es, der den Turm von Sacsayhuaman erstürmt hat, und seinetwegen sind viele unserer Kämpfer gefallen. Seinetwegen hat sich der edle Cusi Huallpa geopfert. Die Fremden behaupten, er besäße eine Magie, größer als die all unserer Seher, und ihre Götter würden ihn schützen. Lächerliche Legenden! Lasst ihn uns in Stücke schneiden und ihnen seinen Kopf und eine mit seiner Haut bespannte Trommel schicken, um ihnen zu beweisen, dass unsere Krieger stärker sind als ihre so genannten Götter! Wir hätten ihn schon vor langer Zeit töten sollen, und nur unsere Schwäche hat uns daran gehindert.«
Vila Oma dreht sich zu Manco um und fährt mit sichtlich schon viel zu lange zurückgehaltener Verzweiflung fort:
»Die gleiche Schwäche, die uns den endgültigen Sieg über diese fremden Hunde genommen hat!«
Nie zuvor hat irgendwer gewagt, Manco in aller Öffentlichkeit so direkt und heftig anzugreifen. Gabriel ist sich der Beleidigung bewusst und seltsamerweise spürt er, wie in ihm eine Art Gleichgültigkeit aufsteigt, die ihn zum Zuschauer seines eigenen Schicksals macht, während es sein Leben ist, um das hier gestritten wird. Und so antwortet er mit ruhiger Stimme, Manco tief in die Augen blickend und ohne sich um den Gelehrten zu kümmern:
»Mein Leben ist mir gleichgültiger als Euch. Meine Leute wollten es mir nehmen, und Gott oder das Glück hat es mir gelassen. Ihr wollt mich töten, weil ich getan habe, was Soldaten tun? Tötet mich. Es ist nicht an mir zu sagen, ob dies eine richtige Ent-

scheidung oder nur unnötige Grausamkeit ist, die Eure Götter und die meiner Leute erzürnen wird.«
Manco hat immer noch nicht den Mund aufgemacht. Er scheint in Gedanken verloren, fast unbeweglich. Vila Oma verzweifelt:
»Lass uns Schluss machen mit ihm, Bruder Manco! Das wird das Zeichen sein, das das Volk und die Götter erwarten, um uns den strahlenden Sieg zu schenken!«
»Dieser Mann wird nicht sterben.«
Manco hat jedes einzelne Wort deutlich ausgesprochen, ohne irgendjemanden anzusehen. Vila Oma scheint vor Zorn wie erstarrt. Er hebt den Arm und zeigt auf Manco. Doch bevor er den Inka noch anrufen kann, kommt es am Eingang der Cancha zu Gedränge. Zwei schweißglänzende *Chaskis* durchqueren den Hof und werfen sich vor Manco auf den Boden.
»Sprecht«, sagt der Inka.
Ohne den Kopf zu heben, beginnt der ältere der beiden:
»Unumschränkter Gebieter, wir kommen dir einen strahlenden Sieg verkünden. Unsere Truppen haben eine Armee der Fremden vernichtet, die ihr *Kapitu* losgeschickt hatte, um denen zu helfen, die wir in Cuzco belagern. Wir haben viele Männer getötet und ihre Waffen und Pferde erbeutet. Sie kommen, Unumschränkter Gebieter, dir zum Ruhme und Geschenk!«
Manco bleibt ebenso ungerührt wie seit Gabriels Ankunft in der Cancha.
»Der Gelehrte Vila Oma«, sagt er endlich langsam, »wird jetzt wissen, dass es kein Unrecht braucht, um große Siege zu erringen.«
Vila Omas Gesicht ist ebenso grün wie der Cocasaft, der ihm aus den Mundwinkeln läuft, doch er schweigt. Ohne ein Wort des Abschieds zwängt er sich durch die Reihen der verblüfften Soldaten, stößt die Frauen zur Seite und erreicht die Treppe. Kurz bevor er im ersten Stock des Nebengebäudes verschwindet, hüllt er sich in seine Manta und dreht sich um.

»Manco, vergiss nicht, dass wir Söhne des gleichen Vaters, des großen Huayna Capac sind. Ich vergesse nicht, dass du der Sohn der Sonne bist. Doch Inti tut, was nötig ist, um jeden Tag zu erleuchten. Solltest du die Nacht über uns breiten wollen?«
Angesichts der heftigen Beleidigung schicken sich die Soldaten an, ihn zu ergreifen. Doch Manco gebietet ihnen mit einer Geste Einhalt.
»Lasst ihn«, sagt er. »Der Gelehrte ist nicht mehr der Gelehrte. Er ist von Zorn und Hass überwältigt, und seine Worte sind nur noch Geräusche, die er mit dem Mund macht!« Er starrt Gabriel an. »Die Fremden haben auch mich gedemütigt. Sie wollten meine Frau rauben, sie haben mich schlimmer als einen Sklaven behandelt, schlimmer als einen Hund. Doch ich habe geschwiegen und im Schutze unserer Berge, mit Hilfe unserer Götter, diesen Krieg vorbereitet, den wir gewinnen werden.«
Während seiner Rede ist Mancos Stimme angeschwollen, und bald hallt ein Raunen, ein Rufen durch die ganze Cancha.
»Jetzt«, sagt Manco, als sich die Aufregung beruhigt hat, »jetzt werde ich mit dem Fremden allein bleiben.«
Er erhebt sich plötzlich, wehrt die Frauen ab, die herbeieilen, um den Boden vor ihm zu fegen. Er tritt auf Gabriel zu und nimmt ihn am Arm. Die Umstehenden schreien erschrocken auf, der Inka kümmert sich nicht darum. Er zieht Gabriel in den größten und am kostbarsten ausgeschmückten Raum der Cancha.
Abgesehen von dem Schimmer, der durch eine Öffnung fällt, dringt kein Tageslicht hinein. In Nischen, die in die Mauern eingelassen sind, stehen goldene und silberne Gefäße und kleine Tierstatuen.
»Du kennst natürlich den Grund meiner Nachsichtigkeit?«, fragt Manco trocken.
»Nein, Fürst Manco.«
»Dabei ist dir ihr Name sehr teuer!«
Im Halbschatten sieht Gabriel das Flackern in Mancos Blick.

Noch vor einem Augenblick schien der Inka von weiser Ruhe erfüllt – und jetzt hat ihn ein Zorn, eine Wut ergriffen, die seine Augen glitzern lässt.
»Anamaya ist dein Leben«, sagt Manco. »Wenn ich nicht wüsste, was du ihr bedeutest, wärst du nicht einmal bis zu mir vorgelassen worden, und deine Asche würde unsere fruchtbaren Felder nähren.«
»Ich verstehe, edler Manco, und doch weiß ich, dass das, was du Vila Oma gesagt hast, von Herzen kam! Du kannst mich hassen, aber du kannst nicht verhindern, dass du mich bewunderst.«
»Ich bin der Inka, Fremder! Vergiss nicht, dass du mich nur anschaust, weil ich es will. Nicht einmal deine Gefühle gehören dir selbst!«
Gabriel unterdrückt das Zittern, das ihn ergriffen hat.
»Dann gestatte, dass ich das Einzige bewahre, was du mir nicht nehmen kannst: das Schweigen.«
Manco antwortet nicht. Dann wendet er sich ab, um das Zimmer zu verlassen. Kurz bevor er durch den Vorhang tritt, betrachtet er Gabriel ein letztes Mal:
»Der Puma!«, zischt er in einem Tonfall, den Gabriel für Verachtung hält. »Nun ist der Puma gekommen!«

9

Ollantaytambo,
Nacht des 18. Juni 1536

Gabriel tauchte ein in die kalte Nacht.
Unruhig schlief er auf seinem harten Lager, lauschte dem Plätschern des Wassers, das in dieser Stadt niemals verstummt, als

ein Indio in den ihm von Manco zugeteilten Raum der Cancha glitt. Niemand hatte gesagt, dass er ein Gefangener sei, niemand hatte gesagt, er sei frei: Man hatte ihm nur die Handgelenke losgebunden, die Fesseln von seinen Füßen genommen. Zwei Frauen sind ihm zu Diensten und auch zwei Indios, schweigende Kollas, die ihn beschützen sollen – oder bewachen. Als Katari in sein Zimmer trat, erkannte er ihn sogleich, und sein Herz machte einen Sprung: Nicht nur, dass er Bartholomäus' Freund ist, er ist vor allem derjenige, der ihm am Ufer des Titicacasees das Leben gerettet hatte.

»Willkommen, Herr der Steine! Bist du erneut gekommen, mich zur Welt zu bringen?«

Zu seiner großen Verwunderung sagt Katari nichts, lächelt nicht einmal verständnisvoll oder freundlich. Sein Gesicht mit den hohen Wangenknochen bleibt ausdruckslos, und seine langen Haare wehen im Schatten.

»Folge mir«, sagt er nur zu Gabriel.

Gabriel hatte Zeit, sich zu waschen und die verschmutzten Kleider loszuwerden, die er seit der Eroberung des Turmes trug. Nun ist er in eine weite Indiotunika aus Alpakawolle gehüllt. Seine Muskeln schmerzen, sein ganzer Körper ist steif, als wäre er geschlagen worden. Er stellt Katari keine Fragen, erhebt sich und tritt durch die schwere Wolldecke vor seiner Tür.

Katari sagt leise ein paar Worte zu den beiden Wachen, und sie treten zur Seite. Sie durchqueren die schweigenden Canchas. Ihre Sandalen gleiten über das Steinpflaster. Wortlos überquert Katari einen großen Platz und tritt dann durch ein monumentales Tor. Hintereinander erklimmen sie über mehrere Stufen sechs Plattformen. Dann erkennt Gabriel im schwachen Licht des untergehenden Mondes den Anfang einer Treppe, die, fast schwindelerregend gerade, senkrecht den Berg hinaufführt. Dies ist der Hang, dessen Terrassenstufen und massiven Tempelmauern er schon bei seiner Ankunft entdeckt hat.

Stufe für Stufe lässt er seine lähmende Erschöpfung und selbst Kataris seltsames Benehmen hinter sich. In der Dunkelheit, hinter den fest mit Steinen eingefassten Terrassen, erkennt er ein Gebäude mit mehreren Nischen, von dem er wegen des fugenlos verarbeiteten Mauerwerks annimmt, dass es sich um einen Tempel handelt. Doch Kataris anhaltendes Schweigen und seine eigene Atemnot hindern ihn daran, den jungen Mann auszufragen. Selbst als sie unten an der dicken Außenmauer des Großen Tempels anlangen, den man vom Tal her sieht, hält Katari nicht inne, verlangsamt nicht einmal seinen Schritt. Doch der Hang ist nicht mehr ganz so steil und lässt Gabriel ein wenig verschnaufen. Als sie endlich zu einer starken Mauer kommen, die quer über den Hügel führt, bleibt Katari stehen.

Gabriel legt sich die Hände auf die Schenkel und atmet heftig. Als er wieder zu Atem kommt, schaut er den Herrn der Steine an:

»Wirst du jetzt mit mir sprechen?«

Katari schweigt immer noch, doch wenigstens macht er nicht mehr dieses unbeteiligte Gesicht, das Gabriel für Feindseligkeit gehalten hatte.

»Sie ist es, die mit dir sprechen wird.«

Gabriel verschlägt es erneut die Sprache, doch diesmal ist nicht die Anstrengung daran schuld. *Sie!* Seit er nach Ollantaytambo gekommen ist, hat er diesen Gedanken, der blitzartig sein Herz zerreißt, in einen dunklen Winkel seines Geistes verwiesen: sie wiederzusehen, sie zu umarmen. Es ist wunderbar und gleichzeitig so schmerzhaft, dass er seinen Kopf in die Hände stützen muss.

Katari deutet mit der Hand auf den Weg, der sich auf der anderen Seite der Mauer über einen sanften Hang zum Gipfel schlängelt.

»Geh«, sagt er nur.

Er verschwindet ohne ein Wort des Abschieds, ohne eine weitere

Erklärung. Gabriel betrachtet den Weg, setzt einen Fuß vor. Jeder Schritt ist schwer, und er zittert, wie er in keiner Schlacht gezittert hat.

*

Seit es Abend geworden ist, wartet Anamaya allein in dem kleinen Tempel oben auf dem Hügel. Er ist vom Tal her nicht zu sehen, und das ist der Grund, weshalb sie ihn mit Katari ausgewählt hat. Als sie Manco von ihrer Idee erzählt haben, hat der Inka ihnen ungerührt zugehört und dann seufzend eingewilligt: »Ihr wisst Dinge, die ich nicht weiß.«

Katari hat mit einigen seiner Kollabrüder die Bauarbeiten geleitet, damit das Geheimnis besser bewahrt werde. Sie wurden an einem einzigen Tag vollendet: eine einfache Umfriedungsmauer, ein kleines Gebäude mit vier mannshohen Nischen. Vor drei Nächten haben sie den Doppelbruder in eine Manta gehüllt hergebracht, denn niemand von den Soldaten oder Priestern – genau genommen niemand außer Manco – sollte davon wissen, vor allem nicht Vila Oma. Nun steht der Doppelbruder in der ersten, der Südnische.

Seit ihrer großen Reise betrachtet Anamaya den Doppelbruder nicht mehr mit denselben Augen. Es ist, als hätte das Wissen, das ihr anvertraut wurde, all ihren Durst gelöscht, ihr alle Sorgen genommen. Nicht er ist mehr derjenige, der besitzt, was sie braucht, sie ist es, die ihn über alle Kriegswirren hinweg behüten und schützen muss.

Doch als die letzten Sonnenstrahlen in den Bergen hinter ihr verschwunden sind und die Abendkühle, die Nachtwinde ihr Gesellschaft leisten kommen, wird ihr das Warten plötzlich lang. Gabriel wiedersehen, ihn endlich wiedersehen. Sie erhebt sich und starrt in die Dunkelheit, spitzt die Ohren, um seinen Schritt zu hören. Sie denkt an den Blick, den sie Katari zugeworfen hat, als der Chaski mit der Neuigkeit zu ihr kam, der Gefangene sei auf dem Weg zu ihnen. Sie zügelt ihre Fantasie, in der sie bereits auf ihn zuläuft, um sich in seine Arme zu werfen, sich an ihn zu schmiegen und ihm die Worte zu sagen, die sie seit so vielen Monden unterdrückt. Halb im Weinen, halb im Lachen steigen wirre Worte in Quechua und Spanisch in ihr auf und wollen über ihre Lippen.

Dann schaut sie auf den unbeweglichen, ewigen Doppelbruder und eine scheinbare Ruhe überkommt sie.

Sie geht ein paar Schritte vor das Haus. Das Raunen des Windes ist nun fern wie das der beiden Flüsse. *Und wenn er geht, wird er zu dir zurückkommen. Wenngleich getrennt, seid ihr vereint.* Das waren die Worte des großen Huayna Capac: Sprechen sie von dem, was war oder von dem, was sein wird? In Anamaya brodeln mehr Fragen, als die Prophezeiung ihr Antworten gibt. Hinter der Pforte des Wissens befindet sich eine weitere Pforte und so fort bis ans Ende des Lebens in der Hiesigen Welt und bis zu den Stufen, die uns in die Untere Welt führen.

Eine Wolke verdeckt den Mond, und die Nacht ist fast schwarz. Erneut erhebt sich der Wind, und da hört sie Gabriels Schritte, und fast gleichzeitig sieht sie seine Gestalt auftauchen. Sie rennt, doch nicht zu ihm, sondern ins Innere des Tempels. Und dort findet er sie auf der Erde, die Arme um den Doppelbruder geschlungen.

Er lässt sich neben sie gleiten.

Sie sind unfähig, ein Wort zu sagen, eine Bewegung zu machen. Sie schauen einander nicht an.

Der sanfte Wind vermischt Gabriels blonde mit Anamayas schwarzen Haaren. Sie berühren sich nur an den Schultern und sind vor Ergriffenheit unfähig, zu sagen, welches Zittern das des anderen ist.

Anamaya fasst sich als Erste.

Sanft berührt sie Gabriels Schulter mit ihrer honigbraunen Hand, gleitet zwischen den Stoff des Unku und seine Haut. Er-

neut überläuft ein Schauder Gabriels Körper. Sie erfühlt mit den Fingern den Fleck des Puma, kratzt ihn leicht, entlockt ihm ein Seufzen.
Dann rollt sie sich hinter ihn und legt ihre Lippen langsam und für eine Ewigkeit dorthin, wo sein Körper jenes Mal aufweist, das ihr bestimmt war.

*

So lernen sie einander in dieser Nacht erneut kennen.
Lange vor den ersten Worten kommen die ersten Gesten. Ein Lachen, eine vergossene Träne. Gabriels Hand in ihren Haaren, die dort immer wieder eine köstliche Spur zeichnet. Anamayas Nägel, die sich in seinem Bart verhaken, bis ihre Hand seine Wangen umfängt, sein Kinn, sein ganzes Gesicht. Sie atmen, berühren einander, zähmen sich mit den Fingern, mit Haut und Zunge. Sie stupsen einander sanft an und wecken damit vergessene Gefühle.
Dann überwältigt sie die lange Sehnsucht der Abwesenheit, die Gier der Trennung und die Zeit der heftigen Zärtlichkeit, der brutalen Sanftheit beginnt. Wie junge Raubkatzen rollen sie übereinander, beißen sich spielerisch, überraschen sich gegenseitig. Gabriel ist stark, doch Anamaya besinnt sich auf ihre Waldtierinstinkte, sie entkommt ihm und springt ihn von hinten an. Es gelingt ihm, sich umzudrehen und sie zu ergreifen. Mit einem Ruck reißt er ihren Añaco herab.
Sie erstarren.
Nackt steht sie vor ihm, und ihr Drang, einander zu ergreifen, festzuhalten, löst sich auf in der Nacht. Sie schauen einander an, und alles beginnt von neuem, Hand für Hand, Mund für Mund, nur ist diesmal jede Bewegung, jeder Moment langsam und zärtlich.
Als Gabriels Mund sich Anamayas Brust nähert, hält sie den Atem an. Er küsst sie, als wollte er mit den Lippen jede Parzelle

ihres Körpers erforschen. Erfüllt von tiefem, heftigem Verlangen wird er geduldig, grausam geduldig. Anamaya biegt sich ihm entgegen und ermutigt ihn, ruft ihn mit halb geöffneten Lippen: Noch sind es keine Worte, eher Seufzer, kleine unartikulierte Schreie, aus denen er ihr eigenes, forderndes Verlangen heraushört. Doch er küsst sie weiter so sanft er kann, trotz des Verlangens, das durch seine Hüften rieselt, genießt die langsame Enthüllung. Sie legt beide Hände so fest auf seine Haare, dass er sich mit einem Satz erhebt und seinen Mund auf ihren legt. Er küsst sie endlos, küsst sie, wie man nach der Wüste trinkt, küsst, wie man liebt, wie man atmet, wie man lebt – küsst, als hätte er nie zuvor geküsst.

Ihre am Boden liegenden Kleider bieten ihren sich zusammenrollenden Körpern ein Lager. Wäre nicht die Farbe ihrer Haut, man könnte sie in ihrer Umarmung für einen einzigen Leib halten. Ja, sie wollen *eins* sein, der Konquistador und das seltsame Waldmädchen, der Spanier und die Inka. In diesem Moment besitzen sie nur noch den Körper des anderen und Anamaya spürt, wie sie in ein Glück eintaucht, das sie blitzartig an ihre Reise mit Katari erinnert. Sie erreicht ihren Höhepunkt fast in dem Augenblick, als er in sie eindringt, doch jetzt, da er nicht innehält, wird ihre Lust so weit wie das Universum, sie lässt Myriaden von Sternen ein und alle klaren Quellen, die sich in den steinigen Felsspalten der Berge verbergen. Und er, Gabriel, ist glücklich, er springt wieder und wieder und sein heftiges Knurren erfüllt die Täler. Er fürchtet sich weder vor seinem Körper noch vor dem, was sich dahinter verbirgt, er meint, alle Grenzen sprengen zu können. Tief in seinem Innern schlummert Freude über all die vergangenen Taten – damals auf seinem weißen Pferd war er ein Kind, jetzt ist er ein Mann.

Im nicht enden wollenden Rhythmus ihrer Leidenschaft bedecken sie einander gegenseitig mit ihrem Schweiß, dessen salziger Geschmack sie immer durstiger macht. Eine Brise erhebt sich und zieht über sie hinweg, die Kälte beißt, doch es kümmert sie nicht, sie weiten die Grenzen der Nacht und stoßen sich wie Steine, sie fließen wie Bäche, kratzen einander wie Tiere – sie lieben einander wie Mann und Frau.

Und als sie erschöpft in Schlaf sinken, ist es Liebe, die sie begleitet.

Sie liegen nebeneinander zu Füßen des Doppelbruders, Hand auf Schenkel, Schulter an Hals. Ein Lächeln umspielt ihre halb geöffneten Lippen.

Sie sind schön, sie sind glücklich.

Die ersten Strahlen der aufgehenden Sonne berühren die Berggipfel, da erwacht Gabriel und schließt sie in die Arme. Sie erheben sich und beobachten gemeinsam, wie die Welt zu neuem Tag erwacht: das Toben des Willkamayo dort, wo eine Schlucht seine Wasser zusammendrängt und es zornig aufbrodeln lässt, der schlanke Gipfel des Wakay Willca.

Dann sieht Gabriel aus dem Schatten das monumentale Profil auftauchen, das in die gegenüberliegende Bergwand geschnitten ist. Fragend dreht er sich zu Anamaya um. Gemeinsam betrachten sie es, und ohne dass sie noch geantwortet hätte, spürt er die Wärme, die sie ausstrahlt, das Licht, und ohne zu verstehen, spürt er die Verbindung zwischen ihr und dem mächtigen, geheimnisvollen Gesicht.

Er drückt sie ein wenig fester an sich, und sie gibt sich hin ohne den Blick von Huayna Capacs Gesicht zu wenden, dessen Worte ständig in ihr widerhallen wie die Quelle des Flusses Patacancha. Und so spricht sie die ersten Worte.

*

»Gabriel.«

Die drei Silben sind sanft wie ein Hauch über ihre Lippen gekommen. Ihr Geist ist ein Feuer unter der Glut: Sie möchte ihm so vieles sagen und weiß nicht, wo sie beginnen soll, weiß nicht, was er hören kann. Und dann überkommt es sie drängend, jetzt, wo das Licht erschienen ist, wo es das Tal überflutet und die Berge: Sie muss seine Stimme hören, sich daran laben, wie sie sich an seinem Körper gelabt hat.

»Erzähle, Puma.«

Gabriel erzählt ihr von den schrecklichen Tagen, als er glaubte, der Krieg würde sie für immer trennen, als er sich vor Hoffnungslosigkeit in den Tod stürzen wollte, indem er die Erde von Gonzalos Gesinde befreite. Sie lächelt, als er ihr von den drei Indios erzählt, die gekommen waren, ihn in seiner Zelle zu töten, und von Sebastians wunderbarem Eingreifen. Sie hört, ohne zu zittern, den Bericht seines Kampfes, von Juans Tod, dem seltsamen Gefühl der Unbesiegbarkeit, das ihn beseelt und in tiefster Hoffnungslosigkeit befähigt hat, die irrsinnigsten, absurdesten Taten zu vollbringen.

»Ich habe es nicht verstanden«, murmelt Gabriel, »und ich verstehe es immer noch nicht. Mir war, als ginge das Licht von mir aus, während es mich doch umfing. Ich hatte diesen Blödsinn bereits gehört, weißt du, und darüber gespottet – Geschichten von Kämpfern, an denen die Pfeile abprallten oder von denen sich die Steine im letzten Moment abwendeten, um zwischen die Felsen zu rollen. Ich glaubte ebenso wenig daran wie an Don Franciscos Allerheiligste Jungfrau. Und doch musste ich mich damit abfinden: Wenn ich selbst auch nicht daran glaubte, die anderen, meine Gefährten, die wenigen Tapferen und all der Abschaum, glaubten mehr daran als ich selbst und betrachteten mich nicht als Helden (das kenne ich, das ist immer noch menschlich und schließlich voller gewöhnlicher Gefühle, gemischt mit Bewunderung und Neid), sondern mit einer Art göttlicher Furcht. Denke nur nicht, dass es mich stolz gemacht hat. Nur noch gleichgültiger, wenn das überhaupt möglich ist. Als ich den Turm erklomm und mein Kettenhemd fortwarf, hatte ich das Gefühl, mich zu befreien, und wenn ich gekonnt hätte, hätte ich meine Haut gleich hinterhergeworfen.«

Gabriel schweigt einen Augenblick und lässt seine Worte in ihr widerhallen, ohne nach ihrem Sinn zu suchen.

»Und dann hatte ich dieses seltsame Gefühl in meinem Traum, als würde ich *sehen.*«

Anamaya schreckt auf.

»Es war, als würde ich wissen, was ich tun würde, als wäre ein Bote von irgendwo hergekommen, um es mir zu sagen, indem er in mir Bilder malte, die klar waren wie das Leben. Dieses Seil, das an der Mauer des ersten Turms hing, ich habe es *gesehen,* lange bevor ich es ergriff. Und als meine Hände sich darum schlossen, war ich über alle Angst und allen Mut erhaben, über alle Zweifel und alle Pflicht: Ich tat nur, was zu tun war.«

»Du kommst, du näherst dich, du bist fast da …«

»Indem ich angreife und deine Leute zurückschlage?«

»Du bist da, um uns zu retten.«

Nun ist es an Gabriel, aufzuschrecken:

»Am Abend zuvor oder am Morgen des Angriffs selbst habe ich Inguill gesehen, und sie hat die gleichen Worte benutzt.«

»Nimm sie an.«

Gabriel schüttelt den Kopf.

»Alles ist noch zu frisch in meinem Kopf, und manchmal habe ich den Eindruck, durch eine Mauer von mir selbst getrennt zu sein, eine Mauer, dicker als die der Türme, die wir eingenommen haben.«

»Du wirst durch diese Mauer gehen.«

Gabriel seufzt:

»Für heute gebe ich es auf, mehr verstehen zu wollen.«

»Was ist nach der Stürmung des Turmes geschehen?«

»Als deine Leute mich gefangen nahmen, hatten sie eine stumpfsinnige Beute, die sie mühelos in Ketten legen und fesseln konnten. Warum haben sie mich nicht getötet? Ich weiß es immer noch nicht, genauso wenig, wie ich weiß, warum sie mich einen ganzen Monat in diesem einsamen Haus in den Bergen gelassen und mit ihren verdammten verkümmerten und zerknautschten *Papas* gefüttert haben. Ihr nennt das *Chuños*, nicht? Es schmeckt nach verfaulter Erde. Und könntest du mir vielleicht auch erklären, warum sie schließlich vor vier Tagen beschlossen haben, mich all dieser Köstlichkeiten zu berauben und hierher zu bringen?«

Gabriel seufzt und lässt dann lachend fallen:

»Nun, Prinzessin, die alle Geheimnisse kennt, kannst du mir das nicht sagen?«

Sie zögert, erhebt sich und sammelt ihre verstreuten Kleider auf.

»Zwei Monde sind vergangen, nicht wahr?«, sagt sie endlich. »Während dieser zwei Monde habe ich oft davon geträumt, einen einzigen Moment mit dir zu einer ganzen Nacht zu machen. Und jetzt, wo ich diese Nacht hatte ...«

Sie unterbricht sich und auch er lässt den Satz unbeendet. Die Zeiten, in denen er heftig und ungeduldig war, sind vorbei. »Bartholomäus, wenn du mich jetzt sehen könntest, du würdest mich vielleicht für einen Weisen halten.«

»Ich wollte dich alles lehren, was ich gelernt habe«, sagt sie endlich, »denn du bist ein Teil dessen, was ich gelernt habe – du bist vielleicht das Schönste von allem, was ich gelernt habe. Doch du musst wie ich Schritt für Schritt vorgehen.«

»Mir scheint, ich habe bereits einige Stufen erklommen«, sagt Gabriel mit leicht gezwungener Fröhlichkeit.

»Ich weiß, Liebster, doch dir bleibt noch so viel zu entdecken.«

»Vor Jahren, in einer schrecklichen Nacht, standen wir neben dem Leichnam Atahuallpas, deines Unumschränkten Gebieters, und du hast für mich das Tor in diese Welt aufgestoßen, nicht wahr?«

»Damals war ich recht stolz darauf, die Coya Camaquen genannt zu werden, die die Ehrwürdigen aufsuchten, um Geheimnisse zu erfahren, die ich selbst nicht kannte. Welch eine Verwirrung herrschte in mir! Doch ja, du hast Recht, damals wollte ich dir sagen, dass es eine andere Welt hinter unserer Liebe gibt, eine andere Welt hinter dem Krieg.«

»Glaubst du, dass ich ihr näher gekommen bin?«

Gabriels Stimme hat etwas Bittendes, und Anamaya bricht in Lachen aus.

»Mein Puma ist manchmal so ein Kind!«, sagt sie und drückt seine Hand, wie um ihre spöttischen Worte zu mildern. »Aber ja, natürlich, du bist ihr näher gekommen, mit großen zornigen Sprüngen, ohne zu wissen, wohin du gingst, aber mit deinem großzügigen Herzen!«

»Jetzt bin ich bei dir, nicht wahr?«

Wenngleich getrennt, seid ihr vereint … Sie hat diese Worte so lange vergeblich gesucht. Und jetzt, wo sie sie in sich trägt, tut es ihr fast Leid, denn sie verschließen ihr den Mund. Sie ist nicht mehr das unwissende Mädchen, das Vila Oma erzogen hat, sie ist nicht mehr die stolze Coya Camaquen, die Liebende. Bei dem Gedanken an dieses letzte Wort bäumt ihr Herz sich auf: Doch, sie ist sehr wohl diese Liebende, und welche Geheimnisse die Prophezeiung auch immer verbergen mag, sie hat das Recht, diese Liebe zu leben und sich daran zu laben.

»Ja«, sagt sie, »du bist bei mir.«

Gabriels Aufregung legt sich und erneut kann er die Schönheit der aus dem Dunkel tretenden Landschaft bewundern. Mehr als alles – mehr als der ewige Schnee, das Smaragdgrün der warmen Wälder – ist es das Gesicht in den Bergen, das ihn anzieht. Es zeichnet sich kaum im aufgehenden Sonnenlicht ab, doch seine Gegenwart ist so überwältigend, dass man sich ihr unmöglich entziehen kann. Anamayas Augen vereinigen sich mit ihm in der Betrachtung.

»Wer ist das?«, flüstert er endlich schüchtern.

»Der, der uns gestattet hat, zusammen zu sein.«

10

Ollantaytambo,
Anfang Juli 1536

Es ist ein verblüffendes Schauspiel, das sich Gabriel von der Höhe der inmitten der heiligen Terrassen errichteten Treppe bietet. Die Canchas unten im Tal sind alt und wurden bereits vor langer Zeit erbaut. Doch Manco hat nun beschlossen, Ollantaytambo zu seinem Hauptquartier zu machen: Eine riesige Baustelle bedeckt die ganze schmale Terrasse oberhalb der Stadt. Nie zuvor hat Gabriel den für eine solche Aufgabe nötigen Titanenarbeiten beigewohnt, und jeden Tag kommt er fasziniert hierher zurück, nutzt die überwachte Freiheit, die Manco ihm zugesteht.

In der Ferne, in den Steinbrüchen von Cachicata sind Hunderte von winzigen Gestalten mit Blöcken jeglicher Größe beschäftigt, die aus den Schwarzen Bergen herabgebrochen sind. Das rhythmische Klappern der Beitel und Hämmer aus Stein und Bronze, mit denen die Arbeiter unermüdlich den Stein behauen, hallt durch das Tal.

Von den Berghängen bis zum Flussufer ist eine riesige Menschenmenge beschäftigt. Tausende von Männern, von denen jeder eine genau festgelegte Aufgabe hat, arbeiten seit dem Morgengrauen. Einige behauen nach und nach die Steinquader, während sie ins Tal hinabgerollt werden. Sie verleihen ihnen eine erste grobe Form und befreien sie so von ihrem überflüssigen Gewicht, dann werden sie auf Flößen von einem Ufer zum anderen geschafft.

Andere stellen Seile her, schnitzen die Rundhölzer, mit denen die Steine dann auf dem gegenüberliegenden Hang zur Spitze von Ollantaytambo gehievt werden. Wieder andere ziehen und schieben zu Hunderten, stundenlang. Für jede Spanne Boden, die überquert werden muss, bewegen sie mit Hunderten von

Handgriffen die riesigen Bohlen, die ihnen als Hebel dienen und mit denen der Stein unmerklich, aber sicher und regelmäßig vorangebracht wird.

An der Auffahrt zur Rampe, über die die Blöcke vom Fluss her bis zu den Baustellen gebracht werden, wimmelt es von Menschen. Doch die Arbeiten dort sind feiner. In weißem Staub und nur mit Hilfe von Bronze- und Steinspachteln, schleifen und polieren die Männer riesige Blöcke, die dann fugenlos aufeinander gepasst werden. Gabriel beobachtet fasziniert eine Arbeitergruppe, die sich um einen drei Mann hohen Monolithen schart. Der Block wird auf eine Reihe von Rundhölzern gelegt und mit einem Seilnetz festgezurrt.

Katari steht dieser kolossalen Baustelle vor. Auf die ihm eigene Art beaufsichtigt er die Errichtung eines Tempels, einer Mauer oder die Bearbeitung eines Steinblocks.

Nicht einen Augenblick zweifelt Gabriel daran, dass Kataris Unternehmen genauen Gesetzen gehorcht. Doch sie ähneln keiner der Regeln, von denen er nach seiner – wenngleich begrenzten – Kenntnis der Baukunst jemals gehört hätte. Katari hat niemals einen Plan in der Hand und scheint sich für das Fundament seiner Gebäude die schwierigsten Orte auszusuchen. Um die Stadt zu vergrößern, hätte er zwischen den beiden Flüssen im Tal Platz, dort, wo es nur Quellen gibt. Doch es geht ihm wohl nicht um die »Vergrößerung« der Stadt. Die neuen Bauwerke dienen nicht als Wohnung.

Keines der Gebäude scheint Gabriel geheimnisvoller als die Tempelmauern auf halber Höhe des Hangs, auf einem riesigen Vorplatz, der gerodet wurde, um Raum zu schaffen für die vielen bereits vorbereiteten Steinblöcke. Eine einzige Mauer aus vier zusammenhängenden riesigen Blöcken steht bereits. Der Stein ist rosa. Jede Stunde schimmert er anders im Sonnenlicht. Zwischen den einzelnen Blöcken befindet sich etwas, das der ahnungslose Betrachter für ein langes steinernes Schilfrohr halten könnte.

Wie bei den schönsten Inkagebäuden üblich, verbindet keinerlei Mörtel die Steine miteinander. Sie erheben sich perfekt ineinander gepasst, herausfordernd und unzerstörbar. Beim Näherkommen stellt man fest, dass drei der Steine an der Oberfläche mit geheimnisvollen Vorwölbungen verziert sind. Gabriel versucht, ihren Zweck zu ergründen, doch es gelingt ihm nicht.
»Findest du das schön?«
Katari ist in Schweiß gebadet, doch sein Gesicht mit den Mandelaugen und den scharfen Wangenknochen lächelt wieder. Sein Oberkörper ist nackt wie bei den Arbeitern um ihn herum. Gabriel bewundert seine kräftigen Muskeln. Die langen, mit feinem Steinstaub bedeckten Hände scheinen einem Mann mühelos die Rippen brechen zu können. Um den Hals trägt er ein Goldkettchen, an dem ein Stein hängt.
Gabriel versucht nicht, seine Bewunderung zu verbergen.
»Es ist wunderbar, Katari. Ich habe noch nie etwas Vergleichbares gesehen. Ich bezweifle, dass unsere besten Bauherren fähig wären, ein solches Werk zu vollbringen!«
»Wir wollen keine Werke vollbringen.«
»Was wollt ihr?«
»Du weißt es bereits besser, als du denkst.«
Gabriel ist fassungslos.
»Was willst du damit sagen?«
Katari lächelt noch breiter.
»Erinnert dich die Form dieser Steine nicht an irgendetwas?«
Mit zusammengekniffenen Augen steht Gabriel vor den Monolithen. Nach und nach entsteht ein Bild vor seinem geistigen Auge. Es ist verschwommen, alt, verbunden mit vergessenem Leid …
»Taypikala!«, ruft er endlich. »Dort standen Steine ganz wie diese!«
Katari nickt.
»Das ist nicht alles. Komm näher ran.«

Gabriel tritt in den schmalen Mittagsschatten, ganz dicht an die Steine. Dort, auf der Oberfläche sind seltsame Reliefs erkennbar. Er meint, die Formen einer doppelten Treppe zu erkennen. Der obere Teil steigt in der gewohnten Weise hinauf, während der untere Teil *umgekehrt* hinab führt, wie die Berge, die sich in einem See spiegeln! Ein wenig weiter, auf einem vorbereiteten Steinquader, der auf einem Sockel ruht, fahren Gabriels Finger leicht über einen T-förmigen Schlüssel.
»Das habe ich schon einmal gesehen!«, ruft er Katari zu.
»Am gleichen Ort«, sagt der Herr der Steine ruhig. »Wundert dich das?«
»Ich weiß nicht«, antwortet Gabriel offen, »ich weiß nicht, was das bedeutet.«
»Ich könnte dir erzählen, dass diese Vertiefungen, die von Bronzeschlüsseln gemacht wurden, ähnlich denen, die ich um den Hals trage, dazu dienen, den Standort der Steine wiederzufinden, und dass sie mit Hilfe dieser Vorsprünge festgezurrt wurden, um hierher gebracht zu werden, doch …«
»Doch?«
»… das wäre zwar richtig. Doch es wäre nicht alles. Da ist noch etwas anderes.«
Gabriel spürt, wie Wissensdurst ihn erfasst. Es ist nicht nur Neugier, sondern auch die Hoffnung, eine Welt zu betreten, an die er seit langem, wenngleich unwissentlich rührt.
»Du siehst die Stadt dort unten«, sagt Katari, »die Canchas, die Höfe, um die sich die Wohnräume verteilen – ihre Gassen folgen einem Plan mit rechtwinkligen Linien. Ich habe eure Städte nie gesehen, Fremder, doch unsere werden dich nicht überrascht haben … Während dies …«
Kataris Arm beschreibt einen Bogen, dann fällt sein Blick wieder auf Gabriel.
»Hier wollen wir mit jedem Gebäude, jedem Stein, jedem Felsen die Götter ehren, die uns umgeben: unseren Sonnenvater natür-

lich, aber auch die Mondmutter, Illapa, den Blitz und auch alle Gipfel … Schau dir die Terrassen an …«
Von dort aus, wo sie stehen, scheint der Tempel in einen Ring kleiner Terrassen eingebettet zu sein, wo der Mais schon hoch steht.
»Sie sind nicht zufällig angelegt, das siehst du. Wie eine Schatulle umschließen sie den Tempel. Und der Tempel selbst: Unsere Sternkundigen haben lange den Himmel beobachtet, die Bewegung der Sterne und der Planeten, um seinen Standort zu bestimmen und die Ausrichtung jeder einzelnen Mauer. Bei uns sind Schatten und Licht Ehrbezeugungen an die Götter.«
Flüchtig denkt Gabriel an die alten Klöster und Kirchen zu Hause. Vor seinem geistigen Auge spannt sich ein straffes Band zwischen den christlichen Erbauern und den Inkas. Doch er ist von Kataris Bericht viel zu gefesselt, als dass er sich mit solchen Gedanken aufhalten könnte!
»Was ich dir hier erzähle, ist nichts«, wirft Katari leichthin ein. »Alle Inkas wissen das. Doch was sie nicht wissen, ist, dass sie, wenn sie sich dem Stein nähern, wenn sie ihn betrachten, ihn berühren, Zugang zu den tiefsten Geheimnissen unserer Geschichte haben und zurückgehen können in die ältesten Zeiten, als es die Inkas noch nicht gab.«
»Waren die Inkas nicht immer die Herren dieser Erde?«
Katari bricht in Lachen aus.
»Die Inkas bestehen nur aus wenigen Menschheitsgenerationen außergewöhnlicher Kämpfer, die jedoch nicht unbesiegbar sind, wie du und ich nun wissen.«
Katari wirft Gabriel einen Blick zu und fährt dann fort:
»Sie kamen nach Kulturen, deren spirituelle Kraft unermesslich war. Selbst uns ist sie geheimnisvoll, und es kostet den Weg eines ganzen Lebens, davon auch nur einen Funken zu verstehen.«
»Derjenige auf dem Titicaca ist bereits auf dem Rückweg«, murmelt Gabriel.

»Siehst du, du weißt mehr, als du denkst! Ja, man muss den Weg von Taypikala und vom See des Ursprungs nehmen. Das Geheimnis ist im Wasser und im Stein, in den Gipfeln, die sich ewiglich im Titicacasee spiegeln. Ich bin in der Nähe dieses Sees geboren, und mein Vater hat seinen Weg als Soldat gemacht, von meinem Onkel, Apu Poma Chuca, einem Mann, der Inka Tupac Yupanqui überzeugt hat, den Heiligtümern der Sonne am Titicacasee ihre Pracht zurückzugeben, wurde ich in die Kunst der Steine eingewiesen. Doch genug davon, ich will dir noch etwas zeigen. Komm her.«

Katari nimmt Gabriel bei der Hand und führt ihn direkt vor die beiden Monolithen auf der rechten Seite.

»Schau dir diese Skulpturen genau an.«

Gabriel hat sie längst bemerkt. Es sind drei auf jedem Stein, alle in gleichem Abstand voneinander. Mit bloßem Auge scheinen sie längliche, allesamt mehr oder weniger ähnliche Formen darzustellen.

»Du musst sie wirklich betrachten, nicht mit den Augen sondern mit deinem ganzen Körper. Du musst dich sozusagen in sie versenken.«

Bei seinen letzten Worten ist Kataris Stimme leiser geworden, und Gabriel hat überrascht ein leichtes Zittern bemerkt. Ohne sicher zu sein, dass er sie versteht, versucht er den Worten des Herrn der Steine Folge zu leisten. Ihm scheint, als würden die Formen sich bewegen und zum Leben erwachen.

»Tiere«, murmelt er zögernd.

»Ein Tier, das du kennst, mein Freund.«

»Der Puma!«

Katari betrachtet ihn still lächelnd.

»Du sprichst bereits unsere Sprache und du liebst eine von uns«, sagt er gerührt, »doch ich glaube, du hast zum ersten Mal begriffen, dass auch *dein Schicksal* in diese Steine gemeißelt ist.«

Gabriel blinzelt. Vor ihm stehen bloß die großen Steinquader eines im Bau befindlichen Tempels. Dennoch scheint ihm, als hätte sich die Welt verändert. Eine vereinzelte Wolke verdeckt die Sonne. Die rosa Steine sind fast grau.

»Möchtest du weiter gehen?«

Gabriel schaut Katari verwundert an. Wie soll man »weiter gehen« können? Katari beobachtet seine Verwirrung amüsiert.

»Mach dir keine Sorgen, mein Bruder von drüben, diese Nacht wird alles, was du gesehen hast, dich im Traum besuchen und dir die Angst zu nehmen wissen. Komm, es ist jetzt Zeit, zur Stadt zurückzukehren.«

Gabriel folgt ihm über die steilen Treppen, die zum Weg den Willkamayo entlang führen. Kaum haben sie die Mitte des Hangs erreicht, erfüllt ein tiefer Gesang das ganze Tal. Er hat kein Signal gehört, und doch legen Tausende von Arbeitern ihre Arbeit nieder. Die im Steinbruch und die an der Festungsmauer, die an den Quellen und die in den Tempeln, Steinmetze, Schreiner, alle, die tragen, und die, die meißeln, alle drehen sich gleichzeitig zur Sonne und stimmen einen Grußgesang für den Himmelskörper an, der nun langsam im Westen hinter den Bergen untergehen wird.

Wie gegen seinen Willen erhebt auch Gabriel die Handflächen gen Himmel und mit geschlossenen Lippen stimmt er schweigend in den Gesang des Universums ein.

11

Ollantaytambo,
August 1536

»Manchmal«, sagt Gabriel, »habe ich den Eindruck, dass Katari erneut seinen Stein geworfen hat, der die Zeit anhält.«

»Wer sagt dir, dass er es nicht getan hat?«

Sie lächeln beide, und Anamaya berührt leicht Gabriels Hand. Vor den anderen – also zu jeder Stunde, die es hell ist – geben sie Acht, einander nicht zu berühren, doch manchmal macht es ihr Spaß, ihn leicht zu kratzen, ungeahnt sanft, und den Schauder zu spüren, der ihn durchläuft. In diesem Universum gehen sie jeden Tag von Stein zu Stein – in der frischen Kühle der Brunnen, zum Tempel des Doppelbruders, auf dem Weg, wo die *Collcas* sich aneinander reihen.

Besser gesagt, gehen sie, wohin ihre Schritte sie führen, denn überall findet ihre Liebe Platz, sich niederzulassen und zu wachsen.

Gabriel ist davon überwältigt.

Manche Tage sind Kathedralen des Schweigens, der reinen Schönheit, dem Blau des Himmels, den vorüberwehenden Winden gewidmet. An anderen müssen sie ganz im Gegenteil unendlich viel reden, sich alles sagen, alles erzählen. Sie springen mit Leichtigkeit von einer Sprache zur anderen, ohne es zu bemerken, berauschen sich an den Worten des anderen.

Doch ob sie schweigen oder reden, jeden Tag hat er das Gefühl, dass sein Herz weiter wird.

Sicher, da ist immer noch das Geheimnis ihrer Augen, deren Blau sich gelegentlich ohne erkennbaren Grund vor Sorge oder von einem Geheimnis umwölkt. Er stellt ihr keine Fragen und begnügt sich damit, ihre tiefen Antworten zu erforschen. Er ist nicht mehr der eifersüchtige, empfindliche Liebhaber, der naive

Soldat. Ja, er fühlt sich als Mann – nicht wirklich weise, doch zumindest ruhiger, mit einem Wort, das er sucht und das ihn überrascht, als es ihm über die Lippen kommt: glücklich.
Sein vorheriges Leben kehrt in Wellen zurück: sein Schmerz des zurückgewiesenen Kindes, sein jugendlicher Enthusiasmus, Doña Francesca, das Gefängnis. Der Traum von Freiheit und Ruhm, das Verlangen, sich einen Namen zu machen. Er erkennt, dass er den Gedanken an Glück nie in sein Herz gelassen hat. Es ist noch so zerbrechlich, dass er sich ihm nicht völlig hingibt, doch wenn er unter der Liebkosung der Sonne, eingehüllt in die Gewissheit von Anamayas Gegenwart die Augen schließt, scheint ihm, als sei das Leben unglaublich viel schöner als die armseligen Träume, die er davon hatte.
»Träumst du, Puma?«
»Es ist unwichtig, wer von uns beiden träumt, wenn der andere in seinem Traum nur bei ihm ist.«
Sie sind auf halber Höhe, bereits weit oberhalb des langen von den Canchas der Stadt gebildeten Trapezes, ein wenig unterhalb der Stelle, zu der die Rampe des Steinbruchs und die Baustelle des Großen Tempels führt, bei dessen Anblick Gabriel nun immer an Kataris Unterweisung denken muss. Ihnen gegenüber zeichnet sich das Profil des Berg-Gesichts ab, das er an seinem ersten Morgen gemeinsam mit ihr entdeckt hat. Er wird es nicht Leid, dorthin zurückzukehren und sein Mysterium zu betrachten. Denn wenn Anamaya ihm auch die ganze Geschichte ihres Lebens erzählt hat, auch wenn er weiß, dass sie dem Inka in der Stunde seines Todes nahe war, so verschließen sich ihre Lippen doch, wenn die Zeit kommt, von den Geheimnissen zu sprechen, die ihr anvertraut wurden. Aus einem (vielleicht illusorischen) Wohlwollen heraus, das die Liebe ihm verleiht, quält Gabriel sie nicht mit Fragen.
»Schließe die Augen«, bittet sie.
Er gehorcht wie ein fügsames Kind. Sanft seine Hand strei-

chelnd, bittet Anamaya ihn schweigend, im Geiste alles aus seinen Gedanken zu verbannen, was Krieg war, und sich mit ihr zusammen über die Leidenschaft hinaus, über alle Gefühle hinweg dem Wasser und dem Stein hinzugeben. Sein Körper ist entspannt und sie spürt, wie er ihr vollkommen hingegeben ist.
Sie kann ihm nur so wenig sagen. Er muss den ganzen Weg allein gehen, eine andere Möglichkeit gibt es nicht. Wenn er am Ziel angelangt ist, dann wird er wie sie wissen, und die Worte werden in ihm aufsteigen. Doch zuvor kann sie ihm nur den Weg der Sonne zeigen und die Stellung der Sterne, in der Hoffnung, dass er den Wind besteigen, dem Lauf des Wassers folgen wird.
»Öffne jetzt die Augen.«
Gabriel reibt sich das Gesicht, als erwachte er das erste Mal zum Leben.
»Nun, was siehst du?«
Gabriels Augen glitzern wie Kinderlachen.
»Ich sehe, dass ich dich liebe, Liebste, so heftig, so stark!«
»Beweg dich nicht, Puma! Im Ernst, sage mir, was du gesehen hast.«
»Ich sah, was man mit geschlossenen Augen sieht: farbige Flecken, die tanzen, und ein helleres Licht in der Nähe der Sonne, Wärme. Auch wenn du mir aufgetragen hast, an nichts zu denken, habe ich mich wieder auf meinem weißen Pferd gesehen und spürte um mich herum Pfeile und Steine zischen.«
Anamayas Herz klopft heftig.
»Jemand hat für mich gewählt, nicht wahr? Ist es das, was ich denken soll?«
»Ich habe auf deine Fragen keine Antworten, Puma. Erst wenn sie in dir sind, wirst du alles wissen, was du wissen musst.«
»Du sprichst in Rätseln.«
»Was ich weiß, weiß ich auch aus Rätseln. Und ich bin es, die meinen Körper zu all diesen Dingen tragen muss, um die Rätsel zu entschlüsseln.«

»Dann trage ihn«, sagt Gabriel und unterdrückt erneut ein Lachen, »trage ihn zu mir, und du wirst erkennen …«
Ganz sanft, wie eine Feder, sinkt Anamaya ihm entgegen. Er schließt erneut die Augen, doch diesmal kann er dem reinen, einfachen Glück, sie an seiner Seite zu spüren, ihre Zurückhaltung, ihre Leidenschaft zu fühlen, nicht entkommen. Er kann an nichts anderes denken als an die Liebe. Heftig streckt er die Hand nach ihr aus, doch sie entkommt ihm mit einem Satz, und als seine Finger sich schließen, erwischt er nur ihren Schatten und den Wind.
Sie steht vor ihm, den Blick auf die Collcas gerichtet, wo die schwer beladenen Träger ihre mit grünen und goldenen Maiskolben gefüllten Mantas niederlegen.
»Vila Oma hat sich heute Morgen erneut mit Manco angelegt.«
Gabriels Gesicht umschattet sich. Der Krieg. Sie sprechen nur wenig darüber, doch sie können diesen Krieg nicht ignorieren, diesen Krieg, der sie beinahe getrennt hätte, diesen Krieg, nach dem zu fragen er nicht wagt, während er entgegen aller Logik hofft, dass man ihm eines Morgens erklären wird, alles habe sich in einem großen Tanz rund um den Aucaypata aufgelöst.
»Will er mich immer noch zu einer Trommel verarbeiten?«
»Er wirft Manco vor, dass er Cuzco nicht früher angegriffen hat und dass er seinen Armeen nicht befohlen hat, die Verstärkung aufzuhalten, die dein Pizarro ausgeschickt hat, statt unsere Kräfte auf die Stadt zu konzentrieren. Er sagt, dass dieser Krieg ohne eine verzweifelte Anstrengung bald verloren ist.
»Und was denkt Manco?«
»Manco ist ein Krieger, den Gonzalos Demütigungen unerbittlich gemacht haben.«
»Das heißt nicht, dass er gewinnen wird.«
»Er wird bis ans Ende gehen, selbst wenn dieser Krieg nicht gewonnen werden kann.«
»Und du, was glaubst du?«

Anamayas Blick weicht Gabriel aus und wandert in die Ferne.
»Ich glaube, dass er eines Tages enden wird.«
Gabriel lacht traurig.
»Das weiß sogar ich, der ich keine Geheimnisse kenne.«
»Selbst ich, die ich Geheimnisse kenne, bin gleichzeitig die, die am wenigsten weiß. Aber ich weiß, dass das Ende des Krieges uns befreien wird, Puma. Doch solange er andauert …«
Anamaya hockt sich neben ihn und schmiegt sich an ihn, legt ihren Kopf auf seine Schulter.
»Sag es nicht«, flüstert er.
Eine Reihe von Steinbrucharbeitern zieht an ihnen vorbei, und bei aller Zurückhaltung spürt Gabriel ihre Blicke. Er will sich erheben, doch Anamayas Händedruck hindert ihn daran.
Ja, Katari hat tatsächlich den Stein geworfen, der die Zeit anhält. Doch sie sieht, wie er zurückstürzt und sich viel zu schnell dem Boden nähert.

*

Das Gerücht verbreitet sich ebenso schnell durch das Tal wie das brodelnde Wasser des Willkamayo. Von Gipfel zu Gipfel ist es weitergetragen worden, bis die Chaskis dem Unumschränkten Gebieter Manco gegenüberstehen.
Ein Teil der Armee von General Quizo Yupanqui, die von dem stolzen Apu Quispe angeführt wird, kehrt mit großer, wunderbarer Beute zurück: spanische Waffen, Kleider und sogar Pferde. Die Gefangenen folgen einige Tagesmärsche dahinter.
Gesänge, Trompeten, Trommeln hallen durch das Tal. Die Arbeiter halten inne, um die eintreffenden Sieger zu bewundern. Niemand hat die Waffen angerührt, die sich auf den von Trägern respektvoll getragenen Bahren stapeln, als wäre es die Sänfte des Inkas.
Sie haben ungefähr zehn Pferde, jedes umringt und bedrängt von zwanzig verstörten Kriegern, die sich an den Händen halten

und so mit einer Art menschlichen Longe versuchen, sie im Zaum zu halten.
Als die Neuigkeit Manco zu Ohren kam, wollte er den Siegern sogleich mit einigen Inkafürsten entgegengehen. Er bat Gabriel, so freundlich zu sein, ihn neben seiner Sänfte zu begleiten, und Gabriel folgte ihm, ohne dass er Zeit gehabt hätte, darüber nachzudenken, welche Ehre ihm damit zuteil wurde.
Sie werden am Fuße der Festung Chocana erwartet. Selbst Vila Oma ist gekommen, doch er hält sich, in feindseliges, verächtliches Schweigen gehüllt, im Hintergrund.
»Ich wollte mit dir gemeinsam überlegen, wozu all diese Dinge zu verwenden sind«, sagt Manco lächelnd zu Gabriel, während er aus der Sänfte steigt. »Ich will die Lebensart deines Volkes kennen lernen.«
Gabriel sieht wohl, dass Manco die Waffen betrachtet. Alle Blicke sind auf Gabriel gerichtet, doch er schweigt.
»Ich bin mir nicht sicher, dass sie dir nützen können, Fürst Manco«, sagt er endlich.
»Mir scheint, sie werden mir sehr nützen. Ich weiß nicht, was du sagen willst. Du musst mir erklären …«
Zu Gabriels großem Glück, der immer verlegener wird, nähert sich der Lärm der Truppe.
Apu Quispe wirft sich vor Manco nieder, und die Fürsten treten schweigend zu den Beutebahren: Degen, Schilde, Lanzen, Morions, Kettenhemden, Brustschilde aus Leder und sogar Feuerwaffen … Bei jedem Stück schlägt Gabriels Herz heftiger, wirbeln die Erinnerungen an die durchlebten Schlachten wild in ihm durcheinander. Wenn er bisher noch an der Dauer des Krieges gezweifelt hat, so ist dieser Zweifel nun beseitigt.
Nach den Waffen kommen die Träger, die zu Fuß gehen und ihre Mantas ausbreiten, dann zwei Bahren, die von unnützen Reichtümern überquellen, wie sie seit zwei Jahren aus Spanien herbeigeschafft werden: Brokatstoffe und Seide, feine Leinenstoffe,

aber auch Weinfässer, Konserven und andere Köstlichkeiten. Es kommen sogar lebende Schweine, deren Anblick und Mitleid erregendes Gequieke den Indios angewiderte Grimassen entlocken, während sie versuchen, angesichts der Schätze unbeeindruckt zu bleiben.

Was allgemeine Bewunderung erweckt, sind die Pferde. Die Zeit, wo manch einer sich fragte, ob Reiter und Pferd nicht ein einziges Wesen mit fabelhaften Kräften bilden, sind noch nicht fern. Gabriel erinnert sich an die Angst von Atahuallpas Leuten in Cajamarca und an den Zorn des Inkas. Die meisten Indios hier haben noch nie Gelegenheit gehabt, ein Pferd aus der Nähe zu sehen – die Spanier haben ihnen jede Annäherung bei Todesstrafe verboten, dasselbe mit den Stahlwaffen. Ihr Besitz ist ein Sieg, der sie mit Stolz erfüllt.

»Was sagst du dazu?«, fragt Manco.

»Es wiegt nicht das Lösegeld deines Bruders Atahuallpa auf«, sagt Gabriel mit neutraler Stimme, »aber du kannst zufrieden sein.«

Die Vorsicht des Konquistadoren entlockt Manco ein Lächeln, während er sich abwendet und dem siegreichen General ein Zeichen gibt, sich zu erheben.

»Erzähle uns von deinem Sieg, Apu Quispe, und sprich laut, sodass alle die großen Taten der Inkakrieger hören.«

»Die Armee, die dein treuer General Quizo Yupanqui anführt, hat eine Vorhut der Fremden überrascht. Sie bestand aus siebzig Reitern und ebenso vielen Fußsoldaten. Sie waren alle gut bewaffnet. Sie wollten den Belagerten in Cuzco zur Hilfe kommen. Tagelang haben wir sie verfolgt, ohne dass sie uns bemerkt hätten. Wir haben sie in der Schlucht des Flusses Pampas erwartet, als sie gerade die Puna von Huatara durchquert hatten. Wir haben sie mit Steinen angegriffen und konnten so einen Großteil von ihnen töten. Die Überlebenden wurden gefangen genommen, sie folgen uns gut bewacht. Ihre Pferde sind hier.«

Der Soldat ist es nicht gewohnt, zu erzählen. Seine Sätze sind

kurz und abgehackt, und seine raue Stimme klingt dumpf, während er den Blick starr auf seine Sandalen geheftet hat.
»Hörst du, Vila Oma?«, fragt Manco sichtlich erfreut.
Der Gelehrte antwortet nicht.
»Es gibt noch weitere Neuigkeiten«, fügt der Mann hinzu.
»Sprich!«
Der Mann zögert verschüchtert.
»Dein General Quizo Yupanqui weiß, dass eine weitere spanische Truppe anrückt, und er bereitet sich darauf vor, sie ebenfalls mit Intis Hilfe zu zerstören. Doch es sind auch Boten aus dem Süden zu uns gekommen.«
Mancos Blick hellt sich auf. Der Süden, das ist die Gegend, wo sich sein Bruder Paullu mit seiner Armee aufhält, unter dem Vorwand, den Eroberungszug von Diego de Almagro, dem Einäugigen, zu unterstützen. Doch sobald er die Neuigkeit von dem Angriff auf Cuzco erhalten haben würde, sollte er seinen »neuen Freund« überraschend angreifen und dann in die Inkahauptstadt zurückkehren und sich dem allgemeinen Aufstand anschließen.
»Ist mein Bruder unterwegs?«
»Ja, Unumschränkter Gebieter. Doch …«
»Doch?«
»… doch er begleitet Almagros Armee und unterstützt ihn in jeder Hinsicht, ganz so wie seit seiner Abreise. Außerdem, obwohl er in mehreren Schlachten Gelegenheit hatte, den Fremden Schaden zuzufügen, hat er nicht nur keinen Befehl dazu gegeben, sondern sich auch noch mit ihnen verbündet.«
»Verbündet? Mein Bruder? Wenn du mir nicht die Neuigkeit des Sieges von Quizo gebracht hättest, würde ich dir für diese Unverschämtheit Lippen und Zunge abschneiden lassen!«
»Dann wirst du sehr vielen Fürsten die Lippen und Zungen abschneiden müssen, Manco!«
Alle sind von Vila Omas Stimme überrascht. Sie ist trocken und pfeifend.

»Wir alle wissen, dass dein Bündnis mit Paullu nur noch in deiner Fantasie existiert.«
»Mein Bruder wird mich niemals verraten!«
»Du hast Recht, Manco: Er wird dich nicht mehr verraten, denn er hat es bereits getan, du bist nur zu naiv und zu schwach, das zu erkennen.«
Manco bebt vor Zorn.
»Wirst du den Mund halten, falscher Gelehrter! Nur dem Andenken an meinen Vater Huayna Capac und der Hilfe, die du mir früher gewährt hast, verdankst du es, wenn ich dich nicht mit eigenen Händen zerreiße, wie du es für deine Worte verdienst.«
Vila Oma schweigt, doch er weicht seinem Blick nicht aus. Gabriels Herz schlägt heftig. Es ist das erste Mal, dass er Zeuge eines solchen Ausbruchs von Spannungen unter den Inkas wird, und er kann darin nichts Gutes für die Zukunft entdecken. Der Krieg hat Gabriel früher eingeholt, als er dachte, und er fühlt, dass er ihn nicht wieder loslassen wird.
Manco wendet sich schäumend vor Wut zu den ersten Tragbahren, auf denen sich die Waffen stapeln. Er ergreift einen Degen und schwingt ihn mühelos.
»Ich habe gelernt, Vila Oma, ich habe aus den Erzählungen über das Große Massaker gelernt. Ich habe gelernt, dass wir ihnen gegenüber wie Kinder waren, als wir uns niederstechen ließen, und ich habe mir geschworen, dass das nie wieder geschehen wird. Ich habe auch aus dem schrecklichen Krieg zwischen unseren Brüdern Atahuallpa und Huascar gelernt, und auch das, habe ich geschworen, wird nie wieder geschehen. Vor seiner Abreise mit dem Einäugigen haben mein Bruder Paullu und ich einander nochmals den Blutschwur gegeben, der seit eh und je zwischen uns besteht. Und jetzt nehmen wir zum ersten Mal ihre Waffen, besiegen sie in Kämpfen, belagern sie und sehen die Angst, echte Angst, in ihren Augen, und du sprichst zu mir von meiner Schwäche, du erzählst Märchen über meinen Bruder!«

Manco dreht den Degen und hält die Klinge in die Sonne.
»Ich werde sie bekämpfen«, brüllt er, »mit unseren Waffen und ihren eigenen, ich werde sie in den Bergen und den Ebenen bekämpfen, auf den Felsen und im salzigen Meer, ich werde sie bekämpfen, sie zerstören und sie den Göttern opfern, auf dass unsere Erde wieder Frieden findet und die Macht früherer Zeiten!«
Manco schweigt.
Die Menge bleibt stumm, nur ein leises Murmeln geht durch die Reihen. Manco lässt die Waffe sinken und geht zu den Pferden. Die Männer treten vor ihm zur Seite und werfen sich zu Boden.
»Ich werde ihre Pferde reiten«, sagt Manco plötzlich ruhiger.
»Wer wird es dir beibringen?«, fragt Gabriel.
»Du.«

12

Ollantaytambo,
Sommer 1536

Mit sanften Worten und ein paar zärtlichen Klapsen, die seine präzisen Gesten begleiten, hat Gabriel die beiden Pferde gesattelt. Alle Augen sind auf ihn gerichtet, und er hütet sich davor, eine plötzliche Bewegung zu machen. Während er das große weiße Pferd fertig sattelt, wirft er Manco einen prüfenden Blick zu, um die Länge der Steigbügel abzuschätzen. Sich selbst hat er einen schönen Fuchs ausgesucht, dessen rötliches Fell und kluger Kopf ihm gefallen haben. »Du wirst der Dritte sein«, denkt er lächelnd. Dann zieht er ihnen Zügel und Kandare über und geht auf den Inka zu.
»Wir sind so weit.«

Manco ist überrascht. Es steht der Würde des Inkas nicht an, sich vor den Fürsten und in Anwesenheit von tausend Augen ungeschickt anzustellen. Doch Gabriel erspart ihm die Schmach.
»Wir werden sie bis zur Brücke am Zügel führen, die müssen wir in jedem Fall zu Fuß überqueren. Und dann werden wir vor allen Blicken geschützt in der Wegbiegung aufsteigen, bevor wir in die Stadt einreiten. Ist Euch das Recht?«
Manco hat den Zügel ohne Zögern ergriffen und nickt.
»Höre nicht auf ihn, Manco!«, ruft Vila Oma. »Vergiss nicht, woher er kommt und dass er dir eine Falle stellen kann.«
»Schweigend mochte ich dich lieber«, erwidert Manco im Fortgehen. »Niemand rührt sich von der Stelle, bis ihr gesehen habt, wie ich vor dem Fremden in die Stadt einreite.«

*

Von Chocana aus bildet der Weg eine gerade Linie, die auf jeder Seite von einer gut befestigten, kleinen Mauer gesäumt ist. Als Gefangener ist Gabriel in Fesseln hier entlanggekommen, hat das Panorama der Stadt wie durch einen Nebel bewundert, die Terrassen, den Tempel. Er denkt an die Ironie seines Schicksals: Hier steht er, ein Pferd am Zügel, und führt ganz allein den Inka, ein Privileg, das ansonsten zweifellos nur Anamaya und einer kleinen Anzahl Menschen vorbehalten ist.
»Ich muss Euch noch danken, Fürst Manco!«
Manco versucht, sich nicht zu oft umzudrehen, um die unvorhersehbaren Bewegungen des Tieres nicht aus den Augen zu lassen, das ihm scheinbar gehorsam folgt. Gabriel bemerkt, dass er den Zügel weder zu kurz noch zu lang lässt und dass sein Körper keinerlei Verkrampfung, keinerlei Furcht erkennen lässt.
»Ich habe dir bereits gesagt, dass du nicht mir danken musst, sondern Anamaya. Sie hat mir schon vor langer Zeit von dir erzählt, und ich weiß, dass sie über deinen Tod verzweifelt wäre.«
»Ihr wisst auch, dass wir gemeinsame Feinde haben.«

Mancos Gesicht umschattet sich.
»Dieser Gonzalo Pizarro ist ein Wesen aus der Unteren Welt, ein Monster, das zerstört werden muss.«
»Wie Ihr vielleicht wisst, habe ich es versucht. Und ich habe mein Leben aufs Spiel gesetzt. Ich fürchte, nach Juans Tod wird seine Macht grenzenlos werden.«
»Ich verstehe all das nicht«, sagt Manco, »und ich will es nicht verstehen. Für mich haben all diese Brüder das Gesicht der Fremden, die uns versklaven wollen. Ich weiß, dass Atahuallpa dem Kapitu Pizarro vertraute, und ich weiß, was aus ihm geworden ist.«
»Und doch vertraut Ihr mir.«
Manco übergeht die indirekte Frage. Die beiden Männer gehen schweigend weiter und Gabriel bewundert die Terrassen über ihnen. Einige hundert Schritte vor ihnen sieht er die Hängebrücke und in der Mitte des Flusses den unüblichen Pfeiler, der sie stützt.
»Ich mag diese Männer nicht, Fürst Manco, ich bin nicht ihr Freund. Als ich kämpfen musste, habe ich gekämpft, doch Prinzessin Anamaya hat Euch sicher erzählt, dass ich niemals mein Wort gebrochen habe und dass ich mir Frieden für Euer Land erhoffe.«
»Bist du ihr König? Befehligst du ihre Armeen?«
»Es wird Männer wie mich brauchen, Fürst Manco, wenn dieser Krieg beendet ist.«
»Es gibt nur eine Art, diesen Krieg zu beenden, und das ist, dass wir ihn gewinnen.«
Nun ist es an Gabriel zu schweigen.
»Ich habe gelernt, Eure Geschichte zu verstehen«, sagt er endlich, »und ich glaube, Ihr besitzt eine Weisheit, die unserer durchaus ebenbürtig ist. Doch es braucht Zeit, es braucht Worte und Geschenke.«
»Ich war gezwungen, dich zu respektieren, und ich halte dich für einen mutigen Mann, ich gewähre dir den Namen ›Puma‹, der

dir gegeben wurde. Doch was erzählst du mir von Zeit und Geschenken, von Weisheit und guten Worten, während dein Volk mir nur Zorn und Zerstörung, Plünderung und Demütigung gebracht hat? Soll ich vielleicht auf dich hören, auf dich allein, und die Augen vor den zerstörten Tempeln verschließen, den vergewaltigten Frauen, dem Verrat, dem Raub, der Versklavung meines Volkes? Soll ich vergessen, was ich selbst erdulden musste?«
»Seid Ihr sicher, die Brücke mit mir allein überqueren zu wollen?«
»Du verstehst nicht. Ich will, dass du mich über diese Brücke führst. Ich will, dass du mir beibringst, diese Tiere zu reiten. Ich will, dass du mir zeigst, wie man diese Waffen benutzt, wie man sie herstellt. Ich will, dass du uns hilfst.«
»Ich werde vor Euch hergehen«, sagt Gabriel und verbindet den Pferden die Augen.
»Ich habe bereits Brücken überquert!«
»In der Sänfte des Inkas!«
»Bevor ich Sänften hatte, war ich ein Flüchtling, ein Nomade … Glaube mir, ich habe viele Brücken überquert, die du nicht einmal betreten würdest.«
»Bleibt hier, bis ich den Pfeiler in der Mitte der Brücke erreicht habe, bevor Ihr selbst die Brücke betretet. Ich werde dort warten und Euch gegebenenfalls helfen.«
»Das wird nicht nötig sein.«
Als er an den beiden Säulen vorbeikommt, die den Anfang der Brücke kennzeichnen, bewundert Gabriel Mancos Entschlossenheit, und dennoch fühlt er sich in seinem Innersten zutiefst verunsichert. Noch am Morgen war er voll ruhiger Gewissheit, und das Licht in Anamayas Augen beantwortete alle seine Fragen. Doch Mancos Worte haben ihn getroffen und beunruhigt. Sie verunsichern ihn mehr als das erste Schwanken der Brücke. Er kann sie unmöglich ignorieren. Er kann sie unmöglich als Hochmut abtun.

Der Fuchs folgt ihm bemerkenswert gehorsam.
»Ihr müsst mit gleichmäßigen Schritten vorwärts gehen, ohne das Pferd zu erschrecken.«
»Ich weiß, was ich tun muss«, sagt Manco.
Er ist so sichtlich verärgert, dass Gabriel ihn nicht weiter mit Ratschlägen reizt. Er spürt die Ruhe des Fuchses, der ihm folgt, und fühlt sich auf dem schwingenden Boden der Hängebrücke sicherer als früher; auch das Brodeln des aufschäumenden Wassers ist ihm nun vertraut.
Doch als er unter sich den festen Boden des Pfeilers spürt, stolpert er fast und muss sich an den dicken Agavenseilen festhalten, die als Geländer dienen, um nicht zu stürzen. Auf der anderen Seite der Brücke steht Anamaya allein und erwartet sie.

*

Manchmal, wenn sie ihn so in seinen Indiokleidern sieht, vergisst Anamaya, dass Gabriel keiner von ihnen ist. Selbst wenn er manche Quechuaworte mit seltsamem Akzent ausspricht, selbst wenn die blonden Haare in nur wenigen Tagen sein Gesicht überwuchern, sie spürt nichts Fremdes mehr an ihm.
Doch als sie in der Ferne seine Gestalt erblickt, die ein Pferd am Zügel führt, fühlte sie sich blitzartig an ihr erstes Zusammentreffen in der Nähe von Cajamarca erinnert, und an den Eindruck, den die Pferde auf Atahuallpa und ihr Volk machten. Ein panischer Schauder überrascht sie, doch dann hat sie sich wieder gefasst.
Gabriel tritt näher, und sie bemerkt seine Verwunderung. Fünfzig Schritt hinter ihm sieht sie Manco, der ein weißes Pferd führt.
»Warum bist du gekommen?«
»Ich will auch«, sagt Anamaya, »ich will, dass du mir ebenfalls das Reiten beibringst.«

*

Der Weg macht eine Biegung und schützt sie vor den indiskreten Blicken der Fürsten, die Manco begleitet haben. Sie sind zu weit von den Stadttoren entfernt, als dass man sie von dort aus erkennen könnte.

Manco hat sich nicht anmerken lassen, ob er überrascht war, Anamaya zu sehen, und keine Frage gestellt, als Gabriel die Steigbügel für sie gekürzt hat. Gabriel übt nacheinander mit ihnen, lehrt sie mit sanfter Stimme aufzusitzen, ohne das Tier zu erschrecken, den Zügel weder zu kurz noch zu lang zu halten, im Schritt zu reiten.

Ein Feld, auf dem die Quinoa bereits geschnitten wurde, dient ihnen als Manege, und er führt sie nacheinander, die Pferde am Ende der Longe haltend. Er sagt: »Vorwärts!«, er sagt: »Langsam!«

Anamaya liebt den Klang seiner Stimme, die Befehle gibt, und sie liebt das Vertrauen, das sie erfasst, liebt es, wie ihre nackten Beine diesen lebendigen Körper umschlingen, so fremd, so voll einer Kraft, von der sie weiß, wie gefährlich sie werden kann. Sie beobachtet Manco, den eifrigen, ungeduldigen Schüler, dessen nackte Fersen sich in die Flanken des weißen Pferdes stemmen, als wollte er ihm sagen, dass er bereits sein Herr ist.

Als Manco und Anamaya den Schritt ausreichend beherrschen, lässt Gabriel die Pferde zum ersten Mal traben. Anamaya beobachtet erstaunt Mancos Haltung, der sich ganz natürlich dem Rhythmus des weißen Pferdes anzupassen scheint. Als die Reihe an ihr ist, gewöhnt sie sich ebenfalls problemlos an diesen abgehackten Schritt, lässt sich gleiten wie entlang eines Flusses.

Gabriel schwitzt.

»Ich will schneller reiten«, sagt Manco, »ich will so schnell reiten wie ihr, wenn ihr ihnen die Sporen gebt!«

»Im Galopp?«

»Im Galopp.«

»Ihr werdet herunterfallen«, sagt Gabriel. »Ihr braucht noch

mehr Unterricht, damit Ihr Euch an Euer Pferd gewöhnt, und Euer Pferd an Euch.«
»Ich will heute galoppieren!«
Seine Stirn ist stur, Kinderstirn, die Anamaya seit dem fernen Tag des *Huarachiku* kennt.
Ohne ein weiteres Wort nimmt Gabriel die Longe ab und wirft Manco einen Blick zu. Er scheucht das Pferd mit einem Klaps, ermuntert es mit einem Schrei, es zögert, schüttelt den Kopf, als wollte es herausfinden, wer da auf ihm sitzt. Gabriel gibt ihm mit zusammengebissenen Zähnen einen Schlag mit der Longe. Sogleich springt es verärgert in nervösem Trott geradewegs über das Feld. Manco wird wie eine Marionette hin und her geworfen und verliert die Steigbügel. Seine Hände suchen kurz Halt. Er klammert sich in die Mähne, doch seine Hüften schwanken von rechts nach links. Der Fuchs macht keine dreißig Schritt, da rutscht Manco seitlich hinab und fällt heftig und grob fluchend zu Boden.
»Warum hast du das zugelassen?«, fragt Anamaya, die neben Gabriel stehen geblieben ist.
»Hat er es nicht gewollt?«
Dort hinten erhebt Manco sich, schüttelt zornig die Hand in Richtung Pferd, das wenige Schritt neben ihm stehen geblieben ist und ihn gleichgültig betrachtet. Der Inka kommt zu ihnen zurück und versucht, sich die sicherlich schmerzenden Glieder nicht zu reiben.
»Nun«, sagt Gabriel überhaupt nicht charmant, »glaubt Ihr jetzt, was ich Euch sage?«
»Ich will noch einmal!«
Gabriel seufzt.

*

Den ganzen Nachmittag bis zum Einbruch der Nacht übt Gabriel mit Manco, der unermüdlich stürzt, sich ohne Geschimpfe,

ohne jedes Geschrei, ohne eine einzige bedauernde Geste jedes Mal wieder erhebt.
Ein Diener hat den Fuchs geholt und steht abseits, dem *Sapa Inka* den Rücken zugewandt. Anamaya betrachtet Gabriel bloß, bewundert seine zurückhaltenden Worte, seine Geduld, spürt, wie Mancos Heftigkeit immer zahmer wird, wie dieser mit dem Tier verschmilzt.
Als die Sonne langsam hinter den Bergen verschwindet, willigt Manco endlich ein, vom Pferd zu steigen.
»Du wirst uns lehren«, sagt er zu Gabriel, »mich und die Fürsten. Dann wirst du uns beibringen, mit dem Degen und dem Schwarzpulver umzugehen.«
»Ich werde nichts dergleichen tun«, sagt Gabriel.
»Bist du nicht gegen Gonzalo?«
»Ich habe die Waffen niedergelegt, als der letzte Turm von Sacsayhuaman eingenommen war, Fürst Manco, und ich habe geschworen, sie niemals wieder zu ergreifen. Weder gegen Euer noch gegen mein Volk.«
Anamaya betrachtet die beiden Männer. Gabriel bemüht sich, das weiße Pferd ruhig abzusatteln, dessen Flanken schweißgebadet sind. Manco steht unbeweglich da, Augen und Mund zu einem zornigen Schlitz zusammengekniffen.
»Was bedeutet ›der Puma sein‹?«, fragt Manco an Anamaya gewandt. »Unsern Mais und unsere Quinoa essen? Dich von deinen Pflichten gegenüber dem Doppelbruder abhalten? Was ist das für eine Art unseren Bergen unbekannter Puma, der sich weigert zu kämpfen?«
»Er sagt die Wahrheit«, bestätigt Anamaya ruhig.
»Die Wahrheit?«
Mancos Blick wandert von einem zum anderen, will erst wütend, dann ironisch werden. Er schweigt. Der Abendgesang erschallt durch das ganze Tal, von Terrasse zu Terrasse, und goldenes Licht senkt sich über die Canchas.

»Es gibt Krieg, ob du willst oder nicht, Fremder. Es gibt Krieg, weil es nicht anders sein kann, seit ihr in unser Land eingedrungen seid.«

»Ich sage nichts anderes, Fürst Manco.«

»Wie kannst du dann weder auf der einen noch auf der anderen Seite sein?«

Seltsamerweise hat sich Gabriels Erregung gelegt, als würde sich ihm eine Wahrheit eröffnen, die ihm bisher verborgen war.

»Vielleicht ist es genau das, ›der Puma sein‹«, sagt Anamaya.

Erneut bleiben Mancos Lippen verschlossen. Er hebt die Hand zu Gabriel, doch ohne Drohung, in einer Absicht, die er nicht versteht. Er ist noch immer erstarrt. Manco lächelt sogar leicht.

»Sattel dieses Pferd wieder«, sagt Manco, »ich bitte dich, Fremder, der nicht kämpft, Puma, der nicht zerreißt, und schau!«

Gabriel gehorcht und hilft Manco in den Sattel.

Der Inka entfernt sich in Richtung Stadt, erst im Schritt, dann im Trott und schließlich wirbelt er galoppierend den Straßenstaub auf.

Als sie nur noch einen schwarzen Punkt am Horizont der Stadtmauern sehen, hören sie, wie sich Beifall erhebt, lauter als der Gesang, tiefer als die Trompeten und Trommeln.

Langsamen Schrittes geht Gabriel zu dem Diener, der ihnen die ganze Zeit über den Rücken zugewandt hat und das Pferd am Zügel hält.

»Geh«, sagt er zu dem Mann, der die Augen starr zu Boden gerichtet hält, als wäre er, Gabriel, der Inka. Der Diener läuft schnell davon.

Gabriel steigt mit sanftem Schwung auf, spürt erneut das vertraute Leder des Sattels, die geliebte Wärme des Tieres. Er beugt sich zu Anamaya und streckt die Arme nach ihr aus. Sie hält sich an ihm fest und setzt sich vertrauensvoll vor ihn aufs Pferd.

Sie reiten so langsam wie möglich im Schritt. Während der Abend hereinbricht und die Dunkelheit sie schützend umhüllt,

braucht es keine Worte und dennoch spüren sie das heftige Sehnen.
Es ist das Sehnen des Reiters, der auf seinem Pferd sitzt und die Geliebte in Armen hält.
Es ist die Erinnerung an jenen Tag in Cajamarca, als er sie dem Gemetzel entriss und davor bewahrte, niedergetrampelt zu werden, als ihr, inmitten des Schweißes und aufwirbelnden Staubes, zum ersten Mal ihr Schicksal aufleuchtete.

13

Ollantaytambo,
Oktober 1536

Nachts gleiten Schatten durch den Hof der königlichen Cancha, kratzen mit ihren Strohsandalen über den Boden. Sei es der große Huayna Capac, Atahuallpa oder Manco, die Götter wollen, dass der Dienst am Inka – dem Sohn der Sonne – entsprechend den Sitten und Traditionen vollbracht wird. Was war, ist erneut, und was ist, wird sein. Die Kleider des Inkas aus feinster Vikunjawolle werden nur einmal getragen, seine Hand berührt die Speisen nicht, jedes Haar von ihm wird aufbewahrt. Damit das so ist, umgibt ihn ständig ein nicht enden wollender Reigen, wohl geordnet und schweigsam.
Mitten im Hof ein Brunnen. Er besteht aus einem einfachen quadratischen Stein, aus dessen Mitte das Wasser sprudelt, das dann über vier in den Block geschnittene Steinrinnen, die den Hof durchqueren, in die Vier Himmelsrichtungen fließt. Die Wasserenergie wird erst zur Mitte geleitet und strömt dann aus, das Reich der vier Kardinalpunkte zu bewässern.

Jeden Tag bemerkt Anamaya diese Details, die für sie so normal waren wie die Luft, die sie einatmete, aufs Neue und wundert sich darüber. Seit der Vision spürt sie den verborgenen Riss im Herzen des Reiches: Was ewig ist, muss bleiben, doch nicht alles ist dazu bestimmt, und vielleicht bedeutet das ein oder andere Symbol, von dem sie meinte, es müsse ewig währen, den Göttern nicht mehr als der Flügelschlag eines Kolibris.

Durch den Türvorhang hindurch hört Anamaya zwei Stimmen, die zärtliche, tadelnde Stimme Mancos und die seines Lieblingssohnes, des kleinen Titu Cusi, dessen Mutter bei der Geburt gestorben ist. Heute wacht Mancos Hauptfrau, die sanfte, schöne Curi Ocllo liebevoll über ihn.

Solange er in Calca war, hat Manco sich nicht um seinen Sohn gekümmert. Doch kaum in Ollantaytambo angekommen, hat er ihn zu sich geholt, und es vergeht kein Abend, an dem er nicht mit ihm spielen würde.

»Fester! Mit den Fersen!«, sagt Mancos tiefe Stimme.

»Los, schneller, noch schneller!«, erklingt aufgeregt die hohe Stimme des kleinen Jungen.

Anamaya tritt durch den Vorhang, ohne dass die beiden unbeirrbaren Indios, die den Eingang des Unumschränkten Gebieters bewachen, sich ihr entgegenstellen würden.

Im Fackellicht sieht sie Titu Cusi auf seinem Vater reiten, dem er mit festen Stößen in die Seiten tritt, um ihn anzutreiben:

»Schneller Pferd, schneller!«

Manco springt über die Teppiche und Kissen, die fast den ganzen Raum bedecken, und Anamaya scheint dieser Anblick noch seltsamer als der des Inka-Pferdes, das von einem kleinen Jungen geritten wird und angetan mit feinsten *Cumbi*federn herumspringt.

»Schau, Anamaya!«, sagt Titu Cusi, »ich kann reiten wie mein Vater!«

Geschmeidig lässt Manco seinen Sohn zu Boden gleiten und

umfängt ihn mit seinen starken Armen, drückt und küsst ihn, dass er fast erstickt.
»Lauf nun«, sagt er und setzt ihn zu Boden.
Der kleine Junge, dessen lange schwarze Haare ein von zwei schelmisch blitzenden, intelligenten Augen erleuchtetes Gesicht umrahmen, durchquert das Zimmer und ruft:
»Bis zum Unterricht morgen, Pferd! Halte dich bereit!«
Anamaya lächelt Manco zu.
»Unter all seinen Brüdern ist er es, nicht wahr?«
Mancos Gesicht verdunkelt sich.
»Er ist der Älteste. Und er ist derjenige, der mir seine Kraft, sein Vertrauen schenkt. Er wurde von Curi Ocllo erzogen, er wurde mit der Milch und der Kraft der Frau genährt, die ich liebe. Wenn ich ihn in den Armen halte, denke ich daran, wie sehr ich die Coya liebe, und ich vergesse einen Moment alle Sorgen des Krieges und deine Abwesenheit.«
Die letzten Worte klingen traurig.
»Meine Abwesenheit?«
»Ich weiß, dass du hier bist, ich weiß, dass du dich um den Doppelbruder kümmerst, aber …«
»Aber?«
»Ich habe das Gefühl, du bist bereits mit ihm fortgegangen, und der Ausgang dieses Krieges ist dir gleichgültig.«
»Du irrst dich, Manco. Ich freue mich, wenn ich von unseren Siegen höre, und die Kunde unserer Niederlagen macht mein Herz schwer. Doch die Worte deines Vaters Huayna Capac hallen ständig in mir wider und reichen über den Krieg hinaus.«
Manco bricht in trockenes Gelächter aus.
»Es gibt also etwas, das jenseits des Krieges liegt? Du warst immer an meiner Seite, Anamaya, du hast mich gedrängt, den Aufstand anzuführen, und jetzt bist du es, die mir davon erzählt, was jenseits des Krieges liegt! Im entscheidenden Augenblick! Mein lieber Bruder Quizo Yupanqui ist beim Angriff auf Lima

gescheitert. Er ist im Kampf gefallen. Zum Glück folgen Illac Topa und Tisoc und viele andere ihm nach. Aber du? Mir scheint, es ist noch nicht allzu lange her, da hättest du selbst eine Steinschleuder genommen, diesen Krieg zu führen! Was ist mit dir geschehen, dass du jetzt sehen willst, was ›jenseits‹ davon ist?«
»Ich werde es dir sagen, Bruder Manco.«

*

Lange spricht Anamaya mit Manco. Sie erinnert ihn zärtlich an ihre Geschichte, die begann, als sie noch eine junge, gerade knapp dem Tod entronnene Prinzessin war. Sie erinnert ihn an die Schlange, die sie ihm aus dem Weg geräumt hat. Sie sprechen von Guaypar, dem eingeschworenen Feind, von dem es heißt, er sei wieder aufgetaucht und führe an der Seite der Spanier eine Armee an. Die ganze Zeit zögert Anamaya. Huayna Capacs Worte sind in ihr: *Ihr werdet wissen, was zu verschweigen ist und ihr werdet schweigen.* Was muss sie verschweigen, was muss sie Manco sagen?
»Ich habe versprochen, bei dir zu bleiben, und ich bleibe bei dir. Ich habe es versprochen, als du mich in Begleitung der Fremden wiedergefunden hast, und du weißt, dass ich seither mein Versprechen gehalten habe.«
»Ich habe mit Katari gesprochen, und er schweigt. Ich spreche mit dir, und auch du schweigst. Ich weiß, dass du dein Versprechen gehalten hast, und du hast nie einen Vorwurf aus meinem Mund gehört. Hast du gesehen, wie der Gelehrte Vila Oma dich anschaut? Hast du je ein Wort von mir vernommen, das seine Drohungen ermutigen würde? Doch dein Schweigen, dein Schweigen lastet auf mir, es hallt nachts in mir wider, und ich frage mich …«
Während er von seinen Zweifeln spricht, hört Anamaya Huayna Capacs schreckliche Stimme: *Und wir, die Inkas, wir müssen gedemütigt werden, Sklaven der Schmach … Doch wir werden*

nicht sterben … Das Blut des Bruders, das Blut des Freundes wird großzügiger vergossen als das des Feindes: Das ist das Zeichen.

»… und ich frage mich, warum ich kämpfe, wenn Paullu und du, die ihr von Anfang an bei mir wart – wenn ihr euch von mir abwendet. Selbst Vila Oma denkt darüber nach, seinen eigenen Krieg zu führen. Illac Topa ist im Norden und Tisoc im Süden, doch sie berichten mir nur selten. Jeder für sich! Das ist Wahnsinn!«

Anamaya möchte ihm gerne antworten, doch sie merkt, dass es keine Antwort gibt. Sie kann ihm nicht sagen, dass Huayna Capacs Worte ihn zweifellos verdammen; ihr Schweigen schließt ihn ein in einen unvermeidlichen Krieg, in dem er allein ist wie ein Kind, das mit Schatten, mit Bäumen kämpft.

»Du bist es, die mich ermutigt hat«, fährt Manco fort, »du bist es, die mich den ›ersten Knoten der künftigen Zeiten‹ nannte … Doch das hieß nichts, es war nur ein Geräusch, das Rauschen des Windes, nichts weiter …«

»Du bist mutig, Manco, dein Edelmut brennt wie ein Feuer in dir.«

»Aber es nutzt nichts! Wenn ich reiten lerne, stürzt das Pferd, wenn ich lerne, mit dem Degen zu kämpfen, zerbricht er, wenn tausend Pfeile fliegen, fallen sie nieder …«

»Die Worte deines Vaters«, erklärt Anamaya bedauernd, »sind mir selbst unverständlich. Ich drehe und wende sie immer wieder und sie erscheinen mir im Schlaf wie Träume, wie Rätsel, die ich ständig entschlüssele. Doch je tiefer sie in mir sind, umso unwissender fühle ich mich. Das Einzige, was ich weiß, ist, dass diese Zerstörung ein Ende haben wird. Doch ich weiß nicht, was danach kommt.«

»Dieses Ende ist unser Ende?«

»Frage Katari! Er ist derjenige, der die Zeit kennt.«

Manco wendet einen schwarzen scharfkantigen Stein in den Händen. Er lässt ihn vor seinen Füßen niederfallen.

»Der Mensch, der alles kann, kann nichts«, seufzt er, »nicht wahr?«
Erneut muss Anamaya schweigen.
»Es gibt dennoch etwas«, meint er.
»Was?«
»Den Puma.«
Anamayas Atem wird schneller und die Erregung, die sie verlassen hatte, überflutet sie erneut.
»Er sollte uns helfen, und seine Worte beweisen, dass es nicht stimmt.«
»Er kann uns helfen, ohne Waffen zu tragen.«
Manco fegt den Einwurf mit einer verächtlichen Handbewegung beiseite.
»Was ist das für ein Freund, der nicht kämpft, wenn der Feind angreift? Ein Feigling, sonst nichts!«
»Du weißt sehr wohl, dass er mutig ist.«
»Ich weiß. Aber ich weiß auch, dass Vila Oma ihn, wenn er die Worte deines verrückten Pumas hört, zum Tode verurteilen wird, und ich werde nichts dagegen tun können. Du willst die Gerüchte nicht hören, die von den Terrassen bis zu den Steinbrüchen über ihn im Umlauf sind. Jeder hier wäre gerne dabei, wenn er geopfert wird.«
»Das wirst du nicht zulassen!«
Manco atmet vorsichtig ein und antwortet nach einem kurzen Moment:
»Das ist das Seltsamste. Nein, ich werde es nicht zulassen.«

14

Ollantaytambo,
Oktober 1536

Das Gesicht, in das er blickt, hat geschrieen, bevor es starb. Der verzerrte Mund ist vor Schmerz und schrecklicher Angst erstarrt. Nie wird man wissen, was in diesem Blick lag, denn die Augen sind nicht mehr in ihren Höhlen: Es ist nur noch eine einzige Masse verwester Haut, schwarzen, getrockneten Blutes. Gabriel dreht sich der Magen um, und er wendet sich ab, bevor er sich übergeben muss.

Auf der breiten Straße, die von den Canchas zum Fluss Willkamayo führt, herrscht ein Treiben wie auf einem spanischen Jahrmarkt. Doch dort, wo sonst Stoffe und Gewürze getauscht werden, dort, wo sonst die Geldwechsler ihre Waagen ausrichten, stehen jetzt nur Leichen.

Die Straße wird von zwei Mauern eingefasst, in die mehrere Dutzend ungefähr mannshohe Nischen gehöhlt sind. Und es sind tatsächlich Menschen, die dort für alle sichtbar ausgestellt sind. Die sonst so gleichgültigen Indios zeigen lachend und laut redend mit den Fingern darauf.

In den ersten Nischen – denen, die den Canchas am nächsten sind – stehen die besonderen Trophäen. Es sind die Körper von knapp zehn Spaniern. Man hat ihnen die Knochen entnommen und ihre Körper nicht zu Trommeln, sondern zu Luftballons verarbeitet. Die völlig leere Haut ist wieder zusammengenäht und dann aufgeblasen worden, sodass sie eine zwar menschliche Hülle bildet, die jedoch nur noch groteske Ähnlichkeit mit ihrer ursprünglichen Form hat.

Voller Abscheu muss Gabriel über eine grausame Ironie nachdenken: Die fremden Götter haben diese gottgeschaffenen Menschen ihren Verbrechen entsprechend neu gestaltet, unförmig, widerwärtig, verkommen. Und doch sind es immer noch Menschen, deren Anwesenheit selbst in diesen unförmigen Puppen noch zu spüren ist, als hätte die Grausamkeit der Inkakrieger nur die Natur des Monsters aufgedeckt, das sich hinter ihnen verbirgt.

Jeder Körper ist an einen Pfahl gebunden und füllt eine ganze Nische aus.

Trotz seiner innerlichen Empörung und seines Ekels muss Gabriel sich jedes Gesicht einzeln anschauen, um zu sehen, ob er einen Gefährten erkennt. Er hat sie gehasst, die meisten zumindest, hat sich in seiner Auflehnung gegen die Pizarros und durch seine ihnen unverständliche Beziehung zu Anamaya von ihnen abgesondert. Doch inmitten des Freudentaumels der von ihrem ersten Sieg berauschten Inkasoldaten, die in ihrem Triumph ebenso unersättlich sind, wie sie von ihrer Niederlage gedemütigt waren, fühlt sich Gabriel zu seiner eigenen Verwunderung seinen Gefährten plötzlich so nahe, als wäre er es, den man gefoltert und ermordet hätte.

Glücklicherweise sieht er nur unbekannte Gesichter: Wahrscheinlich gehören sie zu der kürzlich aus Panama gekommenen Verstärkung. Sie haben die erschrockene, erstaunte Jugend derer, die gekommen sind, Gold zu suchen, und stattdessen den Tod gefunden haben.

Den Spaniern folgen die schwarzen Sklaven, die von der Landenge und die Indioverbündeten. Doch diese sind nicht derselben Behandlung unterzogen worden.

Sie wurden nur enthauptet, und ihre Köpfe stecken auf Pfählen, die von Pferdehaut umhüllt sind, an der man hier und da noch eine Mähne, Hufe oder einen Schwanz erkennt. Gabriel denkt an die heidnischen Götzen: Dies hier sind die grotesken Abbilder jener Halbgötter, für die einige Indios sie in der ersten Zeit ihrer Eroberung gehalten haben.

Arme Götter … Den Sklaven sind die weißen Zähne ausgerissen

worden, die bunten Federn dessen, der ein Häuptling war, sind schwarz vor Staub und Schlamm und hängen traurig zerbrochen über einer Stirn, die sich nicht mehr krausen wird. Einige Canari-Kaziken tragen noch ihr buntes Stirnband, das ihnen über die leeren Augenhöhlen geglitten ist, über die faltige Haut ihres Halses, wo das Blut getrocknet ist.

In der Menge, die wild gestikuliert und laute Kommentare von sich gibt, fühlt Gabriel sich jäh und unwiderruflich allein.

Plötzlich legt sich eine Hand auf seine Schulter, und er schreckt auf:

»Katari!«

Der Herr der Steine blickt ernst.

»Lass uns hier weggehen.«

Gabriel folgt ihm. Die beiden Männer entfernen sich durch die engen Gassen der Canchas zu der steilen Treppe, die zum Großen Tempel führt. Sobald sie das makabere Schauspiel ein wenig hinter sich gelassen haben, spürt Gabriel, wie er freier atmet.

Er setzt sich mit Katari auf einen der Steine des Tempelvorplatzes, die dort noch liegen und darauf warten, bearbeitet und aufgerichtet zu werden. Seit er diesen Ort zum ersten Mal besuchte, sind zwei weitere riesige Monolithen aufgestellt worden, die ebenfalls durch eine dünne schilfrohrförmige Linie voneinander getrennt sind.

»Du bist in Gefahr«, sagt Katari.

»Ich bin in Gefahr, seit ich hier angekommen bin«, erklärt Gabriel ruhig. »Und ich bin nicht mehr in Gefahr als die Unglücklichen, die ich gesehen habe. Was für eine Barbarei …«

Erst schweigt Katari. Dann sagt er einfach:

»Ein toter Mann ist ein toter Mann.«

»Du hast Recht. Er ist nicht mehr oder weniger tot, weil er in Stücke geschnitten wurde, weil man ihm die Eier in den Mund gestopft oder ihn in eine Fahne oder einen Ballon verwandelt hat …«

Während er spricht, spürt Gabriel die bittere Ironie, die aus seinen Worten klingt. Er, der glaubte, er sei seinen Gefährten fremd geworden, sieht, dass er in seinem Innersten immer noch ihr Bruder ist.

»Die, die das getan haben, würden mich gerne um Hilfe bitten, damit sie mit unseren Waffen noch mehr töten und sie zu Gott weiß was für Trophäen machen können … Sie verstehen nicht, dass es ist, wie es ist: Ich werde keine Waffen mehr tragen.«

»Auch wenn es dich das Leben kostet?«

Unerwartet zittert Kataris Stimme.

»Mein Leben, mein Leben …«, murmelt Gabriel. »Weiß ich, was mein Leben ist? Es ist mir genommen und zurückgegeben worden, ohne dass ich viel dafür konnte.«

»Du bist der Puma«, sagt Katari ernst. »Du musst das alles überleben.«

Wenn er Anamaya gegenübersteht, ist Gabriel von seiner Liebe so überwältigt, dass seine Gedanken wie vernebelt sind. Doch in Kataris Gesellschaft erlangt er, ganz im Gegensatz dazu, eine tiefere Klarheit.

»Nicht, wenn ich zu den Waffen greifen muss, um …«

»Ich weiß«, sagt Katari ungeduldig, »und ich sage nicht, dass du es tun sollst. Aber Anamaya und ich können dich nicht länger beschützen, und Manco wird nicht in der Lage sein, Vila Oma zu widerstehen, für den das Schauspiel dieses blutigen Sieges eine unerwartete Gelegenheit ist.«

»Also?«

»Also wirst du gehen müssen.«

»Wann?«

Der Knall einer Explosion erschallt, und Katari hat keine Gelegenheit mehr ihm zu antworten.

Sie stürmen die Treppe zu den Canchas hinunter, und Gabriels Herz schlägt zum Zerspringen. Doch er weiß nicht, ob es die Vorahnung erneuter Gräuel oder die in ihm schlummernde

Gewissheit ist, dass er sich erneut von Anamaya wird trennen müssen.

*

Vila Oma hat einen blutroten Unku angelegt, aus dem seine langen, skelettartig mageren Arme hervorschauen.
»Wollt ihr enden wie sie?«, brüllt er und zeigt auf die in den Nischen ausgestellten Körper.
Die beiden Spanier versuchen, so würdig wie möglich auszusehen, doch sie zittern am ganzen Leib. Gabriel kann sich mühelos vorstellen, was der Anblick ihrer Gefährten in ihnen auslösen mag.
»Was geht hier vor?«, fragt er mit fester Stimme.
»Der Puma steigt aus den Tiefen herauf!«, kreischt Vila Oma. Gabriel bleibt vor dem Gelehrten stehen. Eine Menschenmenge umringt sie, doch er entdeckt weder Anamaya noch Manco. Katari ist bei ihm geblieben, der Einzige, der ihm inmitten der dumpfen, vom Geschmack des Blutes und der Angst noch angestachelten Feindseligkeit beisteht, angesichts derer die beiden lebenden, an Händen und Füßen gefesselten Gefangenen wie gelähmt sind.
»Unsere Krieger haben Eure Waffen ausprobiert, die Feuer spucken«, sagt Vila Oma, »aber statt ihr Ziel zu treffen, haben sie sich nur fürchterlich erschrocken!«
Er zeigt auf die Nischen mit ihrem düsteren Inhalt. Nicht genug damit, dass die Männer grausam gestorben sind, nun dienen sie auch noch als Zielscheiben.
»Und diese hier«, fährt Vila Oma fort und wedelt verächtlich mit der Hand in Richtung der beiden Gefangenen, »haben behauptet, ihnen zu helfen, doch das Feuer ist einem unserer Krieger ins Gesicht gesprungen.«
»Was ist geschehen?«, fragt Gabriel an die Spanier gewandt.
»Sie wollten noch mehr Schwarzpulver hineintun, und das

Büchsenrohr ist explodiert«, antwortet der Jüngere mit tonloser Stimme.
»Es war ein Unfall«, sagt Gabriel zu Vila Oma.
»Ein Unfall? Das sind Fremdenhunde, und sie werden jetzt sterben!«
Eine Gruppe Indios ergreift die beiden Gefangenen, die sich kaum wehren, und drückt sie in zwei nebeneinander liegende Nischen. Sie nehmen die Köpfe von den beiden darin stehenden Pfählen, die herabfallen und unter Gelächter in den Staub rollen. Gabriel wirft sich vor die beiden Männer.
»Die Männer um dich herum sollen wissen, wer du wirklich bist, Vila Oma.«
Die Anwesenden erstarren, und der Gelehrte schweigt verwundert.
»Als ich im Süden war und all das Leid mit ansehen musste, das die unwürdigsten Vertreter meines Volkes Eurem Volk zufügten, da wollte ich diesen Mann um Hilfe bitten«, sagt er und zeigt auf Vila Oma. »Er hatte die Macht, es zu unterbinden, denn seine Stimme und die von Paullu Inka hatten Gewicht bei den Spaniern. Doch er hat nichts unternommen.«
»Hört nicht auf ihn!«, brüllt Vila Oma. »Er belügt Euch!«
Trotz seines Befehls schweigt die Menge und hört dem Fremden zu.
»Er wird Euch sagen, dass er den Krieg vorbereitete, mit dem Euer Volk sich endlich an den Fremden rächen würde. Doch ich sage Euch, dass sich in diesem Mann, den Ihr den Gelehrten nennt, grenzenlose Grausamkeit verbirgt, die in den Tod führt – ihn und alle, die ihm folgen. Der Schrecken des Krieges ist, was er ist. Doch wenn Ihr diese beiden Männer umbringt, werdet ihr Inti gegen Euch aufbringen!«
Das ist zu viel für Vila Oma, er tobt:
»Hört, wie er unsere Götter anruft!«, brüllt er. »Fesselt ihn wie die anderen, er soll ihr Schicksal teilen!«

Schon kommen Soldaten und ergreifen ihn. Krieger treten mit einer Zündpfanne näher und stopfen den beiden Gefangenen Schwarzpulver in den Mund. Andere eilen bereits mit Brandfackeln herbei, um sie anzuzünden und bei lebendigem Leibe zu verbrennen.

Gabriel wehrt sich verzweifelt, doch es ist sinnlos. Vergebens sucht er Kataris Blick.

»Aufhören!«, erschallt Mancos Stimme.

Der Inka ist mitten in der Menge aufgetaucht, ohne dass Gabriel ihn gesehen hätte. Soldaten und Fürsten treten beiseite und nur Vila Oma steht ihm noch gegenüber, grüner Cocasaft läuft ihm über Kinn und Lippen.

»Verneige dich vor deinem Unumschränkten Gebieter!«, befiehlt Manco ihm.

Der Gelehrte ist der Einzige, der die dem Inka gebührenden Respektbezeugungen von jeher unterlässt. Seine blutunterlaufenen Augen blicken ihn einen Moment an, dann beugt er kaum sichtbar den Oberkörper.

Fast von Manco verdeckt, erblickt Gabriel endlich Anamaya.

»Schau dich um, Manco!«, wiederholt Vila Oma. »Schau, das *Pachacuti* hat bereits begonnen und unterwirft dich der stärkeren Kraft. Die Fremden wurden Götter genannt, und sieh, was wir aus ihnen gemacht haben.«

Vila Oma zeigt auf die Nischen, in denen die, die einst Menschen waren, nur noch von Pfählen mit Bronzespitzen aufrecht gehalten werden.

»Das ist der Beginn der Wandlung, es ist der Frieden, der zu uns und unserem Volk zurückkehrt.«

»Das Pachacuti hat bereits vor langer Zeit begonnen, Vila Oma. Mein Vater Huayna Capac war sein erstes Opfer, doch er führt uns noch immer aus dem Jenseits.«

Vila Oma hört nicht zu. Nur mit gespitzten Ohren kann man ihn, den Blick ins Leere gerichtet, murmeln hören:

»Etwas Altes und Unreines ist in dir …«
Als sie sah, dass Gabriel in Gefahr war, ist Anamaya eisig kalt geworden.
Die unsicheren Worte Huayna Capacs waren fern, und sie fürchtete sich vor den Visionen, die nichts zeigen, den Prophezeiungen, die nichts verkünden.
Sämtliche Indios des Tales haben sich in den engen, geradlinigen Gassen der Canchas versammelt. Sie haben ihre Felder und ihre Werkzeuge im Stich gelassen und drängen scharenweise von allen Seiten in die Stadt. In Gedanken wehrt Anamaya sich gegen den Blutrausch und die Mordlust, die wie das Wasser des Willkamayo in den Menschen brodeln. Ihr Blick schweift über die Menge, wendet sich dem Ahnen zu und bittet ihn um Hilfe.
»Du siehst nicht mehr klar, Vila Oma, deine Augen werden rot wie die von Atahuallpa und dein Herz ist ein Meer von Blut. Du verwünschst und bringst heimliche Opfer, du tötest unaufhörlich, doch du hast vergessen, dass du ohne die Macht der Ahnen nichts bist, nichts ohne die Götter, die uns umgeben.«
»Etwas Unreines!«, wiederholt Vila Oma, als hätte er nichts gehört. »Ich entsinne mich des verfluchten Tages, als der große Huayna Capac nicht auf meinen Rat hörte und sich, von den Schatten der Krankheit umnachtet, weigerte, den Körper eines jungen, unreinen Mädchens dem Puma vorzuwerfen – stattdessen hat er sie zu sich genommen und ihr Geheimnisse anvertraut, die niemand je zuvor kannte. Ich hätte sie ihm entreißen und es beenden sollen, denn jetzt hat sie den Puma, statt von ihm verschlungen zu werden, aus dem Erdinnern emporgeholt, auf dass wir selbst verschlungen werden.«
»Zum letzten Mal, Vila Oma, schweig! Anamaya hat die Inkas niemals verraten, du vergisst, dass sie niemals aufgehört hat, die Coya Camaquen zu sein, die Huayna Capac auserwählte, und dass du selbst es warst, der ihr den Weg gewiesen hat. Anamaya ist die Tradition, sie ist, was war und was später sein wird.«

Vila Oma schweigt. Sein magerer Körper wird von innen geschüttelt und sein Unku scheint zu wogen wie flüssiges Blut. Kein Wort kommt mehr über seine Lippen, nur Speichel, der zu schaumigen Blasen wird und sich mit dem grünen Cocasaft der Blätter vermischt, die er unablässig kaut. Seine kupferne Haut ist grau geworden.
Dann öffnet er unter heftigen Anstrengungen, mit vor Zorn steifen Gliedern den Mund und stößt wie bedauernd hervor:
»Ich muss mich zurückziehen. Lebe wohl, mein Unumschränkter Gebieter.«
Und mit hölzernen Schritten geht er ganz allein zum Fluss.
Trotz all seiner Wut, all seines Hasses, trotz allem, was sie zu trennen scheint, hört Anamaya aus seinen letzten Worten so etwas wie ein entferntes Echo des Respekts, den er Manco stets verweigert hat und ihm bei seinem Abschied doch zugesteht, die Erinnerung an das vergangene Bündnis der nunmehr verfeindeten Brüder.

15

Ollantaytambo,
November 1536

Sobald Vila Oma verschwunden war, umringten die Soldaten Gabriel und führten ihn mitten durch die grollende Menschenmenge zu Mancos Cancha. Anamayas, Kataris, selbst Mancos Gesicht ist verschwunden, und Gabriel fühlt sich wie ein zerbrechlicher Korb, der von den Stromschnellen eines Gebirgsbaches mitgerissen wird.
Als er den Hof der Cancha betritt, weichen die Frauen zurück,

und so steht er klopfenden Herzens, weil er dem Tod entronnen ist, allein neben dem Brunnen der Vier Himmelsrichtungen, erinnert sich an Mancos heftigen Streit mit dem Gelehrten und wundert sich darüber, wie machtvoll dieser geheimnisvolle Beistand ist, den er anscheinend erneut genossen hat.

»Sind alle Fremden so wie du?«

Mit seinen vier oder fünf Jahren betrachtet ihn ein kleiner Junge furchtlos, mit neugierig glänzenden Augen.

»Viele sind schlimmer als ich!«, antwortet er lächelnd.

»Wie heißt du?«

»Gabriel.«

Der kleine Junge setzt einen ernsthaften, nachdenklichen Blick auf.

»Das ist ein seltsamer Name. Er bedeutet nichts.«

»Manche von deinem Volk behaupten, er bedeute ›der Puma‹. Und du, wie heißt du?«

»Ich heiße Titu Cusi, ich bin der Sohn von Manco Inka, und eines Tages werde ich der Inka sein.«

»Ich bin sicher, du wirst ein mächtiger, großzügig herrschender Fürst sein!«

Doch der kleine Junge hört bereits nicht mehr zu, sondern stürzt sich auf seinen Vater, der den Hof durch ein Spalier aus Fürsten und Soldaten betreten hat. Manco beugt sich lächelnd zu seinem Sohn, und Gabriel sieht, wie er ihn zärtlich umarmt. Dann richtet er sich auf, und erneut blickt Gabriel in die dunklen, feindlichen und undurchdringlichen Augen.

»Komm«, sagt Manco, »folge mir.«

Direkt hinter Manco gehen Anamaya und Katari und treten nach ihm durch den Vorhang in die königliche Kammer.

»Fürst Manco«, beginnt Gabriel, »ich weiß, dass mein Dank keinerlei Sinn für dich macht, doch ich danke dir aus tiefstem Herzen.«

Manco schaut ihn schweigend an. Gabriel wagt nicht, Katari oder Anamaya in die Augen zu schauen.
»Wenn Vila Oma gewusst hätte, was ich jetzt weiß, wärst du bereits tot«, sagt Manco endlich.
»Was weißt du?«
»Deine Leute kommen. Eine mächtige Armee mit zahlreichen Reitern, die von einem der Brüder des Kapitu Pizarro angeführt und von Tausenden von Verrätern unterstützt wird.«
»Gonzalo?«
Gegen seinen Willen krampft sich Gabriels Herz zusammen, als er den verfluchten Namen ausspricht.
»Hernando.«
Er zuckt die Achseln.
»Du weißt, dass ich nicht zu ihnen gehöre.«
»Ich weiß nicht, was ich von dir weiß. Doch vor mir stehen die beiden einzigen Menschen, denen dein Leben etwas bedeutet. Du hast Glück, dass sie gleichzeitig diejenigen sind, die ich am meisten brauche.«
»Was wirst du tun?«
»Setzen wir uns.«
Manco nimmt auf seiner Tiana Platz, und Gabriel, Anamaya und Katari lassen sich zu seinen Füßen auf weichen Guanakokissen nieder, die auf Decken aus Vikunjawolle liegen. Das zuckende Fackellicht spielt auf ihren Gesichtern und überzieht wie Goldstaub Anamayas Haut.
»Unsere Spione wissen bereits seit Tagen, dass sie Vorbereitungen treffen, uns anzugreifen, und wir werden sie schlagen, sie so gänzlich zertreten, dass die Überlebenden zum Gouverneur gehen und ihn davon überzeugen werden, uns in Frieden zu lassen.«
»Du irrst dich, edler Manco!«
Ein Zornesblitz überzieht das Gesicht des Herrschers.
»Du zweifelst an unserem Sieg?«

»Der Sieg ist immer ungewiss, mehr, als du zugibst. Doch das meine ich nicht: Sie werden nicht abziehen. Wenn du diese dort besiegst, werden andere nach ihnen kommen, und du wirst auch sie besiegen müssen, und wieder andere werden kommen. Glaube mir, ich kenne Pizarro besser als irgendwer sonst: Dieser Mann gibt niemals auf. Niemals!«

»Er kennt mich nicht!«

»Ich bitte dich, Fürst Manco, niemand hier zweifelt an deinem Mut. Doch du solltest jetzt darüber nachdenken, ob du vielleicht ein zweiter Vila Oma werden willst. Du solltest die Spanier richtig einschätzen, die Art ihrer Stärke …«

»Schweig!«

»Ich werde dir schließlich doch einen Rat geben, den du nicht befolgen wirst: Suche einen ehrenvollen Frieden, unterwirf dich schweigend den Demütigungen, rette, was gerettet werden kann, und bestimme heimlich eine Gruppe junger Leute, bei ihnen zu lernen, um mit ihren Waffen umzugehen. Ich spreche nicht vom Eisen, vom Schießpulver, von den Pferden. Ich spreche von ihrer Sprache, ihrem Gott, ihren Sitten.«

»Das kann ich nicht.«

»Ich glaube, das habe ich verstanden, Manco, ich akzeptiere, dass du tun musst, was dir notwendig erscheint.«

»Das kann ich nicht.«

Manco hat den Satz wiederholt, als wäre er jetzt allein, in einem Traum. Gabriel hat leidenschaftlich und ehrlich gesprochen. Schweigen senkt sich über den Raum, der im Fackellicht zittert. Dann wendet sich Manco an Anamaya:

»Was meinst du, Coya Camaquen?«

»Gewinn diesen Kampf, Manco, es gibt keine andere Möglichkeit für dich und für uns. Doch dann höre auf die Worte der Weisheit.«

Manco betrachtet sie schweigend. Dann lässt er seinen Blick auf Katari ruhen:

»Und du, mein Freund, du, Herr der Steine?«
Katari antwortet nicht. Er erhebt sich und tritt auf Manco zu, fasst ihn bei den Schultern. Die beiden Männer umarmen einander kurz. Dann setzt Manco sich wieder auf seine Tiana.
»Lasst mich jetzt«, sagt er. »Ich muss allein sein.«

16

Ollantaytambo,
November 1536

Im Morgengrauen hüllte Katari Anamaya und Gabriel in Mantas, in denen sie sich bis zum Hals verbargen. Schnellen Schritts und ohne ein unnötiges Wort erklommen sie die Treppe zum Großen Tempel, versuchten, Gerüchten und Blicken zu entkommen. Als sie durch die Außenmauer traten, seufzte Anamaya erleichtert auf.
Nun bietet der Hügel ihnen Schutz, und niemand wird es wagen, zu dem kleinen Tempel mit den vier Nischen zu kommen, wo der Doppelbruder sie erwartet.
Unendlich lange umarmen Gabriel und Anamaya einander, haben die Hand auf das Gesicht des anderen gelegt, gierig, wie beim ersten, traurig wie beim letzten Mal. Sie fahren mit den Fingern über die Haut des anderen, auf einer Reise, die ebenso verwirrend ist, wie das Überqueren der Meere, das Erforschen der Berge. Sie sind unermüdlich. Als ihre Finger sich treffen, verhaken sie sich wie zwei Seile, bilden ein festes, unzerstörbares Netz.
Tränen stehen ihnen in den Augen, als ihre Lippen sich voneinander lösen.
»Ich werde gehen«, sagt Gabriel.

»Es gibt keinen anderen Weg«, erwidert Anamaya.

Die ersten Sonnenstrahlen schimmern auf dem goldenen Doppelbruder und erhellen zugleich die Berggipfel.

»Ich will nicht traurig sein«, sagt Gabriel.

»Ich auch nicht. Alles geschieht, wie Huayna Capac es mir enthüllt hat. Die Mysterien lösen sich auf, und du bist immer noch da. Du wirst am Ende da sein …«

»Ich weiß, dass du mir sagst, was du kannst, aber es ist nicht viel. Ich weiß, dass ich meinen Weg gehen, selbst lernen muss. Das ist die große Lehre, und manchmal vergesse ich sie, manchmal weiß ich sie. Als ich mit Manco sprach, hatte ich keine Angst mehr, alle Dinge in mir waren an ihrem Platz. Glaubst du, ich werde ein guter Puma?«

Ein wenig zärtliche Ironie hat sich in seine letzten Worte geschlichen, und Anamaya lehnt sich an ihn.

»Deine Liebe ist es«, fährt er fort, »die mir alles enthüllt hat. Deine Liebe ist es, die alles ermöglicht, selbst diese Sinnlosigkeit, erneut von dir getrennt zu sein und nicht zu wissen, wann ich dich wiederfinde.«

»Er hat zu mir gesagt: *Und wenn er geht, wird er zu dir zurückkommen. Wenngleich getrennt, seid ihr vereint.*«

»Er war grausam, dein alter Inka!«

Leise lachen sie gemeinsam wie Kinder. Sie betrachten den Ahnen, wie ihn der Doppelbruder wohl sieht: aus der Schwindel erregenden Perspektive der Südnische.

Ein Kratzen schreckt sie auf: Vor ihnen erhebt sich Kataris Schatten.

»Es ist Zeit«, sagt er.

*

Sie nehmen einen schmalen, schlecht geschotterten Weg hinauf über den Berg des Ahnen. Katari und Gabriel tragen jeder einen schweren, in eine Manta gehüllten Stein auf dem Rücken.

Sie durchquerten die Cancha, wo alle sich geschäftig auf die Schlacht vorbereiteten, ohne eine Spur von Vila Oma zu entdecken. Dann verließen sie die Stadt vorbei an den gut gefüllten Collcas. Unterhalb des Abhangs wählte Katari einen Stein für Gabriel aus – eben jenen Stein, der jetzt auf seine Schultern, seinen Rücken drückt und jeden seiner Schritte zur Qual macht.

Dennoch kommt kein Laut über seine Lippen, und er hält es nicht für notwendig, Katari zu fragen, warum er ihn zum Lastesel gemacht hat. Katari schreitet geschmeidig wie ein Alpakalama vor ihm her, das Gewicht auf seinen Schultern wiegt kaum mehr als die langen Haare, die offen im leichten Wind wehen.

Von Zeit zu Zeit dreht er sich um und betrachtet den Aufmarsch der Inkas, denen sich Hunderte der gefürchteten Antisuyu-Bogenschützen aus den Wäldern zugesellt haben. Am unteren Lauf des Willkamayo wurde ein Staudamm errichtet, und das Hochwasser erschwert die Durchquerung der Furt. Er, der keine Waffen mehr tragen will, spürt tief in seinem Innern ein schmerzhaftes Pochen, ihm ist, als käme sein Körper gemeinsam mit den Spaniern näher, und ihm wird deutlich, wie seltsam es ist, dass er sie nicht auf seinem weißen Pferd, den Degen in der Hand, unter Morion und Kettenhemd schwitzend, begleitet. Ein unerwarteter Schmerz zerreißt ihn: Sebastian ist bei ihnen, und er ist nicht da, um ihn zu verteidigen, vielleicht zu retten.

Er beißt die Zähne zusammen, damit er nicht vor Zorn und Hilflosigkeit laut aufschreit, umklammert mit den Händen die Falten seiner Manta und erträgt das Gewicht des Steins, der auf seinen Schultern lastet.

Nach und nach zeigen Schmerz und Erschöpfung Wirkung, und zu seiner großen Erleichterung stumpfen seine Sinne ab.

Sie haben eine Art felsigen Vorsprung von der Größe eines natürlichen Vorplatzes erreicht. Gabriel legt seinen Stein ab, und der stechende Schmerz streckt ihn fast nieder. Anamaya stützt

ihn mit Blicken, und langsam richtet er den Oberkörper auf, den Anstrengung und plötzlicher Zweifel niedergedrückt haben.
»Wir sind da«, sagt Katari.
Gabriel fühlt sich völlig verloren und schaut Anamaya fragend an.
»Wir sind über dem Gesicht des Ahnen«, sagt sie.
Katari hat sich niedergehockt und zieht einen Bronzemeißel aus seiner Chuspa, mit dem er in wenigen präzisen Bewegungen seinen Stein bearbeitet. Dann macht er das Gleiche mit Gabriels Stein.
»Schau«, sagt er.
Auf einen Stein hat der Kolla die Form eines Pumas, auf den anderen den einer Schlange gezeichnet.
»Die Kraft«, sagt Gabriel, »und die Weisheit Amarus.«
»Gut«, lächelt Katari, »du kennst bereits unsere Götter. Hier wird sich als Krönung des Gesichtes von Huayna Capac bald ein Tempel erheben, zu dem all diejenigen kommen werden, die die Kraft des Inkas suchen, um dort zu beten und Opfer niederzulegen.«
Am Himmel lösen sich einige Nebelschwaden auf, und das helle Morgenlicht ergießt sich über die Berghänge. Die noch junge Sonne wandert über die Terrassen und lässt das Wasser glitzern.
Es ist ein schöner Tag zum Sterben.
Unten geht eine große Bewegung durch die Menschenmenge, macht Gabriel auf die bevorstehende Gefahr aufmerksam, und sein ganzer Körper krampft sich schmerzhaft zusammen. Anamaya dreht sich zärtlich zu ihm um.
»Du bist blass«, sagt sie.
Alles Blut ist aus seinem Gesicht gewichen, und sein Herz schlägt zum Zerspringen.
»Ich kann nicht«, sagt er.
Anamaya legt ihre Hand auf seine.
»Ich kann sie nicht sterben lassen, ohne bei ihnen zu sein …«
»Willst du kämpfen?«

»Nein!«
Der Schrei ist ihm ganz ungewollt entwichen.
»Mit ihnen gemeinsam sterben?«
»Ich dachte, ich sei – geschützt.«
»Vor allem, nur nicht vor dir selbst.«
Anamaya betrachtet die Hänge, die von Kriegern bedeckten Terrassen.
»Lass ihn gehen«, sagt Katari ruhig.
In diesem Moment erschallt der erste Schrei.

*

Ihr ist, als hätte man ihr eisiges Wasser eingeflößt, das jedes einzelne Glied ihres Körpers unmerklich lähmt. Sie ist unfähig, sich zu rühren.
Gabriels erste Schritte waren so langsam, unendlich … Kurz vor der Wegbiegung blieb er stehen, als wollte er sich umdrehen. Er tat es nicht: Im Gegenteil, sie sah, wie er den Abhang fast hinunterrannte, ein Schleuderstein gewordener Mensch.
Auf den Terrassen unter sich sieht sie die Truppe schussbereiter Bogenschützen und unzählige Steinwerfer auf dem linken Willkamayo-Ufer ebenso wie auf den Berghängen.
Im Geiste wendet sie sich an den Stein, wo Huayna Capac zu ihr gesprochen hat, doch da ist kein weiteres Wort. Nichts sagt, dass der Puma in den Tod springt, wie ein wildes Tier, nichts sagt, dass er den Ozean nicht in die andere Richtung überquert, um zu seinem Volk zu gelangen.
Katari steht unbeweglich neben ihr. Mit seinem Meißel bearbeitet er die beiden Steine weiter, die einmal die Grundsteine des Tempels sein werden.
»Du hast vergessen, dass der Puma ein Mensch ist«, sagt er nur.
Sie nickt ungläubig.

*

Gabriel ist den Abhang hinuntergerannt, die Adern pochen an seinen Schläfen. Seine Entscheidung ist sozusagen ohne ihn gefallen, und in seiner Atemlosigkeit ziehen Fetzen von Zweifel durch seine Gedanken. Im Näherkommen scheint ihm, ein Grollen liefe über den Berg und die ganze Ebene, als würde die Erde sich im Klang von tausend Trommeln, der aus ihrer Tiefe emporsteigt, aufbäumen.
Es sind die Stimmen von Menschen, die Angst haben, die schreien, um sich Mut zu machen, es ist das Trampeln von tausend Füßen, das Klirren der Waffen.
Auf halber Höhe des Abhangs befand er sich plötzlich oberhalb der Terrassen, auf denen die meisten der Bogenschützen aus den Wäldern Stellung bezogen haben.
Von der Anzahl der Krieger beeindruckt, hält er inne. Trotz all der Wochen in Ollantaytambo hatte er keine Ahnung davon, dass sich so viele Krieger in den Wäldern versteckten. Denn hinter den Schützen folgt noch das mit Lanzen, Keulen und Piken ausgerüstete Soldatenheer. Blitzartig bemerkt er, dass ein paar von ihnen hier und da Teile der spanischen Rüstungen übergezogen haben, einer einen zurückgelassenen Morion, ein anderer ein Kettenhemd oder einen ledernen Brustschild. Einige Hauptleute tragen gar Degen.
Unter sich, auf der anderen Seite des Flusses, sieht er die spanische Armee näher rücken. Er ist zu weit entfernt, um Gesichter zu unterscheiden, doch er erkennt den vorausgehenden Hernando Pizarro an seinem Federbusch. Es sind knapp hundert Reiter, gefolgt von mindestens dreißigtausend Indiokriegern: die gewohnten Verbündeten, Canaris und Huancas, doch auch Manco feindlich gesinnte Inkas.
Bei ihrem Anblick will Gabriel vorwärts stürmen, und er versucht, sich durch die aneinander gedrängten Krieger zu zwängen. Mit Ellenbogen und Flüchen gelingt es ihm, einige Reihen zu durchqueren.

Doch hinter den Bogenschützen angelangt, erhebt sich vor ihm ein unüberwindliches Hindernis.
Verzweifelt erkennt er, dass er nicht durchkommen wird.
Da erblickt er Mancos stolze Gestalt am Rand der Terrassen. Der Inka sitzt auf seinem weißen Pferd, das er mühelos führt, und die Lanzenspitze in seiner Hand glitzert in der Sonne.

*

Anamaya kann nicht bis in die Ebene schauen, über die die Spanier anrücken, doch sie spürt ihr Nahen an den Wogen, die durch die Inkareihen laufen. Von den Berghängen, wo der Tempel liegt, dessen Eingang zugemauert wurde, hört sie die höllischen Trommelwirbel und das Trompetenkonzert aufsteigen, als wollten Manco und seine Leute, statt den Gegner zu überraschen, wie es ihnen gelegentlich gelungen ist, ihm zeigen, dass er erwartet wird, damit ihm das Herz gleich bis in die Stiefel rutscht.
Sie schließt die Augen und beschwört Gabriels Bild in sich. Wo ist er? Hat er es geschafft, die Linien zu durchbrechen? Entgegen alle Logik stellt sie sich vor, wie er sich durch die Reihen der Kämpfer schlängelt und in den Fluss springt, um zu seinen Leuten zu kommen, sich auf ein Pferd schwingt und einen Degen ergreift. Er hat ihr so oft erzählt, wie er Sacsayhuaman eingenommen hat, dass es ihr nun nicht schwer fällt, ihn sich an der Spitze der angreifenden Spanier vorzustellen.
Sie öffnet die Augen, und das Sonnenlicht blendet sie. »Das kann nicht sein«, murmelt sie mit zusammengekniffenen Lippen. »Er hat geschworen, nie wieder zu den Waffen zu greifen, er ist einen so weiten Weg gegangen …«
Doch das beruhigt sie nicht: Wo auch immer er sein mag, was auch immer er beabsichtigt, er ist mitten im Kampfgetümmel, und Todesgedanken überkommen sie, ohne dass sie etwas dagegen tun könnte.

»Santiago!«
Der spanische, leicht erkennbare Schrei schallt durch das Tal, und sein Echo hallt in ihrer Brust wider.
»Santiago!«
Sie zuckt erschrocken zusammen, und Katari tritt neben sie.
»Bleib«, sagt er. »Warte, verscheuche deine Angst.«
Doch als sie Katari anschaut, sieht sie seinen besorgten Blick. Ihr Herz krampft sich zusammen.

*

Kaum hat Manco Gabriel erblickt, kommt er auf ihn zu und die Soldatenreihen treten auseinander, um ihm Platz zu machen.
»Warum bist du hier?«, fragt er grob. »Bist du gekommen, an unserer Seite zu kämpfen?«
Gabriel antwortet nicht, er starrt den Inka nur durchdringend an.
»Oder willst du zu ihnen? Mit ihnen gemeinsam sterben?«
Mancos Stimme ist ruhig, und Gabriel hört die darin liegende Gewissheit.
»Wenn du durch willst, werde ich dich nicht daran hindern«, fährt Manco fort und zeigt auf die Ebene.
Gabriel rührt sich nicht.
»Bist du sicher? Du willst nicht? Dann komm mit zu meinen Fürsten«, sagt Manco. »Du hast nichts zu befürchten, komm und schau, was deine Leute erwartet.«
Der ›Santiago‹-Schrei lässt Vergangenes in seinen Adern aufwallen, es ist ein Ruf, der ihm die Kraft geben könnte, aufzustehen, Mancos Herausforderung zu folgen und sich aus der Menge herauszureißen, um mitten unter seinen Gefährten wieder aufzutauchen. Doch er beißt die Zähne zusammen und schweigt.
In tadelloser Ordnung schicken die Inkas einen Pfeilregen und Steine auf die Spanier nieder, lassen die erste Welle der An-

greifer zögern, dann zurückweichen. Zwei Reiter lösen sich von den anderen und reiten zum Angriff auf die ersten Befestigungsmauern zu. Ohne ihre Gesichter zu sehen, erkennt Gabriel in den großen Gestalten die beiden Riesen, Gandia und Sebastian, den Schwarzen auf einem weißen Pferd, Gandia auf einem schwarzen … In seinen Ohren braust es, als er Itza erkennt – natürlich, die Stute, die Sebastian ihm gegeben hat.
Ihm ist, als würde seine Vergangenheit auf ihn zu galoppieren.

*

Katari nimmt den Steinschlüssel ab, den er um den Hals trägt und legt ihn Anamaya um. Ihre blauen Augen sind blass und blicken in die Ferne.
Ein ohrenbetäubender, von Pfeifen erfüllter Lärm steigt von den Terrassen auf. Bei jedem Pfeilschuss scheint ein Insektenschwarm den Himmel zu überziehen, über die Erde herzufallen, und vogelgleich stürzen die Steine herab.
Anamaya wendet sich gen Norden zur Geheimen Stadt, dorthin, wo sie Huayna Capac getroffen hat, und Katari dreht sich gleichzeitig mit ihr um.
»*Bis Inti den Hass zwischen uns verbrannt hat …*«, murmelt sie.
Und Katari:
»*… und nur noch die Frauen übrig sind, die das vergossene Blut beweinen.*«
»Glaubst du, es ist so weit?«
Katari öffnet seine kräftigen Hände, deren Linien von zahlreichen Narben durchzogen sind.
»Nein, es sind noch nicht alle Zeichen da.«
»Und er, kann er sterben?«
»Ich habe gesagt, dass der Puma ein Mensch ist, und ein Mensch muss sterben … Doch dieser Mensch ist der Puma.«

Anamaya lächelt.
In diesem Augenblick erschallt eine Explosion.

*

Gabriel hat fasziniert gesehen, wie der Inkabeschuss Gandia und Sebastian trotz aller Tapferkeit zurückdrängt. Sie drehten um, und dann zog eine Gruppe Reiter los, den Tempel anzugreifen – von unten müssen die Spanier ihn mit seinen riesigen Mauern für eine Festung halten. Die Verteidiger schienen sich zurückzuziehen, dann zertrümmerte das Geschoss zweier Chachapoya-Indios dem ersten Pferd die Beine und versetzte die übrigen Reiter in Panik, und hastig zogen sie sich zurück. Seither hat kein Reiter mehr einen Angriff gewagt.
Gabriel bemerkt das Zaudern der Spanier. Zum ersten Mal in einem Stellungskampf sind sie nicht die Überlegenen. Der Überraschungseffekt ihrer Pferde ist verbraucht, ihre Artillerie unwirksam, und die von Manco organisierte Verteidigung scheint jede ihrer Bewegungen vorausgesehen zu haben.
Selbst die Infanteristen, die Hernando losschickt, um von der Rückseite des Berges einen erneuten Angriff auf die Tempelmauern zu wagen, werden von einem heftigen Steinregen zurückgedrängt.
In diesem Moment geht die Feldschlange los: Doch sie steht mitten auf den Terrassen, auf der Seite der Inkas, und die wahrscheinlich wirkungslose Explosion (es ist ein Wunder, denkt Gabriel flüchtig, dass sie den laienhaften Kanonenschützen von Inkas nicht um die Ohren geflogen ist), bewirkt ein stolzes Raunen in den Kriegerkehlen.
Und im gleichen Moment, wo das Grollen über die Terrassen und Berghänge rollt, wo die Krieger warten, ertönt auch Mancos lautes Gebrüll.
Die Inkas scheinen von überall zugleich den Hang hinabzulaufen und die Spanier anzugreifen. Machtlos und fast blind spürt

Gabriel einen Moment lang nur noch die Erschütterung, die die ganze Erde erfasst hat. Er konzentriert sich darauf, nicht von der Flut brüllender Männer zertrampelt zu werden, die vorbeirauscht, bereit, alles mitzureißen, angespornt von Angst und monatelangen Demütigungen.

Als er wieder fest auf den Beinen steht, sieht er nur, wie sich inmitten des auf der Ebene entstehenden Tumultes ein Nebel hebt: Staub, Schweiß, aufspritzende Erde, fliegende Degen und inmitten des Handgemenges der seltsame Anblick eines Manco auf seinem weißen Pferd, die Lanze in der Hand, die *Mascapaicha* auf der Stirn, der zornig wie ein Teufel angreift, der nichts und niemanden fürchtet.

Flüchtig sieht Gabriel erneut die Bilder ihrer ersten Reitstunde vor sich.

»Ich wollte nicht kämpfen«, murmelt er, »und doch kämpfe ich.«

Schritt für Schritt, trotz ihres wütenden Widerstands und aller Verluste, die sie den Inkas zufügen, weichen die Spanier und ihre Verbündeten zurück. Die Angriffe der Reiter werden weniger heftig, weniger tief, weniger zerstörerisch. Der rote Federbusch von Hernandos Helm erscheint in immer weiterer Ferne auf der Ebene, wie ein Raddampfer, der abtreibt und sich entfernt.

Es wird bereits Abend, und Gabriel wundert sich. Ihm scheint, die Sonne sei gerade erst aufgegangen.

Sein Blick wendet sich von den Kämpfen ab hin zu den Gipfeln, den Apus, die zu erkennen Katari und Anamaya ihm nun beigebracht haben. Dann fällt er wieder auf die beiden Flüsse, wo er verblüfft innehält.

Eine Gruppe von knapp hundert Indios leitet dort schlicht und einfach den Lauf des Flusses Patacancha zu den seit langem vorbereiteten Kanälen um.

Gabriel begreift blitzartig.

Sie werden die Ebene überfluten.

Und die Spanier werden ertrinken.

17

Ollantaytambo,
November 1536

Gleich einem himmelsgroßen Kondorflügel senkt sich die Dunkelheit über den Berggipfel, weiter unten scheint der Lärm gedämpfter, als würde er sich entfernen. Es sind weniger Schreie und mehr Stöhnen, und die Explosionen haben ganz aufgehört. Anamaya spürt, wie plötzliche Kälte sie erfasst. Sie zieht sich den Zipfel ihrer Manta um den eisigen Körper.

»Ich frage mich, wo Vila Oma ist«, sagt sie.

Katari überlegt.

»Wahrscheinlich hat er sich in eine unterirdische Huaca zurückgezogen, wo er sich darauf vorbereitet, die Götter anzurufen, und auf eine Niederlage hofft, die seine schlimmen Prophezeiungen bestätigt.«

»Ich hätte gedacht, er würde in diesem Kampf bei Manco sein.«

»Der Zorn sperrt ihn einsam auf eine inmitten des Festlands verlorene Insel.«

»Für mich war er der Gelehrte.«

»Auch er ist ein Mensch. Im Grunde genommen hat er nie verstanden, dass der mächtige Huayna Capac nicht ihm die Geheimnisse des Tahuantinsuyu anvertraute und statt dessen dieses seltsame junge Mädchen mit den blauen Augen auswählte.«

Anamaya blickt verträumt.

»Für mich bleibt er der Gelehrte.«

Kataris Lachen klingt durch die Nacht.

»Warum lachst du?«

»Lange habe ich versucht, hinter der Coya Camaquen das kleine Mädchen zu erkennen, das du warst, als du vor den Inka Huayna Capac getreten bist. Nun höre ich es zum ersten Mal.«

Auch Anamaya lächelt.

»Warum hast du mir diesen Steinschlüssel gegeben?«
»Eines Tages, wenn alle Zeichen erfüllt sind, werden auch wir getrennt. Ich gehe zum See des Ursprungs, während du zurückgehst zu …«
Sie verschließt ihm mit dem Finger die Lippen.
»Sage den Namen nicht, bitte.«
»Du wirst diesen Schlüssel brauchen, er öffnet dir den Stein.«
»Wie werde ich Bescheid wissen?«
»Du wirst es wissen!«
Eine nächtliche Brise erhebt sich und trägt die Geräusche der Menschen mit sich fort. Seltsamerweise ist Anamaya nicht mehr kalt.
»Und er?«, fragt sie.

*

Gabriel hat gesehen, wie das Wasser ungeheuer schnell angestiegen ist, wie es die Ebene überflutet hat und den langsam werdenden Pferden bis zu den Steigbügeln reichte, die von einem aus der Erde wachsenden See umschlossen sind, der sie verschlingt. Er sieht einen Reiter ins Wasser fallen und mit den Armen rudern, um nicht unterzugehen, während er versucht, sich von seiner schweren Rüstung zu befreien.
Nach und nach wird es gänzlich Nacht, und für ihn ist der Rückzug der Spanier nur noch ein immer ferner klingender Lärm, der Ruf einer Trompete, ein plötzlicher Schrei, wenn die Inkas einen Nachzügler ergreifen oder ein Pferd zu Fall bringen.
Unendliche Müdigkeit lähmt seinen Körper und all seine Glieder. Er hat nicht gekämpft, doch er fühlt sich plötzlich alt, von Schlägen und Wunden übersät. Wenn er die Augen schließt, sieht er sich gleichzeitig als Inka und Spanier, zu Fuß und zu Pferd, Degen und Schleuder schwingend … Es ist eine Vision, von der er sich nur schwer lösen kann, eine Vision, in der er gerne versinken möchte, doch wie ein Kämpfer, der die Schlacht

überlebt hat und am Ende, wenn alles vorbei ist, zusammenbricht, kann auch ihn nur noch tiefste Erschöpfung überwältigen.

Manco kommt zu Fuß, sein schlammbedecktes Pferd am Zügel führend. Wortlos mustert er Gabriel von oben bis unten, seine dunklen Augen glänzen stolz, immer noch berauscht von der Schlacht. Sieg – mächtigere Droge als fässerweise *Chicha*, als tausend Cocablätter.

Dann reicht Manco Gabriel die Zügel, und ohne einen weiteren Blick wendet sich der erschöpfte Sieger zu den Canchas.

Gabriel geht ihm nach.

*

Der Weg ist so steil und stellenweise so unregelmäßig gepflastert, dass der Abstieg nachts riskant ist.

Dennoch gehen Anamaya und Katari mit sicheren, gleichmäßigen Schritten vorwärts, vom Schimmer des Mondes und dem Instinkt derer geführt, die bereits unter allen Himmeln gewandert sind.

Kaum nähern sie sich dem Willkamayo und den Quellen, hören sie die *Atiyjailli*-Schreie, die Siegesgesänge, die bereits von den Heldentaten erzählen. Die Erde trinkt immer noch Blut, der Fluss trägt die Leichen der Ertrunkenen und Gefallenen. Am Ufer sieht Anamaya in das ihr zugewandte Gesicht einer Frau, die noch die Manta an sich gedrückt hält, in der sie die Kleider ihres Gatten aufbewahrte, dem sie in einen unverständlichen Krieg gefolgt ist. Ihre Augen sind weiß, verloren jenseits der Vier Himmelsrichtungen.

Am Eingang der Canchas treffen sie auf schwankende Männer. Einige liegen ausgestreckt am Boden, Schlamm mischt sich mit ihrem Erbrochenen, und sie singen undeutlich lallend weiter von der Legende ihres Sieges über jene Götter, die von der anderen Seite des Meeres kamen. In diesem Moment werden die

Fremden erneut zu den Fabelwesen, als die man diese unbesiegbaren Mensch-Pferde vor vielen Monden beschrieb, deren Hände scharfe Klingen sind und die silberne, Feuer spuckende Stöcke tragen. Doch in den Worten der siegreichen, betrunkenen Krieger bieten ihnen Inkas die Stirn, die Viracocha persönlich aus Stein zu Kämpfern schuf, deren abgeschnittene Arme nachwachsen, die Herren des Wassers und Hagels sind.
Mit jedem Schritt durch die engen Gassen der Canchas hören Anamaya und Katari das Gerücht – es wird von den Stimmen der Menschen weitergetragen, es kommt aus dem Innersten der Höfe, und selbst die Frauen, die mit dem Feuer beschäftigt sind, um darauf Meerschweinchen zu grillen, entkommen ihm nicht. Alle sprechen von dem, der den ersten Stein geworfen und dem ersten Pferd die Beine gebrochen hat, alle sprechen von der Umleitung des Patacancha, alle pfeifen wie Pfeile oder Steine, alle klammern sich an ein Pferd und bringen es zu Fall, lassen den Fluss seinen Leichnam fortspülen. Alle erzählen, und nie wird es genug Worte geben, sich an dem Glück dieses Sieges zu sättigen.
Anamaya hat Angst.
Gabriel ist nicht da, und unwillkürlich forscht sie in der Dunkelheit in jedem Gesicht. Doch ihr ist der Mund verschlossen, und sie wagt nicht zu fragen. Der Fremde? Möge er in der Unteren Welt versinken, das ist es, was jeder hier sich wünscht.
Ihre Brust brennt, als die Wachen endlich den Eingang der hohen trapezförmigen Tür in der Mauer zu Mancos Cancha freigeben.
Der Inka sitzt inmitten der Fürsten, ein Kettenhemd über seinem Unku, eine Lanze zu seinen Füßen. Mit ausgestrecktem Arm macht er eine Bewegung und Anamaya sieht, dass immer noch Erde und Blut an ihm haften; Schlammtränen sind ihm über die Wangen gelaufen und sein Blick glitzert vor Stolz und Hass. Die Gesichter rings um ihn herum lachen, und in den Respekt, den sie dem Inka schulden, mischt sich ein wenig von jener Kameradschaftlichkeit, die unter Kriegern üblich ist, wenn sie

gemeinsam gesiegt haben. Bei Anamayas und Kataris Eintritt wird es still.
»Nun, Coya Camaquen, mein Vater hatte dir diesen Sieg zweifellos bereits angekündigt, dass du dich so lange von uns fern gehalten hast.«
Auf ein Zeichen bringen ihm zwei Frauen ein Chichafass und gießen ein wenig davon in einen fein ziselierten Becher. Manco nimmt einen tiefen Schluck.
»Und du, Katari, hast du mit uns gemeinsam Steine vom Gipfel des Pinkylluna geworfen?«
Die beiden jungen Menschen schweigen. Die Wangen des Inkas glühen im Alkohol, und seine Augen sprühen Funken.
»Sie antworten mir nicht«, erklärt er an die Fürsten gewandt. »Es mag Verachtung sein, oder schämen sie sich vielleicht …«
»Wir haben den Grundstein für einen neuen Tempel gelegt«, sagt Katari, »der eines Tages die Stirn deines Ahnen, deines Vaters, Huayna Capacs, schmücken wird.«
Seine Stimme ist ruhig, furchtlos. Das mörderische Leuchten in Mancos Blick erlischt. Er zeigt mit dem Finger auf Anamaya.
»Ich habe im Kampf ein Tier gefunden«, verkündet er mit einem Rest Zorn, der sich bereits legt, »und ich will es dir geben.«
»Was ist das für ein Tier?«, fragt sie sanft.
»Ein Puma. Er sagt, er sei mit dir verbunden.«
Mancos Hand beschreibt einen Kreis und zeigt auf einen Punkt im Halbdunkel. Von zwei Soldaten eskortiert tritt Gabriel mit undurchdringlichem Gesicht vor.
»Ich gebe ihn dir zurück, Anamaya, er gehört dir.«
Anamaya zwingt sich zur Reglosigkeit, obwohl sie von ganzem Herzen und aus ihrem tiefsten Sein am liebsten zu ihm laufen und ihn in die Arme nehmen möchte.
»Doch dein Puma bleibt nur unter einer Bedingung am Leben.«
Anamayas blauer Blick senkt sich in Mancos Augen, der mit keiner Wimper zuckt.

»Bevor Inti seine ersten Strahlen in das Morgengrauen des Tages nach unserem Sieg ausschickt, muss er verschwunden sein. Hast du mich verstanden?«

Anamaya schweigt weiterhin. Sie lässt Gabriel auf sich zukommen, der unsicher auf den Beinen ist, erschöpft. Ohne sich zu berühren, bleiben sie nebeneinander vor Manco stehen und durchqueren dann die Menge im Innenhof. Alle treten vor ihnen zur Seite, doch sie spürt die feindselige Stimmung, den Wunsch nach Rache. Wenn sie ihn zerreißen könnten …

Als sie unter dem Steinsims durchgehen, in das ein Kondor gemeißelt ist, hören sie Manco ein letztes Mal.

»Vor dem Morgengrauen«, hämmert er ihnen ein.

Und in seiner Stimme ist keine Spur mehr von Trunkenheit.

*

Die Nacht umfängt sie, während sie die Canchas hinter sich lassen.

Sie führt ihn an den Quellen, am Willkamayo vorbei zur Huaca des Kondors.

Lange schweigen sie und wagen nicht, einander zu berühren. Sie waren nur wenige Stunden getrennt, doch in ihren Seelen müssen sie sich erst wiederfinden, ihren Herzschlag beruhigen, bevor sie die ersten Worte sprechen.

Die Nacht ist frisch und sanft, und während sie vorwärts gehen, verhallen alle Geräusche, die Ängste und Gräuel der Schlacht. Es gibt keinen Sieg und keine Niederlage mehr, keine hektische Betriebsamkeit, weder Hass- noch Siegesgeschrei.

Sie nähern sich dem Felsen, und Anamaya bleibt stehen. Gabriel tut es ihr gleich. Sie nimmt seine Hand und lässt ihn sich auf der niedrigen Mauer ausstrecken, die den Fluss säumt. Sie schließen gemeinsam die Augen und lassen alle Gewalt fahren, überlassen ihren Geist und ihren Körper dem ewig brausenden Wasser, das sie mit sich fortnimmt.

Dann hilft sie ihm auf, sie gehen hinunter zum Flussufer und sie entkleidet ihn sanft. Sein immer noch schweißnasser Unku gleitet zu Boden. Das kalte Wasser entlockt ihm fast einen überraschten Aufschrei, doch Anamaya führt ihn furchtlos zu einem schwarzen, flachen Felsen, der aus der Wassermitte hervorlugt. Er streckt sich darauf aus, halb vom kalten Wasser bedeckt, und langsam säubern Anamayas Hände ihn von aller Müdigkeit. Das Wasser, die Hände. Er nimmt keinen Unterschied wahr und gibt sich hin, um sich von aller Lebensmüdigkeit zu befreien. Nach und nach verlassen ihn die quälenden Bilder, nach und nach lässt er das Handgemenge hinter sich, das er erlebt hat, ohne gekämpft zu haben. Ein wunderbares Wohlgefühl durchflutet ihn, fast überkommt ihn die Leidenschaft, als Anamaya ihm aufhilft und ihn zum Ufer zurückführt.

Sie hat in ihrer Manta einen Unku für ihn mitgebracht, dessen feine Wolle nun seine Haut streichelt wie zuvor ihre Hände.

Beide gehen erneut an der niedrigen Mauer vorbei und kehren zum Weg zurück. Über ihnen zeichnet sich die Kondorform der Huaca ab.

»Ich wollte nicht weggehen«, sagt Gabriel.

»Ich weiß.«

Ihre Stimmen klingen leise durch die Nacht, nicht weil sie fürchten, entdeckt zu werden, sondern um in der Dunkelheit eine Art Höhle zu schaffen, die ihnen beiden Zuflucht gewährt. Sie sprechen von allem, nur nicht von der bevorstehenden Trennung, die so schnell durch die scheinbar reglose Nacht näher kommt.

»Ich dachte, ich müsste in ihrer Nähe sein. Ich wollte nicht gegen dein Volk kämpfen, ich wollte auf gleicher Höhe sein mit dem Gras, das die Pferde niedertrampeln, in Reichweite der verletzen Männer, in Sichtweite. Ich hatte sogar dieses seltsame Gefühl, dass ich unbedingt den roten Federbusch am Helm des Riesenschweins Hernando sehen müsste. Ja, ich verspürte eine Art Zärtlichkeit für ihn, für die ich mich schämte, aber ich konnte nichts gegen dieses Gefühl tun. Ich wusste, dass sie diesen Kampf verlieren würden, aber von oben, vom Berg her, hätte ich mich wie ein Verräter gefühlt.«

»Eine Stimme sagte, dass du nicht sterben solltest, doch eine andere sah dich zertrampelt, zerfetzt, in Stücke gerissen. Eine Stimme sagte, dass wir uns wiedersehen würden und die andere, dass ich dich verlöre.«

»Du warst dort, bei mir. Als ich sah, wie Sebastian und Gandia im Galopp näher kamen, wollte ich mich zu dir umdrehen, um es dir zu sagen …«

Sie lacht, dann fragt sie ernsthaft:

»Leben sie noch?«

»Ich weiß es nicht. Ich hoffe es … Ich weiß noch, als ich sah, wie der Steinhagel und die Steine auf sie niederprasselten, bin ich ihnen in Gedanken mit einem Satz entgegengestürzt und ich hatte das Gefühl, mit der ganzen Kraft meines Körpers um diesen Schutz zu bitten, den ich während der Schlacht von Sacsayhuaman genoss. Ich betete zu allen möglichen Göttern, meinen, deinen, und ich sagte ihnen: ›Wer immer ihr auch sein mögt, was immer ich auch glauben mag, rettet meine beiden Freunde, macht, dass sie nicht jetzt sterben.‹«

»Dann sind sie noch am Leben.«

»Habe ich diese Kraft?«

»Es gibt diese Kraft. Komm.«

Sie klettern durch den Fels in die Huaca. Dank seiner neuen Empfänglichkeit für den Glauben der Inkas, spürt Gabriel die Schwingungen dieses Ortes. Er schweigt, und Anamaya führt ihn erneut von Stein zu Stein.

Sie bleibt vor einem wenige Fuß hohen Felsen stehen, der keinerlei sichtbaren Meißelspuren aufweist und dessen längliche Form der einzige Beweis dafür ist, dass hier Menschen Hand angelegt haben. Fern von hier, irgendwo verborgen in der Dunkelheit, muss sich ein Berg erheben, der die gleichen Umrisse hat.

»Dies ist der Ort«, sagt Anamaya.
Gabriel bleibt das Herz stehen.
Von ihren eigenen Worten überrascht, hält Anamaya inne. Ohne nachzudenken hat sie gesprochen, sind die Worte hervorgesprudelt. In ihr stirbt ein letzter Rest von Angst: Er ist diesen Geheimnissen, die sie vor ihm verheimlichen sollte, nun ganz nah. Er muss wissen.
»Es gibt einen Ort«, sagt sie, »der gleichzeitig ganz nah und doch fern von hier ist, dessen Name verborgen bleibt. Von allen, die in Ollantaytambo sind, waren nur Katari und ich jemals dort. Er hat diesen Stein gemeißelt, der die Form eines Berges hat, den niemand hier je sah und der sich dort, oberhalb unseres geheimen Heiligtums erhebt. Auf dem Hang dieses Berges …«
Gabriel lässt Anamayas Worte fließen, ohne dass er versucht, sie zu verstehen. Sie dringen durch all seine Poren und hinterlassen ihre Spur.
»… zeichnet sich ein Gesicht ab. Es ist das Gesicht des Pumas.«
Anamaya schweigt, und Gabriel braucht Zeit, bis er versteht, dass sie von ihm spricht. Unsicher versucht er, in der Dunkelheit auf dem gemeißelten Stein irgendeine Form zu entdecken. Er erkennt nichts.
»Du siehst ihn nicht«, sagt sie, »und doch ist er da. Katari hat dir gesagt, dass dein Schicksal in den Stein gemeißelt ist, und genau hier stehst du nun davor.«
Eine unglaubliche Hitze erfasst Gabriels ganzen Körper, ein einzigartiges Gefühl, das weder dem nach Asche und Blut schmeckenden Gefühl zorniger Kämpfe noch dem nach Honig schmeckenden Gefühl der Liebe ähnelt. Ein Zittern durchläuft ihn von Kopf bis Fuß, und er fühlt sich eins mit der Welt, eine unglaubliche Dankbarkeit erfüllt ihn.
»Ich weiß«, murmelt er, »ich sehe ihn!«
Der Pumakopf hat Reißzähne, die aus dem Stein hervortreten, bereit, zuzuschnappen und zu zerreißen. Doch Gabriel hat keine

Angst, er ist trunken von einem unerklärlichen, wunderbaren Glück, jenseits von Tränen und Lachen.
»Endlich«, denkt er, »endlich bin ich da.«

18

Ollantaytambo,
November 1536

Sie sind nackt, eng aneinander geschmiegt rollen sie sich umeinander, als wären sie Teil eines einzigen Steinblocks, den ein Bildhauer direkt in den Fels gehauen hat. Fast reglos sind sie tief ineinander eingedrungen, gestatten den Fingern auf ihrer Haut, ihnen köstliche Empfindungen zu verschaffen. Sie atmen gemeinsam mit dem sanften Wind.
Sie sind glücklich in einem vollkommenen Glück, wo das Auf und Ab ihres seltsamen Schicksals notwendig, einleuchtend wird. Ohne ein erklärendes Wort vereint sie in diesem Moment die Gewissheit, dass alles gut ist. Leicht wogen ihre Gefühle im Licht des Halbmondes.
Manchmal verharren sie so reglos, dass ihnen fast der Atem stehen bleibt und sie sich selbst für Felsen halten könnten, dann wieder sind sie vollkommen ineinander gegossen, schwimmen wie auf einem Fluss, dessen Plätschern sie begleitet – dessen Plätschern in ihnen ist.
Sie sprechen, ohne die Lippen zu bewegen: Ihre Worte sind wie Hände, wie Herzschläge, wie das Licht und die Schatten – eines vieler Elemente im Tanz ihrer beiden Körper mitten im Universum.
Anamaya löst sich als Erste.

Gabriel verspürt keinerlei Schmerz mehr.

Er schaut zu, wie sie graziös ihren Añaco überzieht und ihm seinen Unku reicht.

Sie setzt sich neben ihn. Ihr Blick verliert sich in der Dunkelheit der Berge, dort, wo er meint, einige in den Fels gehauene Nischen zu erkennen.

»Ich werde dir von einer Reise erzählen«, beginnt sie murmelnd.

*

Gabriel hört Anamaya zu, während sie ihm von ihrer Reise durch den Stein, ihrem Kondorflug über die Geheime Stadt erzählt.

Er hört, wie sie ihm die Geschichte vom sprechenden Stein erzählt, vom Gesicht des Inkas Huayna Capac. Er erinnert sich, dass sie ihn vor langer Zeit begleitete.

Anamaya gibt Gabriel die Worte des Inkas wieder, und nicht alle bringen Licht in sein Dunkel, doch alle haben Grund, sich in sein Gedächtnis zu brennen; nicht alle lüften die Mysterien, die ihn umgeben, doch im Murmeln ihrer Stimme spürt er einen Frieden, ein Loslassen, das er nie zuvor verspürt hat. Er freut sich sogar: Er versteht, dass er nicht nur die Waffen niedergelegt hat, nein, auch der Kriegsgeist hat ihn verlassen.

Er begreift, dass es der Krieg war, der ihn stets angetrieben hat, seit jenem traurigen Tag, als der, den er seinen Vater nannte, ihn heimlich und voller Verachtung aus dem Kerker holte.

Er hat das Gefühl, mit Anamaya zusammen über seinem Leben zu schweben, in der gleichen Weise, wie sie mit Katari über diesem geheimnisvollen Tal schwebte. Er blickt auf seine Kämpfe, seine Heftigkeit, seine Leidenschaften, seinen Zorn, nicht wie ein Fremder, doch mit einer Art neuer Nachsicht, einer Sanftheit seines ganzen Seins, die ihn dazu bringt, flüstern zu wollen: »Ach so, das war es nur …«. Das ändert nichts an der Zärtlichkeit, die er für seine wenigen Freunde verspürt, und na-

türlich nichts an der feurigen Liebeskugel, die in seinem Bauch brennt.
Er durchforscht diese Liebe, ermisst geblendet ihre Kraft, ihre fast unendliche Macht. Er betrachtet seine Angst von allen Seiten.
Dann verschwindet die ganze Landschaft, und er hört Mancos unerbittliche Stimme wie eine Glocke widerhallen: »Vor dem Morgengrauen«, wiederholt der junge aufständische Inka. »Vor dem Morgengrauen.«
Ihm scheint, er sieht, wie es über dem Gipfel des Ahnenberges ein wenig heller wird.
Anamaya drückt sich an ihn.
»Du weißt, was ich weiß«, sagt sie. »Nichts ist dir verborgen geblieben. Nun musst du nur noch das leben, was notwendig ist, um zu mir zu kommen. Wir müssen nur noch warten, dass die Zeichen sich erfüllen.«
»Wie werden wir es erkennen?«
Anamaya erinnert sich, dass sie Katari die gleiche Frage gestellt hat, als er ihr den Steinschlüssel gab.
»Wir werden es erkennen. Du wirst es ebenso wissen wie ich.«
»Werden wir lange warten?«
In seiner Art, »lange« zu sagen, liegt eine plötzliche, unvorhergesehene Sorge, als spränge das Kind in ihm hervor und fordere sein Glück sofort, bereit zu quengeln, wenn er es nicht bekommt.
Das Morgengrauen ist da.
Das blassgelbe Licht berührt leicht die Gipfel und die Nacht entflieht. Jeder Moment ist ein Sandkorn, das in seinem Herzen knirscht, während Anamaya statt einer Antwort lange seine Lippen küsst.
Sie erheben sich gleichzeitig, umarmen einander erneut, abwechselnd mit einer leidenschaftlichen, den anderen zerbrechen wollenden Kraft und Gesten voller Sanftheit und Zärtlichkeit.

Mit einer Anstrengung, die ihm fast den Atem raubt, gelingt es Gabriel, sich von ihr zu lösen.
»Ich liebe dich«, sagt sie.
Er schaut sie an, und die Bilder aller Gesichter, die er von ihr hatte, aller Lächeln und aller Tränen vermischen sich im ruhigen See ihrer Augen zu einem einzigen, in dem er sich verliert. Er meint, das Spiegelbild eines Berggipfels darin zu sehen.
»Werden wir lange warten?«, wiederholt er, jedoch sanfter.
Sie legt einen Finger auf seine Lippen.
»Ich liebe dich«, wiederholt sie noch lauter.
Sein letzter Blick gilt dem Berg-Ahnen. *Bleibe in meiner Seele und vertraue dem Puma.* Die Worte dringen in sein Herz und geben ihm die letzte Kraft, die ihm noch fehlte.
Er spürt ihre Reglosigkeit hinter sich, während er beginnt, zu dem Weg hinabzusteigen, der am Fluss entlangführt.
Er dreht sich nicht um, aus Angst, stehen zu bleiben und nicht tun zu können, was getan werden muss – er weiß es jetzt, versteht es und nimmt es im tiefsten Inneren seines Herzens an.
Dann beschleunigt er den Schritt und eilt zu den Canchas.
Als er die Brücke überquert, berührt das erste Sonnenlicht seine Stirn, und er blinzelt.

Dritter Teil

19

Titicacasee,
März 1539

Es wird gerade Tag. Durchsichtiger Nebel treibt langsam über die Mondinsel. Noch ist der See unsichtbar. Ringsum herrscht Stille. Die Brandung auf dem Kieselstrand ist kaum zu sehen.
Gabriel sitzt mit dem Rücken zu Quillas Tempel auf dem Mäuerchen der obersten Terrasse. Obwohl er sich in einen großen Mantel aus blauer Wolle gehüllt hat, macht ihm die frische Morgenluft eine Gänsehaut. Wie jedes Mal, wenn er hierher kommt, ist er von der machtvollen Ruhe dieses heiligen Ortes, den er nun so gut kennt, ergriffen.
Er liebt diesen Moment, wenn Himmel und See aus der gleichen milchigen, wogenden Materie zu bestehen scheinen, in deren Mitte das Licht immer heller wird. Er fühlt sich unendlich einsam und doch hat er fast das Gefühl, die Allmacht des Lebens und des aufziehenden Tages risse ihn mit sich.
Dann wird die morgendliche Brise heftiger. Sie fasst unter seine blonden Haare und zerzaust seinen nunmehr langen Bart. Von Süden kommend, reißt sie den Nebel in Ringe und Fetzen, die sie einer galoppierenden Herde gleich stückweise gen Norden vor sich hertreibt. Die Hänge mit ihrem kurzen Gras und die Sträucher der kleinen Insel tauchen auf. Sorgfältig von ockerfarbenen und braunen Steinmauern umrahmt, enthüllen sich die strengen Umrisse der Ritualterrassen, die bis hinunter ans Seeufer mit seinem dunklen Wasser reichen, das vom Schaum kleiner Wellen durchzogen ist.

Bald liegt die ganze Weite des Titicaca offen da. In der Ferne, Richtung Osten und Norden, erkennt Gabriel nach und nach die Schwindel erregend hohen Hänge der Apus, der Berg-Ahnen – stirnrunzelnde Wächter des Großen Sees aus der Zeit vom Ursprung der Welt. Von Berg zu Berg und von Schlucht zu Schlucht verschwinden dort einer nach dem anderen die letzten Nachtschatten, während der Nebel sich hoch oben im bereits blauen Himmel auflöst. Die ersten Sonnenstrahlen tauchen flauschige Wolken, die am Gipfel des Ancohuma und Illampu ankern, in goldenes Licht. Sie glitzern auf den ewig vereisten Hängen, streichen zart über das Felsgeröll, die Schluchten und Gletscherbrüche.
Nun lodern schnell auch die anderen Berge golden auf. Der blaue See wird dunkel und tief. Die Hänge scheinen sich zu erheben. Gleich einem Pfau, der sein wunderbares Gefieder spreizt, entfalten die tausend Terrassen, die sich an das westliche Ufer schmiegen, eine Myriade von Grüntönen, geometrischen Formen mit sanften, zart ineinander fließenden Kurven. Einen Moment lang hat Gabriel den wundersamen Eindruck, dem Entstehen der Welt beizuwohnen.
Doch plötzlich erscheint direkt vor ihm, von den letzten Nebelbänken ganz im Norden enthüllt, die Mondmutter! Vollkommen rund und riesig steht sie senkrecht über dem See, in dem sich die Berge spiegeln. Lange bleibt sie so. Lange genug, dass Gabriel dem traumhaften Gebilde ihrer Schatten folgen kann, ihrem durchsichtigen Glanz, der nach und nach im Tageslicht verblasst.
Und dann überquert die Sonne plötzlich die großen Apus. Gleißend versprüht sie überall ihr Feuer. Die kurz zuvor noch dunkle Oberfläche des Sees verwandelt sich in einen blendenden Spiegel.
Der Mond verblasst.
Aufgeschreckt hört Gabriel hinter sich den Gesang:

O Mama Quilla, wie kalt war die Nacht!
O Mama Quilla, nimm uns in deine Arme,
O Mondmutter, umarme uns!
An deiner Brust trank der Sonnenvater die Tagesmilch,
In deinen Bauch senkte der Sonnenvater die Lebensmilch,
O Mama Quilla!
Ruhe am Grund des Titicaca,
Durchquere die Dunkelheit der Nacht,
Kehre im ungeborenen Morgen zu uns zurück,
Fülle unsere Bäuche und unsere Brüste.
O Mondmutter,
In der Oberen Welt,
In der Unteren Welt,
Umarme uns,
Denn wir sind deine Töchter,
O Mama Quilla!

Zehn alte Frauen singen feierlich das Gebet.
Mit hoch erhobenen Armen starren ihre blassen Augen auf die immer durchsichtiger werdende Mondscheibe. Noch einmal kommt das Abschiedslied über die faltigen Lippen, öffnet ihre zahnlosen Münder. Sie begleiten jeden Anruf mit einem kurzen Hüftschwung, der ihre aus Silberpailletten genähten Umhänge bauscht. Scheinen ihre Gesichter auch alterslos zu sein, so sehen ihre greisen Körper unter den prächtigen Stoffen doch aus, als hätten sie sich seltsamerweise ihre jugendliche Grazie bewahrt.
Die Häuser des Mondtempels hinter ihnen umschließen auf drei Seiten einen vollkommen rechteckigen Hof. Dreizehn Türen mit Verzierungen und Türstürzen aus ockerfarbigem Stein, die wie Mantas bearbeitet sind, führen auf die neben den oberen Terrassen liegenden Zellen. Vor jeder Tür steht ein junges, mit einer weißen Tunika bekleidetes Mädchen, dessen Brust mit einer Silberplatte bedeckt ist.

Unwillkürlich erschaudert Gabriel. Er erhebt sich und wartet mit angespannten Muskeln das Ende des Gebetes ab.
Die Priesterinnen schweigen, und drei junge Mädchen treten aus einem der Tempelräume. Zwei von ihnen halten fein gewebte Cumbis aus Vikunjawolle in den Händen, die geradezu schwerelos zu sein scheinen. Die Dritte geht auf Gabriel zu und reicht ihm eine lange Tunika mit einfachen goldenen und roten Motiven.
Wortlos streift er seinen Mantel ab und steht nur mit Hemd und Samthose bekleidet da. Das junge Mädchen hilft ihm, den Kopf durch die enge Öffnung der Tunika zu stecken, die ihn vollständig bedeckt und unter der nur seine Stiefelspitzen noch hervorschauen.
Der Geruch nach Tier und Farbe, der von der Wolle aufsteigt, dringt ihm in die Nase. Er wirft einen letzten Blick zu den nun gänzlich in der Morgensonne schillernden Bergen und verbeugt sich vor der ältesten Priesterin.
»Ich bin so weit, Tochter Quillas«, murmelt er respektvoll.

*

Die alten Frauen nehmen ihn zwischen sich und führen ihn in einen finsteren Raum, der nur von ein paar Kerzenstümpfen erhellt wird. Dort legt jede einige Cocablätter in eine Feuerschale. Lärmend und eilig stoßen sie Gabriel zu einem langen, ausgeblichenen Wandbehang. Eine der Priesterinnen hebt den Vorhang an und tritt in einen dunklen, engen, seltsam abgewinkelten Gang, der schräg in die Mauer führt. Fünf der alten Frauen verschwinden. Dann spürt Gabriel Hände, die ihn in den völlig dunklen Gang drängen.
Kaum hat er den Wandbehang hinter sich, sieht er auch schon nichts mehr. Blind streckt er die Hände vor und tastet über die kühle Mauer. Die verputzte Oberfläche ist erstaunlich fein, ebenso glatt wie Leder, über das bereits tausend Hände geglitten sind.

Der Gang biegt links rechtwinklig ab und wird plötzlich eng. Gabriel bleibt stehen, doch eine der alten Frauen, die so dicht hinter ihm geht, dass er ihren regelmäßigen Atem in seinem Nacken spürt, murmelt protestierend und befiehlt ihm weiterzugehen. Gabriel dreht sich zur Seite. Seine Brust streift die Mauer und vorsichtig geht er einige Klafter vorwärts, bis er durch eine Art Spalt, der gerade breit genug für ihn ist, einen weiteren Raum entdeckt, größer als den vorangegangenen und fürchterlich verraucht.

In einer der Mauern befinden sich vier spitzbögige Nischen mit kleinen Löchern, durch die ein wenig Tageslicht dringt. Auf der anderen Seite glänzt eine zwei Mann hohe, leicht gewölbte Silberscheibe. Verzerrt, aufgedunsen und rundlich wie in einem Zerrspiegel, spiegeln sich darin die Mauern des Raumes und die zuckenden Schatten der Frauen. Darunter rauchen verschwenderisch zwei Feuerschalen aus bunt bemaltem gebranntem Ton und verpesten die schwere Luft. In den sauren Geruch von getrocknetem Lamadung, der als Brennstoff dient, mischt sich der muffige Gestank von Fett und verbrannten Innereien, der zu Kopf steigende Geruch verbrannter Cocablätter und der saure Beigeschmack des heiligen Bieres. Der Rauch ist so dicht, der Gestank so alt und gut unterhalten, dass selbst die Mauern davon durchdrungen scheinen.

Gabriel bedeckt sich unwillkürlich Mund und Nase und weicht zurück. Doch die alten Frauen drängen sich bereits um ihn. Einige ergreifen seine Hände, seine Arme und sogar seinen Hals. Andere klammern sich an die Falten seiner langen Tunika. So erreichen sie wie ein einziger, seltsam verschweißter Körper die Mitte des Raumes und wirbeln sauren Rauch auf. Mit geröteten Augen sieht Gabriel, wie diese seltsame Masse sich in dem flüssigen Spiegel der Silberscheibe verrenkt, während die alten Frauen tonlos anstimmen:

O Quilla, unsere Mutter, nimm uns in deine Arme,
O Mondmutter, umarme uns!

Die älteste der Priesterinnen rührt heftig die Glut in den Feuerschalen auf. Da erst bemerkt Gabriel, dass ein brüllender Pumakopf ihren Rand schmückt. Die Priesterin wirft einen Regen Cocablätter hinein, dann kleine Wurzeln, deren weihrauchähnlicher Duft kurzfristig alle anderen Gerüche überdeckt. Doch fast sogleich spürt Gabriel, wie das Brennen in seinen Augen unerträglich wird, und Tränen hängen in seinen Wimpern. Die Frauen um ihn herum halten ihn fest und fangen an, sich hin und her zu wiegen. Sie ziehen ihn mit solcher Kraft in ihren trippelnden Tanz, dass er spürt, wie sein Körper alles Gewicht verliert, als wäre er nur eine Puppe, die sie schütteln, während sie seufzen:

O Mondmutter,
In der Oberen Welt,
In der Unteren Welt,
Umarme uns …

Jetzt steht ihnen die älteste Priesterin gegenüber. Sie hebt die rechte Hand und streicht über die Silberscheibe, deren Spiegelbild immer irrer wird, dann hebt sie einen Chichakrug hoch. Sie fährt fort, sich heftig zu wiegen, dreht den Tonkrug und verteilt die säuerliche Flüssigkeit rings um sich her, bis hin zur Glut, während sie ruft:

O Quilla, trinke auf uns!
O kleine Mutter, trinke für ihn!

Die Luft des Raumes ist nicht mehr einzuatmen, mit weit geöffnetem Mund sucht Gabriel nach Luft, Tränen strömen über seine Wangen, seine Augen schmerzen so heftig, dass er meint, Sand unter seinen Lidern zu haben. Er möchte sie reiben, das Brennen lindern, doch die alten Frauen hängen an ihm und lassen seine Arme oder Hände keine Sekunde los. Er kann kaum erkennen, wie die Priesterin die wunderbaren Webereien der Jungfrauen auf die Feuerschalen legt, deren schillernde Farben sich kurz in der Silberscheibe spiegeln.

Einen kurzen Moment lässt der Rauch nach, wird dann in schwarzen, schweren Kringeln stärker, und das Schaukeln der alten Frauen wird nervöser, ungeordneter.

Die Cumbis winden sich über den Feuerschalen, die zarten Wollfäden mausern sich zu kurzen grünen und blauen Flammen, die die wunderbaren Bilder verschlingen. Die unvergleichlichen Farben knistern. Eine nach der anderen zerfallen die Stofffalten in der Glut. Gabriel spürt, wie der Rauch schmirgelmassenartig in seinen Mund dringt, ihm Kehle und Lungen verbrennt. Jeder Atemzug ist der Tod. Seine Finger umklammern heftig die Schultern der Frauen, doch mit einer für ihre alten Körper erstaunlichen Kraft tragen sie ihn mühelos und unaufhörlich betend.

Gabriel öffnet mühsam die Lider, er sieht kaum die Silberscheibe und den Schatten der Priesterin. Übelkeit überkommt ihn und erstickt ihn vollends, doch die Alten halten ihn noch fester.

Plötzlich wird es still, und die Frauen halten in der Bewegung inne.

Nun kann er den seltsamen Tanz des Rauches vor der Silberscheibe Quillas sehen. Ein bunter Rauch. Hier reines Weiß, dort gelber, brauner, fast schwarzer Dampf. Oder gar graue, erst grün dann rot werdende Wirbel. Die Bewegungen sind gegensätzlich und abwegig. Schwerer sich windender Rauch fällt auf eine glatte, aufsteigende Schicht und zerstreut sich dann in durchsichtigen Kringeln, die ihre blumigen Farben vermischen, bevor sie sich vor dem undeutlichen, heftigen Dampf auflösen, während

undurchsichtige Rauchschwaden spiralförmig gegen die Silberscheibe wirbeln, als wollten sie sich dort hineinbohren.
Der Schatten des Raumes wird drohend, die Mauern und der enge Gang scheinen sich wie eine Faust zu schließen. Gabriel spürt, wie sich ihm die Kehle zuschnürt, als würde man ihn erwürgen. Seine Beine, sein Rücken, die Schultern, alle Muskeln werden so irrsinnig schwer, dass er keinen Fuß heben könnte. Sein Herz schlägt ihm gegen die Rippen, als wollte es sie brechen. Mit trotz seines Schmerzes weit aufgerissenen Augen erkennt er ein skizzenhaftes Gesicht in der Silberscheibe. Doch sogleich weiß er, dass nur noch Dunkelheit um ihn ist und dass er stirbt. Er sieht, wie Blut aus seinen Augen, seinem Mund strömt. Er sieht, wie er ins Nichts fällt.
Ohne auch nur einen Schrei ausstoßen zu können, reißt er sich von den Händen los, die ihn festhalten. Er stößt die alten Frauen zurück, wirft sie zu Boden und stürzt zu dem Mauerspalt, der als Ausweg dient. Er verletzt sich die Hände und die Stirn an den Wänden des engen Ganges und flieht endlich aus diesem Höllenraum, stürzt aus dem Tempel, den Mund weit aufgerissen, um die frische Morgenluft einzulassen.

*

Er kauert mit geschlossenen Augen auf dem grasigen Tempelvorplatz, und es dauert lange, bis er wieder zu Sinnen kommt.
Als er endlich den Kopf hebt, fällt sein Blick auf die älteste Priesterin, die einige Schritte neben ihm steht. Hinter ihr, vor einer der Tempeltüren, wartet eine Gruppe junger Mädchen. Seltsamerweise machen alle lächelnde, fröhliche Gesichter und das spitze Lachen der Priesterin verwandelt ihr Gesicht in eine zahnlose Maske.
»Ich hatte dich gewarnt, Fremder mit den Goldhaaren!«, ruft sie. »Ich hatte dir gesagt, dass du den Rauch der Zusammenkunft nicht ertragen würdest! Nur Frauen und sehr alte Männer

stehen die Prüfung durch und können in die Silberscheibe gleiten!«
Gabriel fährt sich mit den Händen über den brummenden Schädel, erhebt sich und wirft der alten Frau einen unfreundlichen Blick zu:
»Vielleicht bin ich nicht in der Lage, die Prüfung zu bestehen«, grunzt er, »oder vielleicht bist du nicht in der Lage, den Rauch der Zusammenkunft zu produzieren?«
Erneut lacht die alte Frau, und ihr Lachen ist ebenso kurz wie heftig.
»Deine Worte sind nur eine Welle im See!«, versetzt sie ernsthaft. »Du hast mich gebeten, dich durch den Rauch zur Coya Camaquen zu führen, und ich habe dir gesagt, dass du es nicht schaffen wirst. Du hast es nun drei Mal versucht und drei Mal hast du versagt.«
»Vielleicht kann die Coya Camaquen mich nicht mehr hören? Vielleicht ist sie in die Anderswelt gegangen?«
Die alte Priesterin beantwortet seine Frage mit einer verächtlichen Grimasse:
»Du bist überheblich, Fremder mit den goldenen Haaren. Weil du den Rauch nicht erträgst, glaubst du, besser zu wissen als ich, was Quillas Schweigen bedeutet! Lass dir gesagt sein, dass sie dir, wenn sie gewollt hätte, ein für alle Male die Luft hätte nehmen können! Quillas Reich ist den noch kräftigen Männern von jeher versagt. Doch das Große Pachacuti hat begonnen, und die Mondmutter braucht dich.«
Achselzuckend wendet Gabriel der Alten und ihren Vorwürfen den Rücken zu. Er entfernt sich und beginnt erstaunlich gewandt, seine lange Tunika auszuziehen. Doch die Priesterin tritt auf ihn zu und umklammert seine Hand.
»Nein!«, befiehlt sie. »Du kannst so nicht gehen. Du musst Quilla dienen, damit sie dir deine Unverschämtheit verzeiht.«
»Was meinst du damit?«

Wortlos zeigt die Priesterin auf die jungen Frauen.
»Folge den Töchtern der Mondgöttin und tue, was sie von dir verlangen.«
»Nein«, wehrt Gabriel sich, »jetzt ist Schluss, ich habe für heute genug von diesem Blödsinn.«
»Folge ihnen«, wiederholt die Priesterin, ohne Gabriels Hand loszulassen, »Quilla will es und wird deine Fragen beantworten.«

*

»Apinguela! Apinguela!«
Der Schrei der jungen Frau erklingt vom Bug.
»Apinguela! Apinguela!«
Die knapp zwanzig Frauen in dem Boot nehmen den Ruf im Chor auf, zeigen mit dem Finger auf eine Insel mit sanften Hügeln, die kaum aus dem Wasser des Sees aufragt.
Gabriel erhebt sich mühsam, um besser sehen zu können,und klammert sich an den Mast des länglichen Schilfbootes. Doch das auf den kleinen, heftigen Wellen schwankende Boot zwingt ihn sogleich, sich wieder zu setzen. Ein spöttisches Lachen begleitet seine sinnlose Anstrengung, während die Frauen inbrünstig anstimmen:

Die Sonne,
Der Mond,
Der Tag und die Nacht,
Der Frühling und Winter,
Der Stein und die Berge,
Der Mais und die Cantuta,
O Quilla,
Du bist die Milch und die Saat,
Du öffnest deine Schenkel
Der Wärme der Nacht,

O Quilla, es ist dein Wille,
Der sich vom Titicaca entfernt,
Ist bereits auf dem Rückweg.

Der von Süden kommende Wind bauscht das seltsame Segel der *Totora,* einem dünnen, locker geflochtenen Binsengewebe, das fast ebenso effektiv ist wie ein gewöhnliches Segel. Der Bootsrumpf besteht aus der gleichen Pflanze, die zu großen bequemen Würsten zusammengebunden wurde, auf denen die Frauen liegen. Doch ohne Steuer, Ruder und Kiel, nur durch das Segel oder – sofern der Grund des Sees dies ermöglicht – mit Hilfe langer Stangen geführt, kommt das Boot nur ruckweise voran. So haben sie fast einen ganzen Tag gebraucht, um sich dieser Insel zu nähern, die die Töchter des Mondes Apinguela nennen. Und den ganzen Tag über haben seine Gefährtinnen ununterbrochen gelacht und gesungen.

Gabriel ist der einzige Mann an Bord und steht seit mehreren Stunden im Mittelpunkt ihrer Aufmerksamkeit und Späße. Nicht eine seiner Gefährtinnen wollte seine Fragen beantworten: Wohin führen sie ihn, und wozu? Was will Quilla von ihm?

»Du wirst sehen, du wirst sehen«, antworten sie belustigt glucksend, »Mama Quilla hat nur dein Glück im Sinn!«

Sie haben auch nicht gewollt, dass er ihnen hilft, das Boot zu steuern. Mit Chicha und Dschungelfrüchten abgefüllt, von der starken Sonne benommen, die wie eine weiß glühende Flamme auf den See niederbrennt, hat er einen guten Teil des Tages geschlafen, und als er erwachte, war ihm übel.

Jetzt trägt der Wind bereits die Kühle des Abends mit sich, und die untergehende Sonne lässt die Schatten des steinigen Inselufers, dem sie sich nähern, länger werden. Plötzlich schweigen die Frauen. Man hört nur noch das Knirschen der Seile an Mast und Baum, das Knistern der Wellen, die sich am Schilfrumpf des Bootes brechen. Die Gesichter sind angespannt, ernsthaft, aufmerksam.

Erstaunt erhebt Gabriel sich erneut. Seine Augen suchen die Küste der Insel ab, forschen nach einem Lebenszeichen, einem Boot, das ihnen entgegenkäme. Doch die Hänge der Insel sind von gezackten Felsplatten gleich kristallisierten Splittern bedeckt, hier und dort mit Ichubüscheln bewachsen oder von Büschen, die der Wind niedergedrückt hat.

»Apinguela!«, murmelt die junge Frau am Bug erneut.

Und die, die ganz dicht bei Gabriel steht, streckt den Arm zur östlichen Spitze der Insel aus.

»Dort«, sagt sie sanft und zeigt auf einen Schatten zwischen den in den See eintauchenden Felsen, der breiter ist als die anderen, »Apinguela! Der Bauch von Mutter Mond ist geöffnet.«

Gabriel erkennt dicht an der Wasseroberfläche die gähnende Öffnung einer Grotte, wie eine Spalte, deren aufgestülpte obere Spitze ihnen Einlass ins Herz der Insel gewährt.

*

Noch bevor sie die Grotte betreten, eilen die Mondtöchter geschäftig hin und her. Die einen holen das Segel ein, während andere nach langen Stangen greifen, um die Barke zu führen. Wieder andere holen Glutstücke hervor, die sie in einem Lederbeutel aufbewahrt hatten, und entzünden sorgfältig zehn Fackeln, während vier Frauen die Cumbis in der Mitte des Bootes fortziehen, unter denen sich eine Steinurne und fünfzehn Goldfiguren befinden, die Lamas und Frauen mit schmalen, vor den Brüsten verschränkten Armen darstellen.

Als die Barke durch die Grottenöffnung gleitet, spürt Gabriel den warmen Luftzug, der ihm entgegenschlägt. Die Flammen der Fackeln zittern. Dann wird alles ruhig und warm. Die Innenwände sind glatt und bis zu der natürlichen Deckenwölbung von dünnem Moos bedeckt. Das Wasser ist ganz ruhig und wellenlos und so klar, dass man im Fackellicht den Grund erkennen kann. Alle Frauen stehen aufrecht, schweigen und schauen nach vor-

ne. Gabriel will sich ebenfalls erheben, doch zwei Hände zwingen ihn mit festem Druck sitzen zu bleiben.
Von den Stangen geführt, taucht die große Barke in die dunkle Grotte ein, die sich plötzlich in zwei düstere Stollen teilt. Sogleich wenden sich die Töchter des Mondes in den linken, breiteren Gang, dessen Grund plötzlich tiefer zu werden scheint und im smaragdgrünen Wasser außer Reichweite des Fackellichtes verschwindet.
Hier wird die seltsame Wärme immer stärker. Der Schweiß steht Gabriel bereits auf der Stirn und perlt auf seinem Rücken. Die Grottenwände drängen sich enger zusammen, und der runde Rumpf der Totorabarke gleitet sanft über das Moos.
Das Boot fährt noch knapp zehn Klafter weiter und bleibt dann stehen. Verwundert entdeckt Gabriel, dass ihnen eine Silberscheibe, ebenso groß wie jene in der Opferkammer des Mondtempels, den Weg versperrt.
Wortlos drücken die Frauen die Fackeln in Ringe, die in die moosige Wand gehauen sind. Gemeinsam nehmen sie murmelnd ihren Refrain wieder auf.
Dann geht alles so schnell, dass Gabriel keine Zeit bleibt, sich zu wehren oder auch nur zu begreifen, was um ihn herum vor sich geht.
Im Handumdrehen entkleiden sich die jüngsten Mondtöchter und tauchen ins Wasser. Die anderen ziehen sich ebenfalls aus. Schamhaft steht Gabriel auf und hält sich an der Grottenwand fest. Er will das Gesicht abwenden, doch die Frauen heben bereits seine Tunika an und ziehen sie ihm über den Kopf, entreißen ihm sein Hemd und entledigen ihn seiner Beinkleider.
»He!«, schimpft er und stößt ihre Hände weg. »Was macht ihr da?«
Seine Stimme schallt laut brüllend durch die Grotte. Sogar die Silberscheibe scheint zu erzittern. Doch nur Lachen antwortet ihm. Seine Gefährtinnen packen fester zu und zerreißen seine

restlichen Kleider. Und als er sich weiter wehrt, fesseln sie seine Handgelenke mit einer dünnen Schnur.
»Verdammt, ihr seid verrückt!«, schreit Gabriel und erneut erzittert die Grottenluft.
Beschämt über seine Nacktheit, mit vor Trunkenheit immer noch pochenden Schläfen und auch verwundert über das, was mit ihm geschieht, ist er ebenso wehrlos wie ein Neugeborenes.
Während er ungeschickt versucht, die Schnur um seine Handgelenke zu lösen, wickeln die Frauen das andere Ende in die tiefe Rille, die rings um die Steinurne gemeißelt ist.
Sogleich heben zwei Mondtöchter sie auf, ziehen Gabriel hinter sich her und werfen die Urne unverzüglich über Bord.
Gabriel schreit zornig auf und spürt, wie das Gewicht der Urne ihn mit sich reißt. In letzter Anstrengung versucht er, den schweren Stein zurückzuhalten, doch die Schnur schneidet ihm in die Handgelenke. Besiegt seufzend gibt er auf, er hat gerade noch Zeit, ein letztes Mal Luft zu holen, bevor sein Gesicht auf die Wasseroberfläche trifft und er untergeht.

*

Zu seiner Verblüffung ist das Wasser ebenso warm wie die Luft in der Grotte. Je mehr er sich dem Grund nähert, desto wärmer wird es. Er sinkt nicht tief. Zwei Klafter vielleicht, höchstens drei. Dann bleibt die Urne liegen, ein dumpfes Geräusch breitet sich im Wasser aus. Mit den Fingern berührt auch er den steinigen Grund. Über sich, durch das trübe Wasser hindurch, erkennt er das Fackellicht. Doch es scheint fern, unerreichbar.
Erneut versucht er, seine Hände zu befreien. Doch schon sind sie um ihn: Alle Töchter des Mondes umringen ihn geschickt schwimmend; einige halten Goldfiguren vor sich, deren Glitzern fischartig das Wasser durchzuckt.
Er bekommt keine Luft mehr. Und mit dem Schmerz in der Brust erfasst ihn Panik.

Die Frauen schwimmen weiter um ihn herum, berühren ihn immer mehr, streicheln, tätscheln ihn. Er will schreien, sie sollen ihn losmachen, er will seine brennenden Lungen beruhigen. Doch der Reigen der Frauen scheint langsamer, sanfter zu werden. Er erkennt kaum, wie sie den Deckel der Urne heben und die Goldstatuen hineinlegen.
In seinen Schläfen pocht es unglaublich heftig, das Feuer seiner Brust verteilt sich in seinem ganzen Körper, zerreißt seine Muskeln, als würde sein Blut plötzlich anfangen zu kochen. Die Atemnot vernebelt ihm die Sinne. Ihm scheint, jemand streichele noch sein Gesicht, seinen Po, den Bauch. Er wehrt sich, schlägt um sich, trifft auf Körper. Doch wieder wird er umarmt, enger und enger. Schenkel und Arme schlingen sich um ihn.
Da gibt etwas nach.
Er denkt nicht mehr an Leben oder Sterben. Er spürt einen Frauenkörper, der sich an ihn drängt, und erkennt Anamayas Wärme. Sogleich beruhigt er sich.
Er spürt, wie er hochgehoben, mitgenommen, geschützt wird.
Er sucht nur das Gesicht der fernen, unvergessenen Geliebten.
Doch bevor es ihm gelingt, kehrt die Feuerzunge in seine Lungen zurück. Ein raues Brüllen zerreißt seine Kehle.
Mit geschlossenen Augen begreift er, dass er wieder atmet.
Von Haut zu Haut, von Arm zu Arm, gleiten seine Wangen von einer Brust zur nächsten, und er wird in die Barke gehoben.
Sein Atem schmerzt wie als er zu ersticken drohte.
»Ich habe ihr Gesicht nicht gesehen«, sagt er traurig.
Er friert, seine Zähne klappern vor nervösem Zittern aufeinander. Jemand trocknet ihn ab, Hände streicheln ihn und regen das Blut in seinen Adern wieder an. Als er mit heftig klopfendem Herzen und verschwommenem Blick die Lider öffnet, sieht er lächelnde Gesichter über sich.
»Ich habe ihr Gesicht nicht gesehen«, murmelt er erneut.
»Mama Quilla zeigt sich nur, wenn sie will«, sagt eine Frau.

»Nicht Quillas Gesicht«, widerspricht Gabriel, »das von Anamaya!«
»Quilla hat alle Gesichter«, antwortet eine andere Frau.
Die zurückkehrende Wärme und die sanft streichelnden Hände erreichen ihn endlich.
In letzter Anstrengung versucht er, sich zu konzentrieren und Anamayas Züge wiederzufinden, sie ebenso sichtbar zu machen, als könnte er sie mit den Fingern berühren.
Vergebens.
Er spürt nur das drängende Streicheln der Mondtöchter, Lippen, die seine Haut suchen und sein Vergnügen. Finger umklammern sein bereits steifes Glied. Mit geschlossenen Augen spürt er, wie Schenkel sich öffnen und Hüften sich ihm entgegendrängen.
Er gibt sich hin, entflieht Anamayas Vergessen.

20

Vilcabamba,
März 1539

»Hör nur! Hör nur!«
Anamaya richtet sich im Wasser auf, der wirbelnde Fluss umspielt ihre Hüften.
Es ist ein Moment voller Schönheit. In der Ferne, in der Flucht des Cañons, hat der Himmel Feuer gefangen, geht von Gold in Rot über wie das perfekte Gewebe eines Cumbi, während er im Zenit blassblau, fasst grün bleibt.
Zum ersten Mal seit Tagen hat es nicht geregnet, und der feuchte Dschungel ist weniger drückend. Zu dieser Stunde am Ende des Tages beleben sich die Ufer des zwischen die grünen Steil-

hänge eingekeilten Flusses, die so dicht bewachsen sind, dass sie undurchdringlich scheinen.
»Hör nur!«, flüstert Anamaya erneut und blickt flussaufwärts.
Curi Ocllo, Mancos wunderschöne junge Gemahlin, die neben ihr genüsslich durch das unruhige Wasser taucht, hält inne. Sie sucht mit den Füßen Halt auf den Flusssteinen und richtet den Oberkörper auf, der stämmiger ist als Anamayas, doch wohl proportioniert. Mit gerunzelten Brauen verschränkt sie die Arme vor den braunen Warzenhöfen ihrer Brüste, dreht sich in Richtung Tal und schüttelt dann verständnislos den Kopf.
»Was soll ich hören?«
Mit der Hand bedeutet Anamaya ihr zu schweigen. Ihr Blick schweift hinauf ins höchste Laubwerk über der kleinen Bucht, in der sie baden. Die Zweige biegen sich, und lange Blätterströme zittern wie im Wind. Doch es sind nur balgende junge Affen, die sich freuen, in den frischen Abendstunden wieder spielen zu können.
Tatsächlich hallen nur die gewohnten, beruhigenden Geräusche durch den Dschungel, der sich auf die Nacht vorbereitet. Das Gurren der Vögel übertönt abgehackt das regelmäßige Gurgeln des Wasserfalls, dessen schäumender Gischtstrahl sich durch den Urwald bohrt. Ein Schwarm grüner Papageien überquert aufregend plappernd den Fluss, und ihr Vorüberziehen erzürnt zehn rot-blaue Aras. Eine Zeit lang springen sie wie verrückt vor ihren Nestern herum, die in der Krümmung der Steilwand verborgen sind. Dann kehrt wieder Stille ein, und es bleibt nur das Murmeln des Wassers.
»Ich lausche, doch ich höre nichts«, sagt Curi Ocllo.
Sie lässt sich bis zum Hals ins kühle Wasser gleiten, während Anamaya weiterhin angespannt das Ufer beobachtet, wo junge Schildkröten auf gefällten Baumstümpfen umherstelzen.
»Du hast nur ein paar Papageien gehört«, spottet Curi Ocllo und streicht sich über die schweren Haare.

»Nein«, sagt Anamaya fest, »ich bin sicher, dass ich etwas gehört habe.«
Dann lässt Anamaya sich ihrerseits ins Wasser gleiten. Curi Ocllos rundes, fein gezeichnetes Gesicht kommt näher. Anamaya spürt die Hände der jungen Frau, die sich sanft auf ihre Schultern legen.
»Nun, dann hast du wie eine Coya Camaquen gehört. Dinge, die nicht bis an die Ohren einer Frau wie mir dringen.«
»Vielleicht.«
»Sicher«, erklärt Curi Ocllo und sieht sie bedauernd an, »du und der Herr der Steine, ihr könnt so seltsame, so mächtige Dinge vollbringen!«
Mit einer kleinen Handbewegung stößt sie einen Schwarm winziger weißer Schmetterlinge fort. Dann lässt sie sich grazil auf dem Rücken ans seichte, schlammige Flussufer gleiten. Mit geschlossenen Lidern genießt sie, wie das Wasser über ihren ganzen wundervollen nackten Körper streichelt.
Mit einem Lächeln auf den Lippen will Anamaya ihr gerade antworten, doch stattdessen hebt sie erneut den Kopf und spitzt forschend die Ohren.
Ja, sie spürt einen Hauch, der vom oberen Flusslauf kommt, und sie zärtlich brausend umhüllt. Es ist nichts, nur ein Gefühl. Es könnte nur eine etwas frischere Brise sein, das kaum hörbare Fauchen eines sanften Windhauches zwischen den Zweigen der Bäume und dem dichten Blätterwerk des Dschungels. Doch sie kann nicht umhin, etwas anderes zu ahnen. Eine Anwesenheit darin zu spüren. Den Atemzug des Pumas!
Gabriel!
Einige Sekunden lang ist sie ganz von seiner Gegenwart erfüllt. Ein Zittern durchläuft ihren verkrampften Bauch, die Arme um die Brüste geschlungen, deren Warzen sich aufrichten, horcht sie, um besser zu hören, besser zu spüren. Unsichtbare Zärtlichkeit umfängt sie wie ein Flüstern. Die Empfindung ist

so heftig, dass sie sich unwillkürlich mit geschlossenen Augen hingibt.
Unbewusst flüstert sie seinen Namen.
Und dann ist die Zauberei ebenso plötzlich vorbei, wie sie begonnen hat. Sie löst sich in der warmen, feuchten Dschungelluft mit einem Schlag auf, wie eine Halluzination.
Anamaya entspannt sich und öffnet die Augen. Alles ist wie zuvor. Das Abendrot taucht den Himmel immer noch in rotes Licht, und die Schatten zwischen den Felswänden und dem Gras werden größer. Die von der nahenden Nacht aufgeregten Affen kreischen im hohen Blattwerk, die Papageien schimpfen, um die Weibchen zu verscheuchen, während kleine Schmetterlingswolken graziös den brodelnden Schaum des Wasserfalls hinaufklettern.
»Was hast du gespürt?«, fragt Curi Ocllo, die sich im Wasser zusammengekrümmt hat, mit zitternder Stimme.
Anamaya räuspert sich lächelnd. Die warmen, dunklen Augen von Mancos junger Gattin schauen sie forschend, ebenso neugierig wie erschrocken an.
»Du hast etwas gesehen!«, behauptet sie erneut. »Du warst einen Moment lang so seltsam. Als wärest du gar nicht da …«
Verlegen lächelnd lässt Anamaya sich tiefer ins Wasser gleiten. Sie versteckt ihre Nacktheit, als könnte Curi Ocllo auf ihrer Haut Spuren von Gabriels seltsamer Zärtlichkeit entdecken, die die Ehrwürdigen der Anderswelt ihr gerade weitergegeben haben.
Mit der Handfläche hält sie das wirbelnde Wasser des Flusses auf, besprüht sich damit Schultern und Nacken.
»Ich könnte es nur schwer erklären.«
»Du meinst, es ist verboten.«
»Nein, es ist nicht verboten. Nur schwer zu erklären, schwer zu verstehen.«
Schmollend verzieht Curi Ocllo die schönen, noch kindlichen

Lippen. Sie legt den Kopf in den Nacken, ihre schweren Haare bauschen sich kurz wie eine schwarze Alge im Wind, während ihre runden Brüste wie goldglänzende Kieselsteine aus dem Wasser auftauchen.

»Wir müssen jetzt zurück«, sagt Anamaya.

Ein kleines sowohl spöttisches wie eifersüchtiges Lachen hebt Curi Ocllos Bauch.

»Ich weiß, was du mir nicht sagen willst, Coya Camaquen. Du hast an den Fremden gedacht, den du liebst, den ihr den Puma nennt!«

Anamaya zögert und gibt dann lächelnd zu:

»Ich habe nicht an ihn *gedacht*. Ich habe ihn gespürt.«

»Gespürt? Gespürt, als hätte er dich in den Arm genommen?«, ruft Curi Ocllo, die aufgesprungen ist, mit aufgerissenen Augen.

Anamaya lächelt nur und nickt, dann reicht sie der jungen Frau die Hand und zieht sie zum Ufer, wo ihre Kleider in den unteren Zweigen eines Gummibaums hängen.

»Kommt das oft vor«, fragt Curi Ocllo weiter, »dass er so zu dir kommt?«

Anamaya steigt erst aus dem Wasser und antwortet dann mit leicht gesenkter Stimme, als wäre es ein Geständnis:

»Er kommt nicht wirklich zu mir. Doch seine Gegenwart ist um mich herum. Er sucht mich, er denkt an mich.«

»Ich bin nicht sicher, dass ich dich verstehe.«

»Ich habe ja gesagt, es ist schwer zu erklären. Wo auch immer er sein mag, er erinnert sich an mich, auch er will bei mir sein. So versucht er, in die Anderswelt zu gleiten, um zu mir zu kommen.«

»Wie ist das möglich?«

»Es ist möglich, weil er der Puma ist … und Priester oder Priesterinnen werden ihm wohl helfen.«

Anamaya beendet ihren Satz mit einem kleinen amüsierten Lächeln. Curi Ocllo, die sich fertig anzieht, wirft ihr einen ebenso verwirrten wie misstrauischen Blick zu.

»Ich mache mich nicht über dich lustig, Curi Ocllo«, fährt Anamaya sanft fort, »die Welt ist nicht nur, was man sieht, und die Ehrwürdigen Ahnen wachen über uns. Wir müssen ihnen vertrauen.«

»Ja, ja, ich weiß! Das sagt ihr alle, du, die Priester, der Herr der Steine. Doch es scheint wohl, als wollten die Ehrwürdigen Ahnen nicht über alle gleich gut wachen. Vielleicht wenden sie sich gar von Manco und mir ab … wie von fast allen Inkas!«

Die Stimme der jungen Frau ist vor Zorn und Tränen belegt. Mit hitzigen Schritten nimmt sie den durch den Dschungel geschlagenen Weg, als wollte sie fliehen.

»Curi Ocllo!«

»Wie lange ist der Fremde schon fern von dir, Anamaya?«, fragt Curi Ocllo hart, ohne sich umzudrehen.

»Achtundzwanzig Monde.«

»Und seit achtundzwanzig Monden weißt du nicht, wo der, den du den Puma nennst, ist?«

»Ja.«

»Und doch, während all dieser Zeit, vergisst er dich nicht, und du vergisst ihn nicht. Trotz all dieser Zeit fühlst du dich ihm nahe, und auch er muss sich dir nahe fühlen.«

»Vielleicht.«

»Sicher! Ich bin sicher, dass du ihn in deinen Träumen siehst und dich vielleicht manchmal sogar im Schlaf mit ihm vereinst! Achtundzwanzig Monde! Ja, du hast Recht: Die Ehrwürdigen Ahnen schützen euch und wollen euch nicht trennen. Dich und einen Fremden!«

Curi Ocllo dreht sich heftig um und versperrt Anamaya den Weg.

»Warum? Kannst du mir sagen, warum, Coya Camaquen?«

Sie hat geschrieen und einige Sekunden lang ist das ständige Murmeln des Dschungels verstummt.

»Ich verstehe deine Frage nicht, Curi Ocllo«, antwortet Anamaya sanft.

Verzweiflung und Schmerz verzerren das schöne Gesicht der jungen Königin.
»Ich«, stammelt sie, »ich bin erst vier Monde von Manco getrennt. Mein Schlaf ist traumlos, mein Bad einsam. Wo ich auch hingehe, nirgendwo ist die Gegenwart meines Geliebten um mich herum! Die Ehrwürdigen Ahnen umhüllen mich mit Kälte. Sie übergehen mich, Coya Camaquen, sie helfen mir nicht mehr. Und ich glaube gar, sie helfen nicht einmal mehr Manco.«
»Manco tut, was er tun muss«, sagt Anamaya ganz leise mit eingeschnürter Brust, denn sie versteht die Einsicht, die Curi Ocllo erschüttert, nur zu gut, »und er liebt dich. Er liebt dich mehr als jede andere seiner Frauen.«
»Er liebt mich und kann nicht zu mir. Er lässt mein Lager kalt. Er liebt mich, und ich spüre weder seine Hände noch seine Lippen auf mir. Er liebt mich, doch das Morgen scheint mir ebenso kalt wie ein Wintertag in den höchsten Bergen.«
»Er führt Krieg, Curi Ocllo. Manco kämpft gegen die Fremden, und dieser Krieg ist schrecklich.«
Mit nunmehr tränenüberströmtem Gesicht schüttelt Curi Ocllo den Kopf:
»Nein, Anamaya, du weißt es besser als ich. Manco führt keinen Krieg: Er verliert ihn.«
»Curi Ocllo!«
»Wer sieht diese Wahrheit nicht? Der Unumschränkte Gebieter Manco, mein Gatte, ist allein und seine Kräfte schwinden. Sein Bruder Paullu hat sich auf die Seite der Fremden geschlagen. Der Gelehrte Vila Oma kämpft seinen eigenen Krieg. Du und der Herr der Steine, ihr seid hier, versteckt in der neuen Dschungelstadt, Vilcabamba, wo ihr euch ständig um die Ehrwürdigen Ahnen kümmert und weit weg seid von meinem geliebten Manco. Und selbst ich bin hier!«
»Curi Ocllo«, murmelt Anamaya und nimmt sie in die Arme, unfähig, ihr zu widersprechen.

»Er ist so allein! Die Fremden haben seinen Sohn Titu Cusi entführt, den er so sehr liebt! Welch ein Verrat! Sie haben sogar die einbalsamierten Leichname der Ehrwürdigen Ahnen aus Cuzco mitgenommen.«
Traurig findet Anamaya keine Worte, die das schreckliche Bild besänftigen könnten. Sie streichelt der jungen Frau nur die Wangen und flüstert:
»Glaube nicht, dass ich den Unumschränkten Gebieter Manco im Stich lasse, Curi Ocllo. Ich war immer in seiner Nähe, und er war immer wie ein Bruder für mich. Nichts von dem, was wir hier in Vilcabamba machen, ist gegen ihn, ganz im Gegenteil. Der Herr der Steine hat eine Stadt gebaut, damit dein geliebter Manco dort eines Tages so leben kann, wie es sich für den Sohn der Sonne geziemt.«
Curi Ocllo erschaudert und löst sich aus Anamayas Armen. Stolz wischt sie die Tränen fort. Doch noch einmal verzieht sie vor Schmerz das Gesicht. Mit der Stimme eines verlorenen Kindes ruft sie:
»Oh, Anamaya, ich fürchte mich so vor dem Morgen!«

*

Als sie die ersten Mauern von Vilcabamba erreichen, schickt die Sonne ihr letztes Feuer aus. Die neueste Inkastadt, die genau nach den Plänen Kataris, des Herrn der Steine, errichtet wurde, erstrahlt in seltsamer Ruhe.
Die Terrassen und Canchas liegen gleichmäßig rings um den großen Ritualplatz vor dem Sonnentempel verteilt, einem langen mit zehn Türen ausgestatteten Gebäude. Die Mauern der Räume wie auch die Außenmauern der Canchas sind ockerfarben verkalkt und glühen golden in der hereinbrechenden Nacht. Wie ein Juwel fängt sie den Abschied der Sonne ein, während der nahe Fluss und die reich bewachsenen Terrassen im Schatten versinken.

Der Nachthimmel wiegt bereits schwer auf den Bergen im Norden und den mit Zedern und riesigen Caboas bedeckten, gewundenen Tälern von Pampakona im Osten, wo die Nebelfetzen zerreißen.

Tiefe, kaum vom Geschrei der Vögel gestörte Stille umfängt die beiden Frauen und bremst ihren Schritt im feuchten Gras. Sie haben die Blicke fest auf die noch glitzernden Gipfel im Süden der Kordilleren geheftet. Dann, ebenso plötzlich, als würde man den Firnschnee und die Gletscher verhüllen, werden sie von der Dunkelheit verschluckt.

Frösche quaken heftig ganz in der Nähe und verstummen sogleich. Da schreckt Curi Ocllo auf, bleibt stehen und umklammert Anamayas Arm. Wortlos zeigt sie zu dem langen Massiv, das sich an der Mauer entlangzieht. Breite Blätter bewegen sich, biegen sich auseinander und lassen einen jungen, erstaunt blickenden Puma erkennen. Sein noch ganz helles Fell leuchtet im abendlichen Zwielicht.

Er kommt, geschmeidig auf seinen Pfoten mit den kräftigen Tatzen hüpfend, auf sie zu.

Anamaya bleibt die Luft weg. Sie hört Curi Ocllos kleines, ängstliches Seufzen.

Der Puma ist so nah, dass sie die kleinen weißen Flecken um seine Augen erkennen können, den bleichen Glanz rings um die zarten Ohren.

Er bleibt zwei Schritte vor Anamaya stehen, sieht sie an und öffnet die Schnauze zu einem langen, sanften Schnappen.

Dann verschwindet er mit einem Satz im Dickicht.

Anamaya und Curi Ocllo bleiben einen Moment wie angewurzelt stehen, lauschen den sanften Schritten der Raubkatze, die in den Dschungel davonläuft.

Als Curi Ocllo, deren Brust sich noch immer atemlos vor Angst hebt, sich zu Anamaya umdreht, sieht sie, wie ein glückliches Lächeln das Gesicht ihrer Freundin überzieht.

»Oh, du hattest Recht«, flüstert sie, »du hattest Recht: Er war da, ganz in deiner Nähe.«

21

Titicacasee, Copacabana,
April 1539

»Fürst Gabriel!«

Das Kind, das in der Tür steht, ist kaum zehn Jahre alt. Doch mit seinem ernsten Gesicht könnte man es durchaus für älter halten.

»Lass mich in Ruhe, Junge!«, knurrt Gabriel. »Lass mich schlafen, sonst schneide ich dich in Scheiben!«

»Fürst Gabriel, du darfst nicht mehr schlafen!«, wiederholt das Kind, ohne sich einschüchtern zu lassen.

Gabriel seufzt und öffnet ein wenig die Lider.

»Bei allen Heiligen! Man könnte tatsächlich meinen, dass dich das stört, Chillioc. Und warum willst du mir verbieten zu schlafen, wo es kaum hell ist?«

»Es kommt jemand, Fürst Gabriel. Jemand kommt dich besuchen.«

»Ach ja?«

Diesmal schenkt Gabriel dem Kind, das immer noch nicht ins Zimmer getreten ist, ein wenig mehr Aufmerksamkeit. Vom Innenhof erklingen ein paar morgendliche Geräusche, die anzeigen, dass die Frauen bereits das Frühstück zubereiten.

Vorsichtig, damit seine Hängematte nicht umkippt, richtet Gabriel sich auf und fragt:

»Wer ist dieser Jemand, und woher weißt du, dass er zu mir kommt?«

»Der Chaski hat gesagt: ›Ein Fremder kommt auf einem Pferd. Er ist alt und müde. Er ist bereits an Copacabana vorbei und reitet in Richtung Cusijata!‹«
Das Kind unterbricht sich und fügt mit einem Schulterzucken hinzu:
»Wenn ein Fremder bis hierher kommt, dann sicher, um dich zu sehen.«
Gabriel muss lächeln. Er erhebt sich, und die Hängematte gerät sanft ins Schaukeln.
»Bring mir meine Tunika, Chillioc«, befiehlt er, »ein alter, müder Fremder, sagst du? Hat er weiße Haare im Gesicht?«
»Ich glaube nicht. Der Chaski hat nur gesagt, dass man sein Gesicht nicht sieht, weil es ganz mit Tüchern bedeckt ist. Und er ist nicht mehr weit, er wird vor deiner Cancha sein, bevor sein Schatten noch eine Handbreit kürzer geworden ist.«
Während Gabriel sich fertig anzieht, wirft er einen verwunderten Blick auf das Kind. Als er aus dem Zimmer in den langen Innenhof tritt, grüßen ihn die Dienerinnen lächelnd, die rings um die Feuerstelle unter dem kleinen, als Küche dienenden Dach beschäftigt sind, und rufen ihn zu sich. Gabriel schüttelt den Kopf und legt dem Kind die Hand in den Nacken, um es mit sich zu ziehen.
»Nun, Chillioc, ich glaube, ich muss mich bei dir bedanken, dass du mich geweckt hast. Komm mit, den Fremden begrüßen.«

*

Der erste Anblick, der sich ihnen bietet, ist so seltsam, dass selbst Gabriel Zeit braucht, bevor er die Gestalt eines Reiters erkennt. Er ähnelt einem seltsamen Haufen aus teils spanischen, teils indianischen Decken, der sich zwischen den Terrassen, die über dem Seeufer aufragen, fortbewegt.
»Wer auch immer dieser Fremde sein mag, es scheint ihm nicht sehr gut zu gehen«, sagt Gabriel und zieht das Kind mit sich.

Als sie noch fast zwanzig Klafter von der seltsamen Gestalt entfernt sind, bleibt das Pferd stehen, und der unter den Mantafalten verborgene Mann sieht aus, als würde er gleich aus den Steigbügeln kippen.
»He«, ruft Gabriel und läuft schneller, »he, Compañero! Wer bist du?«
Aus den Decken dringt keine Antwort. Plötzlich misstrauisch, zögert Gabriel und hält Chillioc vorsichtig zurück.
»Bleibe hier, Kleiner! Gehe nicht weiter! Der Kerl könnte uns einen bösen Streich spielen wollen und unter seinen Lappen eine Armbrust verborgen haben!«
Der Junge gehorcht unwillig und wirft ihm einen vorwurfsvollen Blick zu. Ohne die Form einer Waffe erkennen zu können, beobachtet Gabriel einen Moment Mann und Pferd, die ebenso reglos sind, als hätten sie bereits aufgehört zu leben. Tatsächlich ist von dem Reiter weder Haut noch Haar zu sehen. Kein Blick. Beunruhigt erschaudernd fragt Gabriel sich, ob er nicht einen Leichnam vor sich hat, den ein erschöpftes Pferd stur weiterträgt.
»He! He, Compañero!«, ruft er erneut ein wenig lauter.
Doch sein Rufen führt nur dazu, dass das Pferd erschrocken wiehert, ein oder zwei Klafter zurückweicht und zur Seite tänzelt. Erst jetzt erkennt Gabriel die grobe Mönchskutte, die sich um die abgetretenen Stiefel des Reiters wickelt. Und gleichzeitig eine um die Zügel des Pferdes geklammerte Hand. Eine Hand, die er unter allen erkennen würde, Ring- und Mittelfinger sind zusammengewachsen und bilden ein einziges Glied!
»Verdammt! Bruder Bartholomäus! Chillioc! Chillioc! Komm, hilf mir!«
Sanft auf das Pferd einredend, tritt Gabriel näher. Während er ihm mit einer Hand die Wange tätschelt, ergreift er mit der anderen fest den Zügel.
»Chillioc, komm her, keine Angst.«

»Ich habe keine Angst, Fürst Gabriel!«
»Prima! Dann nimm diesen Riemen und stelle dich gerade vor das Pferd, ziehe nicht daran.«
Das Kind hält das Pferd fest, und Gabriel streift die Decken zurück. Der Anblick lässt ihn das Gesicht verziehen. Schlafend oder ohnmächtig kauert Bartholomäus im Sattel. Seine Kutte ist von oben bis unten zerrissen. Sein kaum sichtbares Gesicht ist in alte, von getrocknetem Blut durchtränkte Tücher gewickelt.
»In Gottes Namen«, brummt Gabriel und ergreift Bartholomäus' Hand, »Bruder Bartholomäus! Bruder Bartholomäus, wacht auf!«
Das sichtbare Auge zuckt mit keiner Wimper. Gabriel hält eine Hand, die so mager ist, dass nicht einmal Fleisch darauf zu sein scheint. Verwundert zögert er einen Moment und weiß nicht, was er tun soll. Dann lässt er Bartholomäus los und dreht sich zu dem Kind.
»Komm her, Chillioc«.
Er fasst ihn um die Hüfte und hebt ihn so hoch, dass der Junge sich auf das Pferd setzen kann, direkt hinter den Sattel.
»Lege deine Arme um meinen Freund, damit er nicht hinunterfällt«, erklärt er und legt Chilliocs Hände auf den Sattelknauf. »So. Genau so. Und halte dich gut fest, während ich euch zur Cancha führe.«
Und als das Kind, die Wange an die stinkenden Decken gedrückt, angeekelt das Gesicht verzieht, lächelt Gabriel.
»Er stinkt, doch das ist nur der Geruch der Fremden, wenn sie zum Titicaca kommen!«
Erst viel später, als die Frauen sorgfältig seine Wunde gereinigt haben, öffnet Bartholomäus die Lider. Die tief in den Höhlen liegenden Augen blicken sich suchend um. Endlich kommt ein Röcheln über seine verkrusteten Lippen:
»Gabriel?«
»Ich bin da, Bartholomäus, mein Freund.«

Gabriel unterbricht die Frauen in ihrer Arbeit und ergreift Bartholomäus' knochige Hand. Sie lächeln einander mit den Augen zu, und Gabriel spürt, wie der Atem seines Freundes sich erleichtert beruhigt.

Nie zuvor hatte er Bartholomäus nackt gesehen, doch was sich seinen Blicken darbot, als er den Frauen half, ihn von seinen Lumpen zu befreien, war einfach fürchterlich. Der Priester ist erschreckend mager, die Haut über seinen Rippen und Hüften zum Zerreißen gespannt. Blaue Flecken und schlecht vernarbte Wunden überziehen seine Arme und Beine.

Als sie sein Gesicht von den Lappen befreiten, die ihm als Verband dienten, und dabei an seinem spärlichen Bart und Fleisch rissen, fanden sie eine lange Schnittwunde, die sich quer über seine Schläfe und die linke Wange zog. Die übel riechende, eiternde Verletzung, deren Ränder infiziert waren und in der es von weißen Würmern wimmelte, ließ die Dienerinnen vor Entsetzen aufschreien.

Nunmehr gewaschen, gereinigt und mit Asche und einem sauren Wurzelsaft desinfiziert, ist die Wunde mit einem grünen Verband bedeckt, der den Mönch aussehen lässt, als hätte er zwei Gesichter.

»Ich weiß nicht, wie Ihr das hinbekommen habt, mein guter Freund«, murmelt Gabriel liebevoll, »aber sie haben Euch schlimm zugerichtet.«

»Ich bin da! Gott sei Dank, ich bin bei dir, das ist alles, was zählt!«

Flüchtig lächelnd kneift er erschöpft die Lider zusammen und fügt hinzu:

»Ich dachte, ich würde niemals ankommen. Doch du siehst, Gott setzt seinen Willen durch, wenn Er will.«

»Würde Er ihn gelegentlich nur ein wenig sanfter durchsetzen«, meint Gabriel ironisch und ergreift eine Schale, »hier ist ein wenig Quinoasuppe. Ihr müsst essen. Euer Magen ist federleicht!«

Nach vier Löffeln schiebt Bartholomäus Gabriels Hand beiseite. »Ich bin seit elf Tagen unterwegs zu dir. Wir kamen von Süden zurück, wo die Pizarros den Aufstand von Mancos General Tisoc niedergeschlagen haben. Sie haben ihn gefangen genommen und … Oh, es ist unaussprechlich! Diese Gräuel, mein Freund, diese tagtäglichen Gräuel!«

Seine Stimme ist trocken, die Sätze abgehackt. Gabriel weiß, dass Bartholomäus sprechen muss. Er kennt die Bilder nur zu gut, die den Mönch verfolgen. Waren es nicht Monat für Monat seine eigenen?

»Kinder, Frauen, Greise!«, seufzt Bartholomäus erneut, »Tag für Tag Blutbäder, Erniedrigungen. Und als Tisoc gefangen genommen, seine Armee besiegt wurde, da hat Gonzalo noch grausamere Vergeltung befohlen! Mit Pfählen versehene Gräben, in die man Männer und vergewaltigte Mädchen warf. Häuser voller armer Menschen, die bei lebendigem Leib verbrannt wurden wie Herbstlaub! Oh, Gabriel!«

»Ich weiß, Bartholomäus, mein Freund. Ich weiß. Ich bin diesen Weg bereits vor einigen Jahren mit Almagro gegangen. Ich habe nichts vergessen, denn das vergisst man nicht.«

Bartholomäus krallt seine Finger, die nur noch aus Knochen bestehen, in Gabriels Tunika, bäumt sich auf, als wollte er sein Gedächtnis reinigen, das von zu viel Grauenhaftigkeit besudelt wurde.

»Ich habe mich an deine Worte erinnert, Gabriel, ›*Ich habe niemanden gequält, doch ich habe es auch nicht verhindert, das läuft aufs Gleiche hinaus*‹. Ich habe dich verstanden, und wie dich beschämte mich meine Hilflosigkeit! O mein Gott, ich glaube gar, ich habe Ihn beschimpft, weil Er mich zwang, offenen Auges derartige Qualen anzuschauen!«

»Bartholomäus!«

»Nein, lass mich sprechen! Lass! In meiner Kehle stinkt es von der Luft, die ich dort eingeatmet habe, meine Nase ist noch voll

von dem Geruch verbrannter Kinder, Gabriel! Und wenn ich schlafe, sehe ich sie … Christus! Christus! Ihr Feuer brennt in mir und verzehrt mich!«
Sanft legen Gabriel und die Dienerinnen Bartholomäus feuchte, kühle Tücher auf Stirn und Brust. Doch nichts kann ihn unterbrechen:
»Angekettete Frauen. Nicht eine von ihnen war älter als zwanzig Jahre! Doch leider bin ich erwischt worden. Diese Monster! Monster! Dass ich ein Diener Gottes bin, hat mich vor nichts bewahrt. Zweifellos will der Herr das Leid all Seiner Kinder in meine Haut einbrennen. Jesus tat es, auch Er tat es! Ja, Er wollte mich zeichnen, Gabriel! Denn es sind Seine Kinder, jeder muss das wissen: Auch die Indios sind Gottes Kinder.«
»Ruhig, Bartholomäus, ruhig!«
»Doch sie konnten fliehen, bevor die Schergen mich niederschlugen und versuchten, mir den Kopf abzuschlagen. Ich habe es geschafft, Gabriel! Zumindest diese konnten fliehen. Doch was? Zwanzig arme Kinder. Und es sind so viele, überall! Überall!«
Dem Wahnsinn nahe wird Bartholomäus' Stimme plötzlich schrill und brüchig. Gabriel legt ihm beruhigend die Hand auf die Stirn.
»Beruhigt Euch, Freund, ich bin da und wir werden uns um Euch kümmern.«
»Ich bin geflohen, habe die Nacht zum Reiten genutzt, damit sie mir nicht folgen! Wie Raubtiere. Sie sind wie Raubtiere mit ihren höllischen Fängen!«
»Bartholomäus, wir werden Euch einen Trank geben und Ihr werdet schlafen.«
»Nein, nein, ich muss dir erzählen!«
»Wir haben morgen noch alle Zeit der Welt. Ruht Euch jetzt aus …«
»Ich bin gekommen, dich um etwas zu bitten, Gabriel. Etwas sehr Wichtiges! Nur du kannst …«

Doch Gabriel macht den beiden Frauen ein Zeichen, die bereits an Bartholomäus' Stimme und seinen fiebrigen Augen gesehen haben, was zu tun ist. Während er den Priester an den Schultern sanft anhebt, halten sie ihm eine kleine Feuerschale mit rauchenden Kräutern unter die Nase. Fast sogleich entspannt er sich und trinkt gehorsam eine Flüssigkeit, die ihn in wenigen Sekunden einschlafen lässt.

*

Erst zwei Tage später, am späten Nachmittag, ist Bartholomäus so weit, dass er mit etwas ruhigeren Gedanken sein erstes richtiges Essen zu sich nehmen kann.

Gabriel hat ihm sein Lager in einem der zum See hin offenen Räume bereiten lassen. Frauen haben ihn Tag und Nacht bewacht und sein Koma begleitet, das sie noch mit Tränken ausgedehnt haben, bis das Fieber gesunken ist. Kaum hat sein Freund die Augen geöffnet, lässt Gabriel ihm Obst und Cocablättertee bringen, damit er sich langsam, bei leichter Nahrung erholen kann. Und diesmal verschlingt Bartholomäus mit hungrig zitternden Fingern die ihm dargebotenen Speisen.

»Freund Gabriel, ich schulde dir mein Leben«, bemerkt er mit belegter Stimme und wischt sich nach langem, ein wenig betretenem Schweigen den Mund ab.

»Dann sind wir nun quitt. Ohne Euch wäre ich schon vor langer Zeit in jenem Gefängnis in Cuzco geröstet worden.«

»Ich hatte Halluzinationen und habe viel dummes Zeug geredet, oder?«

»Leider nicht, Ihr habt nur Wahrheiten ausgesprochen. Denkt nicht mehr daran! Ich bin glücklich, Euch bei mir zu haben, und das auch noch endlich mit ein wenig Appetit.«

»Dieses Obst ist köstlich«, murmelt Bartholomäus nickend, »man könnte meinen, es sei fürs Paradies bestimmt.«

Den Kopf mit einem sauberen Verband umwickelt, den er zur

Seite gezogen hat, um den Saft der Mangos und Guaven besser kosten zu können, der seinem ausgemergelten Gesicht ein wenig Leben zurückzugeben scheint, lässt er den Blick über das glitzernde Wasser des Sees schweifen.
Zu dieser Tageszeit sind die Berge von dichten Wolken bedeckt, die ihre Gipfel miteinander verbinden. Die Schwindel erregend hoch aufragenden Hänge spiegeln sich schwach auf der Oberfläche des Titicacasees, geben ihm eine dunkle, fast undurchsichtige Färbung.
»Ich verstehe langsam, warum du dich hierher zurückgezogen hast«, bestätigt Bartholomäus mit einem dünnen Lächeln. »Du hattest Recht: Ein schöneres, friedlicheres Land kann man sich schwer vorstellen.«
Er schweigt plötzlich und presst die Lippen in schmerzhaftem Ernst zusammen.
»Nach allem, was ich die letzten Monate gesehen habe«, fährt er fort, »ist es, als würde Gott mir endlich ein wenig Ruhe gewähren und als wollte Er mir zeigen, dass es auf dieser Welt noch Schönheit gibt!«
Gabriel wirft ihm einen erstaunten Blick zu. Der dicke Verband, der den Schädel des Mönches schmückt und seine linke Wange verunstaltet, unterstreicht seine Müdigkeit und Erschöpfung noch. Dann nickt er leicht und bitter lächelnd:
»Als ich dieses Paradies entdeckte, war ich in kaum besserem Zustand als Ihr, Bartholomäus! Und, von Gott einmal abgesehen, hatte ich die gleichen Gedanken. Ja, es scheint, als sei der Titicacasee unsere Zuflucht, wenn die Welt der Menschen zu unmenschlich wird.«
»Unmenschlich!«
Der bittere Spott, der Bartholomäus' Kehle entweicht, ähnelt fast einem Lachen:
»Unmenschlich! Das ist wohl das richtige Wort! Leider, Gabriel, muss ich dir gestehen, dass du weiser warst als ich. Du hattest ja

so Recht, vor uns zu fliehen und dich nach dieser schrecklichen Schlacht, in der Cuzco unterging, von den Pizarro-Brüdern fern zu halten! Möge der Herr mir vergeben: Du hattest mich gewarnt, doch ich wollte deinen Worten nicht glauben. Erst heute verstehe ich, was du mir damals sagtest, in deinem Kerker, als die Inkas kurz davor standen, uns zu vernichten: ›Für die Menschen dieses Landes sind von nun an alle Spanier gleich. In ihren Augen verdient jeder von uns den Tod. Das ist das Ergebnis von Hernandos und Almagros Politik und das Werk dieser Handlanger der Hölle wie Gonzalo, denen sie alles gestatten!‹ Du hattest von vorne bis hinten Recht. Drei Jahre sind vergangen, und es ist alles nur noch schlimmer geworden.«

Bartholomäus' Brust hebt sich erschüttert, dann schließt er die Augen und schweigt einen Moment.

»Gabriel«, fragt er kaum hörbar murmelnd, »wie kann Gott so etwas wollen? Wo und wann wird Er endlich Seine Strafe befehlen? Ach, mein Freund, mein Freund! Manchmal wünschte ich, ich wäre es, den Er dazu bestimmt hat, diese Teufel zu vernichten, zu denen wir alle geworden sind!«

Gabriel bemerkt die Tränen in den Augen seines Freundes und wendet schamhaft die Augen ab. Sie schweigen kurz und betrachten gemeinsam den See, von dessen Ufern Kinderschreie und Rufe hinaufschallen, während eine Barke vom Dorf ablegt und zu den Inseln fährt.

Gabriel nimmt sich eine geöffnete Mango und betrachtet düster die duftende Haut, als enthielte sie ein rätselhaftes Gift.

»Dieses Land ist wie diese Frucht. Es atmet einzig und allein, um seinen Reichtum, seine sanftesten Düfte zu verströmen. Hier, am Ufer des Titicacasees scheint es mir manchmal, als befände ich mich auf der Schwelle zu einer Welt, die uns mit offenen Armen erwartet, die sich uns darbietet und die zu sehen wir uns stur weigern. Es braucht so wenig für diesen Frieden, der jeden Spanier reicher machen würde als alle Goldbarren der Welt!«

»Oh, Frieden!«, ruft Bartholomäus sarkastisch. »Ich für meinen Teil verlange gar nicht so viel. Ich wäre schon zufrieden, wenn Don Francisco und seine Brüder sich ein wenig mäßigen würden, statt Leid und Tränen um sich herum zu verbreiten. Als würde die Wunde des Krieges gegen die Inkas nicht genügen, jetzt herrscht auch noch Bruderkrieg unter den Spaniern!«
»Ich wusste nur, dass der ›Einäugige‹ von Hernando verurteilt worden ist.«
»In Wahrheit ist Don Diego Almagro umgebracht worden! Er hat einen fatalen Fehler begangen. Kaum war die Belagerung überwunden, die Brüder des Gouverneurs waren noch geschwächt, da hat er die Stadt unter sein Zepter genommen und Hernando und Gonzalo eingekerkert. Ich versichere dir, ich habe versucht, ihn davon abzubringen. Nicht, um Hernando zu helfen, sondern weil die Auswirkungen dieses Schachzugs zu offensichtlich waren! Doch was galt schon das Wort eines Kirchenmannes angesichts der Starrsinnigkeit eines Greises, der überzeugt war, dass die Pizarros ihn jahrelang übers Ohr gehauen hatten? Es verging keine Nacht, in der Almagro nicht von dem Gold träumte, das Atahuallpas Lösegeld war, und von der Beute in Cajamarca, von der der Gouverneur ihn ausgeschlossen hatte. Er war so voller Hass, so rachsüchtig, dass er darüber völlig den Verstand verlor. Dass er sich Cuzco nahm, ging noch durch, doch die Pizarro-Brüder einzukerkern, das hieß die Hand nach dem Stachel des Skorpions ausstrecken. Sobald sie konnten, haben sie sich seiner ebenso leicht entledigt, wie man einem Huhn den Hals umdreht.«
Gabriel schüttelt den Kopf.
»Ich habe zu viele, zu schlimme Erinnerungen an Almagro, um diesen schrecklichen Mann zu bedauern. Allerdings erkenne ich in ihm sehr wohl Hernandos und Gonzalos Manieren!«
»Sie sind wahnsinnig! Alle wahnsinnig! Mittlerweile wechselt die Rache das Lager wie ein Spielball. Die einen unterstützen die

Pizarros, und die anderen denken nur daran, sich ihre Macht und Reichtümer unter den Nagel zu reißen. Ein jeder träumt davon, den gegnerischen Klan aufzuspießen!«

Gabriel entschlüpft ein hämisches Lachen. Bartholomäus wirft ihm einen vorwurfsvollen Blick zu und befühlt seinen Verband, als könnte er daran alle Schmerzen Perus ertasten.

»In Wahrheit, Gabriel«, seufzt er, »ist es so, dass wir Spanier einander bald gegenseitig effektiver zerstören werden, als es den Inkas jemals gelungen wäre! Möge Gott der Allmächtige uns verzeihen! Es sei denn, Er meint, es sei an der Zeit, jeden einzelnen dieser Männer für die unendlichen Gräuel zu bestrafen, die sie in der Neuen Welt begehen!«

Bartholomäus hat die letzten Worte heftig hervorgestoßen. Gabriel schweigt einen Augenblick, den Blick in die Ferne auf den glitzernden See gerichtet, und fragt dann:

»Heißt das, dass der Krieg gegen Manco ein wenig nachgelassen hat?«

»Manco ist dabei, seinen Krieg zu verlieren. Während seiner nicht lange währenden Überlegenheit hat Almagro viel Verwirrung unter den Inkas gestiftet, indem er Mancos eigenen Bruder, Paullu, zum König ernannt hat. Viele Indios haben sich ihm angeschlossen. Heute macht das Manco einsam und schwach. Er hat seine Schlachten verloren und sich zu seiner Verteidigung nur immer tiefer in die Wälder zurückgezogen. Und dann hat er noch zwei sehr harte Schläge einstecken müssen.«

Bartholomäus hält inne und Gabriel folgt seinen Worten mit allergrößter Aufmerksamkeit:

»Sein Sohn wurde gefangen genommen. Ein ganz kleiner Junge namens Titu Cusi.«

»Titu Cusi!«, murmelt Gabriel und sieht wieder das Gesicht des Kindes vor sich, das in Ollantaytambo spielte und ihn gefragt hatte: »Sind alle Fremden so wie du?«

»Und Inka Paullu hat die Mumien seiner Sippe zu sich nach

Cuzco genommen. Du weißt sicher besser als ich, was das in Mancos Augen bedeutet.«

»Für die Inkas, die Fürsten wie auch das gewöhnliche Volk, bedeutet es, dass die Ahnen den Ehrwürdigen Fürsten unterstützen, bei dem sie sich befinden und seine Entscheidungen gutheißen«, brummt Gabriel mit zusammengezogenen Brauen. »Das ist sehr wichtig.«

Bartholomäus zerdrückt mit geschlossenen Augen den Saft einer schwarzbraunen Pflaume zwischen seinen pergamentartigen Lippen. Ein wohliges, kaum merkliches Lächeln entspannt flüchtig seine Züge.

»Der Inka Paullu ist eine seltsame Person. Ich weiß nicht, ob man ihn für seine pragmatische Klugheit bewundern oder von seiner Feigheit abgestoßen sein soll. Doch tatsächlich schlägt er sich immer auf die Seite des Stärkeren. Gestern Almagro, heute die Pizarros. Und weder in dem einen noch im anderen Fall hat er je gezögert, seinen Bruder Manco zu bekämpfen. Er lässt niemals durchscheinen, was er denkt. Er hat uns auf unserer schrecklichen Expedition in den Süden begleitet. Kein einziges Mal hat er sich dem Gemetzel an seinem Volk widersetzt oder der Gefangennahme Tisocs, Mancos Generals, der den Aufstand anführte.«

»Somit«, murmelt Gabriel, »ist Manco nun allein.«

Bartholomäus beobachtet ihn eindringlich, öffnet den Mund zu einer Frage. Dann besinnt er sich und erklärt einfach:

»Ich habe gehört, dass er eine neue Inkastadt hat bauen lassen, sehr weit nördlich von Cuzco. Eher im Dschungel als in den Bergen, sodass sie für uns vollkommen unerreichbar ist. Doch ich will dir die Wahrheit nicht verschweigen, nach allem, was ich die letzten Monate gesehen habe, glaube ich, dass seine Herrschaft und sein Aufstand bald nur noch Geschichte sein werden.«

Plötzlich herrscht drückende Stille zwischen ihnen. Bartholomäus unterbricht sie mit zögernder Stimme:

»Darf ich dem entnehmen, dass du immer noch keine Nachricht von Anamaya hast?«
Gabriel schüttelt leicht lächelnd den Kopf.
»Es ist nun bald dreißig Monate her, dass ich sie zuletzt gesehen habe. Heute weiß ich nicht einmal, ob sie noch auf dieser Erde weilt.«
Erneut entsteht ein verlegenes Schweigen.
»Daran ist nichts Ungewöhnliches«, fährt Gabriel gespielt unbekümmert fort. »Wenn ich so sagen darf, hatten wir es so ausgemacht. Lange habe ich es resigniert hingenommen. Zweifellos, so sagte ich mir, wird unsere Trennung nicht von Dauer sein, wird der Krieg enden, oder Anamaya selbst den Wunsch verspüren, zu mir zu kommen. Und dann habe ich die Wahrheit erkannt. Die Zeit vergeht, und ich fange an, sogar ihr Gesicht zu vergessen. Es ist unerträglich, und doch muss ich es hinnehmen. Sonst würde ich sie in Gefahr bringen! Gewisse Dinge bewirken, dass sie ihr Volk nicht verlassen, geschweige denn zu mir kommen kann.«
»Gewisse Dinge?«, fragt Bartholomäus ganz leise. »Diese Goldstatue, die sie ihren ›Gatten‹ nennt?«
»Ja, der Doppelbruder«, sagt Gabriel lächelnd. »Trotz all Eurer Bereitschaft, die Inkas zu respektieren, bezweifele ich, dass Ihr verstehen könnt, was er für sie und ihr Volk bedeutet.«
»Es ist völlig unbedeutend, ob ich verstehe«, widerspricht Bartholomäus fast humorvoll. »Was zählt, ist, dass Gonzalo und Hernando dieses … dieses Ding immer noch haben wollen. So viele Goldunzen bringen sie um den Verstand!«
»Zum Teufel mit ihrem Wahn! Sie werden sie niemals bekommen!«
Gabriels Ton ist ruhig, so sicher, dass Bartholomäus ihn aufmerksam betrachtet, als würde er plötzlich einen Fremden in dem vertrauten Gesicht des Freundes erblicken.
»Du scheinst dir dessen sehr sicher! Sie sind fähig, ganz Peru Stein für Stein umzuwenden, um ihn zu finden.«

»Dann wenden sie die Steine und finden nur Leere«, sagt Gabriel weiter lächelnd. »Wir Spanier, wir können die Menschen quälen, die in diesem Land leben. Wir können sie umbringen, sie ausrauben. Doch schaut Euch diesen See an, Bruder Bartholomäus. Seht diese Berge …«
Weit ausholend zeigt Gabriel auf die Hänge, die sich im augenblicklichen Licht sowohl im Blau des Himmels als auch in dem riesigen, intensiven Blau des Titicacasees zu verlieren scheinen.
»Ja, es ist sehr schön«, gibt Bartholomäus zu, »aber …«
»Nein«, unterbricht ihn Gabriel, »es geht nicht um Schönheit. All das ist lebendig. Berge, Steine und Wasser … Alles hier lebt, doch können Ihr und ich es nicht sehen.«
»Was meinst du damit?«
»Dass die Inkas in der Lage sind, das Unsichtbare zu sehen. Besser noch: Sie erkennen seine Seele und haben seine Unterstützung. Sie erkennen das Leben, wo immer es sein und in welcher Weise es sich auch immer Ausdruck verschaffen mag. Der scharfen Klinge eines Degens haben sie nicht mehr entgegenzusetzen als ein Huhn. Und vielleicht wird der Tag kommen, wo sie wie die Hühner abgeschlachtet werden! Doch das Wesentliche wird bewahrt bleiben. Nichts kann verhindern, dass sie ihr Wissen von der Welt in die Berge, die Steine und diesen See mitnehmen, das wir weder sehen noch hören können. Es gibt Kräfte hier, die reichen viel weiter als das, was ein Pizarro bekämpfen könnte!«
Diesmal hat Gabriel leidenschaftlich gesprochen. Bartholomäus' Blick ist dunkel und traurig geworden.
»Das ist eine recht unchristliche Weise, die Dinge zu betrachten! Es heißt gelegentlich, du würdest hier mit den Indiopriestern heidnische Rituale abhalten.«
Kurz scheint es, als würde Gabriel aus der Ruhe gebracht. Doch dann umspielt ein ironisches Lächeln seine Lippen, und er schüttelt den Kopf:

»Es ist völlig unwichtig, was man über mein Leben hier erzählt. Für mich ist es genau richtig.«
»Bist du dir sicher?«
»Könnte es sein, dass Ihr gerade versucht, mich auszufragen?«
»Ich bin ein Mann Gottes, Gabriel, und ich bin dein Freund. Glaube nicht, dass es mich freuen würde, zu sehen, wie du dich vom Werk Christi in dieser Welt und der Hoffnung, die darin für einen jeden von uns enthalten ist, abwendest, es vielleicht gar mit Füßen trittst.«
»Ich wende mich weder vom Respekt vor den Menschen noch vor dem des Lebens ab. Das sollte Euch Beruhigung genug sein.«
Einen Augenblick schaut Bartholomäus Gabriel forschend an. Die Spannung verleiht seinem hageren Gesicht noch schärfere Züge. Dann, als hätte die Erschöpfung überhand gewonnen, nickt er.
»Du hast sicher Recht. Doch es ist seltsam, das zuzugeben.«
Gabriels Hand tastet nach dem Arm seines Freundes.
»Ich bin in Frieden mit meiner Seele, Bruder Bartholomäus. Macht Euch keine Sorgen.«
Ein fiebriger Schauer durchläuft den Mönch. Seine Lippen zittern heftig, während er die Augen schließt und fast unhörbar leise murmelt:
»Ich bezweifele nicht, dass deine Seele Frieden gefunden hat, mein lieber Gabriel. Leider ist meine weit davon entfernt ... Ich bin erschöpft und werde ein wenig schlafen. Tu mir einen Gefallen. Ich möchte dich bitten, dass du, während ich schlafe, die Ledertaschen öffnest, die an meinem Sattel hängen. Dort wirst du Zeilen finden, die ich geschrieben habe. Lies sie um Gottes Willen.«
»Gottes Wille hat nichts damit zu tun, Bruder Bartholomäus. Doch die Freundschaft, die ich für Euch empfinde, sicherlich.«

*

Erst als es Abend wird, erwacht Bartholomäus aus seinem schweren Schlaf. Er sieht Gabriel, der ein paar Schritte von seinem Lager entfernt neben einer brennenden Feuerschale sitzt und auf den See und die Berge starrt, die im abendlichen Dunkel verschwinden. Auf den Knien hält er das breite Lederetui, in dem die von einer engen Schrift bedeckten Blätter stecken.
»Gabriel …«
Gabriel dreht sich um und lächelt freundlich. Doch es scheint, als wären alle Schatten, die er betrachtet hat, in seinem Blick hängen geblieben. Bartholomäus zeigt auf das Lederetui:
»Hast du gelesen?«
»Ich habe gelesen. Auf diesen Seiten sind so viele Gräuel und Ungerechtigkeiten, dass man meinen könnte, man lese den Katalog der Höllenqualen.«
»Und doch, ich kann vor Gott schwören, dass das nur die Tatsachen sind, denen ich seit jenem Tag beiwohnen musste, als ich den Fuß auf die peruanische Erde gesetzt habe. Ich habe alles aufgeschrieben, jeden Tag. Alle Schmerzen und Demütigungen, die man den Indios zugefügt hat, jeden Verstoß gegen die Gebote Gottes und Roms, die Verfehlungen gegen die Gesetze des Königreiches … Alles ist dort!«
Gabriel betrachtet das Lederetui wie ein seltsames Tier, dann legt er es zu Bartholomäus' Füßen nieder.
»Ja, alles ist da. Doch Ihr seid leichtsinnig, Bruder Bartholomäus. Wenn die Pizarros oder irgendein anderer dieser Herren diese Papiere finden, seid Ihr ein toter Mann!«
»Genau deshalb bin ich nur nachts gereist, um zu dir zu kommen«, flüstert Bartholomäus.
Gabriel antwortet ihm mit einem schwermütigen Lächeln:
»Ich fürchte, das war nicht genug. Verbrennt diese Blätter in dieser Feuerschale, Bartholomäus, oder versteckt sie an einem absolut geheimen Ort für später. Heute sind sie nutzlos für Euch: Wer will so traurige Dinge schon lesen?«

Mit einem zornigen Schnappen richtet Bartholomäus sich auf. Auf allen vieren kriechend ergreift er das Lederetui und schwenkt es über seinem Kopf.
»Verbrennen? Diese Wahrheiten vernichten, die König Karl erfahren muss? Ganz Spanien soll wissen, was hier vorgeht. Rom und der Papst sollen von diesen Zeilen entsetzt sein!«
Gabriel schüttelt ironisch den Kopf.
»Ihr habt Fieber und seid erregt, mein guter Freund. Habt Ihr etwa das Gold vergessen? Wer kümmert sich auf der anderen Seite des Ozeans schon darum, wie es erlangt wurde? Meint Ihr, der König oder der Papst würden sich weigern, ihre Paläste und Kirchen mit Gold zu schmücken, nur weil die Wilden hier wie Ungeziefer behandelt werden? Kommt schon! Don Francisco und seine Brüder mögen Tyrannen sein, solange sie Europa nur reich machen!«
»Du irrst dich! Du irrst dich, Gabriel!«
Schwankend hat Bartholomäus sich nun völlig erhoben. Er hat vor Entrüstung so laut geschrieen, dass zwei Dienerinnen und Chillioc mit Fackeln in der Hand angelaufen kommen. Gabriel nickt ihnen beruhigend zu, während Bartholomäus außer sich seine Hände umklammert:
»Nein, nein!«, widerspricht er heftig. »Ich will nicht, dass du das sagst. Nicht du, Gabriel! Es gibt Menschen, die guten Willens sind, sowohl in Spanien als auch in Rom. In der Kirche ebenso wie am Hofe. Menschen, die glauben, dass die Indios Kinder Gottes sind wie wir alle.«
»Leider sind sie dort und nicht hier.«
»Deshalb müssen sie es erfahren.«
»Und selbst wenn sie es wüssten …«
Bartholomäus' verbundenes Gesicht wirkt irr, seine Lider zucken unaufhörlich, genau wie die dicke Ader an seinem Hals. Gabriel fürchtet, dass er jeden Moment zusammenbricht, doch Bartholomäus klammert sich heftig an seine Schultern:
»Gabriel, höre mir zu: Es gibt in Spanien jemanden, einen

Mönch, der dafür sorgt, dass jeder hier in diesen Bergen lebende Mensch respektvoll und würdig behandelt wird. Ein Dominikaner namens Las Casas. Ein Weiser, wie du und ich sie lieben und bewundern. Ein Mann, der Erasmus gelesen hat …«

»Ein einziger Mann, Bruder Bartholomäus! Wie Ihr. Wie ich. Und so weit weg von diesen Bergen …«

»Er ist nicht ganz allein! Er ist einflussreich und sein Wort hat Gewicht. Er hat bereits erreicht, dass Papst Paul III. eine Bulle veröffentlicht, in der er befiehlt, alle Indios der Erde wie Menschen zu behandeln.«

Als er Gabriels ironisches Lächeln sieht, wirft Bartholomäus sich in die Brust und tritt zornig zur Seite. Mit seiner knochigen Hand zeigt er auf Gabriels Diener, die verständnislos und wie erstarrt am anderen Ende des Raumes stehen geblieben sind.

»Wir erklären, dass die Indios, echte Menschen, nicht nur fähig sind, bekehrt zu werden, sondern, entgegen aller gegenteiligen Meinungen, in keiner Weise ihrer Freiheit oder dem Besitz ihrer Güter beraubt werden dürfen, und dass sie durch die Verkündung der Worte Gottes und das Beispiel eines tugendhaften und heiligen Lebens zum Glauben an Jesus Christus geführt werden sollen!«

Kurzatmig, den verbundenen Kopf hin und her werfend, beendet Bartholomäus seinen Vortrag, ergreift den kleinen Chillioc und stellt ihn vor sich.

»Dies sind die Worte und der Wille des Heiligen Vaters: Ich schwöre es vor dem Allmächtigen Gott und auf dem Kopf dieses Kindes. Er will das Gleiche wie wir.«

Zur Antwort streckt Gabriel nur die Hand nach Chillioc aus und streicht ihm über das erschrockene Gesicht.

»Keine Angst, Chillioc«, murmelt er in Quechua. »Mein Freund hat ein wenig Fieber. Hilf mir, ihn wieder ins Bett zu bringen.«

Bartholomäus protestiert, doch die Erschöpfung ist noch größer als seine Aufregung, und er kann sich kaum noch auf den Beinen halten. Während Gabriel ihn mit Hilfe des Kindes zwingt, sich niederzulegen, und eine Decke über ihn breitet, fragt er mit gebrochener Stimme:

»Glaubst du mir, Gabriel?«

»Ich glaube Euch.«

»Dann bringe diese Blätter nach Spanien. Lass sie Las Casas zukommen. Er braucht sie.«

Gabriel hält verblüfft inne. Das Fackellicht spielt mit den Schatten, verändert die Gesichter. Bartholomäus' verbundener Kopf ähnelt einer Maske.

»Ich?«, flüstert er.

»Wer sonst, außer dir, hätte die Kraft und den Mut dafür? Schau, wie dieses Kind dich ansieht, Gabriel«, drängt Bartholomäus und ergreift Chilliocs Hände. »Wenn du diese Blätter nach Spanien bringst, schenkst du ihm ein menschenwürdiges Leben.«

Und als Gabriel sich mit gerunzelten Brauen distanziert abwendet, fügt er noch hinzu:

»Worauf wartest du hier? Dass Anamaya zu dir zurückkommt? Du weißt, dass das nicht geschehen wird. Du bist nun allein. Du vergeudest deine Zeit hier, indem du die Schönheit des Titicacasees bewunderst, während die, die du zu verteidigen meinst, untergehen werden. Bringe diese Blätter nach Toledo, verkünde die Wahrheit dort, wo sie bekannt werden muss. Wer könnte dem König besser von diesem Land erzählen als du? Hilf mir, Gabriel. Nicht für Gottes Sache, denn die hast du aufgegeben. Aber für die, die du nicht vergessen willst und die dein Herz mit Trauer füllt.«

Gabriel betrachtet den Mönch lange, ohne mit der Wimper zu zucken und ohne zu antworten. Doch an dem Zittern, das ihn von Kopf bis Fuß durchläuft, erkennt Bartholomäus, dass seine Worte ihre Wirkung nicht verfehlen.

*

Ein milchiger Morgen zieht über dem Titicacasee auf. Die Nebel fransen aus. Grau scheinen die Terrassenmauern und die Wasseroberfläche durch sie hindurch. In der Biegung der großen Bucht, den heiligen Inseln der Sonne und des Mondes gegenüber, steigen noch vereinzelt Rauchsäulen von den Häusern in Cusijata auf.
Gabriel steht auf halber Höhe einer Art felsigen Bergspitze, die in den See reicht, und bewundert zum letzten Mal diesen zauberhaften Ort. Der einzige Ort, wo es ihm gelungen war, friedlich zu leben seit jenem Märztag 1532, als er zu den ersten Konquistadoren gehörte, die den Boden der Inkas betraten, und er bei seiner Ankunft am Strand von Tumbez gemeinsam mit Sebastian fast im Meer des Südens ertrunken wäre.
Fast auf den Tag genau sieben Jahre ist das nun her! Sieben Jahre der Hoffnung, des Kampfes und gelegentlichen Ruhmes. Und fast sieben Jahre der Liebe. Doch nur so wenige Momente des Glücks! Flüchtige, dem Krieg und den Dramen abgerungene Augenblicke …
Anamaya!
Er muss nur den Namen in die sanfte Morgenbrise flüstern, um zu spüren, wie sein Körper erzittert, als wären die magischen Silben des geliebten Namens in jede Parzelle seiner Haut eintätowiert: Anamaya!
Und nun, da er ein völlig anderer Mann geworden ist als vor sieben Jahren, wird er nach Spanien zurückkehren. Wird ohne einen Blick zurück, ohne Anamayas Lippen auch noch ein Mal zu küssen, fortgehen. Fortgehen und langsam den Duft ihrer Haut vergessen, die Wärme ihrer Schenkel. Die Reisen in eine fremde Welt vergessen, in die sie ihn so mühelos mitgenommen hatte. Eigentlich glaubt er nicht wirklich daran.
Doch die Worte des Mönches sind ihm die ganze Nacht durch den Kopf gegangen. Worte der Vernunft und der Kraft, obwohl Bartholomäus aufgeregt war. Er hat sie immer wieder von sich

gewiesen. Und dann sind plötzlich andere Worte in seinen Gedanken aufgetaucht. Worte, die Anamaya gesprochen hat. Worte, die sie dem »Puma« sagte, Worte, in denen sie die seltsame, unglaubliche Nachricht eines seit langem toten Inkakönigs weitergab:

Es ist der Puma, den du über den Ozean springen sehen wirst.
Und wenn er geht, wird er zu dir zurückkommen.
Wenngleich getrennt, seid ihr vereint.
Und wenn alle gegangen sind, wirst du übrig sein, und der Puma wird an deiner Seite bleiben.
Gemeinsam, wie eure Ahnen Manco Capac und Mama Ocllo, werdet ihr dieser Erde neues Leben schenken.

Worte, die er gehört hat, ohne sie zu verstehen, und die er bewahrt hat wie eine Truhe, die ein Geheimnis birgt. Worte, Sätze, die plötzlich klar werden: Ja, er muss gehen! Endlich hat er verstanden, wie er zu Anamaya zurückkehren kann. Nicht, indem er in den Titicacasee springt, sondern indem er den Ozean überquert. Indem er nach Spanien zurückkehrt. Sich dem scheinbaren Zufall und der Macht seines Schicksals unterwirft, die Bartholomäus unwissend ebenso zum Boten der Ehrwürdigen Ahnen der Inkas wie zu dem Christi gemacht haben.
Das Geräusch eines knackenden Astes lässt Gabriel aufschrecken und unterbricht seine Träumerei. Als er sich umdreht, sieht er erst nichts. Dann werden die Zweige eines Strauches auseinandergebogen, und Chillioc taucht zögernd auf, wagt kaum, ihn anzuschauen.
Sanft lächelnd reicht Gabriel ihm die Hand:
»Komm, Chillioc, komm her.«
Das Kind gibt ihm seine kleine Hand, und er bedeutet ihm, sich neben ihn zu setzen.
»Du solltest schlafen«, rügt er zärtlich.

»Ich konnte nicht. Ich habe gesehen, dass du nicht schläfst und bin dir gefolgt.«

Gabriel nickt und drückt die kleine, zwischen seinen Fingern verborgene Kinderhand ein wenig fester. Schweigend betrachten sie gemeinsam den Reigen des Nebels auf dem See.

»Du wirst fortgehen, Fürst Gabriel?«

»Warum denkst du das?«, wundert sich Gabriel.

»Ich habe dein Gesicht gesehen, als du mit dem kranken Fremden sprachst.«

»Ja, ich werde fortgehen, Chillioc. Du hast Recht, und du wirst mir fehlen.«

»Doch warum willst du fortgehen? Gefällt es dir nicht bei uns?«

»Doch«, lächelt Gabriel, »es gefällt mir sehr gut.«

»Warum dann?«

»Weil es Zeit ist, dass ich fortgehe, um jemanden zu treffen … und auch, um etwas zu vollbringen.«

Traurig und verständnislos schaut das Kind ihn an.

»Wenn du fortgehst«, flüstert Chillioc, »werden die Fremden, die uns nicht mögen, hierher kommen. Alle werden Angst haben.«

»Auch deshalb gehe ich fort«, brummt Gabriel mit zugeschnürter Kehle, »damit ihr euch nie mehr vor den Fremden fürchten müsst.«

»Glaubst du, dass das möglich ist?«, fragt das Kind und reißt die Augen weit auf.

»Vielleicht. Ich weiß es nicht. Aber ich weiß, dass es unmöglich ist, zu leben, ohne es versucht zu haben.«

22

Vilcabamba,
Juni 1539

»Ich freue mich, dass Du da bist, Doppelbruder«, flüstert Anamaya. »Nun bin ich bereits seit zehn Jahren Deine Gattin. Zehn Mal haben sich mit den vier Jahreszeiten Kälte und Wärme in unserer Welt abgelöst. Zehn Mal hat sich der Tag meiner Geburt in die Vergangenheit entfernt. Ich war ein Kind, als der Unumschränkte Gebieter Atahuallpa befahl, dass ich Dich auf immer begleiten und die Coya Camaquen werden solle. Heute bin ich eine Frau, die älter ist als die Prinzessinnen und Konkubinen des Unumschränkten Gebieters Manco. Dennoch, in Deiner Nähe scheint mir, als ginge die Zeit spurlos an uns – an Dir und mir – vorüber.«

Anamaya lächelt zärtlich. Sie hockt auf den Fersen neben der goldenen Statue des Doppelbruders, der vor dem Großen Sonnentempel von Vilcabamba auf der von Katari errichteten Stele steht. Mit wenigen, bereits tausend Mal vorgenommenen Handbewegungen legt sie die Opfergaben vor dem Doppelbruder aus: Honig und Obst, Flussfische und jungen Mais. Dann legt sie die Cocablätter in der vorgeschriebenen Reihenfolge auf die rötliche Glut in der mit dem Bildnis der Schlange Amaru bemalten Schale.

»Oh, mein Gatte«, denkt sie und beugt schweigend den Oberkörper, »nimm, was Dir die Coya Camaquen von ganzem Herzen gibt.«

Der beißende, trockene Rauch der Cocablätter zittert. Er umschlingt langsam streichelnd die Goldstatue und hebt sich dann in die aufsteigende Wärme des Tages.

Wie jeden Morgen seit Ende der Regenzeit erstrahlt die kleine Stadt im Herzen des Dschungels im ersten goldenen Licht des

Morgenrots. Nach der Spitze des Heiligen Felsens, wo jeden Morgen die Sonne festmacht, tauchen erst der große Ritualplatz, dann die Mauern rings um die Terrassen der königlichen Canchas aus dem üppigen Dschungel auf. Bald tritt das Labyrinth aus Gassen, Treppen und Brücken ebenfalls aus dem Schatten. Tag für Tag bewundert Anamaya die perfekte Harmonie dieser Stadt, die Katari mit einem seiner Zaubersprüche aus der Erde geholt zu haben scheint. Größe und Grundriss der Stadt lassen die Tempel, die Wohnungen der Adeligen und der einfachen Menschen und sogar die Lagerhallen so perfekt mit dem Dschungel verschmelzen, dass man sich nur eine viertel Stunde zu Fuß von Vilcabamba entfernen muss, bis sie wie eine Fata Morgana verschwindet.

»Ich freue mich, dass Du da bist, Doppelbruder«, wiederholt Anamaya sanft. »Deine Anwesenheit besänftigt mich und erfüllt mich mit Hoffnung, denn durch Dich spüre ich, dass der Unumschränkte Gebieter Huayna Capac uns beschützt, während der Krieg alles um uns herum tötet und vernichtet. Lange Zeit konnte ich Dich weder lieben noch erhören, Doppelbruder. Ich war ein zu kleines Mädchen. Ich fürchtete Dich. Ich fürchtete Dein Schweigen und Deinen goldenen Körper. Ich fürchtete mich vor meiner ehelichen Pflicht Dir gegenüber. Ich fürchtete das Wissen, das Deine Anwesenheit mich lehrte und das mir den Neid, die Eifersucht und den Zorn der Ehrwürdigen Fürsten einbrachte.«

Anamaya unterbricht nachdenklich ihr Murmeln. Eine Gruppe junger erwählter Jungfrauen, die Opfercumbis für den Sonnenvater tragen, gehen an der hohen trapezförmigen Türöffnung der Tempelmauer vorbei. Beim Anblick der ins Gebet versunkenen Coya Camaquen verbeugen sich die Mädchen. Respektvoll halten sie die Augen auf die Bodenfliesen geheftet.

»Denn Deine Gegenwart, oh, mein Gatte«, fährt Anamaya fort und lächelt den jungen *Acllas* zärtlich und ein wenig ironisch zu,

»hat aus mir, dem einfachen und schüchternen Mischlingsmädchen, eine gefürchtete Frau gemacht!«
Ihr Gesicht wird wieder ernst, und sie streckt die Hand aus, streichelt die Schulter der Statue.
»In Wahrheit, Doppelbruder, fürchtete ich mich vor allem davor, dass Du mich hindern könntest, den zu lieben, den der Unumschränkte Gebieter Huayna Capac mir bezeichnet hat. Ich hatte solche Angst vor Deiner Eifersucht. Ich fürchtete, Du würdest ununterbrochen versuchen, denjenigen fern zu halten, für den, trotz seiner langen Abwesenheit, mein Herz und mein Körper schmelzen wie Schnee unter Intis Berührung. Ja, oh, Doppelbruder, ich fürchtete Deine Eifersucht!«
Besorgt forscht Anamaya aufmerksam in dem Goldgesicht. In dem aufgehenden Morgenlicht wird der Schatten seines Blicks heller. Unter der kräftigen Wölbung der Nase zieht er sich über die zart geschwungenen Lippen, die plötzlich zu lächeln scheinen. Da schließt Anamaya die Lider und stößt in einem Atemzug ihre Beichte hervor:
»Oh, Doppelbruder, wie oft fürchtete ich Deinen Zorn, wenn mein Mund oder mein Geist seinen Namen aussprach, wenn seine Hände oder Lippen meine Haut berührten! Verzeih meine Dummheit, geliebter Gatte. Ich weiß nun, dass diese Angst sinnlos war. Vor nunmehr drei Monden legte sich eines Abends im Fluss der Atem des Pumas auf mich. Seitdem vergeht keine Nacht, kein Traum in deiner Gegenwart, in dem der Puma nicht zu mir käme. Von Traum zu Traum, oh, Doppelbruder, sind wir zusammen. Wir berühren und lieben uns, wie Mann und Frau einander in Intis Licht lieben! Ich berühre mit meinen Fingern die Haare, die nun seine Wangen bedecken. Ich spüre, wie sein Gesicht unter meiner Handfläche erschaudert. Ich sehe seinen blitzenden Blick, wenn er mich nehmen will und in mich eindringt, ebenso kraftvoll wie in unseren Nächten in Cajamarca, Cuzco oder Ollantaytambo! Nacht für Nacht, oh, geliebter Dop-

pelbruder, streichelt sein Herz mein Herz. Traum für Traum sehe ich ihn zum Puma werden, und ich weiß, dass auch er mich nicht vergessen hat. Jedes Mal wenn ich aufwache, bin ich besänftigt und voller Vertrauen. Heute verstehe ich die Worte des Unumschränkten Gebieters Huayna Capac. Ja! So erfüllen sich die Worte und der Wille der Ehrwürdigen Ahnen. Und ich, die Coya Camaquen, werde Dich bald dorthin begleiten, wo Du in ihrer Gemeinschaft Frieden finden wirst.«

Tief in ihre Anbetung versunken, verharrt Anamaya einen Augenblick reglos. Sie horcht immer noch mit geschlossenen Augen in sich hinein, als könnte sie so die wortlose Antwort der Goldstatue besser empfangen.

Erst lange Zeit später spürt sie jemanden schnell neben sich atmen. Ein unterdrücktes, klagendes Schluchzen. Sie springt auf und sieht Mancos junge Gattin, die mit tränenüberströmtem Gesicht einige Schritte neben ihr kniet.

»Curi Ocllo!«

»Hilf mir, Coya Camaquen! Hilf mir, bitte!«

»Curi Ocllo!«, ruft Anamaya erneut und reicht ihr im Aufstehen die Hand. »Was ist los?«

»Ein Chaski ist diese Nacht gekommen, um uns zu sagen, dass die Fremden Cuzco verlassen. Sie kommen durch das Heilige Tal auf uns zu …«

Curi Ocllos große dunkle Augen versuchen, in Anamayas Blick einzutauchen, als könnte sie ihr so all ihre Furcht weitergeben. Anamaya runzelt jedoch nur die Brauen. Curi Ocllo schluchzt noch lauter und ruft:

»Es ist passiert, was ich schon immer befürchtete, Anamaya! Oh, es ist schrecklich! Inti schütze uns!«

Anamaya zwingt sie, sich zu erheben, und fährt der jungen Frau mit den Fingern über die tränennassen Wangen:

»Ich verstehe deine Aufregung nicht, Curi Ocllo! Manco ist mit dreitausend Kriegern in Vitcos. Es wäre nicht das erste Mal, dass er die Fremden zurückschlägt. Im Dschungel sind sie sehr schlechte Kämpfer.«

Ein erneutes Schluchzen erstickt Curi Ocllos Widerspruch. Hinter ihr sieht Anamaya die heimlichen Blicke der jungen Acllas. Sie legt der kleinen Königin den Arm um die zitternden Schultern und zieht sie hinaus aus dem Tempel.

»Beruhige dich, Curi Ocllo«, flüstert sie zärtlich, »es ist nicht gut, wenn die Töchter der Sonne dich in diesem Zustand sehen.«

Curi Ocllo stammelt eine Entschuldigung, und sie erreichen den großen Ritualplatz. Anamaya wendet sich zu der großen Treppe, die in weitem Bogen aus Vilcabamba hinaus zu den bepflanzten Feldern am Flussufer führt.

Curi Ocllo nimmt sich kaum Zeit, sich zu beruhigen.

»Vor fünf Monden wollte Manco den Fremden erneut Cuzco abnehmen. Doch er ist nicht einmal bis zur Stadt des Pumas gekommen, denn sein Bruder Paullu ging selbst mit tausend Soldaten aus dem Süden dorthin zurück, nachdem er den alten und treuen Tisoc besiegt hatte.«

»Das weiß ich!«, unterbricht Anamaya sie ungeduldig. »Ich selbst habe Manco vor dieser unnötigen Expedition gewarnt. Er durfte nicht versuchen, sich gegen Paullu zu stellen!«

»Es ist nicht Paullu, der Manco am meisten Übel will«, murmelt Curi Ocllo und wendet den Blick ab. »Es ist mein Bruder Guaypar.«

Anamaya erstarrt und Curi Ocllo fährt mit tonloser Stimme fort:

»Guaypar hat seit langem eine große Anzahl Krieger aus dem Norden versammelt, die er nun Paullu unterstellt. Es ist ihm egal, dass Paullu sich den Fremden unterwirft wie eine Frau, die einen lieblosen Mann erträgt. Er hasst Manco seit Jahren ebenso sehr, wie ich ihn liebe. Er denkt nur daran, ihn zu zerstören. Ich weiß selbst nicht, warum.«

Anamaya zittert und schließt die Augen. Ihre Hand tastet nach

Curi Ocllos Schulter und ihre Finger schließen sich freundschaftlich darum.
»Ich weiß, warum«, flüstert sie.
Als hätten Curi Ocllos Worte sie vollständig in die Vergangenheit geführt, sieht sie wieder die kalten, leuchtenden Tage des Huarachiku in Tumebamba. Sie waren Kinder. Alle: Manco, Paullu, Guaypar. Und auch sie, kaum Schülerin des Gelehrten Vila Oma und bereits Atahuallpas Schützling. Sie erinnert sich an diesen schrecklichen Wettlauf. An Mancos Angst vor der Schlange, an die tiefe Freundschaft zwischen Paullu und seinem Bruder. Und wie hasserfüllt und gewalttätig Guaypar bereits damals war. Sie erinnert sich an Mancos und Guaypars Kampf rings um das Feuer, zwei zornige, blutrünstige Jungen, trunken von Chicha, deren Mordlust die Nacht zerriss, bis einer von Mancos Onkeln den Kampf unterbrach.
»Die Lehre ist erteilt, und niemand wird sie vergessen«, hatte er gesagt. Worauf Guaypar, vor Scham und Hass wie verrückt, geantwortet hatte: »Du bist verflucht, Manco. Du wirst verbrennen, bevor du die Anderswelt erreichst! Niemals wird deine Seele frei sein!«
Anamaya spürt, wie auch ihr die Tränen kommen und ihr die Luft zum Atmen nehmen. Der wahre Grund all dieses Hasses, ja, sie kennt ihn. Sie selbst ist es!
Auch daran erinnert sie sich: Guaypar in Huamachuco, der sie bat, seine Frau zu werden, während die Fremden auf Cajamarca zukamen. Guaypar, der ihr sagte: »Meine diesseitige Seele lebt nur durch dich, Anamaya! Mein Innerstes brennt allein bei dem Gedanken an dich.«
»Ja«, wiederholt sie, »ich weiß, was sie trennt.«
»Und ich, ich will verhindern, dass sie einander umbringen, Anamaya. Manco ist mein geliebter Gatte! Niemals hat sich mein Herz nach einem anderen Mann gesehnt. Doch Guaypar ist mein Bruder. Auch ihn liebe ich.«

Anamaya schweigt und wagt nicht, Curi Ocllos entsetzten Blick zu erwidern.
»Coya Camaquen, hilf mir«, fleht die junge Frau.
»Wie könnte ich dir helfen? Wie soll ich mich dem widersetzen, was ist?«
»Lass mich zu Manco gehen. Er braucht mich, und ich will bei ihm sein, wenn Guaypar sich gegen ihn stellen will. Wenn nötig, werde ich mich zwischen sie werfen.«
»Nein, Curi Ocllo«, erklärt Anamaya sanft, »ich lasse nicht zu, dass du eine solche Dummheit begehst. Was Manco und deinen Bruder entzweit, ist viel zu alt, viel zu stark, als dass du eine Auseinandersetzung zwischen ihnen verhindern könntest, wenn das Schicksal es so will.«
»Nein, niemals! Niemals werde ich sie im Stich lassen!«, widerspricht Curi Ocllo laut. »Wenn nötig, gehe ich ohne Geleitschutz bis Vitcos. Schäme dich, Coya Camaquen! Schäme dich, deinen Unumschränkten Gebieter im Stich zu lassen!«
»Curi Ocllo!«
Doch Anamaya ist nicht schnell genug, um die junge Frau zurückzuhalten, die von Weinkrämpfen geschüttelt nach Vilcabamba zurückläuft. Zögernd macht sie ein paar Schritte, um ihr zu folgen.
»Oh, Inti!«, denkt sie nun selbst den Tränen nahe, »dieser Tag begann voller Hoffnung und Glück, doch was gerade geschehen ist, ist bereits schwerer zu ertragen als die Wolken, die die Berge erzittern lassen.«

23

Cuzco,
Juni 1539

Gabriel ist erschrocken, als er sich Sacsayhuaman nähert. Die furchtbare Schlacht und die Feuersbrunst haben die Mauern der Festung, für die so viele Männer starben und in der er sich seine Legende erkämpfte, zum Teil zerstört. Die Türme sind gefallen und die kriegerischen Armeen mit ihren Pfeilen und Steinen sind verschwunden. Nur zyklopenhafte Steinblöcke erheben sich noch in altem Stolz, schützen nur noch ein Geheimnis vor dem Wind.

Bartholomäus zügelt sein Pferd und streckt die Hand aus.

»Hast du gesehen?«

In dem Steinbruch über der Festung erkennt man spielende Kindergestalten, die hintereinander herlaufen, Fangen spielen und kämpfend zu Boden rollen. Ihre schrillen Schreie hallen durch die Berge.

Gabriel lächelt.

»Der Krieg, den Kinder kämpfen, kennt keine Opfer.«

»Sie wachsen schnell. Leider lernt sich nichts leichter als das Töten.«

Gabriel nickt stumm.

Sie durchqueren die Felder, wo nun außer Quinoa und Mais auch Weizen, Gerste und Hafer angebaut werden. Als sie zur Stadt kommen, entdeckt er zu seiner Überraschung sogar kleine umzäunte Gärten, in denen Kohl wächst.

Zu Füßen der grasbewachsenen Mauern erstreckt sich die Stadt des Pumas. Gabriel erinnert sich an das hinreißende Schauspiel, das ihr Anblick beim ersten Mal bot, sieht wieder Anamayas mit einem Mal so fernes Gesicht neben Manco, und Pizarros Triumph.

Bartholomäus hat Kleider aus einer Tasche geholt und reicht sie ihm mit den schüchternen Worten: »Wir sind ungefähr gleich groß und ich dachte, dass …«

»Das brauche ich nicht.«

Gabriels Stimme ist sanft, aber bestimmt. Er spürt Bartholomäus' Blick auf sich ruhen: Er ist kein verkleideter Indio mehr wie bei seiner Rückkehr nach Cuzco, als er Gonzalo töten wollte. Er hat diese einfachen Kleider angelegt, weil sie seine Verbundenheit mit dem neuen Land kennzeichnen: einen cremefarbenen Unku, in den ihm die Frauen vom Titicacasee auf seine Bitte hin einen schwarzen Puma eingewebt haben.

»Ich habe lange gebraucht, um der zu werden, der ich bin, Bruder Bartholomäus. Ich werde mich nicht als das verkleiden, was ich nicht mehr bin.«

Bartholomäus schweigt respektvoll, neugierig. Dann macht er einen letzten Versuch:

»Du weißt, was sie sagen werden, nicht?«

Gabriel macht sich nicht die Mühe zu antworten.

»Lasst uns gehen«, sagt er und gibt seinem Pferd einen auffordernden Stups mit den Fersen.

Er ist fröhlich wie ein Mann, der tun wird, was er tun muss.

*

Beim Betreten der Stadt bemerkt Gabriel sofort die Veränderungen, die seit seinem letzten Besuch stattgefunden haben.

Das Auffälligste ist der Schmutz. Die Kanäle in der Mitte der Straßen, in denen klares Wasser floss, sind mit allerlei Unrat verstopft, aus denen Kartoffelschalen und halb gegessene Maiskolben aufragen. Der aufsteigende Geruch ist widerlich, widerlich auch der Gestank nach Pferdeäpfeln und Schweinedung …

»Der Beitrag der Zivilisation«, sagt Bartholomäus ironisch mit einem Blick auf Gabriel.

Er schaut auf.
Nach dem Feuer in Cuzco sind die verbrannten Strohdächer zumeist durch Ziegel ersetzt worden: Es ist ein seltsamer Anblick, diese edlen Inkapaläste mit ihren spanischen Dächern. Außerdem sieht Gabriel, dass einige trapezförmige Öffnungen unten zugemauert wurden, um Holztüren mit dicken Schlössern einbauen zu können.
»Sie kannten keinen Diebstahl«, sagt Bartholomäus, »und legten nur einen einfachen Holzstab vor den Eingang, um zu zeigen, dass sie fort waren. Noch eines unserer Geschenke …«
Ein Hase flitzt von zwei Schweinen verfolgt zwischen den Beinen von Gabriels Pferd hindurch, das zur Seite tritt. Er bemerkt die auf ihn gerichteten Blicke: Dieser Fremde, der wie ein Indio gekleidet ist, sorgt für mehr Aufmerksamkeit, als all die Indios, die irgendwelchen spanischen Schmuck über ihren traditionellen Kleidern tragen: Einer hat Handschuhe übergezogen, ein andere einen Ledergürtel, ein Dritter Beinkleider. Nur die Inkas tragen stolz wie eh und je ihre eigenen Gewänder.
Als sie den Platz des Aucaypata betreten, ziehen vor Gabriels innerem Auge erneut vergangene Bilder vorbei: Die Ankunft der Mumien, Mancos Krönung. Doch der Klang einer Glocke unterbricht seine Reise in die Vergangenheit. Der alte, vertraute Ton lässt ihn wie angewurzelt stehen bleiben. Er schaut Bartholomäus verblüfft an. Der Priester deutet auf die Stelle, wo das Sunturhuasi stand, dieses mysteriöse Gebäude, das den Platz beherrschte.
Dort, wo sich der Turm mit dem konischen Dach befand, ist jetzt nur eine Baustelle. Noch ist kein einziger Stein gelegt, doch das Holzgerüst steht bereits. An einen Balken haben die Arbeiter eine einzelne Glocke gehängt, deren Klang über den Platz hallt und die Indios aufschreckt, die sich umdrehen.
»*El Triunfo*!«, sagt Bartholomäus. »Sie errichten sie bereits in Erinnerung an den Sieg über die Belagerung. Es heißt, ein Maler

käme aus Spanien, um dort ein Bild der Wunder zu malen, die hier stattgefunden haben.«

»Welche Wunder?«

»Das der Jungfrau Maria, die das Feuer löscht und von einem Reiter auf einem weißen Pferd begleitet wird, den scheinbar kein Angriff verletzen kann.«

»Ich erinnere mich vage an dieses Wunder«, sagt Gabriel.

»Es gibt nur wenige Menschen, die es nicht nötig haben, an Wunder zu glauben, um daraus ihre Lebenskraft zu schöpfen.«

»Das merke ich auch langsam.«

Gabriel zieht Bartholomäus in der Verlängerung des Platzes bis zur Straße von Hatun Cancha. Sie bleiben vor einem kleineren Palast stehen, vor dessen Tür eine Guanakohaut hängt. Gabriel steigt von seinem Pferd und gibt einem Greis die Zügel, der sich auf diese Dienste spezialisiert hat.

»Was tust du?«, fragt Bartholomäus.

»Ich werde erwartet«, sagt Gabriel ruhig.

»Wann wurde dieses Treffen vereinbart?«

»In einem anderen Leben. Schließlich seid Ihr es ja wohl, der mich davon überzeugt hat, an Wunder zu glauben. Wollt Ihr mich begleiten?«

Mit einer rätselhaften Geste seiner Hand mit den zwei verwachsenen Fingern verneint Bartholomäus und entfernt sich mit einem letzten Lächeln.

*

Das Durchqueren dieses Palastes gleicht wahrhaftig einer Inszenierung. Vorzimmer, Flure, Indiodiener in Livree, junge Dienerinnen – Gabriel hat das seltsame Gefühl, sich plötzlich in einem Theaterstück wiederzufinden, in dem er eine Rolle spielt, für die man vergessen hat, ihm den Text zu geben. Während er in einem mit Wandbehängen überladenen Raum wartet, hört er lautes Gelächter und dreht sich um.

»Sebastian!«

»Erkennst du diesen Ort nicht mehr? Aber es stimmt, er war in deutlich schlechterem Zustand.«

Angestrengt ruft Gabriel sich die vom Feuer geschwärzten Wände, die verkohlten Dächer des Palastes ins Gedächtnis, wo Sebastian ihn nach der Flucht aus seinem Kerker hingeführt hatte, um ihn neu einzukleiden.

»Ich war in schlechtem Zustand«, seufzt er.

Die beiden Freude umarmen einander stürmisch. Wie gut er sich auch mit Bartholomäus verstehen mag, nie wird sie diese Vertrautheit gemeinsam durchlebter Abenteuer verbinden. Als sie sich nach viel Gelächter und einigen Püffen voneinander lösen, kann Gabriel seinen Freund endlich betrachten.

Seine Kleidung ist absolut außergewöhnlich, von den bunten Beinkleidern bis zu dem feinen Spitzenkragen, der die Pizarros imitiert. Er gibt vor, nicht zu bemerken, dass Sebastian ihn ebenfalls und ähnlich erstaunt betrachtet.

»Welch seltsamer Aufzug!«, sagen sie fast gleichzeitig und lachen erneut.

»Ich muss mich ziemlich ins Zeug legen, um mich von den schwarzen Sklaven zu unterscheiden, die aus Panama kommen«, sagt Sebastian. »Und du, bist du nun der Inka?«

»Ich werde der Inka sein, wenn du Gouverneur bist.«

»Warum nicht? Wir wären ein gutes Gespann, und wenn wir dann unseren Sieg mit einem Gonzalobraten gebührend gefeiert haben, sorgen wir für einen wunderbaren Frieden – nachdem wir uns zuvor in weiser Voraussicht schlechterer Zeiten die Taschen voll gestopft haben!«

»Diesbezüglich scheinst du mir gut vorbereitet!«

Sebastian verzieht das Gesicht.

»Du kannst dir nicht vorstellen, was das heißt«, sagt er, »es ist ein täglicher, ermüdender Kampf!«

Er schnipst mit den Fingern, und sogleich kommen eilig zwei

junge Dienerinnen herbeigelaufen. Ohne dass er etwas sagen müsste, bringen sie eine Karaffe mit einer im Fackellicht tiefrot leuchtenden Flüssigkeit und zwei Silberkelche auf einem silbernen Tablett.
Gabriels Zunge weiß nicht mehr, wie Wein schmeckt, und schon beim ersten Schluck färbt sich sein Gesicht rot.
»Der ist nicht schlecht«, sagt er schnalzend, »doch kein Vergleich zu dem, der … wie hieß die Herberge noch gleich?«
»*Zum freien Krug*!«, grunzt Sebastian. »Oh, das hoch geschätzte Schlitzohr und sein unvergesslicher Fusel … Du hast Recht, nichts wird für uns je an diesen Geschmack heranreichen!«
Sebastians Stimme klingt mit einem Mal wehmütig, und Gabriel lauscht einen Moment der Stille, die plötzlich zwischen ihnen herrscht.
»Erzähle mir von deinem Leben«, sagt Sebastian endlich. »Es heißt, du seiest ein großer Fürst dort, am Ufer des Titicacasees.«
»Davon erzähle ich dir später, Sebastian. Jetzt musst du mir die letzten Neuigkeiten vervollständigen, die Bartholomäus mir überbracht hat. Sag mir zunächst, was aus deinem Vermögen wird.«
»Dass ich reich bin, siehst du, doch ich fühle mich fast ebenso bedroht, als wäre ich noch immer der unglückliche Sklave, den du einst kennen gelernt hast und den nur die Freundschaft des guten Gandia schützte.«
»Warum das?«
»Seit Almagros Tod, der mein ungewollter Beschützer war (dieser Mann hatte viele Fehler, aber er konnte nicht vergessen, dass ich ihm das Leben gerettet hatte!), spüre ich, wie sich der Ring von Verachtung und Neid um mich herum langsam zuzieht. Tja, ich sagte es dir ja schon, es kommen jeden Tag Mohren, die nichts am Leibe tragen, und ein rechtschaffener Spanier, der mich in meinen prächtigen Kleidern sieht, mit meinem guten spanischen Wein, meinen drei Konkubinen und all dem, der sagt

sich, dass ich ein Schlag ins Gesicht der Natur und eine Beleidung der göttlichen Ordnung bin. Es wird sich sicherlich bald einer finden, der mir in irgendeiner Gasse den Garaus macht und mich seinen unzähligen, ständig ausgehungerten Schweinen zum Fraß vorwirft.«

»Kannst du dich nicht ein wenig … unauffälliger benehmen? Alles unter diesem Stein, tief unten in der Höhle verwahren, wo sich früher deine Schätze stapelten?«

Sebastian bricht in Lachen aus.

»Das musst gerade du mir sagen!«

»Das ist nicht das Gleiche!«

Der Schwarze hält inne und lächelt.

»Du hast Recht. Es ist nicht das Gleiche. Ich kenne deine Gründe nicht, doch ich werde nie vergessen, was ich dir einmal sagte: Zwischen dir und mir liegt ein ganzer Ozean, und kein Steuermann, nicht der geschickteste, wird ihn überqueren können. So ist das nun einmal.«

Er nimmt einen tiefen, genüsslichen Schluck. Er reicht einer der jungen Frauen seinen Kelch und lächelt ihr freundlich zu. Sie schenkt ihm nach.

»Ich will mich nicht ändern, auch wenn es mein Tod ist. Es hat mich zu viel Anstrengung, zu viel List, zu viele Demütigungen gekostet, zu bekommen, was ich habe. Ich werde es nicht gegen ein ungewisses, schäbiges Überleben eintauschen. Wenn ich morgen sterben soll, dann mit meinem stählernen Degen aus Toledo in der Hand, und das Blut soll über meinen Spitzenkragen laufen.«

»Ich verstehe dich.«

Sebastian wischt seine pessimistischen Worte mit der Hand fort.

»Du bist nicht hierher gekommen, um dir mein ungewisses Schicksal anzuhören. Du bist wegen ihr gekommen, nicht?«

Gabriel ist sogleich alarmiert.

»Wegen ihr, der Prinzessin mit den blauen Augen«, erklärt Se-

bastian, als wenn das nötig wäre. »Du weißt natürlich Bescheid.«
Gabriels Herz schlägt wie die Glocke des Triunfo.
»Ich weiß gar nichts, nein, Bruder Bartholomäus hat mir nichts erzählt. Was ist geschehen?«
»Die Expedition, beim Blute Christi! Hast du nicht von der Expedition gehört?«
Gabriel richtet sich auf seinem Sitz auf, wirft seinen Kelch um, und der restliche Wein ergießt sich über den dicken Wollteppich.
»Nun rede schon!«, schreit er fast. »Sage mir, was los ist.«
»Sie sind vor nunmehr bereits gut zwei Monaten auf Befehl des Gouverneurs ausgezogen«, sagt Sebastian düster, »dreihundert Männer, von Gonzalo angeführt, und eine gute Anzahl Indios unter Paullus Führung sowie andere Manco feindlich gesinnte Inkahauptleute. Sie sind ihm mit einem bestimmten Ziel in den Dschungel gefolgt: Anamaya zu ergreifen und mit ihr diese große Goldstatue, von der sie wissen, dass sie ihr überallhin folgt, da sie in gewisser Weise mit ihr verheiratet ist.«
Es wird wieder still.
»Warum sie?«
»Sie denken, dass Manco geschwächt ist, weil er von seinen wichtigsten Generälen abgeschnitten wurde, und dass es ein schlimmer Schlag für ihn wäre, wenn man sie gefangen nähme. Danach bräuchten sie ihn nur noch endgültig zu stellen. Und dann sind sie immer noch völlig von dieser Goldstatue besessen. Du hast natürlich von Gandias Missgeschick gehört …«
Gabriel wird ungeduldig.
»Das kannst du mir ein anderes Mal erzählen, ich bin sicher, dass es lustig ist. Weiß man, ob sie ihr Ziel erreicht haben?«
»Sicher nicht, sonst hätten wir bereits von ihrem Triumph gehört. Und Paullu wäre nicht in eben diesem Moment zurückgekehrt, um bei Don Francisco Verstärkung anzufordern.«
Gabriel umarmt Sebastian kurz.

»Ich muss sie sehen. Wo sind sie?«

»Zweifellos beim Gouverneur in der Cassana. Es sei denn, sie wären bei Paullu im Palast der Collcampata, den er seit seiner Krönung bewohnt.«

Gabriel folgt den beiden Dienerinnen zur Tür, wo er sie sanft zur Seite schiebt.

»Sebastian, ich werde dich vielleicht um etwas bitten.«

»Nun?«

»Ich kann jetzt nicht darüber sprechen. Doch wenn ich dich um einen Gefallen bitte, wirst du ihn mir dann erweisen?«

Er hört seinen Freund nur seufzen und unterbricht sich sogleich.

»Ich habe nichts gesagt, verzeih mir.«

»Ich kann nicht so tun, als hätte ich nichts gehört. Ich weiß nicht, was für eine Verrücktheit du im Kopf hast, dumm für mich, aber, ja, ich werde dir helfen.«

Gabriel knufft ihn kurz und verschwindet, entkommt den Dienern in Livree und den Dienerinnen, die aussehen wie Konkubinen.

Bartholomäus erwartet ihn vor dem Eingang des Palastes. Wortlos steigt Gabriel auf sein Pferd.

»Wohin so schnell?«, fragt Bartholomäus.

»Nach Collcampata. Warum habt Ihr mir nichts gesagt?«

»Ich …«

»Nicht mit mir, Bruder Bartholomäus, und nicht Ihr! Sagt mir nicht, dass Ihr nichts von Gonzalos Expedition wusstet.«

»Du kannst nichts tun, Gabriel, du ganz allein, das weißt du.«

»Überlasst es mir, zu beurteilen, was ich kann und was nicht.«

Die Hufe klappern über das Pflaster, und Gabriel unterdrückt seinen Zorn, versucht die schreckliche, tiefe Angst zu bezwingen, die ihn überkommt.

24

Cuzco, Collcampata,
Juni 1539

Auf dem Vorplatz der Collcampata herrscht reges Treiben.
Obwohl er sich auf die Gestalt Francisco Pizarros konzentriert, den er sogleich entdeckt hat, wirft Gabriel bei seiner Ankunft einen kurzen Blick auf die Mauern, in denen die Stadt des Pumas im Herzen der Berge ruht. Besser denn je begreift er die ewige Kraft – weit entfernt von Schweinegestank und Schmutz, den die Eroberer mitgebracht haben. Er spürt die mächtige Seele, die in den Mauern schlummert, jederzeit bereit, fauchend aufzuspringen.
In den Nischen, die in das fugenlose Mauerwerk des Palastes eingelassen sind, stehen die Mumien. Nicht ohne eine gewisse Rührung erkennt Gabriel die des Inkas Huayna Capac.
»Paullu hat sie hier haben wollen«, flüstert ihm Bartholomäus ins Ohr. »Er duldete nicht, dass der ›legitime‹ Inka von seinen Ahnen getrennt würde.«
Gabriel nickt unmerklich und betrachtet seinen alten Beschützer, Don Francisco Pizarro.
Der Gouverneur ist dürrer und knochiger denn je. Mit der Zeit scheint er zusammenzuschrumpfen, was der Kraft, die von ihm ausgeht, jedoch keinen Abbruch tut. Abgesehen von seinem Hut und den weißen Socken ist er ganz in Schwarz gekleidet. Das einzige Zeichen seines unermesslichen Reichtums ist die zarte Kragenspitze, in der sein Hals versinkt. Seine dunklen Augen starren aufmerksam und eindringlich auf den Mann, der ihm, wie es dem Inka gebührt, auf seiner Tiana gegenübersitzt und in dem Gabriel Paullu erkennt.
Der neue Inka von Cuzco ist ebenso alt und groß wie sein Halbbruder Manco. Doch dort, wo dem einen ein Steinmetz die Züge

des Rebellen eingemeißelt hat, ist Paullu rundlich. Ohne dick zu sein, wirkt sein Gesicht ein wenig pummelig und zeugt von jemandem, der den Genüssen des Lebens zugeneigt ist – nur seine Augen spiegeln eine feste, unerschütterliche Entschlossenheit und wache Intelligenz.
Die beiden Männer benötigen keinen Dolmetscher, denn Paullu spricht perfekt Spanisch.
Als Gabriel und Bartholomäus in den Kreis der versammelten Indiofürsten und Hidalgos treten, dreht Pizarro sich zu ihnen um.
Gabriel blickt in die dunklen, tief in ihren Höhlen liegenden Augen des alten Hauptmanns und eine Welle alter Empfindungen überkommt ihn. Steif zwingt er sich zu einem Lächeln und nickt leicht.
»Was ich verstehen möchte, bevor ich Euch helfe, Fürst Paullu«, fährt Pizarro fort, »sind die Erfolgsaussichten dieser Expedition.«
»Sie sind groß, Gouverneur, fast gewiss.«
Paullus Stimme ist von den für das Quechua typischen rauen Silben durchzogen. Hinter sich hört Gabriel, wie einer der Hidalgos ausspuckt und murmelt:
»Dieser Hund wird uns alle in diesem verfluchten Dschungel krepieren lassen.«
»Auf Drängen Eures Bruders Gonzalo bin ich schnell zurückgekommen, um Verstärkung anzufordern, denn Mancos Truppen sind stark und gut organisiert.«
Bei der Erwähnung von Mancos Namen sprühen Pizarros Augen Blitze.
»Seid Ihr sicher, dass wir diesen Hund zerstören können?«
»Ich kann meinen eigenen Bruder nicht als ›diesen Hund‹ bezeichnen«, sagt Paullu höflich, »selbst wenn ich meine, dass er einen bedauerlichen Fehler begangen hat, als er seinen Aufstand entgegen aller Vernunft weiterführte. Doch, um Eure Frage zu

beantworten: Ja, wir können seine Armee besiegen. Allerdings unter einer Bedingung.«

Sich der Wirkung seiner Worte sicher, hält Paullu kurz inne.

»Welche?«, fragt Don Francisco ungeduldig.

»Der Gouverneur weiß, wie sehr seine Leute meine Männer brauchen, um sie durch den Wald zu führen. Er weiß«, – Paullus Blick schweift herausfordernd über die versammelten Spanier – »dass meine Loyalität Euch gegenüber bei zahlreichen Gelegenheiten – Eure Brüder Hernando und Gonzalo könnten das bezeugen, wenn sie hier wären – den Ausgang der Kämpfe entscheidend beeinflusst hat.«

»Daran zweifle ich nicht, Fürst Paullu. Wir wissen, was wir Euch schuldig sind. Und Ihr wisst, was Ihr uns schuldig seid.«

Pizarros Blick ist über die Königsfranse geglitten, die Paullus Stirn schmückt.

»Eine gute Freundschaft benötigt ein gutes Gleichgewicht«, kommentiert der gefährliche Paullu fast gerührt. »Was ich Euch sagen wollte, Gouverneur, ist, dass ich unbedingt gemeinsam mit meinen Truppen und der Verstärkung in den Wald zu Eurem Bruder Gonzalo zurückkehren muss, damit ich dafür sorgen kann, dass sämtliche Ziele der Expedition erfolgreich verwirklicht werden.«

»Wann wollt Ihr fort?«

»Morgen oder in der nächsten Nacht. Die Zeit drängt! Und Ihr solltet eines bedenken, Gouverneur, sobald wir gesiegt haben, könnt Ihr Euch wieder darum kümmern, Lima auszubauen, Eure schöne Stadt der Könige.«

»Und Ihr Euch darum, über diese schöne Stadt Cuzco zu herrschen.«

»Die Stadt meiner Ahnen kann mir nicht gleichgültig sein«, antwortet Paullu und zeigt vorsichtig auf die Reihe der Mumien, die aus ihren Nischen auf sie herunterblicken.

»Nun, Fürst Paullu. Ihr könnt verkünden, dass Ihr auf Befehl

des Gouverneurs ermächtigt seid, die Eurer Meinung nach benötigten Truppen zusammenzustellen.«
»Ich brauche Yungas, Gouverneur, mehr als Bergbewohner. Die kommen von der Küste und das feuchte Klima …«
Pizarro macht erneut eine ungeduldige Handbewegung.
»Macht, was Ihr für nötig erachtet, mein lieber Sapa Inka, Ihr kennt Eure Indios. Macht und gewinnt.«
Pizarro erhebt sich als Erster von seinem Sitz und deutet vor dem furchtlosen Paullu eine Verbeugung an. In dieser Bewegung, denkt Gabriel, liegt die ganze Doppeldeutigkeit, die für die Beziehung zwischen den beiden Männern kennzeichnend ist.
Dann entfernen sich die Inkawürdenträger.
Sogleich erhebt sich Gemurmel in den Reihen der Spanier: »Diesem Verräter vertrauen … dem Freund Almagros …« Pizarro bringt sie mit einer Handbewegung zum Schweigen. Seine Autorität ist unangefochtener denn je – vor allem in seiner Gegenwart.
»Friede«, sagt er. »Wir brauchen den Inka, doch er braucht uns auch. Bei aller Doppelzüngigkeit ist er zu intelligent, als dass er uns jetzt verraten würde. Er will seinen lieben Bruder ebenso loswerden wie wir.«
Die letzten Worte klingen sowohl belustigt wie auch ironisch.
»Und nun fort mit euch! Ich will allein sein mit …«
Er hat sich zu Gabriel umgedreht. Erneut erhebt sich ein Raunen unter den Umstehenden. Nicht alle kennen den Spanier in der Indiotunika, doch alle kennen die Legende jenes stolzen Kämpfers, den Santiago schützte und der ganz allein die Festung eingenommen hat.
Endlich stehen der alte Konquistador und der, der einmal sein Sohn war, allein auf dem Vorplatz.
»Nun«, beginnt Pizarro, »was ist denn das für ein seltsamer Aufzug?«

*

Gabriel könnte nicht sagen, wie viele Stunden sie miteinander verbringen.
Die Mittagssonne steigt auf und stürzt in das warme Blau des Himmels, Gold fällt über die Berge, die Abendschatten dehnen sich aus – und noch immer reden sie.
Der Gouverneur ist sichtlich erfreut, seinen Gefährten wiederzufinden. Er fragt ihn nach dem Leben am Ufer des Titicacasees und neckt ihn mit den eingeborenen Frauen. Gabriel ermuntert ihn, von seiner geliebten Stadt Lima zu erzählen, deren Gründung ihn so sehr beschäftigt hat. Vor allem sprechen sie auf Pizarros Drängen von der Vergangenheit, Sevilla, Toledo, der königlichen Audienz und der qualvollen Reise. In der so entstandenen Vertrautheit entspannt sich der Gouverneur und wedelt, je nach der Geschichte, die er erzählt, mit seinem weißen Hut wie mit einem Tuch, einer Fahne oder einem Segel.
»Eines habe ich mich oft gefragt, Don Francisco.«
»Frage, mein Junge.«
»Es heißt, bei einer Eurer ersten Expeditionen waren Eure Gefährten kurz davor, Euch zu verlassen, als Ihr eine Linie in den Sand gezeichnet habt, um ihnen die Grenze zwischen Armut und Glück, zwischen Vergangenheit und Ruhm zu zeigen …«
»Die Hahneninsel«, murmelt Pizarro verträumt.
»Es heißt auch, dass es zwölf waren, die diese Linie überschritten haben, um sich neben Euch zu stellen.«
»Nun, und was willst du wissen?«
»Ich möchte wissen, ob das wahr ist. Ob es sich tatsächlich so abgespielt hat.«
Pizarro schweigt einen Moment. Ein Lächeln macht sein strenges Gesicht weicher.
»Bist du nicht mit einigen von ihnen befreundet?«, fragt er. »Hast du Gandia diese Frage gestellt?«
»Er hat nur gelacht! Und ich möchte es aus Eurem Munde hören.«

Doch so leicht lässt sich Pizarro nicht erregen – oder das Gespräch macht ihm zu viel Spaß, als dass er jetzt nachgeben würde.
»Mir hat man erzählt«, gibt er zurück, »dass ein Reiter, der aussah wie du – aber nicht in deinem seltsamen Aufzug – auf einem weißen Pferd mitten durch die Indiopfeile ritt, durch das Feuer hindurch und, von der Jungfrau Maria beschützt, die an seiner Seite erschien, ganz allein loszog, die drei Türme der Festung zu erobern. Stimmt das?«
Gabriel lächelt seinerseits.
»Auch Ihr habt zahlreiche Freunde, Don Francisco. Habt Ihr sie nicht befragt?«
»Bei Christus, sie schwören alle, dass es so war – allerdings mit der bemerkenswerten Ausnahme meines Bruders Gonzalo.«
Gabriel bricht in Lachen aus, und der alte Konquistador schließt sich ihm an.
»Legenden«, brummt Pizarro. »Wer von uns weiß, ob sie wahr sind. Es gibt so viele Episoden meines Lebens, an die ich mich nur wie durch einen Nebel erinnere. Manchmal erwache ich morgens und mir scheint, als hätte ich die Nacht in einem Dorf meiner schönen Estremadurá damit verbracht, eine Glocke zu bauen, und mein ganzes Leben wäre so verlaufen. Dann fällt mir wieder ein, wo ich bin, was ich durchgemacht habe, und ich werde alt.«
»Und doch seid Ihr da.«
Mit einer Handbewegung umfängt Gabriel das ganze Land zu ihren Füßen, mit seinen Fackellichtern, die nach und nach in der hereinbrechenden Nacht entzündet werden. Die beiden Männer schweigen einen Moment, jeder in seine eigenen Gedanken versunken, jeder in der Erinnerung an die Vergangenheit verloren, die sie einander näher gebracht hat.
Dann hört Gabriel die Stimme des Gouverneurs, die fast ein Flüstern ist:

»Ich brauche dich, mein Sohn.«
Gabriel verkrampft sich, als hätte er eine Ohrfeige erhalten. Trotz der Zuneigung, die ihn mit Don Francisco verbindet, trotz des Respekts, den er immer noch für ihn empfindet, spürt er eine schreckliche, unerträgliche Drohung in diesen Worten.
»Ich bin erneut allein, das weißt du. Hernando hat den Einäugigen umgebracht und nun ist er in Spanien, um sich vor dem König zu rechtfertigen. Gott allein weiß, was aus ihm werden wird. Ich weiß, dass du ihn hasst, doch er ist der Einzige, der außer seinen Eiern ein wenig Grips hat – verzeih mir den Ausdruck. Die anderen – du weißt ja, was ich von ihnen halte.«
»Warum habt Ihr dann Cuzco Gonzalo anvertraut?«
Gabriels Stimme ist ruhig, doch der Vorwurf, der in dieser Frage liegt, ist unüberhörbar.
»Bei all seinen Fehlern, er gehört zu mir – der Einzige, dem ich vertrauen kann. Im Gegensatz zu all diesen Hauptleuten, die, mit zehn Pferden und fünfzig Infanteristen ausgestattet, aus Spanien zu uns kommen und glauben, sich alles herausnehmen zu dürfen, die erwarten, dass sämtliche Schätze Perus ihnen zu Füßen gelegt werden.«
»Es gilt ein Land aufzubauen, und Ihr denkt an nichts anderes, als Krieg zu führen, immer wieder Krieg.«
»Wie soll man es anders machen? Glaube mir, Gabriel, ich sehne mich ebenso sehr wie du nach Frieden. Lass dir gesagt sein …«
Pizarro legt seinen Hut auf die kleine Mauer, die über der Stadt aufragt und nimmt Gabriels Arm, beugt sich vertraulich zu seinem Ohr.
»Du weißt, dass ich mit dieser Indioprinzessin zusammenlebe, die wir Doña Angelina getauft haben. Nun, es fällt mir ungeheuer schwer, meine Liebe zu ihr zu verbergen! Und diese Tochter, die ich mit Doña Ines Quispe Sisa habe, diese wunderbare kleine Francesca, du kannst dir nicht vorstellen, wie gerne ich jeden Moment des Tages zu ihr laufen und sie in die Arme neh-

men möchte. Ich habe sie schon wochenlang nicht gesehen, und sie fehlt mir, ach, wenn du wüsstest, wie sehr sie mir fehlt!«
Tränen glitzern in Pizarros Augen.
»Ich will nur eins: mit ihnen auf dem Land leben, mein einfaches Mahl mit einem Glas verdünntem Wein einnehmen, meinen alten Körper mit einfachen Spielen beweglich halten, wie ich sie spielte, als ich Kind war, Federball oder Kegeln. Glaubst du, es macht mir Spaß, im Morgengrauen über zerstörte Straßen zu reiten, Armeen anzuführen, die Kaziken zu irgendetwas zu überreden, mir den Kopf zu zerbrechen, um herauszufinden, ob ich diesem Paullu vertrauen soll oder nicht …«
»Dann schließt Frieden!«
Das Wort peitscht durch die Stille. Pizarro nimmt seinen weißen Hut wieder und drückt ihn wie einen Lehmklumpen zusammen.
»Frieden! Du benutzt jetzt recht große Worte, mein Sohn!«
»Seht Ihr es denn nicht, Don Francisco?«
»Ich sehe eine Art Teufel, mein Sohn, einen als Indio verkleideten Spanier, der mir Sätze an den Kopf wirft, deren er nicht würdig ist.«
Das Gesicht des alten Mannes, der noch einen Moment zuvor voller Aufrichtigkeit die Rolle des entzückten Vaters spielte, zittert vor kaltem Zorn. Doch Gabriel spürt, wie ihn eine Kraft überkommt, die er Pizarro gegenüber niemals hatte. Mit fester Stimme antwortet er:
»Habt Ihr die Worte derer gehört, die nicht vor Euch zittern? Wisst Ihr, dass Eure Soldaten sich an kein einziges Eurer Gesetze halten und weiterhin plündern, morden und versklaven? Glaubt Ihr, Ihr könnt so Frieden mit den Indios schließen?«
»Ich muss erst diesen Krieg gegen den unseligen Manco gewinnen. Frieden und Eintracht werden wir später herstellen.«
»Aber nein, Don Francisco, Ihr seht es nicht! Der Kriegsgeist ist überall, selbst in unseren Reihen. Ihr habt zugelassen, dass Almagro umgebracht wurde …«

»Ich wusste nichts davon.«
»Kommt schon, Ihr wusstet nichts davon – wie Ihr auch nichts davon wusstet, dass Atahuallpa hingerichtet wurde. Ihr wusstet es und Ihr habt weggeschaut, die Augen geschlossen, bis die Tat begangen war. Und jetzt liegt überall Rache in der Luft: Ein jeder hasst seinen Bruder und träumt nur davon, ihm zu nehmen, was er hat, jeder sieht das Unrecht und glaubt, wenn er nur unterstützt wird, gibt seine Stärke ihm jedes Recht, alles Recht! Und jetzt erkennt Ihr nicht einmal in den gehorsamen Blicken Eurer Gefährten diejenigen, die Euch verraten, die vielleicht bereits Komplotte schmieden und Euch nach dem Leben trachten.«
Pizarro hat mehrmals zu einer Antwort angesetzt, doch Gabriels leidenschaftliche Rede lässt ihn verstummen. Bei den letzten Worten spottet er:
»Komm schon, mein Sohn. Das werden sie nicht wagen!«
Gabriel beachtet den Einwurf nicht.
»Ihr hattet – und habt immer noch – die Möglichkeit, aus der Geschichte als ein Mann hervorzugehen, der ein Land erobert und einen Staat daraus gemacht hat. Ihr seid dabei, das zunichte zu machen.«
»Gabriel, ich kann nicht!«
Der Satz klingt wie ein Aufschrei der Hoffnungslosigkeit.
»Ich kenne deine Großzügigkeit und deinen Mut, und ich bin bereit, mir alles von dir anzuhören. Ich leugne nicht die Wahrheit in vielem, was du sagst, und manchmal nachts, wenn ich zur Allerheiligsten mit dem Kinde bete, vergieße ich Tränen über die begangenen Verbrechen. Glaube nicht, dass ich selbst weniger streng mit mir wäre als du. Niemand außer meinem letzten Richter weiß, was ich weiß! Doch was du sagst, ist unmöglich, verstehst du, unmöglich …«
»Stimmt es, dass Gonzalo und Paullu bei ihrer Expedition in erster Linie Anamaya und die Goldstatue ergreifen sollen?«
»Ja, und auch Manco. Doch Gonzalo hat mich überzeugt, dass er

leichter gefangen zu nehmen ist, wenn wir seine Priesterin haben und diese Statue, die ihm ich weiß nicht welche magischen Kräfte verleiht.«
»Und das nennt Ihr dann Frieden.«
Gabriel pfeift gequält und ironisch durch die Zähne.
»Ihr meint, Ihr könnt dem Frieden näher kommen, wenn Ihr das, was ihnen heilig ist, schlicht und einfach zerstört? Das Gegenteil ist der Fall, Don Francisco: Ihr häuft Krieg auf Krieg! Wenn Ihr mit Manco fertig seid – falls Euch das gelingen sollte – werdet Ihr es mit dem Gelehrten Vila Oma zu tun bekommen, der zum Krieger geworden ist, und dann mit Illac Topa. Und wenn diese tot sind, werden sich andere nach ihnen erheben. Und wenn Ihr auch mit denen fertig seid, werden Euch Eure eigenen Reihen die Stirn bieten, werdet Ihr Euch nach allen Seiten schützen müssen, ohne irgendwem trauen zu können. Ihr seht nicht, dass Ihr, wenn Ihr so vorgeht, allen, Spaniern und Indios, den Geist des Krieges vererbt, von dem sie sich niemals werden befreien können!«
»Du verstehst das nicht, Gabriel, du bist noch zu jung. Ich weiß das alles. Doch ich weiß auch Dinge, die du nicht weißt«, sagt er und zeigt nach Westen. »Dort regen sie sich auf und ich höre, dass sie planen, einen Vizekönig auszusenden. Wenn ich Manco nicht vorher gefasst und die Rebellion niedergeschlagen habe, dann ist es vorbei.«
»Womit ist es dann vorbei? Mit Eurer Macht, den Ausschreitungen, dem Morden?«
»Dann ist es vorbei mit meinem Traum.«
Die letzten Worte kommen wie ein Hauch über Don Franciscos bleiche, schmale Lippen und Gabriel hält inne. Gegen den beharrlichen Traum dieses alten Mannes, der dafür einen so weiten Weg zurückgelegt hat, kommt er nicht an: Ein solcher Traum ist das erbarmungswürdige, wunderbare Geheimnis eines jeden Menschen.

Die beiden Männer atmen vorsichtig. Die Wut, die in ihren Worten lag, zieht sich zurück, entkommt in die Nacht, verschwindet zwischen den Steinen, wird vielleicht von der Weisheit der Mumien aufgesogen, von denen sie ununterbrochen beobachtet wurden.
»Lasst mich mit ihnen gehen«, sagt Gabriel, »mit dem Befehl, einen sofortigen Frieden mit Manco auszuhandeln. Ich kenne ihn gut, wisst Ihr, ich bin der einzige Spanier, mit dem er vielleicht bereit sein wird, zu verhandeln.«
»Nein.«
Gabriel erhebt sich, geht einige Schritte über den Vorplatz. All seine Gefühle haben sich in unermessliche Müdigkeit verwandelt – der Überdruss all dieser Jahre, die Trauer darüber, den Mann, den er so bewundert, so verabscheut hat, nicht überzeugen zu können.
Sein Blick verliert sich im Dunkel, bei der Mumie mit der zerbrochenen Nase, der Mumie Huayna Capacs. Eine Welle alter Gefühle durchflutet ihn und er zittert, als hätte die sternklare Nacht ihn plötzlich zu den mächtigen Terrassen von Ollantaytambo gebracht.
Er dreht sich um.
Francisco Pizarro hat sich nicht gerührt.
»Adieu, Don Francisco.«
Der Gouverneur macht noch immer keine Bewegung und Gabriel schickt sich an, in die Stadt hinunterzugehen.
Plötzlich erklingt die alte Stimme hinter ihm.
»Was wirst du tun?«
Gabriel wendet sich um, will ihn anschauen, doch er erkennt nur noch eine Gestalt, die bereits von der Dunkelheit verschluckt wird und verschwindet.
»Don Francisco, ich habe über die Geschichte von der Hahneninsel nachgedacht und ich werde Euch sagen, was ich denke: Ihr habt diese Linie wirklich mit Eurer Degenspitze in den Sand ge-

zeichnet. Und ein jeder musste sich entscheiden, zu welcher Seite er gehören wollte.«
Er unterbricht sich, atmet tief die kühle Nachtluft ein.
»Ich glaube, im Leben eines jeden Mannes kommt der Moment, wo er, wie Ihr, seinen Degen nehmen und eine Linie in den Sand zeichnen muss. Ich glaube, jeder Mensch trifft einmal seine Entscheidung.«
»Was wirst du tun?«
»Was ich tun muss.«
Gabriel verschwindet in der Nacht.

25

Cuzco,
Juni 1539

»Du bist verrückt!«, brüllt Sebastian.
Gabriel bleibt stehen und hebt begütigend die Hand. Doch er hat seinen Gefährten noch nie so zornig erlebt.
»Beruhige dich.«
»Das sagst du *mir*? Ich soll mich beruhigen?«
»Lass es mich dir noch einmal erklären.«
»Hältst du mich für einen *verdammten Niggeridioten?*«
Gabriel senkt hilflos die Arme.
»Ich halte dich für meinen Freund.«
Sebastians Augen sprühen immer noch Funken. Sämtliche Räume des Palastes sind in Dunkelheit getaucht, und auf dem niedrigen, feinen Intarsientisch, an dem die beiden Männer sitzen, brennen nur eine Fackel und ein paar Kerzen. Die Diener und Frauen schlafen bereits, und die beiden Männer sprechen leise.

»Kann ein Freund«, nimmt Sebastian ruhiger wieder auf, »den Tod seines Freundes wünschen? Und sich gemeinsam mit ihm umbringen?«
»Ich bitte dich nur …«
»Dass ich mich ruiniere, um dir eine Expedition mitten in den Wald finanzieren zu helfen, bloß um eine Indiofrau zu retten – wo ich mit einem Fingerschnipsen fünfzig andere für dich finden kann, die hübscher sind – und einen Frieden zu bewahren, den sowieso niemand will. Ach, und ich vergaß: einem Goldgötzen die Flucht zu ermöglichen, der früher oder später eh in der Cassana oder dem Palast eines dieser adeligen Hidalgos eingeschmolzen wird. Ich sage es dir nochmals, mein Freund: Du bist verrückt. Und wenn ich dir weiter zuhöre, bin ich ebenso verrückt wie du!«
»Und ich auch«, sagt eine dritte Stimme im Dunkeln. »Vom gleichen oder einem ähnlichen Wahn befallen. Doch ich möchte gerne daran glauben.«
»Ihr, Bruder Bartholomäus?«
Der Mönch, der im Dunkeln stand, ist ins Licht getreten, sein Blick scheinbar über ein grob gemaltes Bild schweifend, das die Festung von Sacsayhuaman darstellt.
»Könnte es sein«, fragt Sebastian, »dass Ihr seit Bischof Valverdes Rückkehr nicht mehr zu den höchsten kirchlichen Würdenträgern dieser wunderbaren Stadt Cuzco gehört?«
»Was wollt Ihr damit sagen?«
»Macht Euer Amt Euch nicht zu … ihrem Verbündeten?«
»Mein Freund, dieses Amt – und sein Gewicht – haben mich zum Zeugen und viel zu lange zum Komplizen dessen gemacht, was bereits zu lange angedauert hat. Ich bin nicht hierher gekommen, um zuzulassen, dass im Namen Gottes gemeuchelt wird. Und dieser Mann – dein Freund – ist meine Chance, damit das aufhört. Vor zwei Jahren, als Seine Heiligkeit Paul III. seine päpstliche Bulle erlassen hat, dachte ich, dass wir einen entschei-

denden Sieg davongetragen hätten. Doch das ist nicht der Fall. Ich wollte, dass Gabriel nach Spanien geht, um dort auszusagen und den König im Dienste Gottes um Hilfe zu bitten. Doch ich verstehe, was du seinen Wahnsinn nennst, und wenn ich könnte, würde ich ihn begleiten.«
Sebastian blickt von einem zum anderen.
»Und darf ich – rein aus Neugier – erfahren, wie Ihr Männer zu finden gedenkt?«
»Ich habe ein paar Freunde«, sagt Gabriel lächelnd.
»Wen? Unser alter Freund Gandia hat sich bereits halb ruiniert, als er versuchte, diesen verfluchten Wald zu betreten! Wenn du was von meinem Gold hören willst, darf ich dann zumindest den Namen deiner Freunde erfahren?«
»Wäre es nicht besser, du wüsstest sie nicht, um dein restliches Vermögen in Ruhe zu genießen?«
»Wie großzügig, Ihro Gnaden! Er gestattet mir, mein restliches Vermögen zu genießen. Diese Großzügigkeit rührt mich zutiefst.«
»Sebastian …«
»Nichts Sebastian. Du saugst mich aus, du bringst mich um und dann soll ich dir dafür auch noch dankbar sein.«
Gabriel und Bartholomäus schweigen. Die Nacht lässt ihnen keine Zeit mehr zu überzeugen, zu necken, zu schimpfen, zu spaßen. Ihnen bleibt nur noch im Gesicht des ehemaligen Sklaven zu forschen, dort den Ausdruck von Zorn und Zweifel vorüberziehen zu sehen und die Versuchung sich zu weigern.
»Und wenn ich nein sage?«

*

Gabriel und Bartholomäus eilen durch die Dunkelheit, die die Gassen Cuzcos in der mondlosen Nacht erfasst hat. Sie überqueren den Großen Platz und steigen hinunter zum Sonnentempel. Als sie daran vorbeigehen, stockt Gabriel der Atem. Die Innenwände sind eingerissen, die Mauern halb zerstört. Nur der mächtige Steinsockel ist noch übrig, die Eroberer haben nicht gewagt, ihn anzutasten – oder vielleicht haben sie auch die Absicht, darauf zu bauen.

»Der goldene Garten«, stößt Gabriel zwischen den Zähnen hervor, »was haben sie daraus gemacht? Einen Schweinetrog?«

Umgeben von der Dunkelheit, lässt er die Prophezeiung des Inkas in sich aufsteigen, die Worte, die Anamaya ihm in ihrer letzten Nacht enthüllt hat, und deren Sinn sich ihm immer noch verbirgt.

Es ist sein Glaube an diese Worte, der ihn, ebenso wie die Liebe, die er in seinem Herzen trägt, dazu bringt, allem die Stirn bieten zu wollen.

Als sie die Canchas von Pumachupan erreichen, legt er dem schweigenden Bartholomäus eine Hand auf die Schulter. Der Mönch dreht sich lächelnd zu ihm um. Die Narbe taucht sein Gesicht ins Dunkel. Ohne zu zögern, wendet er sich zu einer in die bescheidene Mauer eingelassenen Öffnung.

»Hier ist es«, sagt der Mönch.

Der in Schatten getauchte Hof ist leer. Bei ihrem Eintreten erwachen einige Meerschweinchen und fliehen quiekend zwischen ihren Beinen hindurch.

Dann kommt in Brusthöhe eine Fackel näher. Von dem Licht geblendet, hält Gabriel sich die Hand vor die Augen. Eine raue, altbekannte Stimme spricht ihn in gutem Kastilisch an:

»Willkommen, Fürst.«

Im hellen Lichtschein erkennt Gabriel endlich die vertraute Gestalt des Zwerges. Er folgt ihm ohne jede Furcht, in dem Gefühl, einen alten Freund wiederzufinden. Sie sind sich immer nur nachts begegnet, haben nie mehr als ein paar Worte gewechselt, doch der Zwerg war immer zur Stelle, um ihn zu Anamaya zu führen. Und auch diesmal wird er ihm helfen, sie zu finden.

Hinter dem bescheidenen Vorhang, durch den der Zwerg sie

führt, öffnet sich ihnen ein kleiner Palast, und Gabriel ist über den Luxus sowohl erstaunt wie erfreut. Es ist, als wäre der Zwerg zum Inka eines winzigen, selbst erschaffenen Reiches geworden, über das er herrscht und das kein anderer jemals kennen wird. Alles in diesem Raum ist von seltener Kostbarkeit: Gold, Silber und Juwelen zieren die Becher, Krüge, Teller. Auf der Erde liegen Decken aus Vikunjawolle, um den Edelholztisch mit eingelegten Smaragden stehen eine Bank und zwei Stühle. In den Nischen befinden sich die vertrauten Lama- und Kondorfiguren, doch auch erschreckendere Statuen, die Gabriel niemals bei den Inkas gesehen hat. Noch erstaunlicher, es gibt eine Art Jungfrau-Ikone. Und alles ist *winzig*, als gäbe es am Hof des Zwerges Künstler, die alles in seiner Größe und allein zu seinem Vergnügen geschaffen haben.

Auf Einladung des kleinen Mannes nehmen sie so gut sie können Platz. Weit zurück liegt die Zeit, da er nur ein einziges rotes Gewand besaß, mit dessen Fransen er den Staub aufwirbelte. Er trägt Beinkleider aus gelbem Leinen und ein Wams gleicher Farbe. Die Mütze mit den vier hochstehenden Zipfeln, die er auf dem Kopf trägt, erinnert Gabriel an die Mützen der Kollas, die er am Ufer des Titicacasees getroffen hat.

»Dieses Heim ist bescheidener als mein Haus in Yucay«, sagt der Zwerg, »doch ich bin glücklich, euch hier empfangen zu dürfen.«

»Dein Schicksal hat dir scheinbar Glück gebracht«, sagt Gabriel lächelnd.

»Als Sklave wurde ich gefunden, Sklave werde ich immer sein. Doch in der Zwischenzeit erfreue ich mich still an dem, was das Schicksal mir gegeben hat, und ich sehe meine Söhne heranwachsen, die mit fünf und sieben Jahren bereits größer sind als ich. Das beweist, dass sich das Schicksal zähmen lässt. Doch ihr seid nicht gekommen, um meine Lebensgeschichte zu hören.«

»Wir sind gekommen, dich um Hilfe zu bitten.«

Der Zwerg beginnt zu lachen und schlägt sich mit den breiten Händen auf die Schenkel:
»Wer hätte das gedacht? Wer hätte das gedacht?«, wiederholt er immer wieder.
Als er sich ausgelacht und sein letztes »Wer hätte das gedacht?« in einem Schluckauf erstickt hat, erklärt Gabriel: Er brauche einen Führer und ungefähr zehn Männer, um nach Ollantaytambo zu gehen und ihn von dort in die undurchdringlichen Wälder zu begleiten, wo Gonzalo nach Anamaya und Manco sucht.
Der Zwerg stellt keine einzige Frage. Er betrachtet Gabriel lange und ernst.
»Ich habe dich seit jeher zu ihr geführt«, sagt er.
Gabriel nickt.
»Wann willst du gehen?«
»Noch diese Nacht, wenn möglich.«
Der Zwerg pfeift durch die Zähne.
»Wir gehen zu mir nach Yucay, und ich werde die Männer zusammensuchen, die nötig sind. Aber du, hast du das nötige Gold?«
»Er hat es.«
Der Vorhang hat sich gehoben, um die Gestalt des schwarzen Riesen einzulassen.
»Er hat es«, wiederholt Sebastian und zieht den Kopf ein, als müsse er angesichts der Winzigkeit all dessen, was ihn umgibt, zusammenschrumpfen. »Er will keine Zeit verlieren, nicht wahr?«
Vor Verblüffung ist Gabriels Gesicht zu einer Grimasse erstarrt, bei deren Anblick Sebastian lachen muss.
»Schon allein für dieses Gesicht, Ihro Gnaden, lohnt es sich, gefoltert zu werden. Los, beeilen wir uns, ich bekomme einen steifen Hals, wenn ich hier stehen bleibe.«
Die vier Männer gehen hinaus. Gabriel hat Bartholomäus' Arm ergriffen und drückt ihn gerührt. Vor ihnen gehen die beiden

ehemaligen Sklaven schweigend nebeneinander: Der Zwerg rennt, während der Riese seinen Schritt verlangsamt. Sie durchqueren die schweigenden Canchas und kommen dann zur gepflasterten Straße von Collasuyu.

Als sie die letzten Häuser erreichen und sich vor ihnen nur noch die Getreidefelder abzeichnen, und die dunkle Linie des Passes, hinter dem Yucay liegt, bleiben Bartholomäus und Sebastian stehen. Sebastian pfeift leise durch die Zähne.

Zwei Indios tauchen auf – und ein weißer Schatten in der Nacht.

»Itza!«, schreit Gabriel.

»Ich hatte dir gesagt, dass ich sie dir aufhebe.«

»Itza!«

»Ich bin von deinen vielfältigen Ausrufen wirklich begeistert! Wirst du es uns noch ein drittes Mal sagen?«

Ohne sich mit Sebastians Sarkasmus aufzuhalten, gibt Gabriel der Stute kleine, zärtliche Stupse auf die Nase. Dann dreht er sich mit glänzenden Augen zu seinen Freunden um.

Der Mönch deutet mit den beiden zusammengewachsenen Fingern seiner Hand auf Gabriel.

»Du gestattest, dass ich dich segne«, sagt er lächelnd. »Möge der Wahre Gott mit dir sein!«

»Und vergiss nicht, dass unser Freund Schneid hat«, sagt Sebastian düster. »Lass ihn dir nicht abkaufen!!«

Gabriel betrachtet seine beiden Freunde und umarmt sie kurz. Er öffnet den Mund, um ihnen zu danken.

»Schweig«, knurrt Sebastian, »du langweilst mich jetzt schon. Du wirst wie ein Weib heulen und ›Itza! Itza!‹ schluchzen, und ich hasse das. Beeil dich!«

Nach kurzem Zögern wendet sich Gabriel schließlich von ihnen ab und besteigt mit einem weichen Satz das Pferd. Er verschwindet in der Nacht.

26

Vilcabamba, Vitcos,
Juli 1539

Von Ferne beobachtet Anamaya einen Moment die lärmende Geschäftigkeit der Männer und Frauen auf den leeren Terrassen zu Füßen Vilcabambas am Ufer des Flusses. Unter Kataris aufmerksamen Blicken kneten Frauen Ton, den sie sodann sorgfältig in Holzrahmen verteilen. Anschließend nehmen Männer die so entstandenen glänzenden Erdfladen entgegen. Sitzend legen sie sie sich über die Schenkel und setzen sie dann vorsichtig zum Trocknen auf einen Blätterteppich in die Sonne. Ein wenig weiter legen andere Männer die bereits trockenen, nun hellgrau gewordenen Ziegel in die Mitte eines runden Ofens, wo heiße Glut entfacht worden ist.

Als sie Katari erreicht, ruft er gerade einen der Arbeiter zu sich und bittet ihn um den Tonziegel, den er gerade geformt hat. Mit seinem Schilfmesser zeichnet der Herr der Steine rasch eine kleine Schlange in den noch weichen Ton.

»Was machst du?«, wundert sich Anamaya. »Wozu dienen diese Ziegel?«

»Dein Dach zu decken, Coya Camaquen, und dich während der kommenden Regenschauer im Trockenen zu bewahren.«

Anamaya runzelt die Stirn und schaut ihn verständnislos an. Katari zeichnet eine weitere Schlange auf einen anderen Ziegel. Seine Geste ist so einfach und sicher, dass die Schlange ebenso plötzlich aufzutauchen scheint wie ein echtes Reptil.

»Das ist das, was die Fremden *Dachpfannen* nennen«, erklärt Katari mit aufgeregt glänzenden Augen. »Wenn diese Tonziegel gebrannt sind, müssen wir damit nur noch den Dachstuhl unserer Häuser decken, und schon sind sie völlig wasserdicht. Ich habe beschlossen, dir zu Ehren zuerst dein Dach damit zu decken,

Coya Camaquen. Danach werden wir alle Canchas von Vilcabamba damit decken. Das wird der neuen königlichen Stadt unseres Unumschränkten Herrschers den letzten Schliff geben.«
Halb beunruhigt, halb amüsiert deutet Katari auf den Ziegel, den er gerade bemalt hat und fügt hinzu:
»Das Einzige, was mir Sorge bereitet, ist, dass unsere Männer kleinere Schenkel haben als die Fremden. Damit sind die von uns gemachten Ziegel kleiner als die, die ich in Cuzco gesehen habe. Wir werden etwas an unseren Dachstühlen tun müssen, um das Problem zu lösen.«
»Du erstaunst mich, Herr der Steine«, lächelt Anamaya, »du, der Bewahrer des Wissens unserer Ahnen, der Bewahrer unserer Tradition, du willst die Inkadächer abschaffen und sie durch eine Erfindung der Fremden ersetzen?«
»Warum denn nicht? Sollten wir nicht von anderen Völkern lernen, was das Leben sie gelehrt hat? Haben wir nicht aus den Lehren der Chimuhandwerker gelernt, wie man Schmuck herstellt, haben wir die Töpferei nicht von den Ahnen der Mochicas und die Weberei von den früheren Bewohner Paracas' gelernt? Diese Ziegel sind eine wunderbare Erfindung. Dann hat es ein Ende mit dem mühsamen Ichuschneiden und den faulenden Dächern, die alle vier Jahreszeiten gewechselt werden müssen! Sollen wir dieses Wissen ignorieren, nur weil die Götter keine Zeit hatten, es uns zu lehren? Es wird der Schönheit unserer Häuser keinen Abbruch tun, und den Mauern, in deren Erbauung wir Inkas besser sind als irgendein anderes von Viracocha geschaffenes Volk!«
In Kataris Gesicht und Stimme liegt eine seltene Begeisterung. Anamaya beobachtet bewegt den intensiven Reigen der Arbeiter und Arbeiterinnen.
»Ich bin glücklich, dass du das sagst Katari. Das bedeutet, du meinst, dass unser Volk sich trotz des Krieges, trotz Mancos Schwäche und den düsteren Vorhersagen des Unumschränkten

Gebieters Huayna Capac noch weiterentwickeln und auf die Zukunft hoffen muss?«

»Das sind zwei Fragen auf einmal, die du mir da stellst, Coya Camaquen«, erwidert der Herr der Steine ernsthafter. »Ich werde dir zwei Mal antworten müssen. Erst einmal, um dir zu sagen, dass es mir gefährlich und schädlich erscheint, Wissen und Macht sinnlos einzusetzen. Das kann den Ehrwürdigen Ahnen nur missfallen, die wollten, dass alles, was in dieser Welt existiert, von ihrer Anwesenheit zeugen soll.«

Katari hebt die Hand und zeigt über die schlammigen Terrassen zu einem Feld, wo zehn Pferde unter den bewundernden Blicken der vor ihnen hockenden Kinder ruhig grasen.

»Manco hat diese Tiere in der Schlacht von Ollantaytambo gefangen. Stolz hat er sie hierher gebracht. Doch wozu? Er ist der Einzige, der sie reiten kann. Und leider können sich diese Tiere im Dschungel, dem einzigen Land, das uns noch geblieben ist, nicht fortbewegen. Außerdem brauchen sie eine Art Metallsohlen an den Füßen, die wir gar nicht herstellen können. Welchen Sinn haben dann also diese Pferde, außer dass sie die Kinderaugen rund werden lassen?«

»Sie dienen Mancos Stolz«, sagt Anamaya zärtlich. »Diese Pferde zeigen allen, dass der Unumschränkte Gebieter die Macht der Fremden nicht immer nur erduldet.«

Nicht weit von ihnen steigt nun dicker, heftig riechender Rauch von den runden Öfen auf. Ernst betrachtet Anamaya die Männer und Frauen, die darum herum stehen und anscheinend nichts von Kataris seltsamen Zeichen auf den Ziegeln gesehen haben.

»Es schmeichelt mir sehr, dass du mein Dach als Erstes decken möchtest. Doch ich werde das Ergebnis deiner Arbeit erst in einiger Zeit sehen. Ich habe Curi Ocllo erlaubt, zu Manco zu gehen, und beschlossen, sie zu begleiten.«

Als Katari sie verwundert und besorgt anschaut, beantwortet Anamaya seine Frage, noch bevor er sie gestellt hat:

»Ich verweigere ihr bereits seit fast einem Monat die Erlaubnis, Vilcabamba zu verlassen. Doch sie leidet und weint mehr, als sie isst. Vielleicht hat sie Recht: Ihre Anwesenheit könnte Manco trösten.«

»Doch warum willst auch du mitgehen?«

Anamaya zögert einige Sekunden. Etwas weiter entfernt schreien Männer, während sie eilig den Ofen mit zahlreichen frischen Zweigen bedecken, um die Temperatur für die Ziegel gleich bleibend zu halten.

»Ich habe Manco versprochen, bei ihm zu sein, und auch ich lasse ihn seit langem allein. Und außerdem fürchtet Curi Ocllo, dass ihr Bruder Guaypar Manco diesmal angreifen wird. Zwischen ihnen herrscht ein alter Hass, für den ich mich ein wenig verantwortlich fühle. Vielleicht kann ich dem Unumschränkten Gebieter von Nutzen sein?«

Katari schüttelt zweifelnd den Kopf.

»Dort ist nicht dein Platz, Coya Camaquen. Mancos Hass ist wie die Ichudächer dieser Stadt: eine alte Gewohnheit, die weder verhindert, dass der Regen die Betten aufweicht noch dass die Fremden ihre Schlachten gewinnen! Und dann auch noch den Dschungel zu durchqueren, während die Fremden näher kommen, das ist gefährlich für dich!«

»Wir werden eine gute Eskorte haben«, unterbricht Anamaya ihn und legt dem Herrn der Steine freundschaftlich die Hand auf den Arm. »Katari, ich vertraue dir den Doppelbruder an. Kümmere dich um ihn. Ich werde so schnell wie möglich zurückkommen. Ich spüre, dass der Moment naht, wo wir ihn, du weißt schon wohin, bringen müssen.«

*

Nachdem sie drei Tage vorsichtig am Fluss entlangmarschiert sind, kommt die kleine Gruppe in Sichtweite des Felsvorsprungs, auf dem der befestigte Palast von Vitcos steht. Entgegen Kataris Befürchtungen gab es nur eine Schwierigkeit bei der Durchquerung des Dschungels, nämlich die dichten, kräftigen Pflanzenbüsche zu durchdringen, die ständig drohten, den Pfad zu verschlingen und zu überwuchern, der bei jedem Durchqueren neu gezogen wird.

Auch Curi Ocllo war mutig, nie zögerte sie, ihre Sänfte zu verlassen, sobald der enge Weg dies erforderte. Jetzt, da die Mauern von Vitcos über dem Tal aufragen, zittern ihre Hände vor Ungeduld. Im Laufe des Tages hat ihr Antlitz alle Schatten verloren, die es hässlich machten, und ist wieder zu dem Gesicht geworden, das Manco so liebt und begehrt. Mit ihren glitzernden Augen und ihren aufgeregt geöffneten Lippen ist sie sowohl ein blutjunges Mädchen, das keine Prüfung der Welt schrecken kann, als auch eine vor Verlangen zitternde Frau, die weiß, dass die Blicke und Fingerspitzen ihres Geliebten sie bald berühren werden.

Doch als sie die ersten Stufen eines ziemlich steilen Hangs erreichen, der über die Nordseite zur Festung führt, bleibt der Zug plötzlich stehen. Noch bevor der Hauptmann, der die fünfzehn Krieger ihrer Eskorte befehligt, bei ihrer Sänfte anlangt, protestiert Curi Ocllo bereits:

»Hauptmann, warum befehlt Ihr diese Rast? Wir sind fast da!«

Respektvoll verbeugt sich der Hauptmann vor ihr, und gewandt wie ein Mann, der diese Art Zeremonie gewohnt ist, neigt er leicht den Oberkörper, sodass sein Gruß ebenso Anamaya gilt.

»Es stimmt, Coya, wir sind kurz vor Vitcos. Doch genau deshalb möchte ich die Coya Camaquen bitten, zwei Soldaten zur Festung vorzuschicken, um den Unumschränkten Gebieter von unserer Ankunft zu unterrichten.«

»Das ist unnötig!«, ruft Curi Ocllo. »Seine Wachen werden ihm Nachricht geben. Und es wäre wunderbar, wenn ich ihn stattdessen mit meiner Ankunft überraschen könnte!«

Sanft lächelnd wendet sie sich an Anamaya und bittet:

»Es ist unnötig, Zeit zu verlieren, nicht?«

»Hauptmann«, fragt Anamaya, »meinst du, es ist wirklich nötig, eine Vorhut auszusenden? Die Coya hat Recht: Seine Wachen werden dem Unumschränkten Gebieter die Nachricht von unserer Ankunft überbringen.«

Vor Verlegenheit kann der Hauptmann der Eskorte nicht sogleich antworten. Endlich verbeugt er sich noch tiefer und erklärt:

»Eigentlich, Coya Camaquen, wollte ich sichergehen, dass der Unumschränkte Gebieter Manco wirklich in der Festung ist.«

»Warum sollte er nicht dort sein?«, ruft Curi Ocllo. »Wenn er fortgegangen wäre, wüssten wir es bereits. Er hätte einen Boten geschickt. Oh, Anamaya, bitte, wir sind so nah!«

»Es wäre dumm, unvorsichtig zu sein«, antwortet Anamaya sanft.

Sogleich schimmern Tränen in Curi Ocllos dunklen Augen. Anamaya lächelt angesichts dieser Launenhaftigkeit.

»Hauptmann«, seufzt sie, »schicke einen Späher, der unser Kommen ankünden soll, doch lasst uns gleich weitergehen, ohne auf seine Rückkehr zu warten.«

Curi Ocllo schlingt die Arme um Anamayas Hals und drückt sie stürmisch und spontan wie ein verwöhntes Kind an sich.

»Danke, Anamaya! Danke. Du kannst dir gar nicht vorstellen, wie glücklich ich bin, Manco endlich wiederzusehen!«

*

Der Zug ist nur noch zwei Steinwürfe von der Festung entfernt, als der Späher eilig zu ihnen zurückkommt. Erneut lässt der Hauptmann der Eskorte den Zug anhalten.

»Coya Camaquen«, verkündet er, »da ist niemand. Vitcos ist verlassen.«

»Leer?«

Curi Ocllo schreit gequält auf.

»Der Unumschränkte Gebieter und seine Soldaten scheinen den Palast bereits seit mehreren Tagen verlassen zu haben.«

»Warum denn?«

»Vielleicht sind Fremde in der Gegend, Coya.«

»In diesem Falle, Hauptmann«, befiehlt Anamaya schnell, »sollten wir uns nicht auf dem Weg herumtreiben. Wir sollten schnell zur Festung gehen. Da sie leer ist, können wir dort wohnen und wenn nötig Schutz finden.«

Tatsächlich, kaum dass sie die Befestigungsmauer durchquert haben, entdecken sie verlassene Gebäude und Innenhöfe.

Beunruhigt steigen Anamaya und Curi Ocllo aus ihren Sänften, durchqueren den ersten Innenhof, der in ein weites Quadrat von niedrigen Räumen eingeschlossen ist. Die Soldaten begleiten sie zu den Gebäuden, die dem Palasteingang gegenüberliegen. Von einer rechtwinkligen Gasse aus, die einen engen, freien Verteidigungsplatz bildet, erreichen sie den am weitesten vorgeschobenen Teil der Festung.

Doch auch dort finden sie nichts, außer einer wunderbaren Aussicht. Genau auf der Spitze eines Felsvorsprungs, über einer Schwindel erregend hohen, in den Fluss stürzenden Klippe, umschließt ein langes, gut befestigtes Gebäude mit fünfzehn prächtigen Toren, deren Türsimse aus weißem Granit sind, einen höher liegenden Innenhof. Ringsum erheben sich die Hänge und schneebedeckten Spitzen der höchsten Apus, alles wirkt unzerstörbar und seltsam friedlich.

»Ich verstehe das nicht!«, wiederholt Curi Ocllo mit gebrochener Stimme. »Manco ist abgezogen, ohne uns einen Chaski entgegenzuschicken?«

»Es hat bestimmt nichts zu bedeuten«, beruhigt Anamaya sie und durchforscht den Wald auf den umliegenden Hängen. »Er hat sich wahrscheinlich in das kleine Fort von Machu Pucara zurückgezogen.«

»Warum? Ohne uns zu benachrichtigen!«

»Der Hauptmann hat vielleicht Recht, und die Fremden sind näher, als wir denken. Wir müssen vorsichtig sein. Ich werde einen Boten nach Machu Pucara schicken, damit Manco …«
Sie kann ihren Satz nicht beenden, erschrockene Schreie zerreißen die Luft und lassen ihnen das Blut in den Adern gefrieren.
Erst sehen sie nichts. Es scheint, als kämen die Schreie aus dem Nichts.
Und dann tauchen sie auf.
Hundert oder zweihundert Indiokrieger aus dem Norden. Tuniken in den Farben Quitos, Lederhelme und vorgestreckte Schilde springen aus dem Nichts, ergießen sich unablässig aus dem hinteren Teil des langen Gebäudes, wo sie sich versteckt hatten.
Die Bronzekeulen und Schleudern wirbeln. Lanzen werden gezückt, Beile geschwenkt!
Der Hauptmann der Eskorte brüllt bereits Befehle. Seine Hand voll Soldaten bildet mit ausgestreckten Lanzen einen lächerlichen Schutzwall um Anamaya und Curi Ocllo. Doch kaum haben sie sich aufgestellt, pfeifen schon Steine, töten sogleich zwei von ihnen. Curi Ocllos Schrei erfüllt die Luft, übertönt alle anderen und scheint den Angriff erst recht zu entfesseln.
Es ist ein kurzer und heftiger Angriff, der Anamaya kaum Zeit lässt, zu begreifen, und schon gar nicht, zu fliehen. Ihr Hauptmann wird als Letzter getötet, ein Morgenstern zertrümmert ihm den Schädel.
Plötzlich wird es still.
Die Soldaten aus dem Norden bilden einen engen Kreis um sie. Curi Ocllo fällt auf die Knie. Unter den ausdruckslosen Blicken der Krieger drückt sie sich an Anamaya. Mit scheppernden, aneinander schlagenden Schilden öffnen die Männer ein Spalier. Ein hochrangiger Inkahauptmann, der wunderbare Ohrpflöcke und einen mit Silberfäden durchwirkten Umhang trägt, den Helm von einem kurzen Fächer aus blauen und goldenen Federn geschmückt, tritt vor. Sein Gesicht ist hart und kantig, die Au-

gen liegen seltsam klein in ihren Höhlen. Anamaya erkennt ihn genau in dem Moment, als Curi Ocllo aufspringt und zu ihm läuft:

»Guaypar! Oh, Guaypar, mein Bruder!«

Erschüttert gleitet sie zu Boden. Guaypar weicht ihr aus, ohne auch nur einen Blick auf ihre zitternden Schultern zu werfen. Lächelnd verzieht er die scharf geschnittenen Lippen. Er tritt ganz dicht an Anamaya heran, deren Gesicht eine Maske völliger Verachtung ist.

»Wir haben dich erwartet, Coya Camaquen. Ehrlich gesagt, sind wir nur deinetwegen hierher gekommen.«

»Dann ist das aber eine seltsame Art, uns zu empfangen, Guaypar!«

Guaypars Lächeln wird breiter, während die Männer hinter ihm die schluchzende, von Tränen geschüttelte Curi Ocllo festhalten, der sie bereits die Hände zusammenbinden.

»Blutsbande sind mir gleichgültig, Anamaya. Meine Schwester hat mich schon vor langer Zeit verleugnet, als sie Manco, den Verräter und Emporkömmling heiratete …«

»So wisse, dass sein und mein Schicksal miteinander verknüpft sind, Guaypar!«

»Darüber zu entscheiden, ist allein meine Sache, Coya Camaquen. Verstehe meine Ungeduld. Ich träume bereits viel zu lange von diesem Augenblick!«

In seinem Blick liegen so viel Hass und Selbstsicherheit, dass zum ersten Mal seit langer Zeit das Gift des Zweifels und der Angst durch Anamayas Adern kriecht.

*

»Erinnerst du dich an jene Nacht in Huamachuco? Es war vor der Ankunft der Fremden, der Unumschränkte Gebieter führte Krieg gegen Huascar, den Wahnsinnigen.«

Lächelnd hat Guaypar die Frage gestellt. Doch sein Lächeln ist

ebenso eisig, wie seine Stimme. Gleichfalls lächelnd antwortet Anamaya:
»Ja, ich erinnere mich.«
Sie hockt auf dem harten Boden eines der kleinen Räume der Festung, in den Guaypars Krieger sie geführt haben. Ohne unnötige Gewalt, aber auch ohne Respekt für ihren Rang hat man ihr Hände und Füße an einen großen Pfahl in ihrem Rücken gebunden und sie in eine gekrümmte Haltung gezwungen, dass sie meint, entzweibrechen zu müssen. Ein quälender Schmerz zieht bereits ihren Rücken entlang und strahlt durch ihre Schultern. Dennoch lächelt sie weiter und wiederholt:
»Ich erinnere mich. Du warst gerade zum Hauptmann ernannt worden, weil du in der Schlacht von Angoyacu einige von Huascars Hauptleuten gefangen genommen hattest.«
Guaypars dunkle Augen blicken erstaunt. Anamaya sieht, wie der Atem seine Brust hebt. Dann blickt er in den Innenhof, wo seine Truppen sich lärmend niederlassen. Tausend Fragen überschlagen sich in Anamayas Kopf, doch sie unterdrückt sie, zwingt sich, Guaypar seinen ganzen alten Groll ausspucken zu lassen:
»An diesem Abend habe ich dir gesagt, dass du die schönste aller Frauen von Tahuantinsuyu seiest. Dass keine andere nur halb so schön, kein anderer Blick, kein anderer Mund mit deinem zu vergleichen sei …«
Obwohl er breitbeinig in voller Größe vor ihr steht und die von ihren Fesseln gemarterte Anamaya überragt, wirkt Guaypar eher wie auf der Hut und nicht, als würde er sie beherrschen. Die silber-goldene Prunkaxt zittert ein wenig in seiner Hand. Als würde die Erinnerung, die ihn überkommt, sein Fleisch vergiften, wird seine Gesichtshaut grau, während er hinzufügt:
»Ich bin noch weiter gegangen: In dieser Nacht habe ich dich gebeten, meine Frau zu werden, und du hast dich geweigert.«
»Dann erinnerst du dich auch, weshalb«, erwidert Anamaya sanft.

Zorniges Gelächter kommt über Guaypars Lippen:
»Der Doppelbruder! Du hast gesagt: ›Ich kann nicht wegen des Doppelbruders!‹ Seither gibt es keinen einzigen Ehrwürdigen Fürsten in diesem Land, der nicht wüsste, wie treu die Coya Camaquen ihre Pflicht dem Doppelbruder und dem Unumschränkten Gebieter Huayna Capac gegenüber erfüllt hat, als sie für einen Fremden die Schenkel spreizte! Einen Fremden, der sich als Indio verkleidet und von seinem eigenen Volk ebenso verachtet wird, wie unser Volk ihn verabscheut. Stünde er nicht unter deinem Schutz …«
Guaypar beendet seinen Satz nicht. Doch die Handbewegung, mit der er sich über die Kehle fährt, zeigt deutlich, welches Schicksal er für Gabriel bereithält.
Anamayas Magen zieht sich vor Rückenschmerzen zusammen und zwingt sie kurz, die Augen zu schließen, um besser atmen zu können. Draußen kündet der Lärm und das Geschrei die Ankunft weiterer Truppen an. Als sie die Lider wieder öffnet, sieht Anamaya Hauptleute auf der Schwelle des Raumes, die auf Guaypars Befehle warten, ohne dass es einer wagte, ihn zu stören.
»Was willst du von mir?«, fragt sie und versucht, ihren Schmerz nicht zu zeigen.
Guaypar überhört ihre Frage und geht zwei Mal vor ihr auf und ab. Plötzlich bleibt er stehen, beobachtet das Treiben draußen, ohne es zu sehen, und erklärt mit tonloser Stimme:
»Ich habe dir auch noch etwas anderes gesagt in jener weit entfernten Zeit. Erinnerst du dich nicht?«
»Du hast immer viel gesagt, Guaypar. Wenn du wissen willst, woran ich mich erinnere, könnte ich es leicht zusammenfassen: an Worte des Hasses und der Gewalt! Und das vom ersten Tage an!«
»Nein!«
Sein Gesicht ist zornverzerrt, und bei seinem Ausruf schrecken die Hauptleute draußen auf.

»Nein!«, knurrt er und hockt sich vor sie, um mit ihr auf gleicher Höhe zu sein. »Vom ersten Tag an hatte ich nur Liebe zu dir in mir. Doch du, Anamaya, die du nichts warst, nicht einmal eine Prinzessin von Inkageblüt, du, ein Mädchen des Waldes, du hast mich immer wieder abgewiesen, um erst Atahuallpa und dann Manco zu verführen!«

»So viele Jahre der Eifersucht!«, flüstert Anamaya kopfschüttelnd. »Armer Guaypar! Wie kann man so lange leben, wenn es einen so zerfrisst?«

»Ich habe es dir bereits vor langer Zeit gesagt, Anamaya! Selbst wenn ich dich vergessen wollte, es wäre mir unmöglich. Es vergeht keine Jahreszeit, kein Gefecht, wo ich nicht an dich denke! Ich habe mit keiner Frau mein Lager geteilt, ohne an dich zu denken. In jeder Schlacht gegen die Fremden habe ich an dich gedacht. Und immer, immer habe ich gewusst, dass ein Tag wie dieser kommen wird, an dem ich dir endlich die gleichen Schmerzen würde zufügen können, die deine Verachtung mich hat erleiden lassen!«

Die Raserei hat jede Parzelle von Guaypars Gesicht verhärtet und macht seine Worte bleischwer. Langsam, dass es fast an Wahnsinn grenzt, mit starrem Blick und zitternden Lippen, hebt er die Hand, als wollte er Anamaya berühren. Doch er berührt sie nicht. Fasziniert hält seine Fingerspitze kurz zuvor inne und deutet nur eine Berührung an, fährt von ihren Haaren bis zur Spitze ihrer Brust.

»Was willst du von mir?«, flüstert Anamaya mühsam.

»Erst einmal werde ich dich benutzen, um Manco zu zerstören. Danach kommst du dran. Und eines Tages werde ich Paullus Platz einnehmen und meinerseits zum Unumschränkten Gebieter werden.«

»Du bist verrückt und dumm«, murmelt Anamaya und schließt die Augen. »Du weißt nichts von morgen. Dein Hass führt dich in die Untere Welt, und du wirst niemals deinen Ehrwürdigen Ahnen begegnen!«

»Coya-Camaquen-Quatsch! Ich habe nie zu denen gehört, die sich von deinen Worten beeindrucken ließen, Anamaya. Ich glaube nicht an deine Magie. Huayna Capac war viel zu krank und viel zu alt, um dir auch nur das geringste Wissen mitzugeben! All das hat niemals existiert und war nur einer von Atahuallpas Tricks, um sich bei den Sippen von Cuzco durchzusetzen. Und du, du hast es deinerseits ausgenutzt.«
»Es ist gleichgültig, was du von mir denkst, Guaypar. Du kannst mich töten. Du kannst Manco schwächen und ihn sogar besiegen. Doch glaube nur nicht, dass du deine Zukunft, geschweige denn die des Reiches ändern wirst. Du wirst niemals der Unumschränkte Gebieter sein. Inti hat den Weg seiner Söhne bereits bestimmt.«
Als würde sie ihren Arm, ihren Rücken, ihre gequälten Schultern nicht mehr spüren, versenkt Anamaya ihre blauen Augen in Guaypars Blick. Von ihrer Ruhe entwaffnet, erhebt er sich und tritt zurück, sein Gesicht wird noch grauer, die Augen liegen noch tiefer in ihren Höhlen.
»Was hast du mit deiner Schwester Curi Ocllo gemacht? Willst du sie auch töten? Sie liebt dich fast ebenso sehr wie Manco, doch in deiner Verachtung übersiehst du sie!«
Mit der Hand wischt Guaypar Anamayas Vorwurf beiseite, aber ihm bleibt keine Zeit zu einer Antwort. Von draußen erschallt, von klirrenden Eisen und stampfenden Stiefeln begleitet, lautes Gelächter.
»Nun, Ihr seid ja bereits bei der Arbeit, Fürst Guaypar!«
Anamaya erkennt gleichzeitig die Stimme, die langen dunklen Haare und die feinen Züge. Nur ein paar Falten haben vielleicht mit der Zeit die Augen betont, und ein bitterer Zug zieht die Mundwinkel herab. Auch enthüllt ein spöttisches Lachen, während er sie überheblich betrachtet wie ein Jäger seine endlich erlegte Beute, dass Gonzalo Pizzaro ein Seitenzahn fehlt.
Zehn Spanier mit Eisenhelmen und hohen Stiefeln folgen ihm,

die Beinkleider von ihrem Weg durch den Dschungel beschmutzt und die Faust auf dem Degenknauf. Schon ist der kleine Raum voller Menschen. Unter den auf ihr ruhenden Blicken zwingt Anamaya sich, stur vor sich hin zu schauen, in Augenhöhe mit den dicht vor ihr stehenden Stiefeln.

»Ich muss Euch beglückwünschen, Fürst Guaypar«, fährt Gonzalos Stimme im gleichen fröhlichen Tonfall fort. »Ihr habt Eure Sache wirklich gut gemacht! Ich hätte es für schwieriger gehalten, diese wertvolle Prinzessin in diesem verdammten Dschungel aufzuspüren.«

Guaypar macht ein verschlossenes Gesicht, die Unterwürfigkeit des Spaniers, der sich plötzlich verbeugt, lässt ihn kalt. Mit seinen behandschuhten Fingern greift Gonzalo Anamaya unter das Kinn und hebt es grob an.

»Ich sehe, du kannst dein Glück, mich wiederzusehen, kaum verbergen, schöne Prinzessin!«

Anamaya antwortet nicht. Doch ihre blauen Augen schauen den Bruder des Gouverneurs ohne eine Spur von Furcht und mit solcher Intensität an, dass Gonzalo endlich verlegen lachend den Blick abwendet.

»Diese Frau war schon immer so«, erklärt er seinen Gefährten und richtet sich stolz auf. »Provozierend, selbstsicher. Es wird mir ein wahres Vergnügen sein, sie auszufragen! Fürst Guaypar, habt Ihr sie bereits gefragt, wo sie die Goldstatue versteckt hält?«

Ein eisiger Schauer überläuft Anamayas schmerzenden Rücken. Schlagartig hat sie verstanden. Dann ist es also der Doppelbruder, den Guaypar und die Fremden suchen. Ihre Gefangenname ist kein Zufall! Guaypars Blick ruht hasserfüllt auf ihr und bestätigt ihre Befürchtungen.

»Wenn Manco den Doppelbruder seines Vaters und auch dich verliert«, murmelt er in Quechua, »wird er wieder schwach wie ein Kind.«

»Ich dachte, du hättest nur Verachtung für meinen Einfluss auf Manco«, spottet Anamaya.
»Ganz egal, was ich denke! Manco glaubt an deine Kräfte. Obwohl sie ihm bis zum heutigen Tag kaum geholfen haben. Deine Gefangennahme wird ihm Angst machen. Er wird sich sagen, dass es ein Zeichen ist, dass seine Ehrwürdigen Ahnen ihn im Stich lassen! Dann kann ich den Kampf beenden, den wir in der Nacht des Huarachiku begonnen haben.«
»Guaypar!«, ruft Anamaya. »Guaypar, das kannst du nicht tun! Atahuallpa nannte dich ›meinen Bruder‹, in deinen Adern fließt das Blut Intis. Du bist ein Inka: Gestatte nicht, dass die Fremden sich des Doppelbruders bemächtigen! Du weißt, was sie damit machen werden: Goldstücke, die sie auf die andere Seite des Ozeans bringen. Das ist das Ende unseres Volkes. Guaypar! Kein einziger Sohn der Sonne wird sich mehr im Tageslicht erheben! Du nicht und auch kein anderer. Töte mich, erschlage Manco, wenn das dein Ziel ist. Doch führe die Fremden nicht zum Doppelbruder, oder du zerstörst, was dich hervorgebracht hat! Ich flehe dich an, Guaypar! Nicht ich bin es, die dich darum bittet, sondern alle Ehrwürdigen Ahnen beknien dich durch meinen Mund.«
»He! He!«, knurrt Gonzalo und hebt die Hand, als wollte er Anamayas Worte aus der Luft abfangen. »Was ist das für ein Gerede und Geschrei, Fürst Guaypar? Ich habe es lieber auf Spanisch! Was hat sie Euch gesagt?«
»Ich habe ihm gesagt, dass ich lieber sterbe«, erwidert Anamaya, ehe Guaypar noch den Mund aufmachen kann, »als Euch zu gestatten, dass Ihr findet, was Ihr sucht.«
»Oh, meine schöne Freundin«, gibt Gonzalo zurück und zwinkert seinen Gefährten zu, »das sagt man so einfach in seiner Unwissenheit. Ihr könnt Euch nicht vorstellen, welches Vergnügen es mir bereiten wird, Euch eines Besseren zu belehren!«
»Fürst Gonzalo«, wirft Guaypar in recht schleppendem Spa-

nisch ein, »erlaubt, dass ich mich um die Coya Camaquen kümmere. Ich glaube zu wissen, wo sich die Goldstatue befindet. Ich werde Euch bald dorthin führen, wie ich Euch hierhin geführt habe.«

»Ach ja?«

Gonzalo hat misstrauisch eine Braue hochgezogen. Sein ganzes Gesicht verzerrt sich plötzlich herausfordernd:

»So sehe ich die Dinge aber nicht, mein guter Freund«, sagt er spröde. »Ich habe gehört, Ihr hättet hier Eure Schwester wiedergefunden, Mancos hübsche Gattin. Lasst Euch doch von ihr zu ihm führen. Ich bin sicher, Ihr werdet sie davon überzeugen können, diese kleine Anstrengung auf sich zu nehmen! Und wenn Ihr dann bei Manco seid, könnt Ihr ihm sagen, dass die hier in unserer Hand ist« – Gonzalo zeigt mit dem Finger auf Anamaya – »und ich für ihre Unterhaltung sorge. Ich bin sicher, er wird Euch aufmerksam zuhören …«

Doch Guaypar schüttelt den Kopf.

»Wozu soll ich zu Manco gehen, wenn ich ihn nicht bekämpfen soll?«

»Nichts hindert Euch daran, ihn zu töten, wenn Ihr könnt, Fürst Guaypar«, meint Gonzalo ironisch. »Aber wart Ihr es nicht, der mir erklärt hat, dass Manco ohne dieses Mädchen nichts ist als ein Regenwurm, der sich auf einem Stein von der Sonne wärmen lässt?«

Guaypar schaut Anamaya an, während die Fremden ihn bereits aus dem Zimmer schieben und dieses Mal ist sein Blick weniger hasserfullt als müde.

27

Vitcos, Machu Pucara,
Juli 1539

Es ist seit langem Nacht.
Schwach leuchtet eine Laterne dicht neben Anamaya, die seit ihrer Gefangennahme weder gegessen noch getrunken hat. Keine Sekunde hat der Schmerz nachgelassen, der ihren Körper zerreißt und ihr die Luft nimmt, sodass sie nur noch ans Atmen denken kann. Sie hat Hunger und Durst darüber vergessen.
Dennoch bemüht sie sich, die Augen offen zu halten. Sie will, dass Gonzalo ihre Gleichgültigkeit darin lesen kann.
Allein ist er in den Raum zurückgekehrt, in dem sie gefangen ist. Er trägt ein Hemd und hält einen Dolch in der Hand. Sein Gesicht ist in dem armseligen Licht der Laterne kaum zu erkennen.
»Ich liebe es, wenn du schweigsam bist«, murmelt er und lässt den Dolch in seiner Hand tanzen. »Das verlängert mein Vergnügen und macht es umso größer.«
Er richtet sich spöttisch lachend auf, entfernt sich in die Dunkelheit, gleitet hinter sie.
»Weißt du, dass dein Gabriel verschwunden ist? Fort, entflogen … Einige sagen, er sei bereits nach Spanien zurückgekehrt, andere behaupten, er sei in einem See ertrunken.«
Anamaya zuckt mit keiner Wimper. Ihre ganze Willenskraft konzentriert sich auf ein Ziel: Gonzalo nicht die Freude zu machen, die er erwartet. Kein Ton. Keine Klage, nicht die geringste Gefühlsäußerung.
»Vor Jahren hätte ich dich vielleicht zu meiner Frau gemacht. Du gefielst mir ganz gut. Wir haben mit meinem Bruder Juan darüber gesprochen. Weißt du, dass dein Gabriel den Tod meines geliebten Juan auf dem Gewissen hat?«
Die Dolchklinge gleitet unter die Tunika und über ihre Haut.

»Ich habe Juan geliebt. Dort, wo er heute ist, im Paradies oder in der Hölle, dort soll er deine Schreie hören, wenn mein Dolch dich küssen wird.«

Mit einem kurzen Ruck zerreißt Gonzalos Klinge ihre Tunika, legt ihre Schulter und eine Brust frei. Würde sich eine Mücke auf ihr niederlassen, sie hätte sich kaum mehr bewegt.

»Du bist stark«, säuselt Gonzalo an ihrem Hals, »doch du wirst sehen, dass ich stärker bin als du.«

Erneut erscheint er vor ihr und sucht ihren Blick.

»Ich werde mit dir machen, was eure Krieger mit meinen Gefährten tun. Aber auf meine Weise …«

Er legt die Klingenspitze auf Anamayas Schulter und lässt sie über ihre Brust gleiten.

»Ich werde damit beginnen, dir ein wenig Haut abzunehmen, dort«, sagt er mit gleichmütiger Stimme. »Eine Warze nach der anderen … Eine Frau stirbt nicht an so einer Verletzung, aber sie leidet anscheinend sehr. Vor allem, wenn man dann ein wenig Salz in die Wunde streut.«

Er lächelt. Er rechnet mit einer Reaktion, die jedoch ausbleibt.

»Ich habe auch schon einmal eine andere Methode gesehen: Man verteilt ein wenig Schießpulver auf den Wunden, dann zündet man es an. Das hat den Vorteil, dass kein Blut vergossen wird …«

Anamaya hört nicht mehr auf die Worte. Sie lässt sie um sich herum surren wie nutzlosen, vergeblichen Lärm. Während Gonzalo Satz an Satz fügt, sich selbst an den Gräueln, die er von sich gibt, berauscht, spürt sie, wie ein seltsamer Frieden sich in ihrem Herzen und ihrem Geist ausbreitet. Die Angst verlässt sie, und selbst der Schmerz in ihrem Rücken scheint gelindert. Gonzalo kann reden und reden, das ganze üble Gesabber seiner Gedanken und Wünsche ausspucken, er bleibt ebenso machtlos wie ein Kind, das die Monster, die seine Fantasie bevölkern, jagen und erlegen will.

»Doch bevor ich mir dieses Vergnügen mache«, knirscht Gonzalo und ergreift im Aufstehen die Laterne, »werden meine lieben Gefährten ihren Spaß mit dir haben. Ich werde ihnen deinen hübschen Körper überlassen, bevor ich ihn zerstückele: Es sind sicher zwanzig unter ihnen, denen du gefallen wirst, bis deine Fotze zu nichts mehr zu gebrauchen ist!«
Zufrieden lachend hebt er den Vorhang vor der Tür und fügt hinzu:
»Natürlich, Prinzessin, kannst du diese Unannehmlichkeiten verhindern: Du musst uns nur zu der Goldstatue führen. Ich gebe dir mein Wort, dass ich mich danach für dich nicht mehr interessieren werde als für die Äpfel meines Pferdes. Nun?«
Die ganze Zeit, seit er sie provoziert und bedroht, hat sie nicht einmal den Mund geöffnet. Auf ihrer Oberlippe perlt ein Schweißtropfen, und mit der sanften Stimme einer Kurtisane sagt sie ihr erstes Wort:
»Nein.«

*

Vielleicht ist sie eingenickt.
Durch die vollkommene Dunkelheit ihres Gefängnisses dringt seltsames Blätterrascheln an ihr Ohr.
Ihre Arme und Beine sind ihr eingeschlafen, sodass sie sie nicht mehr spürt. Nur der stechende Schmerz in ihrem Rücken und ihren Schultern ist noch da.
Das Knistern wird heftiger. Plötzlich hört es auf, dann beginnt es erneut, langsam und gemäßigt.
In diesem Moment fällt Ichustaub auf sie nieder, und sie begreift.
Glücklicherweise ist das Dach des Raumes noch aus Ichu und nicht aus den Ziegeln, auf deren Herstellung Katari so stolz ist.
»Ich bin hier«, flüstert sie. »Ich bin die Coya Camaquen.«
Zur Antwort fallen nur ein paar große Stücke Stroh in die Dun-

kelheit. Ein frischer Nachtwind streicht über ihre nackte Schulter. Ihre Fesseln hindern sie, deutlich zu sehen, doch sie erkennt eine Gestalt in der Dachöffnung.
Furcht erfasst sie. Ist das nicht vielleicht einer von Guaypars Männern?
Sie schweigt und hält den Atem an, als der Mann elegant zu Boden springt.
Dann geschieht nichts mehr. Völlige Stille.
Warum schweigt der Mann so stur?
Da spürt sie auch schon Finger, eine Hand, die ihre nackte Haut berührt, weitergleitet und ihre Fesseln betastet, ihren Nacken, ihre Schläfe streichelt. Sie zittert erschrocken, unterdrückt den Schrei, der über ihre Lippen will, als eine Stimme, die sie unter allen Stimmen erkennen würde, ihr ins Ohr flüstert:
»Anamaya!«
Sie meint, ohnmächtig zu werden. Ihr Herz ist nur noch ein Lavastrom in ihrer Brust.
»Oh, Ehrwürdige Fürsten, so ist es also Euer Wille!«
Die Stimme flüstert erneut: »Anamaya!« Kräftige Hände und Arme umschlingen und streicheln sie. Ein irrsinniges Glück durchströmt sie und zerspringt in ihrer Brust.
»Gabriel? Gabriel!«
»Ja, ich bin es! Pst, schrei nicht, draußen steht eine Wache!«
»Oh, Puma, mein Puma! Ich wusste, dass ich dir vertrauen musste!«
»Warte, ich werde deine Fesseln durchschneiden … Ruhig … Diese Schweine haben nicht an Seil gespart!«
»Wie hast du davon erfahren?«
»Immer mit der Ruhe, nicht so ungeduldig.«
Kaum ist der Druck der Fesseln verschwunden, will Anamaya niederknien und Gabriels Gesicht umfangen, doch ihre Beine geben unter ihr nach. Dann fließt das Blut erneut durch ihre Adern als trüge es tausend Agavendornen und sie sinkt in seine Arme.

»Ruhig«, wiederholt er lächelnd, küsst ihre Schläfen, ihre Lider, sucht bereits ihre Lippen.
Doch seine Hand ertastet die zerrissene Tunika, und er erstarrt:
»Bist du verletzt? Was haben sie mit dir gemacht?«
»Nichts«, lächelt sie ihrerseits, »nichts als Worte … Sie wollen den Doppelbruder und hofften, mir Angst zu machen.«
»Ich weiß. Ich bin Gonzalo gefolgt, als ich erfahren hatte, warum er diese Expedition anführte«, erklärt Gabriel und massiert sanft Anamayas schmerzende Muskeln. »Vor vier Tagen habe ich ihren Trupp erreicht. Da ich nicht wusste, wo ich dich finden würde, schien es mir weiser, abzuwarten, dass sie mich zu dir führen …«
»Es ist so lange her«, seufzt Anamaya und greift nach seinem Gesicht, um ihn erneut zu küssen, »so lange! Und keine Nacht, keinen Tag habe ich daran geglaubt, dass wir auf immer getrennt wären. Seit einigen Tagen spürte ich dich ganz dicht bei mir …«
Gabriel legt ihr die Finger auf die Lippen. Das Geräusch von Schritten draußen erinnert sie daran, dass dort eine Wache steht. Gabriel nimmt Anamaya noch einmal in die Arme und flüstert ihr ins Ohr:
»Ich werde nie wieder einwilligen, von dir getrennt zu sein. Nie wieder. Bitte mich nicht wieder darum, denn ich werde mich weigern!«
Ein kleines Lachen rollt durch Anamayas Kehle, und sie drückt sich an ihn.
»Ich werde dich nicht wieder darum bitten«, antwortet sie im gleichen Tonfall. »Von nun an gehen wir gemeinsam.«
Schweigend verharren sie in ihrer Umarmung, als hätte die Ewigkeit ihnen endlich ihren Wunsch erfüllt.
Dann, ohne die Stimme zu erheben, zeigt Gabriel auf das Loch, das er in das Strohdach gerissen hat:
»Gonzalo ist sich seiner so sicher, dass er dein Gefängnis nicht sehr sorgfältig ausgesucht hat! Ein dicker Ast reicht bis zum

Dach, und von dort aus sind wir gleich außerhalb der Umfriedungsmauer der Festung. Der Zwerg erwartet uns und wird uns führen: Manco ist in dem kleinen Fort von Machu Pucara.«
»Das habe ich mir gedacht.«
»Wenn wir die ganze Nacht durchlaufen, werden wir Mancos Lager erreichen, bevor Gonzalo und seine Schergen deine Flucht entdecken.«
»Ja«, stimmt Anamaya zu und erhebt sich langsam, »wir müssen uns beeilen. Curi Ocllo war mit mir zusammen: Guaypar hat sie gefangen genommen und will sie zwingen, ihn zu Manco zu bringen. Wir müssen vor ihnen dort sein.«
»Du hast Recht«, fährt Gabriel fort, »wir haben keine Zeit zu verlieren.«
Doch bevor er sie mit sich zieht, drückt er sie erneut fest an sich.

*

Der Unumschränkte Gebieter Manco ist in einen Unku mit schwarzweißem Schachbrettmuster gekleidet, der zur Hälfte von einem goldenen Brustschild bedeckt wird. Goldene Ohrpflöcke wiegen sich über den Schulterfalten seines langen Vikunjaumhangs. Er hat den *Illautu*, das königliche Stirnband, auf seine Stirn gesetzt, und auf seinem goldbedeckten Schilfhelm bewegen sich die drei *Curiguingue*federn, die ihn als Sohn Intis auszeichnen, leicht im Wind.
Er steht in seiner Kriegssänfte, die von zehn Männern getragen wird. Mit der linken Hand hält er eine Prunklanze, während die rechte auf den Knauf eines um seine Hüfte hängenden Degens liegt, der am feinsten gearbeiteten Trophäe, die ihm seine Krieger mitgebracht haben. Sein Blick ist steinern wie die hohen Bergfelsen. Seine Lippen und Lider sind so unbeweglich, dass man nicht weiß, ob er atmet.
Es ist Monde her, seit die Hauptleute und Krieger ihren Unumschränkten Gebieter zuletzt in einer so wunderbaren Aufma-

chung gesehen haben, und jeder spürt, dass heute etwas Außergewöhnliches geschehen wird.

Im Morgengrauen, als die nächtlichen Nebel noch über dem vereisten Fluss standen, gab Manco plötzlich seinen Hauptleuten Befehl, sich in Reih und Glied vor den Mauern des alten Forts aufzustellen, als wären sie auf dem großen Ritualplatz von Aucaypata in Cuzco. Zur Antwort auf die verwunderten Blicke und stummen Fragen sagte er lächelnd:

»Ich habe diese Nacht erfahren, dass die Fremden uns einen wichtigen Boten schicken. Ich will ihm Ehre erweisen.«

Tatsächlich, als Intis erste Strahlen durch das Blätterdach dringen, erklingt die Trompete und kündigt die Besucher an.

Wie auf dem großen Platz von Aucaypata stehen Tausende von Kriegern in Fünferreihen und bilden bis in den Wald hinein eine Mauer aus Lanzen, Piken, Bannern und langen Keulen. Hinter Manco umringen zwölf Hauptleute die von den Spaniern erbeuteten Feuerrohre.

Niemand rührt sich, als Guaypar sich, vor Curi Ocllo hergehend, nähert.

Hundert Schritte vor Manco wirft sich die Coya mit tränenüberströmten Gesicht nieder und schreit so laut, dass jeder sie hört:

»Verzeih mir, mein Unumschränkter Gebieter! Du bist der Einzige, den ich liebe und dem ich gehorche, mein geliebter Gatte. Ich flehe dich an, verzeih meinem Bruder Guaypar: Er will dir nichts Böses.«

Einige Soldaten sehen ein kurzes Lächeln über Guaypars Lippen huschen. Doch schon umringen ihn die Hauptleute. Sie ergreifen seinen Arm, und obwohl Guaypar sich heftig wehrt, zwingen sie ihn, sich vor Manco zu verbeugen. Ein alter Hauptmann bringt einen schweren Stein, den er ihm auf die Schultern fallen lässt und knurrt:

»Grüße deinen Unumschränkten Gebieter oder stirb, stinkender Verräter!«

»Du bist nur ein Feigling, Manco!«, schreit Guaypar zur Antwort. »Du brauchst tausend Männer, um dich mit mir zu messen, während ich allein komme.«
Manco betrachtet ihn schweigend, die Lippen verächtlich verzogen. Zwei Hauptleute drücken ihre Lanzenschäfte auf Guaypars Nacken und zwingen ihn, zu Boden zu schauen, während er weiterschimpft:
»Du bist nicht der Sohn deines Vaters, Manco! Ohne die Intrigen der Coya Camaquen und ohne Vila Omas Wahn hättest du niemals die Illautu auf deine Stirn gesetzt. Niemals hätte mein Bruder Atahuallpa dich zu seinem Nachfolger ernannt …«
Während er so brüllt, stürzt Curi Ocllo auf ihn zu. Sie zittert am ganzen Körper, und ihre Hände umklammern ihr silbernes *Tupu* so fest, dass sie bluten. Mit verstörtem Blick schluchzt sie:
»Schweig, Guaypar! Schweig! So darfst du nicht mit meinem Gatten, dem Unumschränkten Gebieter, sprechen!«
»Dein Gatte ist nichts mehr!«, ruft Guaypar.
Mit ihren blutigen Händen versucht Curi Ocllo, Guaypar den Mund zuzuhalten. Doch auf einen Blick Mancos ergreift ein Soldat ihren Arm und zieht sie zurück.
»Anamaya ist meine Gefangene«, knurrt Guaypar, den Nacken immer noch gebeugt. »Sie wird mich zum Doppelbruder führen … Es ist vorbei Manco! Die Ehrwürdigen Ahnen sind von nun an auf meiner Seite!«
Während Curi Ocllos Schreie und Tränen noch lauter werden, tritt Manco näher und zieht mit einem Ruck den Degen aus der Scheide, die an seine Schenkel schlägt.
»Anamaya genießt nicht mehr die Unterstützung deines Vaters Huayna Capac«, knirscht Guaypar noch, »doch die Fremden haben mir ihr Wort gegeben: Wenn du nach Vilcabamba zurückgehst und aufhörst, Krieg zu führen, werden sie dich nicht töten.«
Mit dem Degen bedeutet Manco den Kriegern zur Seite zu treten.

»Erhebe dich!«, befiehlt er lächelnd.
Als Guaypar den Stein von seiner Schulter fallen lässt und sich erhebt, wird Mancos Lächeln noch schrecklicher.
»Armer Guaypar, du hast die Lehre, die ich dir vor vielen Jahren am Tag des Huarachiku erteilte, bis heute nicht begriffen! Schau dich um!«
Und Manco tritt beiseite. Die Reihe der Krieger öffnet sich vor Anamaya und Gabriel, die näher treten.
»Armer Guaypar«, spottet Manco erneut und lacht knirschend, »deine Worte hallen durch den Wald, so dröhnend und schrecklich wie die eines Papageien!«
Doch im gleichen Moment erklingt der lang gezogene Ruf der Trompete. Ein Hauptmann schreit:
»Die Fremden kommen näher, Unumschränkter Gebieter! Sie sind nur noch hundert Steinwürfe entfernt!«
Curi Ocllo springt vor Mancos Füße, der bereits den Degen hebt: »Töte meinen Bruder nicht! Um meinetwillen und meiner Liebe willen verschone ihn, Manco!«
»Du hättest ihn nicht hierher bringen sollen, Coya«, schimpft Manco. »Es ist besser, ich schlage ihm den Kopf ab, als dass er meinen mitnimmt. Dein Bruder liebt das Eisen der Fremden. Möge er es schlucken!«
Pfeifend beschreibt die Klinge einen großen Bogen. Guaypars Kopf schwankt seltsam. Seine verblüfft geweiteten Augen schließen sich nicht, als er fällt und das Blut stoßweise aus seinen Schultern aufspritzt.
Mit dem schrecklichen Klagelaut eines Tieres versucht Curi Ocllo den von Zuckungen durchlaufenen Körper ihres Bruders festzuhalten, dessen Blut ihr über Gesicht und Brust läuft.
Anamaya und Gabriel stürzen zu ihr, doch Manco gibt den Hauptleuten bereits Befehl, sich im Wald zu verteilen. Einige Minuten lang herrscht völliges Chaos, während Hunderte von Kriegern ihre perfekte Formation aufgeben und nach Norden laufen.

»Bleibe nicht hier«, fleht Anamaya und umklammert Curi Ocllos Schulter, die sich über Guaypars klebrigen Leichnam gebeugt hat. »Bleibe nicht hier. Die Fremden werden dich gefangen nehmen. Folge uns …«
Doch Curi Ocllo hat ihr Gesicht auf die Brust ihres Bruders gedrückt und schüttelt mit kleinen Klagelauten wie ein sterbendes Tier den Kopf.
»Sie hört dich nicht«, erklärt Gabriel, dem es nicht gelingt, Curi Ocllos um Guaypar geklammerte Finger zu lösen.
Schüsse von Feuerrohren schallen bereits durch den Wald.
»Komm, Anamaya!«, sagt Gabriel, fasst sie bei der Taille und trennt sie von Curi Ocllo. »Oder wir sind es, die sie fangen werden.«
Und während sie ihrerseits hinter den letzten Soldaten herlaufen, wirft Gabriel einen Blick zurück auf Curi Ocllo, die mit blutüberströmten Haaren Guaypars kopflosen Körper umklammert, als wollte sie gemeinsam mit ihm ins Nichts hinübersinken.

Vierter Teil

28

Chuquichaca,
März 1540

Das Nachmittagslicht strömt wie ein Wasserfall über die Bäume. Das dichte Blätterdach verdeckt den blauen Himmel, der langsam dunkel wird. Durch den riesigen Wald schallen die Schreie von Tieren, die Rufe der Vögel, all die Vorbereitungen auf das Abendrot, die Anamaya sogleich in das Land ihrer Kindheit zurückversetzen.

Sie sitzt am Ufer des Wasserlaufes im Sand und denkt an ihre Mutter.

Der Lärm der Stromschnellen flussaufwärts geleitet sie in ihren Traum, und obwohl ihre Augen nicht geschlossen sind, hat sie Gabriels Gegenwart an ihrer Seite fast vergessen. Sie sitzen auf einem schmalen Sandstreifen inmitten eines Geflechts toter, vom Wasser glatt gewaschener Zweige. Sie sieht sich mit nackten Füßen auf ihre Mutter zulaufen, die die Arme öffnet, um sie aufzufangen. Lange Zeit endete dieser Traum als Albtraum: die Erinnerung an jenen Schleuderstein, der ihre Mutter mitten in die Stirn traf, das plötzlich tote Gewicht am Ende ihres Arms weckten sie in kalten Schweiß gebadet auf, und die Einsamkeit erdrückte sie.

»Wo bist du?«

Gabriels Stimme ist wie ein Hauch durch das Wasser hindurch zu ihr gedrungen und seine Zärtlichkeit weckt sie sanft aus ihrem Kindheitstraum. Seit sie die verzweifelte Curi Ocllo zu Füßen ihres toten Bruders zurückgelassen haben, sind sechs Monde vergangen, die sie, fern von Manco, fern von den Gedanken an Krieg gemeinsam im Wald verbracht haben, und es ist, als würde ihre Liebe mit jedem Morgen, jedem Abend tiefer. Oft brauchen sie nicht einmal mehr Worte und erreichen Erfüllung, indem sie einfach beieinander sind. Ein Blick, eine Handbewegung genügen und erfüllen sie mit Glück.

»Ich habe eine weite Reise gemacht …«

»War ich bei dir?«

Anamaya lächelt.

»Nein, ich war bei meiner Mutter.«

Eine Wolke verdeckt die Sonne und legt einen Schatten auf ihre Gesichter.

»Du hast mir oft von deiner Mutter erzählt«, sagt Gabriel, »und ich weiß, dass du sie in der Anderswelt triffst. Aber was ist mit deinem Vater, kommt es nie vor, dass du ihn siehst?«

Gabriel hat diese Frage noch nie so direkt gestellt, und Anamaya spürt, wie ihre Kehle trocken wird.

»Ich weiß nicht. Sein Gesicht verschwindet in der Nacht …«

»Anamaya …«

Gabriel ergreift ihre Hand und sie überlässt sie ihm, während sie fortfährt:

»… es ist, als hätte der Tod meiner Mutter alles ausgelöscht, was ich vorher erlebt habe, und als blieben nur undeutliche Gefühle übrig.«

»›*Und nur ein Geheimnis wird dir verborgen bleiben und du wirst damit leben müssen*‹. Sind das nicht die Worte, die der König Huayna Capac dir sagte?«

»Du kennst seine Worte gut.«

»Für mich sind es deine Worte. Und vielleicht sind sie das Geheimnis. Oder etwas ganz anderes: Als ich am Titicacasee auf dich wartete und versuchte, im Geist mit Hilfe von Quillas Dienerinnen zu dir zu gelangen, hat eine von ihnen folgende Worte über dich gesagt: ›*Das Mädchen mit den Augen des Sees*‹. Sie

hat hinzugefügt: ›*Es gibt kein Wunder. Mondmutter hat das Wasser des Sees in ihre Augen gelegt, denn die, die du suchst, vereint Anfang und Ende der Zeiten. Sie ist es, die den Ursprung in ihrem Blick trägt. Und du, wenn du zu ihr willst, wirst du lernen müssen zu sehen!*‹«
Gabriel lacht leise in Erinnerung an den Zorn der Priesterin. Ein flüchtiges Lächeln huscht über Anamayas Gesicht, während der Schrei eines Rebhuhns durch den Himmel zuckt.

*

Sie haben ihren Unku und ihren Añaco abgelegt und baden ausgiebig. In der zurückgekehrten Sonne ist das schlammige Wasser köstlich erfrischend. Auf einem aus dem Wasser ragenden Ast sitzen zwei Schildkröten mit vorgerecktem Hals, heben der Sonne die Köpfe entgegen und lassen sich wärmen. Die sechs kleineren Schildkröten neben ihnen verharren völlig reglos.
Gelegentlich glitzert der blaue Blitz eines Eisvogels über die Wasseroberfläche, während ein Katzenwels klatschend mit dem Schwanz schlägt. Schmetterlinge tanzen über einer Pfütze am Ufer, durchziehen wie ein buntes Band die Luft.
Anamaya und Gabriel tauchen abwechselnd ab und auf, und ihr Lachen sprüht wie das aufspritzende Wasser. Zwischen schaumigen Rinnen, die der Strom wirbelnd mit sich nimmt, schlingen und rollen sich ihre Körper wie zwei Wasserschlangen umeinander.
Weiter unten sehen sie eine in einen Baumstamm gehöhlte Piroge, die, einen Gegenstrom am Ufer nutzend, flussaufwärts schwimmt. Die beiden Männer, die sie, an jedem Ende stehend, mit langen Stangen steuern, ducken sich häufig, um den Zweigen auszuweichen, die ihnen das Vorwärtskommen erschweren. Als sie auf ihrer Höhe vorbeitreiben, nicken sie grüßend, ziehen ein Stück weiter und klettern dann die Böschung hinauf, verschwinden im Wald und weichen so den Stromschnellen aus.

Anamaya und Gabriel lassen sich in den Sand fallen und strecken sich aus, Anamaya beugt sich zu Gabriel. Sie reibt ihm Rücken und Schultern lange mit Blättern ab, deren sowohl süßer wie auch herber Geruch eine leicht berauschende Wirkung auf ihn hat. Gabriel überlässt sich der sanften, streichelnden Massage. Anamaya war es, die ihm Nacht für Nacht beigebracht hat, dass sein Körper nicht nur dieses nach Eroberungen gierende, kraftvolle Stück Knochen und Nerven ist, sondern auch jener sanfte Fluss, der bereit ist, unter Zärtlichkeit zu erwachen und vor Leidenschaft zu zucken.

Der nahende Abendwind lässt sie frieren, und Anamaya bedeckt sie mit ihrer Manta. Sie zieht die Knie an die Brust und drückt sich an ihn, legt ihren zarten Arm um ihn, dessen Muskeln sich wie Klingen abzeichnen.

»Es ist bald so weit«, flüstert sie.

»Woher weißt du das?«

»Alles geht, alles verschwindet. Es ist eine Zeit der Zeichen. Ich habe Angst und bin glücklich, ich habe es so eilig, dich mitzunehmen …«

»Wohin?«

»Dorthin …«

»Du kannst Manco noch immer nicht verlassen. Du musst bei ihm bleiben.«

»Er ist es, der uns verlassen hat, Gabriel. Er ist es, der geht und tief im Sumpf seines Zorns versinkt. Sicher, Guaypar wurde getötet, und Gonzalo ist nach Cuzco zurückgekehrt. Doch er wird zurückkommen und andere mit ihm. Wir wissen nicht, was aus Vila Oma wird, doch sein Krieg führt nirgendwo hin. Illac Topa widersteht immer noch, doch er ist allein wie ein Flüchtling. Seit Monden herrscht Manco über Schatten. Das Reich der Vier Gegenden ist nicht mehr. Vilcabamba ist eine Hauptstadt ohne Land, die Inkas haben keine Völker mehr, die sie unterwerfen könnten, keinen Raum mehr zu erobern. Sie sind fern von ihren

Bergen, fern der Erde, die Manco Capacs und Mama Ocllos Sichel aufgewühlt hat.
»Und doch«, widerspricht Gabriel, »kann das alles nicht spurlos verschwinden!«
Anamaya nickt.
»Es wird eine Spur bleiben. Wir müssen auf Katari warten«, sagt sie. »Er ist es, der uns geraten hat, uns eine Zeit lang von Vitcos zu entfernen, er ist es, der uns rufen wird, wenn die Zeit reif ist. Wir sollten ihm vertrauen.«
Plötzlich hören sie Schreie, die wie ein Wasserfall den Fluss entlangrollen. Sie erheben sich und entdecken zehn Fuß weiter flussaufwärts Kinder, die mit Stöcken bewaffnet am Ufer entlanglaufen. Sie scheinen einem sanft treibenden Holzstück zu folgen, das den Launen des Flusses ausgeliefert ist. Gelegentlich springt eines der Kinder ins Wasser und zieht das Holz zum Ufer, während ein anderes mit dem Stock darauf schlägt und es erneut forttreibt. Manchmal verschwindet es fast in einem Wasserloch, taucht dann in einem Strudel wieder auf und reist weiter langsam den Fluss hinab.
»Das ist ein Korb!«, ruft Anamaya.
»Lass sie spielen …«
»Es scheint etwas drin zu sein.«
Als der Korb auf ihrer Höhe anlangt, springen die Kinder ins Wasser. Vom Lachen und den Schreien der zurück Gebliebenen angefeuert, klammern sie sich an den Rand des seltsamen Gefährts und drücken es zum Ufer, lassen es auf einem Sandstreifen stranden. Neugierig lächelnd tritt Anamaya näher.
Der Korb ist ungewöhnlich groß und der Deckel, der ihn verschließt, ist mit einem Agavenseil festgezurrt. Auch Gabriel tritt näher und die aufgeregten Kinder ziehen mit aller Kraft an dem Deckel, um ihn zu öffnen.
Knarzend fällt er plötzlich ab. Noch bevor die Kinder begreifen, was sie da sehen, stößt Anamaya einen Schreckensschrei aus.

29

Vitcos,
März 1540

Beim Anblick der eleganten Palastmauern von Vitcos, die auf ihrem Felsvorsprung ruhen, läuft Anamaya ein Schauer über den Rücken. Sie erinnert sich noch zu gut an die leere Festung und Guaypars schrecklichen Überraschungsangriff, an ihre Gefangennahme und Gonzalos Drohungen, an den kalten Stahl seines Dolches auf ihrer Haut. Als hätte er ihre Furcht erraten, drückt Gabriels Arm ihre Schulter fester und gibt ihr ein wenig von seiner Wärme, seiner Kraft.

»Ich werde nie wieder einwilligen, von dir getrennt zu sein«, hatte er gemurmelt, als er sie befreite. Seit Monden hallen diese Worte unablässig und heftig in ihr wider, während gleichzeitig ein schreckliches Bild sie nicht mehr loslässt. Curi Ocllos gleich einem Fötus zwischen den Korbwänden zusammengekrümmter Körper, wie zerknittert und zertreten, ihr Gesicht trotz ihrer makaberen Flussreise unversehrt. Und das Echo dieser auf den geschändeten Überresten zur Schau gestellten Schönheit war schlimmer als alles andere.

Nachdem sie die schreckliche Last auf eine Sänfte aus Ästen und Schilf gelegt hatten, machten sie sich, von einigen Kriegern begleitet, nach Vitcos auf.

Was war geschehen, dass man Mancos geliebte Frau so gequält hatte? Wer hatte die schreckliche Idee, sie über den Fluss zurückzuschicken, in der Hoffnung, dass sie entdeckt und Manco zurückgebracht werden würde?

Manco! Wenn sie an seinen Schmerz denkt, zerreißt es Anamaya bereits im Voraus das Herz. All ihren Anstrengungen zum Trotz kann sie den jungen Inka nicht vor dem hier bewahren, und auch die Folgen kann sie unmöglich vorhersehen.

Obwohl sie durch den Wald nur mühsam vorankommen, haben sie darauf geachtet, Curi Ocllos Doppelseele, die in der Anderswelt umherirrt, jede Nacht Opfer darzubringen. Sie haben Cocablätter verbrannt und Mama Quilla angefleht, ihr auf ihrer schweren Reise in die Untere Welt zu helfen. Einmal überraschte Anamaya Gabriel mit gefalteten Händen, wie er mit geschlossenen Augen, den Kopf zu dem undurchdringlichen Blätterdach über ihnen gewandt betete.
»Was tust du?«
»Ich bete zu jenem Gott, an den ich nicht glaube.«
»Wenn du betest, glaubst du dann nicht?«
»Ich bete für sie, dass ihre Seele Frieden findet.«
Anamaya fragte nicht weiter, doch ein Licht durchzuckte ihren Schmerz: Mehr denn je ist sie mit dem Puma vereint. Weder Götter noch Krieg können sie mehr trennen.
Nun zeichnen sich in den Palastmauern die fünfzehn Türen mit ihren Simsen aus weißem Granit ab, und sie erkennt die Gestalten der ersten Soldaten, die sich mit Lanzen bewaffnet respektvoll ihrer kleinen Gruppe nähern, in der sie die Coya Camaquen erkannt haben.
Sie durchschreiten das erste enge Tor, das auf den Gipfel des Hügels führt, wo der Palast und die vierzehn Gebäude, die ihn umgeben, eine einzige Cancha bilden. Mit undurchdringlichen Gesichtern führen die Soldaten sie schweigend zu dem weitläufigen Innenhof, wo Manco sie erwartet.
Als sie den Palast betritt, drückt Anamaya instinktiv Gabriels Hand.
»Wo wart ihr?«
Mancos Stimme donnert durch den mit Orchideen bedeckten Hof, die einen betäubenden Duft verströmen. Ein junger, im Wald gefangener Puma läuft in seinem Bambuskäfig in einer großen Nische erregt auf und ab.
Manco beachtet die Träger nicht, die ihm den Korb vor die Füße

stellen. Seine tief in den Höhlen liegenden Augen starren Anamaya und Gabriel an. Diener und Soldaten, Fürsten und Konkubinen, alle senken die Köpfe und schweigen. Angst legt sich über jeden Stein.

»Wir waren dort, wo Willkamayo und Vilcabamba zusammenfließen«, antwortet Anamaya.

Ihre Stimme hat etwas unendlich Ruhiges, was Manco verwirrt. Er wendet den Blick ab und betrachtet den Korb zu seinen Füßen.

»Was bringt ihr mir da?«, fragt er.

Unterwürfig niedergebeugt, wie alle es dem Unumschränkten Gebieter schuldig sind, tritt Anamaya näher. Wortlos hebt sie den Weidendeckel.

Mancos Blick wird starr. Er öffnet den Mund, als wollte alle Luft seinen Lungen entweichen. Er gleitet zu Boden und umklammert kniend den Rand des Korbes.

Ein Schrei zerreißt die Luft.

Kein menschlicher Schrei. Ein wortloser Schrei. Ein verletztes Tier, das seinen Schmerz ausspuckt, der ihn von innen zerreißt. Der ganze Hof krümmt sich zusammen, und alle versuchen, sich in Luft aufzulösen. Wie oft haben sie in den Tagen der Irrungen den Zorn und die Verzweiflung des Unumschränkten Gebieters gefürchtet. Doch was sie nun hören, übertrifft alles, was sie bisher vielleicht mitangesehen haben.

Manco holt Luft, und eine Art Schluckauf schüttelt seinen ganzen Körper. Er ergreift Curi Ocllos Gesicht, hebt es zu sich, zieht die schlaffen Überreste hinterher, die einst der prächtige Körper seiner Gattin und das Glück seiner Nächte waren. Er brüllt erneut.

Anamaya streckt die Hand nach ihm aus. Sie streichelt leicht seinen schreiend niedergebeugten Nacken. Doch als ihre Finger seine Haut berühren, springt er heftig zurück, als würde sie ihn verbrennen.

»Manco«, flüstert sie vor sich hin, ohne Hoffnung, gehört zu werden.
Er weint nicht. Er ist wie ein Gewitter, das grollt und die Nacht mit seinen Blitzen durchzieht, die Erde bis in ihre tiefsten Tiefen erschüttert.
»Nein! Nein!«
Es sind die ersten menschlichen Worte, die über seine Lippen kommen, und sie lindern nichts, beruhigen nichts, sie sind ebenso animalisch wie die Schreie, die zuvor seiner Kehle entwichen.
»Nein! Nein!«
Seine ganze Auflehnung liegt in diesen Worten, seine Weigerung, sich zu unterwerfen, seine Weigerung, zu verlieren, seine Weigerung, sich gefangen nehmen zu lassen, seine Weigerung, nachzugeben, sein Aufbegehren gegen die Zeit, die so grausam vergangen ist; doch mit jeder Weigerung bleibt am Ende nur noch ein gehetztes, von einem hungrigen Rudel umringtes Tier übrig, ein Wesen, das nur noch sein einzigartiger, grausamer Zorn ans Leben fesselt.
Nacheinander verlassen seine Untertanen den Innenhof, ziehen sich zurück in der feigen Hoffnung, dass er sie nicht sieht, drücken sich vor Angst und Schweiß erstarrt, mit undurchdringlichen Gesichtern an die Mauern.
Nur Anamaya rührt sich nicht, hockt ihm gegenüber, während er immer noch, wenn auch leiser, röchelnd daliegt.
Gabriel berührt Anamaya leicht und zieht sich ebenfalls zurück, zärtlich streichelt sie ihn mit Blicken, bevor sie wieder auf Manco schaut.
»Manco«, murmelt sie erneut.
Sie betrachtet ihn. Der junge Inka ähnelt einem alten Mann – sein Körper und sein Gesicht sind älter und müder als Huayna Capac es war, als sie an seiner Seite saß. Und während Huayna Capac Geheimnisse bewahrte, weiß Manco nichts mehr, will nichts mehr. Wie von Faustschlägen eingedrückt, sind seine Au-

gen in das von zuckenden, zitternden Falten und Spuren zerfurchte Gesicht gesunken. Seine dunkle Haut schimmert grau.
»Manco.«
Er richtet sich ein wenig auf, stützt sich auf seinen Ellenbogen. Starrt sie an.
»Ich … ich kann nicht.«
Und allein mit Anamaya überlässt er sich den bitteren, nutzlosen Tränen seiner Hoffnungslosigkeit und Niederlage.

*

Nachts hat sich der Innenhof erneut gefüllt. Obwohl es anfängt zu regnen, rührt Manco sich nicht. Er hat sich von Anamaya in seine schönsten Gewänder kleiden lassen, und die Federn des Curiguingue bewegen sich leicht im kalten Staubregen. Er rührt den Silberteller vor sich nicht an, eine schöne Konkubine wartet gehorsam auf einen Befehl, der nicht kommt.
»Sprich«, sagt er.
Der Zwerg überwindet die Angst, die ihm dem Magen umdreht, und erinnert sich daran, dass er nicht mehr sterben kann, seit der große Huayna Capac ihn unter einem Stapel Decken entdeckte.
»Zwei Frauen sind zu mir gekommen, nach Yucay, und sie haben mir erzählt, was du hören musst, Unumschränkter Gebieter.«
»Warum hast du gewartet?«
»Ich hatte Angst, Unumschränkter Gebieter, vor diesem Geheimnis, das zu schwer für mich war.«
Ohnmächtig und schwach spricht die ernste Stimme des Zwergs die Wahrheit. Alle fürchten einen Zornesausbruch, doch nur ein einziger Seufzer kommt über Mancos Lippen.
»Sprich jetzt«, sagt er und zeigt auf den Korb. »Dein Geheimnis gehört dir nicht mehr.«
»Der Gouverneur Pizarro hatte deine Friedensnachrichten erhalten und dir eine Stute, einen schwarzen Sklaven und andere

wertvolle Geschenke geschickt. Der Zufall wollte es, dass einer deiner Hauptleute diese Sendung abfing und in dem Glauben, dir zu Gefallen zu sein, die Stute, den Sklaven und einige andere Diener geopfert hat. Die, die fliehen konnten, sind zurückgekehrt und haben sich bei dem Kapitu beklagt, der sehr zornig geworden ist.«

Anamaya spürt, wie die Regentropfen über ihren Hals und unter ihren Añaco laufen. Doch sie ist ebenso erstarrt wie die anderen.

»Er hat Curi Ocllo seinem Bruder Gonzalo überlassen, dann seinem Sekretär und schließlich anderen spanischen Soldaten, vielleicht verbündeten Indios. Als ihre Schenkel von Blut und Sperma bedeckt waren, waren sie zufrieden. Dann hat er Befehl gegeben, sie hinzurichten.«

Bei den Worten des Zwerges überläuft es Gabriel eiskalt. In seinem Kopf hallt das Echo der Stimme des Gouverneurs wider, er erinnert sich an die Hand, die sich auf seine Schulter legt und sie zärtlich drückt – alles, was ihn mit seinem früheren Herrn verbindet, stößt ihn ab.

Manco schaut weder den Zwerg noch sonst irgendwen an. Sein Blick verliert sich in der anbrechenden Nacht, dort, wo die schneebedeckten Gipfel sind, die Apus, die ihn nicht mehr schützen.

»Curi Ocllo hat ihren Schmuck und all ihre Habe an die Inkafrauen verteilt, die sie umgaben. Kein zorniges oder grollendes Wort kam über ihre Lippen. Sie hat nur darum gebeten, dass ihr Körper nach ihrem Tod in einen Korb gelegt werde, der den Fluss hinabfahren sollte, um den Weg zu dir zu finden.«

Im Innenhof herrscht eine vollkommene Stille, in der nur die grottenähnliche Stimme des Zwerges erklingt.

»Sie hat sich selbst das Tuch um die Augen gelegt, das eine meiner Frauen ihr gegeben hatte, nachdem sie ihr gedankt und sie an sich gedrückt hat. Während sie sie an einen Pfahl banden, sagte sie diese Worte – möge mein Herz dem Puma vorgeworfen werden, wenn auch nur eines davon erlogen ist: ›Ihr lasst euren Zorn an einer Frau aus! Was konnte eine Frau wie ich euch anhaben? Beeilt euch, dass euer Hunger gestillt wird!‹ Es heißt, selbst einige der Spanier hätten geweint. Dann haben die Canari-Indios sie mit ihren Lanzen und Pfeilen durchbohrt, ohne dass ein Schrei oder auch nur ein Seufzen zu hören gewesen wäre, als sie starb. Schließlich haben sie einen großen Scheiterhaufen entfacht, um sie zu verbrennen, doch Inti ließ es nicht zu, und ihr Körper blieb von den Flammen verschont. Nachts haben meine Frauen sie mitgenommen und in einen Korb gelegt, damit sie zu dir kommt, wie sie gewünscht hatte.«

Katari ist durch die Menschenmenge bis zu Gabriel geglitten, drückt unmerklich seinen Arm und sagt leise:

»Wir müssen gehen.«

Anamaya dreht sich mit fragendem Blick zu ihnen um.

»Dann?«, fragt Manco.

»Der Gelehrte Vila Oma war seit seiner Gefangennahme in Condesuyu da, und sie haben ihn ebenfalls nach Yucay gebracht. Obwohl gefesselt und hilflos, verfluchte er sie, nannte sie Hunde für das, was sie deiner Gattin angetan hatten. Da haben sie ihn bei lebendigem Leibe verbrannt.«

Im Gegensatz zu dem Schweigen, der seinen Bericht über Curi Ocllos Tod begleitet hatte, erheben sich Klagen und Flüche angesichts der Qualen des Gelehrten. Manco bringt sie mit einer Handbewegung zum Schweigen.

»Zur Stunde, als die Flammen bereits seine Füße umspielten, rief der Gelehrte Huayna Capac und alle Sapa Inkas zu Hilfe, Chalkuchimac und Atahuallpa …«

»Hat er mich gerufen?«

Zum ersten Mal zögert der Zwerg, und seine Stimme wird ein wenig leiser.

»Niemand hat deinen Namen vernommen, Unumschränkter

Gebieter, doch er ist sicher zu schnell gestorben, um alle anzurufen, die er brauchte. Nach ihm verbrannten sie deinen General Tisoc …«

Katari zieht Gabriel mit sich fort, und Anamaya sieht, wie sie in der Menschenmenge im Innenhof verschwinden. Unbemerkt tauchen sie in dem Chaos der Namen all jener Hauptleute unter, die der Zwerg langsam aufzählt.

»Sie haben Taipi und Tanqui Hallpa, Orco Huaranca und Atoc Suqui verbrannt.«

Mancos Gesicht zeigt keinerlei Regung, er starrt weiter in den Himmel, den langsam die Nacht überzieht. Jeder Name dieser großen Krieger ist wie ein Schlag in die Magengrube der Anwesenden, doch Manco scheint in sich selbst zu versinken und zu verschwinden. Nur Anamaya sieht, wie sich seine Hände verkrampfen und ins Leere greifen. Auch wenn sie nicht weiß, wohin Katari Gabriel gebracht hat, ist sie froh, dass er fort ist.

»… und Ozcoc und Curi Atao«, fährt der Zwerg fort und vertieft die Furcht aller Anwesenden, als würden die Sterne einer nach dem anderen in der klaren Nacht verlöschen und die ganze Welt in tiefer, endgültiger Dunkelheit zurücklassen.

»Vila Oma hatte Recht«, sagt Manco endlich. »Man hätte diese Brut zerstören müssen, bevor sie uns zerstört. Chalkuchimac hatte ebenfalls Recht. Sie waren oft schwach, und wir haben die Gelegenheiten nicht genutzt … Wir haben an Illusionen geglaubt, an falsche Zeichen, wir haben an Kometen und an Pumas geglaubt.«

Manco schaut Anamaya nicht an, doch sie spürt den Hass und die Enttäuschung in seinen Worten.

»Lasst mich allein«, sagt Manco und schaut auf sie hinunter. »Ich muss jetzt allein sein.«

In einem Gewimmel von Piken und Lanzen, von aneinander schlagenden Schilden, knirschenden Sandalen und Stimmen, die sich erheben und sogleich wieder verstummen, gehen alle hinaus.

Nur Anamaya bleibt.
»Du auch«, sagt Manco.
»Ich habe dich nie verlassen, das weißt du.«
»Es gab eine Zeit, da ich glaubte, dass du auf meiner Seite wärst, um mir zu helfen, das Reich der Vier Gegenden zu erbauen und weiter auszudehnen als je ein Inka es getan hat. Ich glaubte, wie mein Vater es gesagt hatte, wie der Gelehrte es sich selbst eingeredet hatte, dass du ein Zeichen seiest, das vom See des Ursprungs kam, um uns auf Größe hoffen zu lassen. Du warst nichts von alldem, und die Prophezeiungen, die du schweigend bewahrst, bringen mir nur Demütigung und Zerstörung. Geh fort!«
»Du hast nicht auf die Weisheit hören und ihrem Weg folgen wollen, Manco, du hast auf deinen Zorn gehört wie am ersten Tag, als deine Wut sich unnötigerweise gegen Guaypar richtete …«
»Und jetzt ist Guaypar tot, Vila Oma ist tot, Tisoc ist tot, meine geliebte Curi Ocllo ist tot, sie alle sind tot, und auch ich werde sterben. Ist es das, deine Prophezeiung, Frau aus der Unteren Welt, die gekommen ist, mich zu quälen?«
»Dein Sohn Titu Cusi lebt und so viele andere, die auf dich hoffen …«
»So viele andere?«
Manco beschreibt mit der Hand einen Kreis in der Nacht und legt sie dann auf seine mit dem Stirnband geschmückte Stirn. Mit einem Ruck reißt er es ab.
»Meine Macht ist die dieser Feder«, sagt er und wedelt verächtlich damit. »Ein Windstoß bringt sie, ein Windstoß vertreibt sie.« Er bricht in trockenes, verächtliches Lachen aus.
»Schau, was von meiner Macht übrig ist.«
Manco springt auf und geht zu dem Käfig, in dem der junge Puma schläft. Er betrachtet ihn schweigend. Dann murmelt er:
»Du musst wachsen und uns helfen, nicht wahr? Du wurdest nicht zufällig gefunden und – wer weiß? – du bist ein Zeichen …«

Er nimmt die Holzlatte weg, die den Käfig versperrt, und ergreift das schlafende Tier. Mit einem Ruck stößt er ihm sein Tumi ins Herz und bricht ihm dann das Rückgrat, erwürgt ihn in jenem Zorn, der aus seinem tiefsten Inneren aufsteigt. Er bricht ihm die Pfoten, reißt ihm die Augen aus, zerfetzt seine reglose Schnauze und tritt mit bluttriefenden Händen, an denen Fleischfetzen hängen, aus dem Käfig.

»Willst du immer noch bei mir bleiben, Freundin der Pumas?«

Vor Grauen verschlägt es Anamaya fast die Sprache und dennoch sagt sie beharrlich:

»Ich darf dich nicht verlassen. Ja, ich will bei dir bleiben.«

»Nein!«

Mit der blutüberströmten Hand zeigt er auf sie. Seine Bewegung ist nicht drohend, sie bezeichnet nur ihre endgültige Trennung. Dennoch tritt Anamaya, ihren Widerwillen überwindend, auf ihn zu und nimmt diese Hand in ihre.

»Ich gehe, da es das ist, was du willst, doch vergiss nicht, dass ich dich niemals verlassen habe. Du wirst dich daran erinnern, dass ich seit dem ersten Tag, als dein Vater Huayna Capac sich mir anvertraute, stets nur gehorcht habe …«

Manco schweigt und zieht seine Hand zurück. Sie weiß nicht, ob er, versunken in seiner lähmenden, von Gewalt erfüllten Einsamkeit, ihre Worte überhaupt gehört hat. Seine Stimme scheint aus der Unteren Welt zu kommen, als er wiederholt:

»Nein.«

Anamaya verlässt endlich den regennassen Innenhof, wo sich das Blut des Pumas wie rötlicher Schlamm mit dem Staub mischt, und denkt daran, dass Mancos ganzes Leben, das Leben des Rebellen, nur ein Ziel hatte: In diesem einen ruhig und aus tiefstem Herzen ausgesprochenen Wort zu enden: Nein.

*

Schweigend durchquerten Katari und Gabriel rasch die leere Cancha, wichen den Soldatengruppen aus, die rings um die Festung patrouillierten, und fanden den Weg in den Wald. Endlich im Schutz der Bäume und der Nacht angelangt, ruft Gabriel Katari zu:

»Was hast du mir zu sagen?«

Der Herr der Steine schüttelt seine schwarzen Haare.

»Dein Freund Bartholomäus ist vor drei Tagen gekommen. Er war so klug, dass er gar nicht erst versucht hat, die Festung zu erreichen, sondern zwei Boten entsandte, die mich benachrichtigt haben. Wir haben ihn in einer Huaca versteckt, die in einer Stunde Fußmarsch von hier liegt.

»Bartholomäus!«

»Er ist ein weiser, gelehrter Mann«, fährt Katari fort, »und wir haben vom Ursprung der Welt gesprochen, der Schöpfung und auch von diesen seltsamen Kreaturen, den Menschen …«

»Erzähl mir nicht, er hat den gesamten Wald durchquert, bloß um darüber mit dir zu reden!«

»Wir haben von dem gesprochen, was war, und dem, was sein wird.«

In Gabriels Stimme liegt keine Spur mehr von Ironie.

»Ich kenne meinen Mönch. Wie groß seine Freundschaft zu dir auch immer sein mag, er ist nicht ohne guten Grund bis hierher vorgedrungen.«

»Er wird ihn dir sagen.«

Inzwischen übertönt der Regen die Geräusche des hereinbrechenden Abends.

»Und Anamaya?«

»Du musstest fort, bevor Mancos Zorn sich gegen dich richtete. Sie wird bald mit dem Zwerg zu uns stoßen.«

Die beiden Männer kommen nur langsam voran. Obwohl der Regen aufgehört hat, ist das Wasser überall, tropft ihnen auf den Hals wie Schweiß vom Himmel und von den Bäumen.

Vor ihnen öffnet sich eine Lichtung, in deren Mitte einige hastig zerkleinerte Steinblöcke eine Mauer um eine einfache Binsenhütte bilden.
Im Näherkommen sehen sie Bartholomäus' vertraute Gestalt in der Türöffnung stehen. Lange drückt der Mönch mit den grauen Augen Gabriel an sich. Er scheint vor Fieber zu zittern.
»Es geht Euch nicht gut, Bartholomäus.«
»Mach dir keine Sorgen um mich. Jetzt, wo du da bist, geht es schon viel besser. Wo ist sie?«
Er hat sich an Katari gewandt, der in die Richtung der unsichtbaren Festung deutet.
»Sie wird mit dem Zwerg kommen, sobald sie kann.«
»Das ist gut«, sagt Bartholomäus, »ich brauche sie.«
Die drei Männer betrachten einen Moment den Himmel über der Lichtung, der sich im zurückkehrenden Sonnenschein mit bunten Schmetterlingen füllt. Im Laub erklingt das Lärmen der Affen und das Geschrei der Vögel, zwei Aras, deren strahlende Federn zwischen den Blättern vorblitzen.
Der Mönch betrachtet Gabriel freundlich:
»Du hast einen langen Weg hinter dir, seit ich dich zuletzt gesehen habe. In deinem Gesicht ist keinerlei Zorn mehr, und du siehst nicht mehr aus, als wärest du vom Teufel besessen ...«
»War es so schlimm?«
Mit den verwachsenen Fingern seiner rechten Hand berührt Bartholomäus Gabriels Stirn.
»Die Liebe hat von dir Besitz ergriffen, mein Bruder – und ich meine die Liebe, die nährt und begeistert, die Liebe, die gibt und teilt ...«
»Ihr sprecht von der Liebe, die ich kenne.«
In der Schönheit des hereinbrechenden Abends, auf einfachen vor der Hütte niedergelegten Baumstämmen sitzend, reden die drei Männer leise miteinander. Gabriel ist geduldig. Von Zeit zu Zeit wirft er einen Blick zum Rand der Lichtung, um zu sehen,

ob nicht eine Bewegung in den Blättern Anamayas Kommen ankündigt.
Unter ihnen herrscht Frieden, der Frieden dreier Männer, die einen weiten Weg zurückgelegt haben und dem Krieg, der die Herzen der anderen verwüstet, entkommen sind.
Endlich erscheinen Anamaya und der Zwerg mit dem letzten Licht der untergehenden Sonne, und Katari entfacht ein Feuer.
Bartholomäus betrachtet sie bewundernd und respektvoll.
»Nun seid ihr zusammen«, sagt er und blickt sie mit seinen grauen, fiebrig glänzenden Augen an, »und wenn ich euch anschaue, verstehe ich die Größe eurer beiden Völker und warum eure Vereinigung auf mysteriösem Wege heute wichtiger geworden ist als die Zerstörungen, denen sie ausgesetzt war.«
Anamaya ist zu Gabriel getreten und hat sich neben ihn gesetzt. Die beiden jungen Leute halten sich schweigend bei den Händen, spüren die Feierlichkeit in Bartholomäus' Worten und fragen sich, worauf er hinaus will.
»Erinnerst du dich, Gabriel, dass ich dich nach Spanien schicken wollte, damit du eine Depesche überbringst und ihnen die Wahrheit über diese Eroberung erzählst ... Nun habe ich vor kurzem etwas erfahren, was ich nur als ein Zeichen Gottes deuten kann.«
Ein Lächeln überzieht das müde Gesicht des Mönches, als wäre sein eigener tiefer Glaube auch für ihn ein Anlass zur Selbstironie.
»Kaiser Karl der Fünfte schickt einen ständigen Richter in dieses Land. Er heißt Vaca de Castro, und soweit ich gehört habe, ist er ein guter, gerechter Mann. Er befindet sich vielleicht bereits auf dem Weg übers Meer nach Lima. Das ist eine Gelegenheit für uns, die vielleicht nie wieder kommt. Wir wollten nach Spanien gehen, und nun kommt Spanien zu uns!«
»Wie könnt Ihr Euch dessen sicher sein?«
»Ich weiß es, Gabriel. Oh, ich höre wohl den Zweifel und das Misstrauen in deiner Stimme und, glaube mir, ich teile sie völlig.

Doch es gibt Zeichen, die nicht täuschen: Der niederträchtige Hernando wurde in Spanien für seine Verbrechen verhaftet.«
»Sicher nicht für die, die er an den Indios begangen hat! Sondern weil er Almagro umgebracht hat!«
»Trotzdem. Die Zeiten, wo sie ungestraft davonkamen, sind vorbei. Überall werden Stimmen laut, seitens der Kirche, doch auch von Seiten des Hofes, die die Ausschreitungen der Eroberer anprangern und Gerechtigkeit für die Völker dieses Landes fordern!«
Gabriel seufzt.
»Um daran zu glauben, braucht es Euren Glauben, Bruder Bartholomäus. Was mich betrifft ...«
»Vergiss mein Gottvertrauen und vergiss selbst meinen Glauben an Spaniens Seele. Teilst du nicht den Glauben an den Menschen mit mir? Glaubst du nicht, dass man diesem Mann, wenn er kommt, andere Geschichten erzählen muss als die, in denen es um die Ausschweifungen der beiden gegnerischen Parteien geht, die erbittert versuchen, sich gegenseitig zu zerstören und, solange noch eine Unze Silber oder Gold in diesem Land zu finden ist, so viel wie möglich zu plündern?«
Gabriel hebt die Hände gen Himmel.
»Ich weiß nicht.«
»Höre auf ihn!«
Der Klang von Kataris Stimme schreckt ihn auf.
»Was meinst du, Herr der Steine?«
»Ich meine, dass seine Stimme gerecht ist. Ich meine, dass wir nicht unser ganzes Leben im Wald verbringen können wie verfolgte Tiere, die das leiseste Geräusch in den Blättern erschreckt, die von Feuchtigkeit und Krankheiten bedroht werden und ihren Feinden ausgeliefert sind. Das ist das Leben, das Manco gewählt hat, aber es kann nicht unser Leben sein.«
»Und Anamaya?«, fragt Gabriel und dreht sich zu der Prinzessin um.

»Sie muss mit dir kommen«, bestätigt Bartholomäus und sucht Kataris Zustimmung. »Sie muss mit dir gemeinsam aussagen, dass die Indios keine unkultivierten Tiere sind, sondern menschliche Wesen, deren Geschichte, Religion, Traditionen und Lebensart wir zu respektieren und zu schützen haben.«
»Und wenn sie ihnen in die Hände fällt?«, fügt Gabriel mit zitternder Stimme hinzu. »Wenn der ständige Richter kein Weiser, kein Heiliger ist, sondern nur ein neuer Gonzalo? Wenn sie mit ihr machen, was sie mit Curi Ocllo gemacht haben?«
»Diese Gefahr besteht«, sagt Anamaya ruhig, »wie auch die Gefahr besteht, dass du gefangen genommen und eingesperrt wirst. Und doch haben Bartholomäus und Katari Recht: Wir müssen es versuchen.«
»Und der Doppelbruder?«
Nun ist es an Katari, das Wort zu ergreifen:
»Wenn die Coya Camaquen einverstanden ist, kümmere ich mich um den Doppelbruder und bereite ihn auf seine Reise vor.«
Gabriel schaut von einem zum anderen.
»Abgesehen von Sebastian seid ihr die drei Menschen auf dieser Erde, denen ich mehr vertraue als mir selbst. Woher kommt mein Zweifel?«
»Wir zweifeln ebenfalls«, sagt Bartholomäus. »Ich spreche nicht von der Gewissheit, unser Ziel zu erreichen, sondern von der vielleicht winzigen Chance, ein Land zu gründen.«
»Mehr als einhundert Monde sind seit eurer Ankunft vergangen«, erinnert Katari friedlich, »und man müsste blind sein, um nicht zu sehen, dass die Fremden bleiben werden. Du kannst diese Chance ergreifen, damit die zukünftigen Generationen euer Gesicht haben und nicht das hassverzerrte Gesicht der Nachkommen von Zerstörung und Plünderung.«
»Und wenn wir scheitern?«
Niemand antwortet, doch aus Gabriels sanftem Tonfall hören sie endlich Zustimmung.

»Ich gehe«, sagt er im gleichen Atemzug.
Er ergreift Anamayas Hand und hält sie fest.
»Wir gehen, weil ihr meint, dass das der Weg ist, dem wir folgen müssen. Ich werde nicht auf die warnende Stimme hören, die in mir ist. Ihr werdet für uns beten müssen, Bruder!«
Bartholomäus lächelt.
»Ich schließe dich immer in meine Gebete mit ein, ob du willst oder nicht.«
Gabriel wendet sich an Katari:
»Und du, Herr der Steine, verlass uns nicht.«
»Wir werden uns bald wiederfinden.«
»Wie werden wir es wissen?«, fragt Anamaya.
Katari entnimmt seiner Chuspa eine dünne Kordel, deren Knoten er zwischen seinen kräftigen Fingern rollt. Dann gibt er sie Anamaya:
»Nimm diesen *Quipu*«, sagt er mit fester Stimme. »Wenn es so weit ist, wird er dir zeigen, wo ich bin. Und der Steinschlüssel wird dir Zeit und Raum öffnen. Auch ich werde mit euch vereint sein, während ich fern von euch bin, ich werde in die Tiefe dringen, während ihr euch erhebt, ich werde hinabsteigen, während ihr aufsteigt. Doch in der Ewigkeit von Viracochas Weg sind wir vereint. Geht jetzt.«
Während sich Katari allein und ohne Fackel auf den Weg nach Vitcos macht, verschwinden Bartholomäus, der Zwerg, Anamaya und Gabriel im Wald, brechen auf zu einer Reise voller Hoffnung und Zweifel.

30

Lima,
24. Juni 1541

Die Meeresvögel kommen über den vernebelten Ozean und gleiten mit ihren langen weißen Flügeln über die entstehende Stadt. Sie drehen direkt über dem großen Platz und der unfertigen Kathedrale ihre Kreise und entfernen sich dann mit verzerrten Schreien hin zu den grünlichen Wellen der Küste.
Anamaya wendet den Kopf, um sie zu beobachten. Sanft streichelt die Morgensonne ihre Stirn. Die leichte Brise hebt den seltsamen Schleier, der ihre Haare bedeckt, und legt ihn zart auf ihre Wange und Lippen, bis sie ihn überrascht zurückstreicht.
Seit ihrer Ankunft in Lima – mit seinen Vögeln, den Häusern und dem riesigen Meer, das sie zum ersten Mal erblickt – kommt sie aus dem Staunen nicht heraus.
Von dem Gerüst der Kathedrale herab, auf das Gabriel sie geführt hat, ist der gesamte Stadtgrundriss zu sehen. Die von den Fremden gebauten Häuser sind ebenso regelmäßig angeordnet wie die Canchas der Inkas. Sie sind alle gleich groß und bilden exakte Quadrate. Die Dächer hier haben keine Ziegel. Flach und von einer dicken Erdschicht bedeckt liegen sie um die Innenhöfe, die alle vollkommen gleich sind, und säumen rechtwinklige Straßen, durch die den ganzen Tag die Fremden laufen, als wäre dies ihre einzige Beschäftigung.
Ebenso wie die Kathedrale, an der noch der Glockenturm fehlt und deren Hauptschiff man schnell, als Ersatz für das gewölbte Kirchendach, mit Bohlen und Stroh bedeckt hat, sind auch die meisten Häuser noch nicht fertig. Einige deuten sich nur durch Haufen von Bohlen und Schindeln an. An manchen Stellen dient unbebautes Gelände den Schweinen oder dem Geflügel als Pferch, gelegentlich sogar diesen seltsamen Geräten, die die

Fremden »Kutsche« nennen: eine Art Kisten auf vier Holzringen, in die sie sich setzen und die sie von ihren Pferden ziehen lassen! Ein einziges von der Kathedrale durch einen großen Platz getrenntes Gebäude, ist größer als die anderen. Mit seinen weiß getünchten Mauern, aus denen Holzbalkone vorstehen, und den blau gestrichenen Fensterläden umfasst es zwei Innenhöfe und einen dicht bewachsenen Garten, der so groß ist wie ein ganzes Haus. Es ist das Haus des Gouverneurs Don Francisco Pizarro.

»Erinnerst du dich an diesen Brief, den ich Bartholomäus geschickt habe, damit er ihn dir vorlesen sollte, als ich fort musste, um Almagro auf seiner Expedition in den Süden zu begleiten?«, fragt Gabriel Anamaya leise und drückt ihre Hände in seinen. »Das war vor … sieben oder acht Jahren! Ich glaube sogar, es war ebenfalls Juni! Ich habe ihn genau hier geschrieben, kurz bevor es dunkel wurde. Die Sonne ging in der Ferne hinter dem Ozean unter. Es gab keine Häuser, nur Bäume, die voller Früchte hingen. Einige Hütten und eine Lichtung, von der aus die Kinder uns mit großen, verwunderten Augen beobachteten. Es sah aus wie die Bilder vom Paradies, die wir uns wohl in unserer Fantasie gemacht hatten.

Mit der ausgestreckten Hand zeigt er auf das gelbe Flusswasser, das sich ins Meer ergießt, dann auf die üppigen Obstgärten ein wenig weiter und schließlich auf den noch leeren Platz unter ihnen.

»Don Francisco hatte ganz feierlich erklärt: ›Hier wird es sein!‹ Am nächsten Tag brauchten wir nur Pfähle in den Boden zu stecken und zu beschließen, dass hier der Platz hinkommt, dort die Kirche, da hinten die Häuser und die Straßen! Nichts einfacher als das! Jedes Quadrat war vierhundertfünfzig Fuß lang und enthielt vier Häuser, und vierzig Fuß breit für jede Straße. Das war's: Die Hauptstadt Perus war geboren!«

In Gabriels Stimme liegt eine Mischung aus Stolz und Bitterkeit. Anamaya bemerkt sanft:

»Darin zeigt sich die Macht dessen, der ein Land erobert hat. Der Unumschränkte Gebieter Huayna Capac hat das Gleiche in Quito gemacht, nachdem er die Völker des Nordens besiegt hatte. Seine Ehrwürdigen Ahnen haben es vor ihm im ganzen Reich der Vier Gegenden so gemacht. Heute ist das vorbei. Es ist nicht mehr an uns, Städte zu gründen.«
Sie sagt es ohne sichtliche Trauer, eher mit einer Ruhe, angesichts derer Gabriel sich unwohl fühlt. Er spürt ihr plötzliches Zittern, obwohl der vom Meer kommende Wind warm ist.
»Ist dir kalt?«, fragt er besorgt.
»Nein!«, lächelt sie. »Nein, es ist nichts.«
Tatsächlich ist es nicht die Kälte, die sie erzittern lässt, sondern die seltsame Stille, die an diesem Morgen über der Stadt liegt. Abgesehen von den Vogelschreien ist kein Geräusch zu hören, ganz so, als hielte dieser Tag noch einmal den Atem an, bevor er sich anschickt loszubrüllen. Kaum eilen vereinzelt Menschen durch die Straßen. Hier und da wirbelt der Wind ein wenig Staub über dem leeren Platz auf.
Sie hat diese Art der Stille bereits erlebt, die stets ein Vorbote jenes Brandmals war, das die kommenden Zeiten hinterlassen haben.
Unwillkürlich denkt Anamaya an die Worte des Unumschränkten Gebieters Huayna Capac: *In ihrem Triumph werden die Fremden das Elend finden …* Doch als Gabriel sie besorgt beobachtet, fügt sie amüsiert lächelnd hinzu:
»Es ist nur, weil ich diese Kleider nicht gewohnt bin.«
Vor weniger als einer Woche, noch bevor sie Lima betraten und Gabriels Protesten zum Trotz, hat Bartholomäus sie überredet, spanische Kleider anzulegen. »Kannst du dir vorstellen, was geschehen wird, wenn Anamaya wie eine Inkaprinzessin gekleidet die Stadt betritt? In weniger als einer Stunde werden alle großen Herren der Stadt sich um sie scharen und sich erkundigen, was sie hier zu suchen hat! Und es wird sicher nicht viel länger dau-

ern, bis Don Franciscos Schergen sie fragen, wo die Goldstatue ist. Als Spanierin gekleidet, mit ihren gelockten Haaren und ihren blauen Augen wird niemand eine Indianerin in ihr vermuten. Es gibt bereits viele junge Mischlingsfrauen in Lima, denen das gut steht. Übrigens gilt das auch für dich. Man hat dich vergessen. Sorge dafür, dass das noch ein wenig anhält.«

»Diese verdammten Kleider«, brummt Gabriel und knöpft sich den Hemdkragen auf, den er bereits nicht mehr gewohnt ist. »Es scheint tatsächlich, als müssten wir diese Verkleidung noch einige Zeit tragen. Die Nachrichten gestern waren nicht gut. Bartholomäus hat gehört, dass das Schiff von Richter Vaca de Castro gekentert ist, noch bevor es Tumbez erreichen konnte.«

»Heißt das, dass er nicht kommen wird?«

»Im Moment heißt das noch gar nichts. Höchstens, dass mir diese Stadt noch kränker zu sein scheint als Bartholomäus und dass ich es langsam stark bereue, seiner Bitte nachgekommen zu sein.«

Einen Moment betrachtet Gabriel forschend die Häuser rings um den Platz. Dann fügt er kopfschüttelnd hinzu:

»Nein, ich irre mich: Die Stadt ist nicht krank! Sie ist vom Hass versteinert, der in Pizarros Anhängern und denen des ermordeten Almagro brodelt! Ich mag diese Stille nicht, ich mag diesen leeren Platz nicht. Ich mag nicht hier sein und ich mag es noch viel weniger, dass ich dich da mit hineingezogen habe. Und ich mag auch diese Krankheit nicht, an der Bartholomäus leidet. Er könnte dich anstecken. Man sagt, viele Indios sterben an dem Fieber, das wir hierher bringen.«

»Ich bin nicht in Gefahr«, versichert Anamaya. »Und wenn er meine Hilfe annehmen würde, könnte ich deinen Freund heilen.«

»Pff! Bartholomäus' Schädel ist härter als eine Kanonenkugel! Er sieht mit jedem Tag schlechter aus, doch er wird keine anderen Heilmittel annehmen als seine Gebete. Tatsächlich habe ich ihn niemals so schwach und gleichzeitig so besessen von seinem Gott erlebt. Selbst als er mich, in Einzelteile zerlegt, am Titicacasee besucht hat. Wenn sein Fieber nicht wäre, würde ich nicht hier bleiben.«

»Wir müssen tun, was zu tun ist«, erwidert Anamaya ruhig.

»Ich habe immer bezweifelt, dass wir irgendetwas tun können!«

Doch bevor Anamaya ihm noch antworten kann, hebt ein plötzlicher Luftzug ihren weiten spanischen Rock. Mit einem überraschten Ausruf drückt sie ihn herunter. Durch die ungeschickte Bewegung verrutscht ihr Schal und zieht den Kopfputz mit sich. Gabriels Lippen verziehen sich zu einem zärtlichen, spöttischen Lächeln. Sanft hilft er ihr, die Kleider wieder in Ordnung zu bringen. Ihre Schönheit verwirrt ihn jedes Mal unwillkürlich aufs Neue, sobald er sie nur anschaut. Das Seidenkleid mit den weiten Falten, das ihre schmale Taille betont, verstärkt ihre natürliche Eleganz ebenso wie die Batistbluse, über der sie ein Samtmieder trägt, durch das die Rundungen ihrer Brust noch hervorgehoben werden.

»Wie schön du bist!«, flüstert er bewegt. »Manchmal habe ich den Eindruck, als könnte nichts dir etwas anhaben, als würde deine Schönheit dich schützen und mich auch.«

Doch gerade als er Anamaya an sich ziehen will, hält er inne. Ein Mann überquert mit schnellen Schritten den Platz. Ein großer Mann, dessen Gang er kennt. Bevor er in den Schatten der Kathedrale tritt, dreht er sich um, als fürchtete er neugierige Blicke. Obwohl ein Hut sein Gesicht verbirgt und ein alter Umhang mit ausgewaschenen Farben seine Schultern bedeckt und seine Hände versteckt, weiß Gabriel, wer er ist.

Er ergreift Anamayas Arm und zieht sie bereits zu der Holztreppe.

»Komm!«, ruft er. »Ich glaube, wir haben einen unerwarteten Gast!«

*

»Sebastian de la Cruz!«
Der breitkrempige Hut wird gelüftet. Sebastians Augen sind tief umschattet, und er hat mehr Falten als bei ihrem letzten Zusammentreffen. Doch die Augen glänzen immer noch in derselben Weise in dem langen schwarzen Gesicht. Herzlich öffnet der ehemalige Sklave seinen Umhang und breitet die Arme aus:
»Guter Gott, es stimmt also! Du bist wirklich hier ...«
Ihre Umarmung ist ebenso kurz wie heftig. Das Willkommenslächeln weicht sogleich einem zornigen Blick:
»Beim Arsch des Teufels«, flucht Sebastian, »kannst du mir sagen, was du in der Höhle des Löwen zu suchen hast? Und dann auch noch in Begleitung einer ...«
Verblüfft unterbricht er sich, als er Anamaya endlich erkennt.
»Gottverdammt, Ihr seid es! Verzeiht mir Prinzessin, ich bin ein Idiot«, prustet er und macht eine galante Verbeugung. »Diese Verkleidung steht Euch gut! Ich hatte Euch für eine dieser Goldsucherinnen gehalten, wie sie nun schiffeweise hier eintreffen. Ich habe mich gefragt, was unser Gabriel mit einer solchen Frau wohl anfangen könnte!«
»Bartholomäus wollte, dass Anamaya den Richter Vaca de Castro trifft, wenn er ankommt«, erklärt Gabriel lächelnd.
»Nun, da werdet Ihr wohl lange warten müssen!«
»Wie meinst du das?«
»Der Richter wird kommen, wenn es in der Hölle schneit!«
»Welch unangemessene Worte an diesem Ort, Don Sebastian!«
Beim Klang dieser Stimme drehen sie sich um, und das »Don« ruft bei Sebastian sogleich ein spöttisches Lachen hervor. Bleich, mit glänzender Stirn, die Augen seltsam geweitet hat Bartholomäus die Hand auf den Türrahmen der kleinen Pforte zur Sakristei gelegt. Die Narbe, die seine linke Wange überzieht, scheint glühend rot und seltsam geschwollen. Doch als Anamaya auf ihn zutritt, hebt er abwehrend die Hand.
»Mir geht es gut, mein Mädchen«, protestiert er. »Mein Ausse-

hen täuscht. So ist es jeden Morgen, doch nach einigen Stunden sinkt das Fieber. Ich muss nur Geduld haben. Der Tag, an dem Gott will, dass es endgültig geht, wird sicher kommen.«

»Ihr wiederholt das, seit wir die Berge verlassen haben«, beharrt Anamaya sanft. »Doch es scheint, als würde Euer Gott Euch nicht hören. Ich habe hier Kräuter, die Euch in wenigen Tagen heilen könnten und …«

»Pst«, unterbricht Bartholomäus sie und ergreift zart ihre Hand, die er, zu Gabriels und Sebastians Verwunderung, an seine Lippen führt, »pst, sagt nichts weiter, Coya Camaquen … Ich weiß, wozu Ihr fähig seid, ich habe Euch bereits zugeschaut. Doch hier in diesem Haus sollte man solche Dinge besser vergessen.«

Er bekreuzigt sich leise lachend, was einen Hustenanfall hervorruft. Als er wieder zu Atem kommt, winkt er Sebastian zu:

»Vergesst das, Don Sebastian scheint uns Dringenderes mitteilen zu müssen. Was wisst Ihr vom Kommen des Richters de Castro?«

»Dass er nicht mehr kommen wird, weil er ertrunken ist!«

»Beim Blute Christi! Ist das sicher?«

»Wahrheit oder Lüge, schwer zu sagen! Letzte Nacht hat Don Juan Herrada uns drei Stunden lang versichert, dass das Kentern des Richters Vaca de Castro kein Schicksalswerk des Meeres war. Seiner Meinung nach haben die Wellen und Strömungen nichts damit zu tun. Ein Schiff des Gouverneurs soll ihn versenkt haben.«

»Hat er dafür einen Beweis?«, fragt Gabriel.

Die Frage entlockt Sebastian ein Lächeln und er zuckt die Schultern:

»Wir brauchen inzwischen keine Beweise mehr, Gabriel. Übrigens macht noch ein anderes Gerücht in der Stadt die Runde, das besagt, das Schiff sei in Panama beschädigt worden, damit es Peru niemals erreicht. Heute Morgen sind alle überzeugt, dass der Richter tot ist und somit die Tyrannei der Pizarros so lange kein Ende finden wird, wie der Gouverneur am Leben ist.«

»Damit«, stimmt Bartholomäus zu und fährt sich mit einem knochigen Finger über seine Narbe, »schürt Don Herrada die Glut in der Asche, wohl wissend, wohin die Flammen sein Feuer tragen werden!«

»Wollt Ihr damit sagen, dass Herrada und seine Clique daran denken, Don Francisco umzubringen?«, ruft Gabriel.

»Gegenwärtig ist das kein Gedanke mehr, es ist beschlossene Sache.«

»Seid vorsichtig, Don Sebastian«, murmelt Bartholomäus und hält die Tür hinter sich auf, »Eure Stimme ist von weitem zu hören, und in diesem Rohbau von Kirche gewähren die Mauern den Worten keinen Schutz. Lasst uns in meine Zelle gehen.«

»Kannst du mir sagen, was du hier machst?«, fragt Gabriel, während sie die Sakristei durchqueren und in Bartholomäus' kleine Wohnung gehen.

»Oh«, knirscht Sebastian, »ich spiele ebenso den Dummkopf wie du. Vor nunmehr drei Monaten dachte ich, ich hätte genug von diesem Land und vor allem von seinen Bewohnern ...«

Sebastian berührt Anamaya, die zwischen ihnen geht, leicht an der Schulter und stellt dann ironisch grinsend fest:

»Ich meine den spanischen Bewohnern. Denen, deren Haut trotz der Bergsonne richtig weiß ist! Ob es die vom Klan des Gouverneurs sind oder die Anhänger von Almagros Sohn, ich mag, was sie aus diesem Peru machen, nicht sonderlich. Selbst wenn ich jetzt ein freier und reicher ›Neger‹ bin, meine Augen sehen noch immer gut. Und was sie mir zeigen, sind ganze Schiffe voller Sklaven, die man hier auslädt und zum halben Preis eines Schweins oder Maultiers verkauft. Ich habe mein Haus in Cuzco in der Absicht aufgegeben, nach Panama zurückzugehen und mich dort niederzulassen. Zu einem guten Preis, muss ich sagen: viel hübsches, glitzerndes Gold. Das mir bereits dazu nützlich war, ein feines Schiff zu kaufen und meine Schätze darauf zu verladen ...«

»Panama?«, wundert sich Anamaya. »Wo ist das?«
»Richtung Norden, Prinzessin. Das Land, in dem ich geboren bin und wo wir von der Existenz Eures Landes erfuhren. Doch das hängt noch vom Wind und meiner Laune ab. Wer weiß? Vielleicht erweist Panama sich als ebenso unerträglich wie Lima, und ich werde ebenfalls ein Land entdecken müssen!«
Sebastians Lachen knirscht ein wenig, und vor Rührung glänzt sein Blick stärker, als ihm lieb ist.
»Warum bist du noch nicht fort?«, fragt Gabriel.
»Ach das! Das ist eine lange Geschichte. Meine Karavelle liegt drei Kabellängen vom Hafen vor Anker. Nur dass Don Francisco seit acht Wochen allen Schiffen von Almagros Leuten verbietet, in See zu stechen. Er befürchtet, dass sie dem Richter de Castro entgegenfahren. Was mich angeht, so kann ich mich noch so sehr von Herrada und Almagros Söhnen distanzieren, für die Pizarros bin ich auf ewig der ›Neger des Einäugigen‹ … Und was die Almagristen betrifft, so lassen sie keine Gelegenheit aus, mir zu zeigen, dass ich ihnen gehöre.«
»Was meinst du damit?«
Ein herzzerreißender Seufzer ist Sebastians einzige Antwort. Er folgt Anamaya mit den Augen, die mit knisternden Kleidern durch eine kleine Seitentür verschwindet.
»Man könnte fast bedauern«, murmelt er mit einem Lächeln zu Gabriel, »dass sie nicht immer so gekleidet ist! Die spanische Mode ist wie für sie gemacht!«
»Don Sebastian«, mischt sich Bartholomäus grob ein und schiebt ihn in den kleinen Raum seiner Klause, »hier sind wir vor indiskreten Ohren geschützt. Wir werden später über Mode reden! Seid Ihr sicher, dass man Don Francisco umbringen will?«
»Don Herrada ist nicht der Einzige, der die Gemüter aufheizt. Die Waffen liegen seit zwei Tagen bereit. Selbst der Moment ist bereits gewählt.«

»Wann und wo?«
»Gleich, sobald der Gouverneur den Platz überquert, um hierher zu kommen.«
»Vor der Messe?«
»Herrada wünscht, dass der Gouverneur bei aller Frömmigkeit so schnell wie möglich seinen Platz in der Hölle einnimmt! Er ist der Meinung, man sollte ihm nicht die Gelegenheit geben, während der Messe Buße zu tun.«
Bartholomäus schüttelt seufzend den Kopf, was seine letzten Kräfte zu verbrauchen scheint. Mit einem dumpfen Klagelaut lässt er sich in einen hohen Lehnsessel sinken. Mit geschlossenen Lidern murmelt er:
»Was kann ich tun? Don Francisco weiß, dass ich am Kommen des Richters nicht unschuldig bin. Er wirft mir sogar die Festnahme seines Bruders Hernando vor! Selbst wenn ich ihn vor diesem Komplott warnen würde, er würde mir nicht zuhören. Im Gegenteil, er würde irgendeine Falle darin vermuten.«
»Vergebt mir, Bruder Bartholomäus, aber es gibt jemanden, der den Gouverneur warnen könnte und der sogar großes Interesse daran hätte, es zu tun!«
Fast gleichzeitig blicken Bartholomäus und Sebastian auf Gabriel.
»Nein«, wehrt sich dieser zornig und verschränkt die Arme vor der Brust.
»Gabriel …«
»Nein, Bartholomäus! Diese Zerwürfnisse unter Mördern betreffen mich nicht mehr. Die Zeiten, wo ich Entschuldigungen für Don Francisco fand, sind lange vorbei. Curi Ocllos schrecklicher Tod und alles, was in den letzten Monaten geschehen ist, kann ich ihm nicht verzeihen.«
Mit der rechten Hand packt Sebastian Gabriels offenes Hemd.
»Was meinst du wohl, warum ich hier bin, Gabriel? Dein Name

wurde diese Nacht in Almagros Haus genannt. Herrada und die anderen haben erfahren, dass du hier bist, in dieser Kirche. Jemand hat dich wohl erkannt. Und weißt du, was sie daraus geschlossen haben?«

Gabriel macht ein verschlossenes Gesicht und antwortet nicht. Sebastian lässt ihn los und stößt ihm bei jedem Satz den Zeigefinger auf die Brust, als wollte er ihm seine Worte einhämmern: »Dass Don Francisco sich in Gefahr sah und dich zu Hilfe gerufen hat. Dich, den Getreuen der ersten Tage der Eroberung! Dich, den er so lange seinen ›Sohn‹ genannt hat! Gabriel Montelucar y Flores, ›den Santiago‹ der Belagerung von Cuzco! Weißt du nicht, wie sehr sie dich fürchten?«

»Sie sind verrückt!«

»Nein. Sie sind wütend und sie haben Angst. Sie sehen noch im Flug einer Fliege Bedrohung und Verfolgung! Und nicht immer ohne Grund.«

»Er hat Recht, Gabriel.«

»Sicher habe ich Recht, Bruder Bartholomäus. Und was geschehen wird, Freund Gabriel, das heißt, wenn du nicht deinen Arsch bewegst, um den Gouverneur zu warnen, dann werden sie dich gleich mit umlegen. Es sei denn, sie fangen zur Sicherheit mit dir an!«

Eine Türangel knirscht, Stoff raschelt und lässt sie aufspringen. Als sie in den Raum zurückkommt, trägt Anamaya eine Schale mit einer heißen Flüssigkeit von seltsam brauner Farbe vor sich her und geht zu dem Mönch.

»Ihr müsst das trinken«, sagt sie und hält ihm breit lächelnd das Gebräu hin. »Euer Gott kann Euch deswegen nicht zürnen. Es ist nichts darin, von dem er nicht selbst meint, er habe es geschaffen.«

»Ich sehe mit Vergnügen, dass die ersten christlichen Lektionen Euch nicht fremd sind …«

Ein schelmisches Lachen verzieht Bartholomäus' trockene Lip-

pen. Seine Hand zögert, will die Schale wegschieben, doch dann ergreift er sie mit einem leichten Schulterzucken.
»Wenn Euch so viel daran liegt«, murmelt er.
Er beginnt zu trinken und Anamaya dreht sich zu Gabriel um.
»Sebastian hat Recht. Du musst gehen und den Gouverneur warnen.«
»Anamaya«, protestiert Gabriel, »ich habe es dir vorhin schon gesagt: Das einzig Kluge, was wir tun können, ist Lima umgehend zu verlassen!«
»Nein. Jede begonnene Sache muss zuerst beendet werden. Anschließend können wir zurück in die Berge.«
Gabriel macht weiter ein stures Gesicht und Sebastian beugt sich mit ernster, leiser Stimme zu ihm:
»Ich bitte dich, tue es, mein Freund.«
Die Feierlichkeit seines Tonfalls lässt Gabriel aufschrecken.
»Ich habe dir gesagt«, fährt Sebastian fort, »dass sie mich bedrängten, mir drohten ... Herrada hat mir zu verstehen gegeben, dass es vorbei wäre mit meinem Schiff, wenn ich nicht gleich mit dem Schwert in der Hand bei ihnen bin ...«
»Gut«, sagt Gabriel einfach, »ich gehe.«

*

Die Tür des Gouverneurspalastes öffnet sich erst nach einigem Drängen vor Gabriel. Und erst nachdem er seinen vollständigen Namen genannt hat: »Ich bin Gabriel Montelucar y Flores!«, gefolgt von einer neuerlichen Wartezeit, dreht sich der schwere mit Nägeln beschlagene Türflügel. Aus zwei blutroten Livreen ragen die Gesichter von zwei kleinen Bauern heraus und betrachten ihn misstrauisch, bevor sie ihn vorbeilassen.
»Der Herr Marquis erwartet Euch im Garten«, verkündet der jüngere der beiden Pagen.
Als er den Innenhof betritt, entdeckt Gabriel auf der Galerie ein

knappes Dutzend weitere Gesichter, die ihn beobachten. Einige davon erkennt er, alte Gefährten aus Cajamarca oder Kurtisanen aus neueren Zeiten, die er in Cuzco bemerkt hatte. Weder er noch sie legen die Hand zum Gruß an den Hut. Seine Stiefelabsätze klappern über die runden Steine, mit denen der Innenhof gepflastert ist, und er taucht hinter dem Pagen in einen Flur. Sobald sich die niedrige Gartentür öffnet, fällt sein Blick auf Pizarro.

Seine Schultern mögen ein wenig gebeugter sein, doch die hohe Gestalt steht weiterhin aufrecht in den langen schwarzen Leinenkleidern, die ihm bis zu den Knöcheln reichen. Um seine Hüften liegt ein mit Gold beschlagener Gürtel, an dem eine silberne Dolchscheide hängt. Sein Filzhut ist ebenso strahlend weiß wie die Halbstiefel aus Rehleder. Er wendet Gabriel den Rücken zu und hält in der Hand eine kupferne Gießkanne, mit deren Wasserstrahl er vorsichtig die Wurzeln eines jungen Feigenbaumes beträufelt. Das hohe Alter hat große braune Flecken auf die vom Rheuma leicht verformten Hände gezeichnet. Es ist immer noch dieselbe ein wenig raue Stimme, in der jedoch ein Hauch von Zärtlichkeit liegt, als er, ohne sich umzudrehen oder auch nur zu grüßen, erklärt:

»Das ist der erste in diesem Land gepflanzte Feigenbaum. Ich komme ihn jeden Tag gießen und sage ihm ein paar Worte … Weißt du, dass die Pflanzen es lieben, wenn man zu ihnen spricht, während sie wachsen?«

»Don Francisco«, antwortet Gabriel schroff, »Almagros Leute haben beschlossen, Euch gleich bei Betreten der Kathedrale umzubringen.«

Francisco Pizarro zittert nicht einmal. Weder seine Schultern noch seine Hände zeigen, dass er Gabriels Worte gehört hat. Der gleiche dünne Wasserstrahl läuft regelmäßig auf die Wurzeln des Feigenbaums und zeichnet eine kleine Rinne in die weiche Erde.

»Gouverneur, habt Ihr gehört, was ich Euch sage?«, fragt Gabriel schärfer. »Die ganze Nacht hat Don Herrada seine Leute aufgeheizt. Sie haben die Degen in der Hand.«
Es fließt kein Wasser mehr. Von der Gartenseite her klappern Fensterläden. Gabriel erkennt Gesichter, die sich an die Scheiben drücken und jede seiner Bewegungen verfolgen.
Endlich dreht Don Francisco sich um und schaut ihn mit seinen verwaschenen Augen an, deren Iris ebenso winzig ist wie die Spitze eines Stiletts und in denen Gabriel so oft vergebens den Blitz der Wahrheit gesucht hat. Obwohl sorgfältig gestutzt, verdeckt sein nunmehr weißer Bart die Falten nicht mehr. Als er lächelnd den Mund öffnet, zeigen sich nur drei faule Zähle in dem Zahnfleisch, das ebenso zartrosa ist wie das eines Neugeborenen.
»Jetzt«, sagt er sanft, »nennt man mich kaum noch ›Gouverneur‹, sondern eher ›Herrn Marquis‹.«
»Mein Gott, Don Francisco, hört doch mit diesem albernen Getue auf. Zweihundert Männer haben beschlossen, Euch zu töten!«
»Blödsinn!«
»Ihr wisst sehr wohl, dass es kein Blödsinn ist! Die Hälfte der Spanier dieses Landes hasst Euch und brüllt vor Zorn auf Euch.«
»Sie haben überhaupt keinen Grund, zornig zu sein! Das ist alles nur Bosheit und Verrat.«
»Sie haben sehr gute Gründe, Don Francisco«, ärgert sich Gabriel und hebt die Stimme, »und das wisst Ihr auch!«
»Wieso? Bin ich ihnen nicht wie ein guter Vater? Weißt du, was ich tue, wenn ich sehe, dass einer von ihnen in Not gerät? Ich lade ihn zum Kegeln ein!«
»Don Francisco …«
»Nein, höre mir zu, Gabriel! Ich lade ihn zum Kegeln ein. Eine Partie zu zehn Pesos. Manchmal mehr. Das Doppelte, wenn möglich. Gelegentlich, wenn der Mann einen Namen hat, ein

Goldstück. Und ich verliere … Ich lasse mir Zeit, denn ich liebe das Spiel, aber ich verliere. Du siehst: So ist der Arme nicht mehr arm und ich habe seine Ehre gerettet, indem ich ihm keine milde Gabe gegeben habe. Man verleugnet mich und will mich niemals in Frieden lassen. Ich habe keine anderen Sorgen als das Wohl aller, und dennoch hinterbringt man Lügen, verdreht meine Worte, verrät mich!«

»Lasst die Schiffe von Almagros Leuten auslaufen, und Ihr habt Frieden.«

»Weshalb bist du gekommen, mir all diese Dinge zu sagen, Sohn? Und als anständiger Spanier gekleidet, wie du bist …«

»Ich bin nicht wegen Euch in Lima, Gouverneur. Ich bin hier, um den Richter der Krone zu treffen.«

»Ach?«

»Doch es scheint, Ihr habt ihn ertränkt.«

»Falsch! Alles falsch … Ich habe ihm vorgeschlagen, mit einer meiner Galeonen hierher zu kommen, aber er wollte lieber ein schlechtes Schiff nehmen. Doch er wird kommen. Er ist ganz und gar nicht ertrunken. Was willst du ihm sagen?«

»Dass es Zeit ist, den Indios dieses Landes den Respekt zu zollen, den man Menschen schuldig ist. Ich werde ihm sagen, dass sie ebensolche Menschen sind wie wir und dass der Papst dieser Meinung ist.«

»Du kennst die Meinung des Papstes?«

»Und Eure? Ich werde ihm sagen, wie sehr Ihr und Eure Brüder Hunderte, Tausende von Unschuldigen gequält habt.«

»Und du vielleicht nicht?«

»Ja, ich auch, weil ich so dumm war, Euch zu gehorchen. Weil ich die Augen verschloss, bis die Schreie und Gräuel, die wir überall um uns verbreitet haben, mir endgültig die Augen öffneten!«

»In diesem Fall, mein Freund, wirst du ihm auch sagen müssen, wie du und ich gezwungen waren, gegen diese Wilden zu kämpfen, um dies hier zu einem christlichen Land zu machen! Du wirst ihm sagen, wie die Allerheiligste Jungfrau mit dem Kinde und der Rose tausend Mal die Gefahren auf unserem Weg beseitigt hat und dass alles nur mit ihrem Willen geschehen konnte. Du wirst ihm sagen, wie wir in Cajamarca das Werkzeug des Allmächtigen Gottes waren!«

»Nein, Don Francisco!«

»Dann wirst du lügen wie die anderen! Du, den Gott unter allen auserwählt hat: Vergisst du, wie er dich während der Belagerung von Cuzco geschützt hat?«

»Ich weiß nicht, wer mich beschützt hat.«

»Du verleugnest uns!«, flucht Pizarro plötzlich und wedelt mit seiner Gießkanne. »Gott und mich, du wagst, uns zu verleugnen! Mich, der dich bis hierher gebracht hat? Mich, der dir einen Namen gab, als du nichts als eine Laus auf der Oberfläche der Erde warst?«

»Ihr sprecht da von einer Geschichte, die zu erzählen mir nicht zusteht, Don Francisco. Das können diese Herren, die uns dort an Euren Fenstern zuhören und die Euch jeden Tag mit Komplimenten überhäufen, viel besser erledigen. Ich wäre ziemlich ungeeignet, diese Lobeshymne zu schreiben: Meine Augen und mein Herz bewahren zu viele böse Erinnerungen, die Ihr niemals auslöschen wolltet. Zu viel Schmerz, den Ihr nie gelindert habt. Sofern Ihr nicht gar selbst die Ursache wart!«

»Du auch, du bist auch zornig auf mich, mein Sohn?«

»Dieses Wort bedeutet nichts mehr zwischen uns, Herr Marquis. Außerdem ist es nunmehr unnötig. Ich habe mich längst daran gewöhnt, keinen Vater mehr zu haben.«

»Und dennoch machst du dir Sorgen um mich. Du willst nicht, dass ich sterbe, du bist bereit, den Degen zu ziehen, um mich zu verteidigen.«

»Das habe ich nicht gesagt. Ich werde nicht für Euch kämpfen. Ich bin gekommen, Euch zu warnen, weil Euer Tod mit großer

Wahrscheinlichkeit auch meinen Tod bedeuten würde und ich noch zu viele Dinge zu erledigen habe, bevor ich diese Welt verlasse.«

»Donnerwetter! Was hast du denn so Wichtiges zu tun?«

Gabriel ist von der Ironie und dem bitteren Tonfall in Don Franciscos Stimme überrascht und plötzlich beruhigt er sich. Er lächelt und tritt einen Schritt zurück.

»Ich fürchte, Herr Marquis, dass es unmöglich ist, Euch das zu erklären. Es würde uns beide ebenso viel Zeit kosten, als wollten wir ein ganzes neues Leben leben.«

Don Franciscos Gesicht verschließt sich wie die Tür einer alten, einsamen Hütte. Seine Falten wirken auf einmal tiefer, und in seinen Augen liegt nur noch distanzierte Geringschätzung.

»Ich werde die Messe hier lesen lassen, in meinem Zimmer«, verkündet er gleichmütig. »Wir werden ja sehen, ob Herrada und sein Gesindel es wagen, mich hier herauszuholen! Und du, während ich bete, kannst du ein wenig von meinem Orangensaft trinken. Es sind die ersten, die ich in diesem Land geerntet habe.«

»Ich habe keinen Durst, Don Francisco.«

Die Hand des Marquis nähert sich Gabriels Schulter, mit jener Geste, die er so oft wiederholt hat und die sowohl Freundschaft ausdrückt als auch Unterwerfung fordert. Doch etwas Neues, Ruhiges und Entschlossenes in Gabriels Augen lässt ihn in seiner Bewegung innehalten.

So steht er da, die Hand erhoben, und sein dunkler Blick sucht vergebens die Augen seines geliebten ›Sohnes‹. Dann krümmt er langsam nacheinander die Finger.

»Wie du willst«, schimpft er schließlich tonlos vor sich hin.

Seine Hilflosigkeit rührt Gabriel mehr als alle vorangegangenen Worte.

»Passt auf, lasst Euch nicht umbringen ...«

Der Hauch von Schwäche und Zweifel, der den Marquis nieder-

zudrücken schien, verschwindet. Hoch aufgerichtet sagt er fest und würdevoll:
»Ein Mann wie ich stirbt nicht.«

*

»Es lebe der König! Tod dem Tyrannen!«
Die Ersten, die aus einer Gasse auf den Platz vor der Kathedrale marschieren, sind nur knapp dreißig Mann. Von dem Gerüst, auf das Bartholomäus Anamaya geführt hat, sieht man ihre Gesichter schlecht, doch die immer wärmere Luft Limas zittert vor Aufregung.
Erneut brüllen sie: »Es lebe der König! – Es lebe der König! Tod dem Tyrannen!«
Besessen schwenken sie Waffen aller Art, Armbrüste und Knebelspieße, Degen und Wurfspieße und sogar zwei Feuerrohre!
»Sie sind verrückt«, murmelt Bartholomäus und drückt fast unwillkürlich Anamayas Arm. »Wollen sie vielleicht eine Schlägerei anzetteln?«
Anamaya versucht, die Gestalt des Riesen Sebastian auszumachen und antwortet nicht sogleich. Doch bevor es ihr noch gelingt, erzittern selbst die Bohlen des Gerüstes von dem lauten Geschrei. Aus den noch einen Moment zuvor leeren Gassen, den leblosen Häusern rings um den Platz, strömen zwei- oder dreihundert Männer, die meisten zu Pferde, in Harnisch oder Kettenhemd, die Münder schreiend aufgerissen.
»Gütiger Jesus!«, ruft Bartholomäus bleich.
»Fürchten sie den Gouverneur so sehr«, fragt Anamaya, »dass sie so zahlreich sein müssen, um ihn zu töten?«
»Sicher haben sie Angst vor Don Francisco. Doch noch mehr fürchten sie Gabriel und die Magie des ›Santiago von Cuzco‹!«
Anamaya macht unwillkürlich eine spöttische Handbewegung, die Bartholomäus überrascht.

»Das findet Ihr lustig, Coya Camaquen?«, murmelt er humorvoll. »Ihr scheint mir sehr ruhig.«
Der Luftschuss eines Feuerrohrs und neuerliches Gebrüll unterbrechen ihn. Bartholomäus muss fast schreien, um sich Gehör zu verschaffen.
»Schaut sie Euch an! So, wie die Dinge liegen, ist der Gouverneur in einer Stunde tot und Gabriel vielleicht auch. Und das ist alles, was Ihr empfindet?«
»Beruhigt Euch Bartholomäus, mein Freund. Gabriel wird nicht sterben.«
»Wie könnt Ihr Euch dessen so sicher sein?«
Bartholomäus hat zornig den Kopf gehoben. Doch als seine Blicke sich mit Anamayas kreuzen, begreift er schlagartig, dass sie Recht hat und dass er niemals verstehen wird, woher sie diese Gewissheit nimmt.
In einer Geste der Hoffnungslosigkeit schließt er die Augen und bekreuzigt sich heftig, während die aufrührerische Prozession plötzlich auf Don Francisco Pizarros Haus zustürzt.

*

»Zu den Waffen! Zu den Waffen! Sie werden die Tür aufbrechen und den Herrn Marquis töten!«
Der Schrei des Pagen hallt durch das ganze riesige Gebäude, und im Innenhof bricht Panik aus. Von der Galerie oben sieht Gabriel die drängelnden, sich gegenseitig stoßenden Kurtisanen, die zu fliehen versuchen. Im gleichen Moment umklammert eine eiserne Faust seinen Arm und zieht ihn zurück. Als er sich umdreht, ist Don Franciscos Gesicht so dicht an seinem, dass er die feinen Falten, die sich von seinen Augen bis in den Bart hineinziehen, zählen könnte.
»Folge mir in mein Zimmer. Du kannst mir zumindest helfen, meine Rüstung anzuziehen! Du wirst sehen, bald sind wir nicht mehr sehr zahlreich hier!«

Tatsächlich finden sie sich zu dritt oder viert mit Don Francisco in dem Hinterzimmer ein, das sich in der Ecke des Gebäudes befindet und vorteilhafterweise nur eine Tür besitzt.

Don Francisco legt seinen Tuchmantel ab und sagt an den Pagen gewandt, der keinen Millimeter von seiner Seite gewichen ist:

»Du, mein lieber Diego, schau, was geschieht und berichte mir!«

Er öffnet die Truhe, in der sich seine alte, in ein Baumwolltuch gehüllte Rüstung befindet, und sein Blick bleibt an Gabriel hängen. Für einen kurzen Moment scheint es gar, als würde er lächeln.

»Mein Herr, mein Herr«, ruft der Page, »es ist geschehen! Sie haben die Tür aufgebrochen und jetzt sind sie im ersten Innenhof!«

»Wie viele?«

»Zehn … nein vierzehn, vielleicht fünfzehn. Sie laufen in alle Richtungen und ich kann sie nicht zählen!«

»Diese Feiglinge! Hörst du das, Gabriel? Da draußen auf dem Platz sind zweihundert Mann, aber fünfzehn wagen sich nur hinein. Sie haben sicher nicht schwer an ihrem Mumm zu tragen!«

»Mein Herr! Der Leutnant Velasquez und der Sekretär Salcedo haben Angst bekommen und sind durch das Fenster in den Garten gesprungen …«

»Ach! Noch welche, die Flügel anstelle von Beinen haben!«

Don Franciscos Knurren klingt fast wie Gelächter.

»In Gottes Namen, Gabriel, öffne diese Riemen, während ich mein Hemd anziehe. Sie werden sehen, was es heißt, mich umzubringen!«

»Mein Herr, Don Herrada und seine Leute sind auf der Treppe des zweiten Innenhofs. Sie kämpfen und … Oh, mein Herr, Don Hurtado und Don Lozano sind verletzt!«

»Das alles geht ziemlich schnell. Schließt die Türe der Galerie und stellt drei Männer vor jede von ihnen.«

»Mein Herr, das geht nicht. Die meisten unserer Männer haben sich unter den Betten und Schränken versteckt!«
»Stinkende Hosenscheißer alle beisammen! Sollen sie am Staub und ihrem eigenen Saft ersticken ... Gabriel, Junge, zieh! Zieh fest!«
Gabriel zieht an den Lederriemen, die Brust- und Rückenstück der Rüstung miteinander verbinden. Mit wachsendem Widerwillen und gleichzeitig einer Ruhe, die ihn selbst erstaunt, hat er das Gefühl, den fluchenden Greis in seinem eigenen Stahlsarg einzuschließen, während das Kampfgeschrei immer näher kommt.
»Oh, mein Herr, Herr Chavez ist getötet worden! Sie bohren ihm ihre Messer in den Hals! Mein Herr! Sie töten, sie töten!«
»Die Hunde! In den Hals, zehn gegen einen! Die Schurken! Eine Schande!«
Die Schreie und Flüche werden plötzlich lauter, mit einem Schlag öffnet sich der Türflügel und knallt gegen die Wand. Wortlos, die Kehle eine klaffende Wunde, fällt der treue Page auf den Rücken und steht nicht wieder auf. Sekundenlang sind alle wie erstarrt und reißen die Augen weit auf. Dann hallt der Schrei »Tod dem Tyrannen!« von der eisernen Brust des Gouverneurs wider.
Reflexartig ist Gabriel zur Seite gesprungen, die blanke Klinge in der Hand, obwohl er sich geschworen hatte, sie in ihrer Scheide zu lassen. Im Zimmer herrscht ein einziges wirbelndes Durcheinander. Das Scheppern der Waffen, die Schreie, das Zähneknirschen und der Gestank zornigen Atems werden zu Wahnsinn. Kaum achtet man auf ihn, während Don Francisco sich verteidigt wie der Mensch gewordene Leibhaftige. Einen Knebelspieß in der linken Hand wiegend, während in der anderen sein Degen zischt, pariert er, schneidet, alterslos und ohne jede Schwäche. Selbst sein Bart scheint aus scharfem Metall. Knurrend und zornig drängt er die Verschwörer zurück, deren Hiebe bereits schwächer werden.

»Stirb, Tyrann!«, schreit Don Herrada bleich und wiegelt die Männer vor sich auf.
»Verräter! Narren! Teufelsgeschmeiß!«, erwidert Don Francisco.
Und dann drängen plötzlich weitere Verschwörer in den Raum und Gabriel entdeckt Sebastians hohe Gestalt, ungeschickt und schwer, im Kampfgetümmel.
»Sebastian! Geh fort«, ruft er, »lass sie kämpfen!«
Mit beiden Armen wirbelnd wehrt Sebastian Pizarros Knebelspieß ab, doch sein Arm erhält den Schlag, den einer der letzten Verteidiger des Gouverneurs ausgeteilt hat. Mit schmerzverzerrtem Gesicht und bereits blutigem Ärmel dreht er sich zu Gabriel um, der auf ihn zukommt. Doch bevor dieser seinen Freund erreichen kann und als hätte er Gabriels Absicht erraten, drückt Don Herrada Sebastian mit den Händen von hinten in Don Franciscos tödlichen Degen.
»Sebastian!«
Gabriels Klinge pfeift, will Don Franciscos Degen abwenden. Doch die Hand des Gouverneurs kommt mit voller Wucht. Das Eisen, dass so oft geschnitten und gekämpft hat, findet seinen Weg unten durch Sebastians Kettenhemd. Sie dringt so leicht ein, dass Don Francisco beinahe gegen die Brust des dumpf aufstöhnenden schwarzen Riesen gefallen wäre.
Und dann geschieht alles gleichzeitig. Sebastian bricht zusammen und reißt Don Franciscos Degen mit sich, vor Verwunderung ist der Gouverneur einen Moment wie gelähmt. In einem einzigen Aufschrei sausen zehn dolchbewehrte Arme auf ihn herab:
»Töte! Töte! Töte! Tod dem Tyrannen!«
Sebastian bei den Schultern fassend gelingt es Gabriel mühsam, ihn zu sich zu schleifen. Er zieht ihm die Klinge aus dem Bauch, während zwei Schritte neben ihm Don Francisco Pizarro auf dem Boden zusammenbricht, den zahnlosen Mund zu einem

tonlosen Schrei geöffnet. Nur ein blutvermischter Hauch kommt über seine Lippen:

»Beichte! Um Himmels willen, die Beichte! Um Himmels willen, lasst mich noch ein Mal das Bild der Heiligsten Jungfrau mit der Rose küssen!«

Gabriel spürt Sebastians Todeskampf unter seinen Händen.

»Halte durch!«, fleht er und drückt die offene Wunde mit den Fingern zusammen, während er gleichgültig bemerkt, dass die Schwertklinge über seine eigene Hand geglitten ist und ihm eine tiefe Wunde zugefügt hat. »Stirb nicht, Anamaya wird dich heilen.«

»Lass, Gabriel. Es ist gut so.«

Sebastian legt die Hände auf die seines Freundes und lächelt, während sein Blick schwankend auf das gebrochene Gesicht des Gouverneurs fällt. Mit letzter Grausamkeit hat einer der Mörder, als Antwort auf Don Franciscos Bitte, ihm einen Krug ins Gesicht geworfen, der gleichzeitig Gebet und Mund zerschmettert hat.

»Er ist bereits tot«, flüstert Sebastian. »Und ich werde endlich aufhören, Sklave zu sein.«

»Warte, warte …«

Die Worte überschlagen sich in Gabriels Mund, und gleichzeitig spürt er die Mischung von Schweiß und Tränen, die ihm über das Gesicht laufen.

»Ich will dich noch etwas fragen, Sebastian.«

»Ich kenne dich, Ihro Gnaden … Du willst Zeit schinden …«

»Ich schwöre dir, dass ich dich brauche!«

»Du hattest immer die Angewohnheit, beim Abschied zu heulen, Gabriel. Schweig und drück meine Hand.«

Und während sich die Augen seines Freundes schließen, während das Schiff ihm seine letzte Freiheit schenkt, hält Gabriel seine Hand.

*

Der hartnäckige, feuchtwarme Nebel vom Meer bedeckt die Küste und die Mäander der ockerfarbenen Felsen dort. Er kämpft gegen die gleißende Sonne, die die riesige Wüste nördlich von Lima verbrennt.

Auf dem Rücken von Maultier und Esel brauchten sie nur drei Stunden, bis die grüne Üppigkeit der Stadt und der Wahnsinn, der nach Don Francisco Pizarros Tod über sie hereingebrochen ist, hinter ihnen liegt. Aus dem Hassgebrüll ist ein irrer Reigen blutrünstiger Rache geworden. Der völlig zerfetzte Körper des Gouverneurs wurde über den großen Platz getragen wie ein Lappen, der den alten Groll und die Ängste viel zu vieler wilder Jahre fortwischen sollte.

Während unter Gejohle sämtliche Häuser Pizarros geplündert wurden, drängte Bartholomäus Gabriel, sogleich aus der Stadt zu fliehen, bevor Herrada ihn noch ergreifen konnte.

»Ich will erst Sebastian beerdigen!«, widersprach Gabriel mit geröteten Augen.

»Unmöglich. Sie werden dich hier nicht gewähren lassen. Du bist der Letzte, der ihnen noch Angst macht. Glaube nicht, dass sie dich so einfach vergessen werden.«

Anamaya war es, die ihm vorschlug, die Stadt zu verlassen und den Leichnam des ehemaligen schwarzen Sklaven mitzunehmen.

»Warum auch nicht?«, murmelte Bartholomäus schulterzuckend. »Ich werde einen Flecken Erde weihen, und er wird dort ebenso gut Ruhe finden wie hier.«

Und jetzt stehen sie da, vor dem aufgeschütteten Grab, das zwischen zwei Felserhebungen wie zwischen die einladenden Arme einer Riesin gegraben ist. Ein mannshohes Kreuz aus zwei Treibholzstücken wirft seinen Schatten über die staubige Graberde. Kniend murmelt Bartholomäus das Gebet, das nicht über Gabriels Lippen will.

Mit der gesunden Hand drückt er heftig Anamayas Arm, die sich an ihn schmiegt, und wie ein Schwarm dunkler Vögel steigen die Erinnerungen in ihm auf. Da ist das erste Lächeln in Sevilla, in der Herberge *Zum Freien Krug*, und die ersten freundschaftlichen Worte: »*Wir haben ein neues Land entdeckt.*« Da ist Sebastian, der wiederholt: »*Vergiss niemals, mein Freund, dass ich schwarz bin und Sklave. Selbst wenn wir das Gegenteil spielen, ich werde nie etwas anderes sein!*« Da ist Sebastian, der die Würgschraube hält, die Atahuallpa tötet. Sebastian, der rettet, der schützt, der spottet, der immer und immer treu ist. Bis zu seinem letzten Atemzug!

»Hier liegt er gut«, sagt Bartholomäus leise und erhebt sich mit einem Blick auf Anamaya, als wagte er nicht, Gabriel in die Augen zu schauen. »Das war wieder eine Eurer guten Ideen, Prinzessin.«

»Das stimmt«, bestätigt Gabriel mit einem bitteren Lachen. »Für einen Mann, der immer im Schatten der anderen gelebt hat, liegt er nun endgültig abseits! Zur Stunde werden Herrada und seine Leute sich schon seines Schiffes bemächtigt haben. In einigen Tagen wird er so endgültig aus ihren Gedanken getilgt sein, als hätte er niemals gelebt.«

Seine Lippen beben vor Zorn. Bartholomäus schaut ihn mit seinen grauen Augen an.

»Ich werde niemals vergessen, dass ich es war, der ihn getauft hat«, murmelt er.

»Getauft?«, wundert Gabriel sich. »Sebastian?«

»Ja. Kurz bevor ich Cuzco verließ, hat er mich darum gebeten. Ich kann dich beruhigen, ich habe seinen Glauben nicht zu sehr überprüft. Nehmen wir einfach an, er wollte – sichergehen.«

Bartholomäus legt seine Hand mit den zusammengewachsenen Fingern auf Gabriels und Anamayas ineinander verschlungene Hände.

»Doch ich habe ihn mit ebenso viel Liebe getauft, wie ich euch verheiratet habe.«

Gabriel springt auf.

»Ich erinnere mich an keine Zeremonie, Bruder Bartholomäus.«
»Reg dich nicht auf, mein Freund. Bin ich nicht der Erste gewesen, der dich zu ihr gedrängt hat? Und bin nicht ich es gewesen, der euch mitten im Wald holen gekommen ist, Anamaya und dich … An diesem Tag habe ich euch in meinem Herzen verheiratet und ich glaube wohl, dass ich die Rituale gemeinsam mit meinem Freund Katari vorgenommen habe. Die Worte haben uns manchmal getrennt, Gabriel, doch ich will euch nicht verlassen, ohne euch meine Freundschaft und Liebe geschenkt zu haben, die ebenso göttlich wie menschlich sind, wie du willst. Nimmst du an? Nehmt ihr an?«
»Danke«, sagt Anamaya einfach, und Gabriel nickt ernst.
»Nein, Coya Camaquen. Den Dank schulde ich Euch. Viel mehr als Ihr Euch vorstellen könnt! Ich weiß, dass die Scham und der Schmerz aller heute noch viel größer wären, wenn Ihr nicht gewesen wärt. Ich werde Euch niemals vergessen. Und wenn ich mit dem Richter de Castro spreche, wenn ich nach Toledo gehe, um für Euch und für Peru zu sprechen, dann werde ich immer Euer Gesicht vor Augen haben.«
Sie schweigen einen Augenblick, vereint von ein und demselben Gefühl und ihren Händen, die einander drücken. Die Wüstenhitze und die nahende Ebbe hüllen sie in ebenso unendliche Einsamkeit wie Frieden. Gabriel spürt seine Trauer seltsam schmelzen, als würde sie von der Weite ringsum verschluckt und offenbare plötzlich den eigentlichen Beginn seines Lebens.
Bartholomäus löst sich als Erster aus ihrer Umarmung. Mit einer mechanischen Bewegung, die er sich bereits angewöhnt hat, wenn er gerührt und verlegen ist, streicht sein verwachsener Finger über die Narbe und er lacht:
»Und wie ihr seht, ist mein Fieber fort. Wir werden niemals erfahren, ob Gott meine Gebete endlich erhört oder ob es Euer Gebräu war, das gewirkt hat, Prinzessin! Doch was soll's! Seid versichert, dass ich lange leben werde!«

Einen Augenblick später, als seine über den Maulesel gebeugte Gestalt sich bereits gen Norden entfernt, drückt Anamaya sich noch immer fest an Gabriel.

»Ist es nicht seltsam, dass auch er von einem Zeichen seines Ehrwürdigen Herrn gesprochen hat?«

Gabriel weiß, woran sie denkt. Er selbst denkt an die Worte des Unumschränkten Gebieters Huayna Capac:

»Krieg bei den Söhnen der Sonne und Krieg bei den Fremden: Das ist das Zeichen.

Das Blut des Bruders, das Blut des Freundes wird großzügiger vergossen als das des Feindes: Das ist das Zeichen.

Der Fremde, der eine Frau und nicht seinen Ehrwürdigen Ahnen anbetet, wird getötet: Das ist das Zeichen.«

Ja, nun ist alles erfüllt.

»Los«, murmelt Anamaya. »Jetzt ist es Zeit, in die Berge zu gehen und den Doppelbruder von unserer Gegenwart zu befreien.«

»Und in all dieser Zeit zweifle nicht an mir. Bleibe in meiner Seele und vertraue dem Puma«, antwortet Gabriel mit einem letzten Blick auf Sebastians Grab.

31

Machu Picchu – Varal,
1542

Sie schweigen, seit sie Lima verlassen haben.

In sich selbst versunken, durchleben beide erneut verwundert und begleitet von Gefühlen des Zorns das Chaos ihres Lebens. Gelegentlich starrt Gabriel das steinerne Band des Königswegs an, das unter ihm fortläuft, und stellt sich vor, er schwämme auf einem Meer, das ihn immer weiter aufwärts trägt; Anamayas Blick schweift zu den Berggipfeln, und gelegentlich muss sie die Arme ausbreiten, um sich daran zu erinnern, dass sie ein Mensch ist, nur ein Mensch. Mag sein, dass sie einmal stolz waren, doch nun ist davon nichts mehr übrig: Die Coya Camaquen und der weiße Reiter von Santiago sind nur noch ein Mann und eine Frau, die mit einigen Trägern vorwärts ziehen. Ihre Liebe braucht keine Worte, nur knappe Gesten, flüchtige Blicke.

Sie tragen immer noch ihre spanischen Kleider. Im Morgenlicht beobachtet Gabriel seine verletzte Hand, die langsam vernarbt, die Kinderhaut, die sich über der Haut des Erwachsenen bildet. Er denkt an Sebastian. Etwas in ihm ist zerbrochen und wird nicht heilen wie diese Hand: Es ist seltsam zu leben, während er tot ist. So viele Tote, um etwas so Einfaches zu verstehen …

Sie haben das Tal des Apurimac erreicht, und Gabriel dreht sich von Zeit zu Zeit um, betrachtet das gleichschenklige Dreieck eines sich in das Tal schiebenden Berges, durch das sie aufwärts klettern.

Morgen werden sie in Rimac Tambo sein.

Den ganzen Weg entlang verfolgt ihn die Erinnerung an Schlachten, an die Durchquerung eines Wasserfalls, eines Geröllfelds. Dann kommt das Unbekannte.

Dennoch muss er sie nicht fragen, wohin sie gehen.

Er weiß es.

Er weiß, dass die Träger sie im *Tambo* verlassen und sie allein weitergehen werden.

Er weiß, dass sie ihre spanischen Kleider ablegen und niemals wieder anziehen und dass sie einen Unku und einen Añaco aus feiner weißer Wolle überziehen werden.

Er weiß, dass Anamaya nach Norden blicken und ihm die Stelle zeigen wird, wo ihr der Komet erschienen ist, dann werden sie den Weg durch den dichten Wald nehmen, über den Vila Oma Anamaya einst führte.

Sie wird ihre ersten Worte sagen: »Dort ist es!«

In der Abenddämmerung steigt dichter Nebel auf und hüllt sie ein, lässt sie fast unsichtbar werden. Unwillkürlich verkrampfen sich Gabriels Finger in der Feuchtigkeit, während er sich vorstellt, dass er plötzlich hinter diesem Schleier verschwindet. Wie trunken dreht er sich um sich selbst und hält erst inne, als sie seinen Arm ergreift. Er bleibt mit klopfendem Herzen stehen. Sie nimmt seine verletzte Hand, führt sie sanft an ihre Lippen.

*

Katari spürt, wie der Wind tausend Tropfen vom Meer herüberträgt, die seine Stirn besprühen.

Alles verschwindet.

Der Himmel, das Meer und die Erde sind milchig weiß, alles löst sich darin auf, alles verschmilzt. Er muss seine Haut berühren, um sich seiner Stofflichkeit, seiner eigenen Dichte gewahr zu werden. Alle anderen Sinne sind fast ausgelöscht, als hätten sich die drei Welten vereint und alle Elemente auch.

Dennoch geht er, von seinem inneren Licht geführt, weiter nach Norden.

Seit er Vilcabamba und Manco, dessen Augen sich in der Unendlichkeit verlieren, verließ, hat er keinen Tag auf seiner Wanderung innegehalten. Der Inka hat nicht einmal gesehen, wie er gegangen ist, hat sich nicht um die Reisevorbereitungen des Doppelbruders bekümmert. Nur kurze Befehle unterbrachen noch seine Einsamkeit und nur mitten in der Nacht erwachte er zwischen den Beinen der Konkubinen zu ein wenig Leben. Die Zeichen des Respekts waren nur noch Zeichen der Angst. Er erwachte morgens schreiend und ließ die Seher kommen, damit sie die Träume deuteten, die ihn erschreckten und sein Gesicht verschlossen machten. Als Katari fortging, ließ er Manco mit zitternden Lippen zurück: Der Inka wollte ihm noch etwas sagen, doch die Anstrengung war zu groß. Innerlich zerfraß ihn bereits das Vergessen.

Die, denen Katari den Doppelbruder anvertraut hat, sind Kollas wie er, die ihm gehorchen, ohne nach Erklärungen zu fragen, und von Kindheit an daran gewöhnt sind, zu schweigen. Leiser als eine Anakonda begleiten sie die Sänfte der Statue durch den Wald. Sie bringen sie dorthin, wo sie nach Huayna Capacs Worten sein muss, wo sie Anamaya und den Puma treffen und ihr ewiges Heim finden wird.

Katari hat es vorgezogen, allein zu gehen.

Jede menschliche Begleitung hätte seine Gedanken gestört, ihn vielleicht vom Weg abgebracht. Seit nunmehr bald einem Monat sind seine einzige Gesellschaft Geräusche der Natur und der Tiere, berauscht er sich am Duft der Orchideen und ihren feuchten Blütenblättern und bleibt nur den Vögeln eine Antwort schuldig. Sich mit wenig Schlaf begnügend, folgt er dem einen immer wiederkehrenden Traum: Er weiß, wo er ist, obwohl er an dem Ort noch nie gewesen ist. Glücklich erwacht er, und die beflügelnde Gewissheit lässt ihn immer schneller ausschreiten. Seine kräftigen Beine haben ihn durchs Land getragen, aus der Wärme in die Kälte und erneut in die Wärme.

Nach dem Wald erreichte er die gewellten Plateaus der Puna, wo die Berge, soweit das Auge reicht, ihre runden Kuppen in den Himmel malen. Sein Blick ruhte auf den gelben Ichubüscheln unter dem klaren blauen Himmel. Gelegentlich eine aufsteigende Staubwolke, die nicht Menschen, sondern eine Vikunjaherde ankündigte, und die Erde erzitterte unter ihren Sprüngen.

Auf seinem Weg zur Küste hinunter durchquerte er Steinwüsten, gelegentlich von kleinen Flüssen durchzogen, wo inmitten der üppigen Pflanzenpracht am Ufer halb nackte Indios unbeweglich standen und ihn vorbeiziehen sahen, ohne ihn zu bemerken.

Je näher er dem Meer kam, umso mehr zerrissen Nebelfetzen den Himmel und beschwerten die Luft mit Feuchtigkeit, die ihm in alle Poren kroch. Jetzt sind die Nebel überall um ihn herum. Sie machen ihn blind, und dennoch sieht er alles. Sie hüllen ihn in eine Art Watte, die Geräusche schluckt, doch er hört alles. Sie bringen den starken Geruch des Meeres, doch er wittert Düfte, die von viel weiter her kommen.
»Ihr seid da«, flüstert er Gabriel und Anamaya zu. »Ihr seid fern, doch ihr seid ganz in meiner Nähe. Wir sind zusammen.«

*

Während sie immer tiefer in die Berge hineinkamen und sich vom Apurimac entfernten, stiegen Nebel auf. Sie wanderten die ganze Nacht hindurch, und in der frischen Morgenluft drückte Anamaya sich an Gabriel. Gelöst tauchte er in das Blau ihrer Augen – Himmelsblau, Nachtblau, Meeresblau, Blau des Sees, durch den er geschwommen ist, sie wiederzufinden.
Sie traten durch die Steinsäulen, die sich zum Himmel erhoben, und Anamaya legte Gabriel die Hände auf die Augen, damit er sie schloss. Während sie im leeren Raum zwischen Himmel und Erde weiter die Stufen hinaufgingen, erfasste ihn tiefe Sorge. Dann machte Anamaya ihm mit einem Händedruck ein Zeichen und er öffnete die Augen wieder.
Das vor ihm liegende Schauspiel übertrifft alles, was er sich an Schönheit und Kraft hätte vorstellen können. Ihm scheint, dass an diesem geheimen Ort ein geheimer Bund zwischen den Menschen, dem Himmel, den Bergen und dem Fluss geschlossen wurde, um einen Tempel so groß wie die gesamte Natur zu schaffen, der die Gegenwart der Götter verherrlichen solle.
»Picchu«, murmelt Anamaya ein einziges Mal.
Seine Augen glänzen, und das Herz in seiner Brust schlägt heftig und friedlich. Er ist da, wo er zu sein hat, dort, wohin sein Weg ihn führte. Sein Blick wandert über die Terrassenstufen,

über die Häuser und Tempel, folgt dem Rauschen des Windes und des Wassers, dem Rauch, der in grauen Kringeln von den Ichudächern aufsteigt, erkennt in der Ferne einen weitläufigen Vorplatz … Immer wieder wird sein Blick von dem Berg angezogen, der leicht und elegant über der Stadt aufragt. Sein Herz schlägt schneller, als er darin die Form des Felsens mit den vier Nischen in Ollantaytambo erkennt und gleichzeitig die deutlichen Umrisse des über der Stadt ruhenden Pumas, schlafend und zugleich erschreckend wachsam.

Es gibt so viel zu fragen und nichts zu verstehen: Alles ist da.

Anamaya zittert und strahlt an seiner Seite.

»Ich habe versprochen«, sagt sie leise, »dass ich dieses Geheimnis niemals verraten und niemals mit einem Fremden durch diese Pforte gehen werde …«

»Ist es nicht das, was du jetzt tust?«

»Du bist kein Fremder. Du bist der Puma. Das Geheimnis gehört dir. Du bist zu Hause.«

Gabriel fühlt sich glücklich und frei, und das kleine Kind, das in ihm schlummert, würde gerne die Terrassen hinabstürmen, durch die engen Gassen springen, zu den Schwindel erregend hohen Hängen laufen, unter denen das Silberband des Flusses glitzert … Doch von diesem Ort geht eine solche Würde aus, dass er seine Aufregung unterdrückt und spürt, wie Frieden ihn überkommt.

Anamaya steigt die Treppe hinab, die zu einem monumentalen Tor führt, durch das sie, viele Jahre zuvor, Vila Oma verschwinden sah. Die schwere Holzpalisade ist noch immer da, verschließt hermetisch den Zugang ins Innere von Picchu. Sie legt die Hände darauf und sogleich öffnet sich das Tor, gibt den Blick auf die Straße mit ihren kleinen Häusern frei. Drei unbewegliche Wachen mit verschlossenen Gesichtern und Lanzen in den Händen empfangen sie und führen sie wortlos zu einem großen Haus, dessen Mauern sauber verkalkt sind und dessen Ichudach

steil aufragt. In der Mauer befinden sich zwei trapezförmige Fenster, durch die man tief hinunter ins Tal schauen kann.
Ein alter, auf einer Tiana sitzender Mann empfängt sie. Seine langen Haare sind weiß wie der Salcantay.
»Die Jahre sind vergangen, Huilloc Topac«, sagt Anamaya langsam, »doch du bist immer noch der Bewahrer dieses Ortes.«
Die Augen des Indios mit den schneeweißen Haaren sind fast weiß wie die eines Blinden. Doch als er sie ihnen zuwendet, spüren sie, wie er sie bis in die tiefsten Tiefen ihrer Seele erforscht.
Endlich sagt er einfach:
»Ich habe Euch erwartet.«

*

Die sechs kleinen Berge zeichnen einen fast runden Kreis mitten in die riesige Wiege der in graues Licht getauchten Hügel. Das Meer ist bereits fern, viele Tagesmärsche weit, und doch spürt er immer noch seinen sanften Duft. Ein Fluss schlängelt sich hinauf, dessen Ufer von zwei Bändern üppiger Vegetation gesäumt werden.
Kataris Herz schlägt heftig.
Für das ungeübte Auge sind es nur staubige Erdhügel, deren dunklere Färbung sich von dem steinigen und felsigen Untergrund abhebt. Doch für den Herrn der Steine, der viel weiter gereist ist als seine Jahre, ist sein Weg hier zu Ende.
Hier enden die Zeiten und beginnen sie.
Er verlangsamt plötzlich den Schritt und lässt den Wind in seine Muschel gewordenen Ohren rauschen. Eine Trompete aus der Zeit vor der Zeit dröhnt durch seinen Körper und murmelt ihm die Legende dessen zu, was war und was sein wird.
Hier hat alles begonnen, lange bevor Viracocha selbst dem Titicacasee entstiegen ist, lange bevor er den Weg nach Norden einschlug und sich durch die Pforte von Tumbez, die heute auf immer von den Fremden besudelt ist, mitten in das Große Meer stürzte.

Hier ruht, tief in die Erde gepflanzt, der Huanca-Monolith, der Stein des Ursprungs, der die Verankerung der Menschen auf dieser Andenerde kennzeichnet.
Die Steine haben es ihm gesagt, die alten, aus dem zerstörten Cuzco geretteten Quipus haben es ihm bestätigt.
Er zieht die Quipus aus seinem Bündel, und seine Finger laufen über die Knoten der Schnüre, während er mit geschlossenen Augen eine wortlose Beschwörung singt. Ein sehr alter *Amauta* hat ihm den Schlüssel dazu gegeben. Sie sind die Erinnerung der Anden, und er weiß nun, wie man sie weckt. Der Meeresduft, der sich mit dem des Flusses mischt, steigt ihm in die Nase. Seine langen schwarzen Haare wehen ihm ins Gesicht. Er geht ohne zu zögern zur höchsten der kleinen Erhebungen.
Je näher er kommt, desto deutlicher wird die Form, und er stellt sich unter der scheinbaren Verwilderung die regelmäßige Anordnung der übereinander liegenden Terrassen vor: Er steht vor einer Pyramide.
Die Finger immer noch um die Quipus geschlossen, sucht Katari nicht lange den Eingang unter dem Steinhaufen. Er umkreist langsam die Pyramide, lässt sich von ihrer und der Gegenwart der Generationen durchdringen, die dort ihre Riten durchgeführt haben.
Er erreicht eine Rampe, die unter dem Geröll verschwindet, und hier zeichnet sich plötzlich ein weiter Kreis in den Boden.
Sein Gesicht hellt sich auf. »*Urku Pacha*«, flüstert er, »der Weg in die Untere Welt. Hier ist es. Kommt.«
Er setzt sich in die Mitte des Kreises und legt seine Quipus vor sich. Dann legt er sich nieder, breitet Arme und Beine aus, und das Murmeln der Erde steigt in ihm auf.

*

Den ganzen Tag und die ganze Nacht waren sie mit Huilloc Topac zusammen. Der alte Mann will nichts von den Kriegen und dem, was in der Welt dort vor sich geht, wissen. Er hat nichts mehr von der verächtlichen Feindseligkeit, an die Anamaya sich noch erinnert. Er ist nüchtern wie ein Stein, den der lange Regen glatt gewaschen hat.

Im Morgengrauen, während das Licht auf den Terrassen spielt, führt er sie schweigend über gewundene Gassen zu einer steinernen Plattform, an deren Ende sich eine Grotte öffnet. Über ihr erhebt sich der steinerne Schatten eines Kondors, dessen Schnabel in die Erde eintaucht.

Huilloc Topac breitet die Cocablätter aus, und Gabriel fühlt eine seltsame Übereinstimmung mit ihm, während er ihm hilft, das Feuer zu entfachen und die Chicha auszugießen.

»Bald«, sagt Huilloc Topac mit verdrehten Augen und schwankendem Kopf wie ein verlorener Stern.

Sie lassen ihn allein und wandern ziellos umher. Sie begegnen den jungen Mädchen und den Priestern, den Goldschmieden und den Webern. In der Ferne arbeiten die Bauern bereits auf den Maisterrassen. Es herrscht eine schwarze, schwere Stille – die Ruhe vor dem Sturm.

Sie wechseln nur noch einzelne Worte, abgehackte Gesten.

Im Abendrot kommen sie an ein Haus, das auf die Stadt hinabblickt, und sie beobachten die hereinbrechende Nacht.

Plötzlich erreicht sie das Echo einer Stimme, und im ganzen Tal erhebt sich ein Gesang von tragischer, mysteriöser Schönheit, der nur eine einzige Note hat, ein Gesang, der dorthin reicht, wo die Stimmen der Menschen, der Trompeten und Trommeln vereint sind.

Anamaya erhebt sich, und Gabriel folgt ihr.

Die ganze Bevölkerung von Picchu ist auf dem riesigen Vorplatz unterhalb des Tempels mit den fünf Nischen versammelt. Die Unkus und Añacos sind weiß, und in ihrer Mitte brennt ein Fackelgang, während der Gesang alle Lungen weitet. Gabriel und Anamaya kommen näher und sehen.

Er ist angekommen.
Im Sonnenuntergang erwartet sie der Doppelbruder.
Die Menschen Picchus haben die Köpfe gesenkt, den Rücken gekrümmt, einige liegen gar in tiefster Ehrerbietung auf dem Boden.
Anamaya tritt allein neben den Doppelbruder. Als sie seinen Kopf berührt, endet der Gesang, und nur das Echo des Windes und das Grollen des Willkamayo erfüllen noch das Tal.

Nichts existiert umsonst, O Viracocha!
Jeder kommt von den Ufern des Titicaca,
Jeder geht zu den versunkenen Pyramiden,
Jeder nimmt den Platz ein, den du ihm bestimmt hast.

Lange fließen die Worte des Gebetes. Als es endet, breitet Anamaya die Quipus vor sich aus und befühlt mit den Fingern die Knoten, während Kataris Geist sie durchdringt. Gabriel sieht sie schöner und leuchtender denn je, als sie sich aufrichtet und spricht:
»Vor langer Zeit«, sagt sie, »hat der Sapa Inka Huayna Capac seine Geheimnisse einem jungen unwissenden Mädchen aus den Wäldern anvertraut. Um diese Geheimnisse zu besitzen, haben viele sich bekämpft, viele haben gemeint, sie in diesen Kriegen und der endlosen Zerstörung zu entziffern. Diese Zeit ist nun um. Es gibt nur ein Geheimnis – und das ist, dass der Doppelbruder jetzt sein Heim finden muss, damit für alle Zeiten das, was die Seele unseres Volkes ausmacht, die ewige Seele unserer Berge, die Einheit aller Welten, der Hiesigen, der Dortigen und der Unteren, bewahrt bleibt …«
Anamaya verstummt, und der Gesang hebt wieder an, nun wie ein Reigen, der den Körper der Menschen Picchus wogen lässt, langsam und feierlich, voller Vertrauen. Die Träger heben den Doppelbruder auf die Sänfte, und Anamaya führt den Zug über

die drei Terrassenebenen unterhalb des Vorplatzes, wo eine unbewegte Menschenmenge steht. Auf einem unbefriedeten Platz, dessen Rand über der Schlucht des Willkamayo liegt, ist je ein Gang durch drei Felsen gebohrt, die tief ins Innerste der Erde zu tauchen scheinen.
»Urku Pacha«, sagt Anamaya und nimmt den Steinschlüssel, den Katari ihr gegeben hat, »hier ist es.«
Die letzten Sonnenstrahlen klammern sich an den Intihuatana und bleiben einen Moment dort haften, während der Doppelbruder im mittleren Gang verschwindet.
Der Gesang verstummt erneut und eine Erschütterung erfasst die Erde, ein universelles Getrampel, als würden tausend Trommeln zu ihren Füßen erklingen.

*

Als die Sonne hinter den Bergen unterging, setzte Katari sich auf und warf ein letztes Mal den Stein in die Luft, der die Zeit anhält. Ein Sonnenstrahl krallte sich an die Spitze der Pyramide und lief wie ein Blitz über ihre Seite, hielt zu seinen Füßen inne, dort, wo sich der Kreis des unterirdischen Tempels öffnet.
»Hier«, wiederholt er und nimmt seinen Bronzeschlüssel in die Hand.
Plötzlich erzittert der Boden mit einem dumpfen Geräusch, einem gedämpften Hämmern. Ein Zittern, das durch seine Füße und Beine läuft, als würde aus allen Richtungen eine Armee auf ihn zumarschieren. Die Jahrhunderte alte Schicht vom Stein des Ursprungs auf dem Gipfel der Pyramide bekommt Risse und zerbröckelt, verteilt ihren Staub in dem vom Ozean kommenden Wind. Nackt ragt seine Spitze aus dem Boden auf und erste Regentropfen klatschen gegen seine Granithaut.
Mit erhobenem Kopf hält Katari das Gesicht in den Regen.

*

Die Sonne ging hinter den Bergen unter, und Gabriel ging zu Anamaya auf die Terrasse am Rand der Schlucht.
Langsam verlassen die Menschen Picchu, werden von der Nacht verschluckt. In langen schweigenden Reihen verlassen sie für immer die Stadt. Als die ersten Sterne am Himmel erscheinen, bewegen sich Feuerschlangen durch die dunklen Berge. Mit Fackeln in den Händen ziehen die Menschen in die Vier Gegenden. In langen Jahren hatten sie die Geheime Stadt Picchu gebaut, machten daraus ein Heim, das dem Doppelbruder würdig ist. Sein goldenes Innerstes bewahrt die ganze Geschichte der Inkamacht, der vergangenen Zeiten und der Zukunft der Anden, die Erinnerung an Ruhm und Prüfung. Die, die heute gehen, wissen sie es? Sicherlich nicht, überlegt Anamaya, doch sie sind stolz auf das vollbrachte Werk. Sie gehen ohne ein Wort, ohne einen Blick zurück: Was zu sagen war, wurde gesagt, was zu tun war, getan.
Und mitten unter ihnen sehen Anamaya und Gabriel noch lange Huilloc Topacs schneeweiße Haare wehen, bis auch sie verschwinden.
Was bleibt, ist Stille.
In der schweren Luft legt sich plötzlich Feuchtigkeit auf ihre Gesichter, und zugleich verschließen Wolken, schwärzer als die Nacht, den Himmel. Die ersten Regentropfen fallen. Geräuschlose Blitze durchzucken den Schatten der Berge und erhellen sie mit fahlem Licht. Sehr schnell umringen sie den Machu Picchu wie ein Rudel Raubkatzen mit blitzenden Fängen. Hier und da zeichnet der Blitz rau schnappend seine Lichtbögen in den Himmel.
Instinktiv drückt Anamaya sich an Gabriel, und sein Atem wird schneller. Sie sucht seine Hand und presst sie auf ihren Bauch. Als hätte diese einfache Geste ihn angezogen, schlägt der Blitz ganz dicht neben ihnen auf der höchsten Terrasse ein. Sie zittern alle beide, halten in Erwartung des lärmenden Donners die

Augen fest geschlossen. Doch leise knisternd wie ein Zweig verwandelt sich das Himmelsfeuer in eine strahlende Kugel. Funken aus geschmolzenem Gold sprühend rollt sie den Abhang hinab, explodiert in einer Vielzahl Feuerströme, die in die kleinsten Risse des Felsens eindringen. Beißender Schwefelgeruch breitet sich in der wassergeschwängerten Luft aus. Erst jetzt rollt der Donner von Hang zu Hang, bis in die tiefsten Täler und lässt ihre Brust erzittern. Es ist der Zorn des Himmels, der aus der Erde steigt und die ganze Welt erschüttert.

Sie haben keine Angst.

Als das Gewitter sich beruhigt, vertreibt ein frischer Wind die Wolken und fegt den Himmel frei.

Ein neuer Wind zerzaust schweigend die Blätter.

Die Nacht ist so tief, dass es scheint, als bestünde die Welt nur aus Himmel.

*

Als der Regen aufhört, reist Katari mit den Sternen. Vom Horizont aus folgt er dem Weg, dem Mayo des Himmels, dem heiligen himmlischen Fluss, und er lächelt, als er auf der dunklen Wolke des Lamas innehält. Die Ehrwürdigen der Anderswelt danken ihm für das vollbrachte Werk. Der Nebel ist zerrissen, und er erkennt klar und deutlich die Illamacnawin, die Augen des Lamas. Die beiden Sterne glänzen sanft. Ihr Puls ist regelmäßig, langsam und harmonisch, ewiges Paar im Rhythmus eines einzigen Herzens.

»Ihr seid da«, murmelt er zu sich selbst, »und ich bin bei Euch. Die Zeit ist eins. Wir sind gewesen, und wir werden sein. Alles ist gut.«

*

Die ganze Nacht spazieren Gabriel und Anamaya durch den Sternenhimmel.

Anamaya nennt die Plejaden Collca und sagt, sie seien die Mutter aller anderen Sterne. Sie zeigt mit dem Finger auf die drei Sterne des Jakobsstabs:
»Der Kondor, der Geier und der Falke«, flüstert sie Gabriel ins Ohr.
Er fliegt mit ihr und entdeckt, von Sternen umringt, die Gestalten des Vogels, des Bären, der Schlange und schließlich des Pumas.
Im Zwielicht des Morgenrots zeigt Anamaya ihm Venus mit Namen *Chasca Cuyllor.*
Die Welt ist versunken, die Welt wird neu geboren.
Die Zeit hat sich zusammengerollt wie eine Schlange, die Zeit hat sich ausgestreckt.
Sie umarmen sich lange.
Dann steigen sie über die Terrassen hinauf, folgen den Gassen der verlassenen Stadt bis zu den Treppen, die aus ihr hinausführen. Anamaya nimmt ihn mit über einen steilen, glitschigen Weg, der durch den Wald zum Gipfel des Machu Picchu führt, dorthin, wo sie Jahre zuvor die Hand eines kleinen Mädchens gehalten hat, das geopfert werden sollte und verschont wurde.
Sie steigen durch die üppige Vegetation hinauf, die Sonne des neuen Tages blendet sie. Sie durchschreiten die Steinpforten, und als wäre der höchste Himmel in Reichweite, heben sie die Gesichter.
Der Wind spielt mit den Wolken und dem Nebel, und sie gehen furchtlos zur Spitze des Felsens. Sie breiten die Arme aus, und es ist, als würden sie ihre Flügel spreizen, um sich in die Tiefe zu stürzen.
Der Wind vertieft das Blau am Horizont. Immer noch stehen sie dort – Vogel-Menschen, von Liebe erfüllt im Angesicht der aufgehenden Sonne.
Unten, ganz unten sind nur Steine und schon Phantome.
»Wir sind allein!«, ruft Gabriel über den Wind.
Und ganz leise antwortet sie:
»Wir sind zusammen.«

Um 1520, ein Jahrzehnt vor der Entdeckung Perus durch Francisco Pizarro, drangen Stämme der Tupinambas über die westlichen Grenzen in das Inkareich ein. An der Spitze dieser aus Brasilien kommenden Indios befand sich ein Europäer namens Alejo Garcia. Die Söhne der Sonne konnten die Welle der Eindringlinge aufhalten, die sich dennoch unter dem Namen Chiriguanos zu Füßen der Kordilleren niederließen.
Eine Legende erzählte, dass Alejo Garcia, dieser Portugiese flämischer Abstammung, eine Inkaprinzessin entführte und zu seiner Frau machte, bevor er im Osten verschwand. Und dieser Mann hatte die Augen blauen Porzellans …

Nachdem es ihm gelungen war, seinen von den Spaniern entführten Sohn Titu Cusi zurückzubekommen, konnte Manco einige Jahre in seiner Zuflucht in Vilcabamba überleben. Er wurde 1544 in Vitcos von sieben Almagristen getötet, die er allerdings selbst aufgenommen hatte. Die Männer hofften, sich durch diesen feigen Mord wieder mit Gonzalo Pizarro gutzustellen.

Unter dem Namen Cristobal und gemeinsam mit den wichtigsten Mitgliedern seiner Familie wurde Paullu 1543 getauft. 1545 wurde er geadelt und zum Hidalgo ernannt. In diesem düsteren Epos wird er einer der wenigen Protagonisten sein, der 1549 eines »natürlichen Todes« stirbt.

Der Zwerg, Chimbu Sancto, verbrachte zweifellos seine alten Tage auf seinen Gütern im Tal von Yucay. Unter seinen zahlrei-

chen Kindern erbten zwei seine kleine Statur. Doch ihre Spuren verlieren sich in den dunklen Gefilden der Vergangenheit.

Hernando Pizarro verbrachte zwanzig Jahre im Kerker in Spanien. Dank seiner Heirat mit der Tochter seines Bruders Francisco verwaltete er das riesige, nutzlose Vermögen des Pizarro-»Klans« sorgfältig und beharrlich von seinem Gefängnis auf dem Schloss de la Mota in Medina del Campo. 1561 freigelassen, baute er einen Palast in seinem Geburtsort Trujillo, wo er 1578 fast blind im für die damalige Zeit hohen Alter von einundsiebzig Jahren starb!

Sich selbst treu gab Gonzalo Pizarro in seinem Ehrgeiz nicht nach, und das Schicksal schien ihn dafür belohnen zu wollen. 1544 ließ er sich in offener Auflehnung gegen die Spanische Krone zum Gouverneur Perus ernennen. Vier Jahre lang verbreitete er Angst und Schrecken unter seinen Gegnern, insbesondere durch den grausamen Arm seines Leutnants Francisco de Carbaja, den man auch den »Teufel der Anden« nannte. 1548 wurde er endlich von der königlichen Armee besiegt und auf dem Schlachtfeld enthauptet.

Mancos Nachfolger leisteten in Vilcabamba noch bis 1572 Widerstand, Guerillaepisoden und Friedensabkommen wechselten einander ab. In jenem letzten Jahr wurde der junge Tupac Amaru, der letzte legitime Sapa Inka, in seinem Versteck im Wald gefangen genommen, nach Cuzco gebracht und auf dem Waffenplatz der alten Inkahauptstadt auf Befehl des Vizekönigs Francisco de Toledo enthauptet.
Sein auf einem Pfahl zur Schau gestellter Kopf wurde, statt zu verwesen, jeden Tag schöner und zum Gegenstand wachsender Verehrung. Heute noch geht ein Mythos, der Inka würde an jenem Tag zurückkehren, an dem der Kopf wieder mit seinem verstümmelten Körper vereint sei.

Glossar

Acllas: »Erwählte Frauen«.
Acllahuasi: Wohnhaus der »Erwählten Frauen«.
Amauta: Weiser, Gelehrter, Bewahrer des Wissens.
Añaco: lange, gerade geschnittene Tunika der Frauen, die bis zu den Füßen reicht.
Apu: Quechuawort, das »Herr« bedeutet; im Allgemeinen bezeichnet es die Berggipfel, die auch Schutzgottheiten sind.
Ayllos: Wurfwaffe aus drei Lederbändern, an denen jeweils ein Stein befestigt ist. Wenn sie geworfen werden, wickeln sie sich um die Beine der Tiere.
Balsa: Holzfloß gleichen Namens.
Borla (spanisch) oder *Mascapaicha* (Quechua): zusammen mit dem *Illautu* und den Federn des *Curiguingue* jene Art Wollfranse, die in die Stirn fällt und die emblematische Kopfbedeckung des Sapa Inka bildet.
Caboa: Baumart, die im südamerikanischen Regenwald wächst.
Cancha: Innenhof. Davon abgeleitet: die gesamten drei oder vier Gebäude, die den Innenhof umgeben und eine Wohneinheit bilden.
Chaquiras: kleine rosa Muschelperlen (*mullu*), die zu einer Kette verknotet oder in rituellen Kleidern verwebt werden.
Chaski: Läufer, die Nachrichten in einer Art Staffellaufsystem überbringen.
Chicha: rituelles Getränk, gegorenes Bier, meist auf Maisbasis.

Chuño: Kartoffeln, die auf natürliche Weise getrocknet wurden, um mehrere Monate aufbewahrt werden zu können.

Chuspa: kleiner gewebter Sack mit symbolischen religiösen Motiven, in dem die Cocablätter aufbewahrt werden.

Collcas: Gebäude aus einem einzigen runden oder rechteckigen Raum, das zur Lagerung von Lebensmitteln, Webarbeiten, Waffen oder anderen Prestigeobjekten diente.

Coya: Titel der Hauptfrau des Inkas.

Cumbi: hochwertige Weberei, meist aus Vikunjawolle.

Curaca: einheimischer Herrscher oder Gemeindehäuptling.

Curiguingue: kleiner Falkenvogel, dessen schwarze und weiße Federn die Kopfbedeckung des Sapa Inkas schmückte.

Guanako: von Quechua *huanaco,* wilde Kamelart der Anden, Verwandter der Lamas.

Hatunruna: bedeutet Bauer auf Quechua.

Huaca: Das Wort bedeutet »heilig«. Im weitesten Sinne jedes Heiligtum und jeder Wohnsitz einer Gottheit.

Huara: Hose. Die Jungen erhielten diese Hose bei den *Huarachiku* genannten Initiationsriten.

Ichu: wilde Bergpflanze, deren Stroh insbesondere verwendet wurde, um die Dächer zu decken.

Inti Raymi: eines der wichtigsten Feste des rituellen Inkakalenders zur Wintersonnenwende.

Kallanka: längliches Gebäude mit Öffnungen, die normalerweise auf den Platz eines Verwaltungszentrums führen.

Illautu: langer Zopf aus bunter Wolle, der mehrmals um den Kopf geschlungen eine Kopfbedeckung bildete.

Manta: spanisches Wort, das eine Decke bezeichnet, aber auch den Umhang, den die Männer (*Llacolla)* und die Frauen (*Lliclla)* trugen.

Mascapaicha: siehe *Borla.*

Morion: spanischer Rüstungshelm.

Mullus: rote oder rosa Muscheln der Pazifikküste; sie wurden unbearbeitet oder bearbeitet für religiöse Rituale verwendet.

Pachacuti: »Großer Wandel«, der den Beginn einer neuen Ära ankündigt.

Panaca: Blutlinie. Nachkommen des Inkaherrschers.

Papas: Kartoffel.

Plateros: spanisches Wort, das die auf Edelmetalle spezialisierten Metallverarbeiter bezeichnete.

Pututu: große Meermuschel, die als Trompete verwendet wurde.

Quinoa: sehr proteinhaltiges Getreide der Anden.

Quipu: ein mnemotechnisches Hilfsmittel aus bunten Knotenschnüren, mit dem Inventare geführt wurden.

Sapa Inka: wörtlich: »Unumschränkter Gebieter«. Titel des Inkaherrschers.

Tambo: eine Art Raststätten, die in regelmäßigen Abständen an den Straßen des Reiches lagen, wo der Reisende Unterkunft, Lebensmittel und Kleider auf Kosten des Staates erhalten konnte.

Tiana: kleine Bank, Symbol der Macht, die nur vom Inka oder den *Curacas* benutzt werden durfte.

Tocapu: geometrisches Muster mit symbolischer Bedeutung, das die Inkawebereien schmückt.

Tumi: rituelles Messer, dessen Bronzeklinge senkrecht zum Griff steht.

Tupu: lange goldene, silberne, Bronze- oder Kupfernadel mit bearbeitetem Kopf, die den Umhang oder die *Manta* zusammenhält.

Unku: ärmellose Tunika der Männer, die bis zu den Knien reicht.

Ushnu: kleine Pyramide der Macht auf dem Platz der Inkadörfer.

Viscacha: Nagetier aus der Familie der Murmeltiere mit einem Schwanz wie ein Eichhörnchen, das im Felsgeröll lebt.

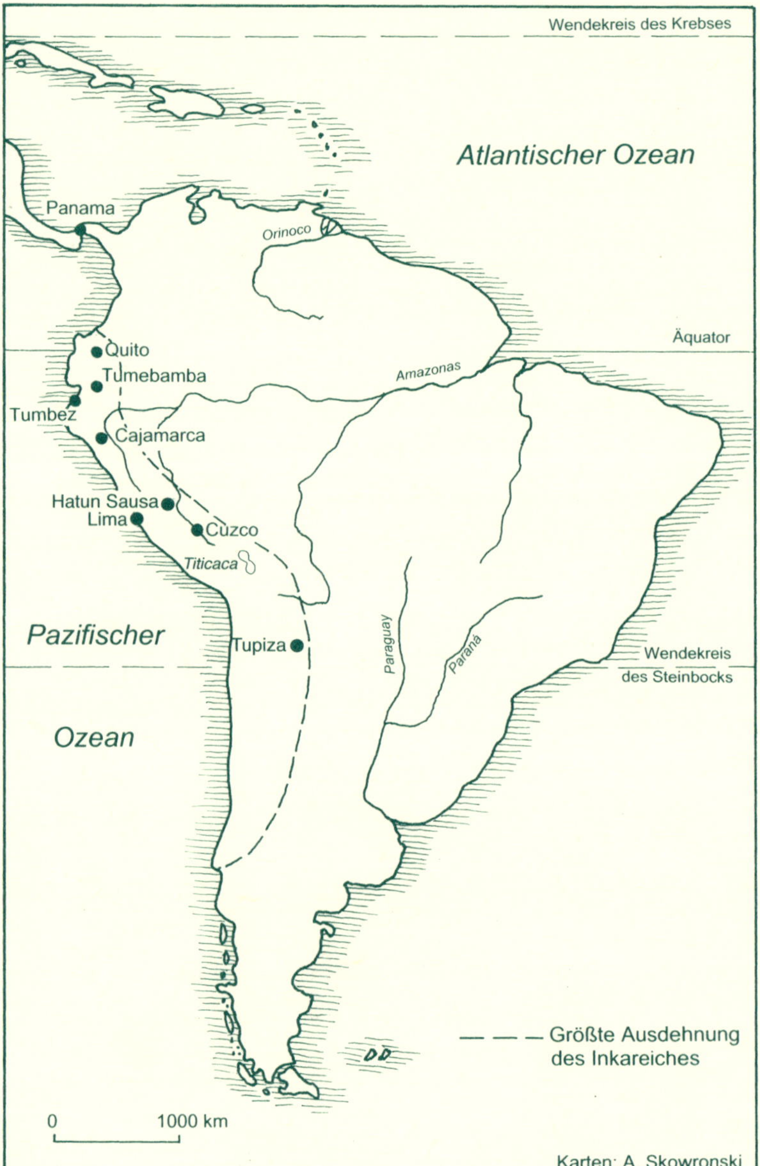
Wendekreis des Krebses
Atlantischer Ozean
Panama
Orinoco
Äquator
Quito
Tumebamba
Amazonas
Tumbez
Cajamarca
Hatun Sausa
Lima
Cuzco
Titicaca
Pazifischer
Tupiza
Paraguay
Paraná
Wendekreis
des Steinbocks
Ozean
Größte Ausdehnung
des Inkareiches
0
1000 km
Karten: A. Skowronski